Le grand chelem

Joseph T. Klempner

Le grand chelem

ROMAN

*Traduit de l'américain
par France Camus Pichon*

Albin Michel

COLLECTION « SPÉCIAL SUSPENSE »

Titre original :
SHOOT THE MOON
© Joseph T. Klempner, 1997
Publié par St. Martin's Press, New York

Traduction française :
© Éditions Albin Michel S.A., 1998
22, rue Huyghens, 75014 Paris
ISBN 2-226-10065-2
ISSN 0290-3326

A ma meilleure amie, ma lectrice la plus enthousiaste, ma critique la plus sévère, ma femme, ma maîtresse — qui se trouvent être une seule et même personne, prénommée Sandy.

1

Une roue à plat : le bouquet final !
Avant même de se lever, Goodman a senti que ce serait une journée noire.

D'abord, le réveil de la chambre du motel n'a pas sonné à l'heure prévue. Goodman s'est aperçu ensuite qu'il avait trouvé le moyen de le régler sur 7 : 15 PM au lieu de AM... Comment prévoir qu'un réveil s'arrêterait à ce genre de détail ? Résultat : il a dormi jusqu'à plus de huit heures.

Après une douche glaciale, faute de pouvoir attendre que l'eau se réchauffe, après s'être coupé deux fois en se rasant, il a sauté dans sa voiture et parcouru à tombeau ouvert la vingtaine de kilomètres qui le séparaient de la chambre des métiers de Fort Lauderdale. Au moment où il quittait le parking du motel pour prendre l'A1A, le crissement du pneu avant droit l'a averti que la pression était insuffisante. Bon Dieu, pourquoi ne pas avoir accepté la première voiture attribuée par l'employée d'Avis ? Ou même celles proposées dans une agence haut de gamme pour dix dollars de plus par jour ?

Il se serait bien arrêté dans une station-service, mais le temps pressait. Finie l'époque où on pouvait regonfler un pneu en quelques secondes. Désormais, il fallait commencer par trouver une station équipée d'une foutue machine dévoreuse de pièces de vingt-cinq cents. Il était déjà suffisamment en retard sans avoir en plus à se préoccuper de faire de la monnaie ! Par ailleurs, il s'agissait d'une voiture de location. Si le pneu était fichu, tant pis : ça ne le concernait pas.

Deux fois il s'est perdu, avant de passer cinq minutes à chercher un endroit où se garer. Pour finir par s'installer à cheval sur une place déjà occupée par une de ces voitures miniatures qu'on fabrique maintenant. Malgré tout, l'arrière de la sienne débordait de près d'un mètre sur le passage pour piétons. Il a quand même pris le risque de la laisser là : un PV lui coûterait dix dollars au plus. On n'était pas à New York, où le tarif habituel atteignait cinquante-cinq dollars.

Essoufflé, la chemise trempée de sueur, il s'est présenté à son entretien avec près de quarante minutes de retard. Lui qui arrivait toujours dix fois trop en avance !... Ils l'ont fait attendre une demi-heure, sans doute pour se venger. *Ils*, c'est-à-dire MM. Stone et Baldwin, ou Balder, quelque chose comme ça. A eux deux, ils n'ont pas eu l'ombre d'un sourire.

Rien de surprenant, donc, à ce que l'entretien ait tourné au désastre. Non, ils n'avaient pas reçu le CV envoyé une semaine plus tôt de New York par Goodman. Oui, ils recherchaient un comptable, mais c'était en réalité d'un expert-comptable qu'ils avaient besoin : sans ce titre, il s'est aussitôt senti disqualifié, même si l'annonce ne mentionnait pas cette condition. Enfin, tout en ayant l'air de comprendre qu'il veuille changer de région après la mort de sa femme, ils l'ont dévisagé avec insistance, comme s'ils le soupçonnaient de leur cacher quelque chose. D'avoir assassiné sa femme, par exemple ?

Il a été presque soulagé quand, pour couper court à l'entretien, ils se sont levés en disant qu'ils le contacteraient.

En bas, le PV sur son pare-brise n'était pas vraiment une surprise. A ce stade, c'est le contraire qui l'aurait étonné. Il l'a fourré dans sa poche sans le lire. Plus tard seulement, il en a découvert le montant : trente-cinq dollars...

Il a roulé un certain temps avant de s'arrêter devant un petit restaurant. Le crissement du pneu lui a rappelé qu'il faudrait le changer, mais ça pouvait attendre. Le jour où il avait pris la voiture à l'agence, il s'était félicité d'avoir refusé la Toyota Camry vert foncé qu'on lui avait réservée. Les couleurs sombres, c'est bon pour New York. En Floride, on voit surtout des voitures blanches. Logique : le blanc réfléchit mieux la chaleur. Pas besoin de mettre la climatisation à fond, d'où une diminution de la consommation d'essence. Et une économie d'un ou deux dollars appréciable après les dernières hausses sur le carburant. Devant son insistance, l'employée avait fini par dénicher sur son ordinateur une voiture rose pâle — ce qu'elle avait de plus clair. Déjà retenue, malheureusement. Vérification faite, personne n'était venu la réclamer, et elle lui avait été attribuée. Qui pouvait bien avoir réservé un véhicule d'une couleur pareille ? s'était-il demandé. Sans doute une starlette. Ou un nouvel Elvis Presley...

Finalement, la chaleur se révèle très supportable, vingt degrés au plus. Le vert foncé aurait très bien fait l'affaire. Et pour couronner le tout, Goodman se retrouve avec un pneu à changer.

Assis dans un coin du restaurant, il fait ses comptes : cent huit dollars et onze cents, monnaie comprise. Deux travellers de cinquante dollars chacun. Une carte Visa au bord du découvert. Et la carte Mobil fournie par son dernier employeur, encore valable deux ou trois jours avec un peu de chance. En tout, juste de quoi regagner New York, à condition de partir immédiatement. S'il se donne le temps de répondre à quelques offres d'emploi qui n'aboutissent pas, il risque d'être coincé en Floride sans argent pour rentrer chez lui. Des problèmes en perspective, entre autres parce qu'à New York l'attend Kelly, sa fille. Il espérait décrocher ce poste de comptable, commencer à travailler, et trouver un logement avant de la faire venir. Dans l'immédiat, elle vit chez sa grand-mère, où elle essaie de surmonter le choc de la mort de sa mère. Pas évident, pour une gamine de six ans.

Contre toute attente, les œufs sont à point et le bacon croustillant : l'espace d'un instant, Goodman se prend à croire que c'est de bon augure, que le sort va enfin lui être favorable.

Naïf...

Malgré ses défauts, il voit toujours le verre à moitié plein, même quand il paraîtrait presque vide à un observateur impartial. Ainsi contemple-t-il avec une satisfaction évidente sa seconde tasse de café fumant, indifférent à son goût insipide.

Ceux qui connaissent Michael Goodman ne se formalisent pas de son allure d'intellectuel, accentuée par des lunettes à monture d'acier et l'étui en plastique qu'il transporte partout, garni d'un assortiment de stylos et de crayons bien taillés. On lui pardonne volontiers son répertoire de tics et de manies bizarres. Il n'a pas d'amis au vrai sens du terme : si on lui posait la question, il ne pourrait guère citer que les trois copains avec lesquels il a servi dans la marine, et qu'il retrouve le dimanche soir. Mais on ne lui connaît pas non plus d'ennemis. Il passe en général pour un chic type, surtout quand il s'agit de jouer aux cartes ou de suivre un match de baseball, de tuer le temps en somme. S'il existait un juif indulgent, il le qualifierait de *mensch* : un individu bien sous tous rapports, un homme digne de ce nom. Plus d'une fois, cependant, Goodman s'est aussi entendu traiter derrière son dos de *schlemiel*, et il sait qu'à l'occasion il le mérite. Difficile de contester qu'au grand jeu de la vie, pour le meilleur et pour le pire, il se retrouve toujours du côté des perdants.

Ce qui ne l'empêche pas de s'attarder devant sa deuxième tasse de café — assez longtemps pour la laisser refroidir, chercher sur sa carte routière l'accès le plus facile à l'autoroute, se remettre de quelques-uns des revers subis au cours de la matinée, sans parler de ceux des derniers mois. Et tandis qu'à l'intérieur du restaurant il essaie de s'organiser et de recharger ses batteries, à l'extérieur, son pneu avant droit continue à se dégonfler...

Lorsqu'il sort sur le parking ensoleillé et découvre la roue presque à plat, il se reproche néanmoins de ne pas s'en être occupé plus tôt — réaction typique de sa part. A la vue du pneu, il oublie d'instinct sa désinvolture du matin, qui l'a amené à se laver les mains de ce genre de problème sur une voiture de location : il s'accorde un seul soupir, enlève son blouson, le jette sur le siège avant et entreprend de changer la roue.

A vrai dire, ça ne lui déplaît pas, pas plus que de tondre une pelouse ou de vider un lave-vaisselle. Il y a quelque chose de méthodique dans ce type de tâche, un rythme à prendre, si on veut bien s'en donner la peine.

A mille cinq cents kilomètres de là, dans l'appartement qu'il partage au sud du Bronx avec sa mère, sa grand-mère — que tout le monde appelle Nana —, ses deux frères et sa sœur, Russell Bradford se réveille.
Pas à cause du bruit, pourtant omniprésent. Ni de l'air froid qui s'infiltre par les interstices des fenêtres délabrées et les lattes déformées du parquet. Ni même d'une sonnerie de réveil. Sans emploi, sans cours à suivre depuis qu'il a abandonné ses études, Russell n'a pas besoin de réveil.
Non, c'est une sensation plus impérieuse, plus pressante, qui le tire du sommeil : le manque. Ce qui signifie qu'il doit sortir sans attendre.

Encore une voiture dont la roue de secours est cachée au fond du coffre ! Goodman doit commencer par sortir sa valise et son porte-habits, qu'il pose sur le trottoir. Puis il soulève le couvercle du compartiment. A sa grande satisfaction, il trouve une vraie roue, pas une de ces galettes avec lesquelles on ne peut pas rouler plus de quatre-vingts kilomètres, au ralenti par-dessus le marché. Elle est fixée par un gros écrou à ailettes qu'il desserre, avant de lui décocher une pichenette. L'écrou se met à tournoyer, presque jusqu'au bout du pas de vis. Un ou deux tours supplémentaires suffisent à le dévisser complètement.
Penché au-dessus du coffre, Goodman empoigne la roue à deux mains, mais quand il veut la soulever, une douleur fulgurante lui traverse le bas du dos. Il lâche tout et tente de se redresser. Trop tard : le mal est fait.
Ce n'est pas la première fois. Michael Goodman malmène son dos depuis son engagement dans la marine, alors qu'il avait une vingtaine d'années — il en a le double à présent. Il a consulté une demi-douzaine de médecins, qui ont établi chacun un diagnostic différent : hernie discale, arthrose de la hanche, sciatique, scoliose, relâchement de la paroi abdominale, pieds plats... Goodman, lui, y voit sur-

tout un symptôme de stress. Lorsque tout va bien, son dos le laisse tranquille. Pendant ses périodes de chômage, où l'argent manque pour payer les factures, les douleurs lombaires se réveillent à coup sûr. C'est arrivé plusieurs fois récemment.

Après deux profondes inspirations, il tente une nouvelle fois de se redresser, espérant ne pas s'être trop gravement blessé. Quand il était plus jeune, la douleur disparaissait souvent dès le lendemain matin : au pire, elle persistait un jour ou deux. Depuis qu'il a atteint la quarantaine, chaque rechute semble durer plus longtemps que la précédente. Il lui faut parfois plus d'un mois avant de se rétablir.

Il revient à la roue de secours, déterminé à avoir le dernier mot. Pour qu'il ait autant de mal à la déplacer, elle doit être fixée par un second écrou. Mais non, plus rien ne la retient. Il la soulève d'un côté. Malgré son poids, elle bouge.

Il réussit à l'amener à la verticale. Des deux mains, il la hisse sur le rebord du coffre, l'avance un peu et laisse les lois de la gravité faire le reste. Bras tendu, il s'apprête à l'immobiliser au premier rebond, comme un ballon de basket. Cependant, elle lui réserve encore une surprise : au lieu de rebondir, elle bascule avec un bruit sourd.

Il s'accroupit péniblement et tâte le flanc du pneu, persuadé qu'il n'offrira aucune résistance — en fait de roue de secours, on a dû lui en refiler une à plat. Pourtant, ses doigts rencontrent une surface dure : plutôt un problème de surgonflage, dirait-on.

Goodman remet la roue à la verticale et la pousse vers l'aile droite de la voiture. Même pas moyen de la faire rouler correctement : elle semble curieusement déséquilibrée. Il se penche, raidissant ses muscles pour éviter de s'abîmer davantage le dos, puis la soulève. Son poids est invraisemblable.

Et s'il la dégonflait un peu afin qu'elle soit moins lourde ? (Bien plus tard, il se souviendra que l'air ne pèse rien, sauf dans un vide absolu. A cet instant précis, toutefois, sous l'effet de la douleur et de la frustration, son idée lui paraît judicieuse.) Il prend un stylo à bille dans sa poche de chemise, en place la pointe métallique sur l'obus de la valve et pousse légèrement de côté. Comme prévu, l'air s'échappe en sifflant, mais pendant une ou deux secondes seulement. De nouveau, il appuie sur la valve. Rien. Il vérifie le pneu : à peine plus souple. Cependant, par un phénomène étrange, l'air ne sort plus.

Russell Bradford se glisse dans une paire de vieux jeans et un T-shirt d'un bleu délavé. Il enfile ses Nike sans mettre de chaussettes, puis un blouson, également en jean. Sous son oreiller, il récupère un billet froissé : vingt dollars. Toute sa fortune.
— Où que tu t'en vas comme ça, le ventre vide ? demande sa grand-mère quand il passe près d'elle.
— Je sors.

Goodman contemple la roue de secours. Lentement, il comprend : le pneu doit être crevé. L'agence a voulu faire des économies. Au lieu de le remplacer, on l'a rempli de sable ou d'autre chose pour qu'il ait l'air normal, sachant que personne ne se donne la peine de changer une roue sur une voiture de location. Les clients se contentent d'appeler Avis à la rescousse.
Michael Goodman, lui, ne capitule pas aussi facilement. Plutôt que d'utiliser le numéro vert comme tout le monde, il retourne devant le coffre de la voiture. Là, contre le cric, il trouve ce qu'il cherchait : la manivelle, avec une extrémité en forme de clé permettant de desserrer les boulons, et l'autre aplatie à la manière d'un levier.
C'est ce côté-là qu'il utilise pour tenter de séparer le pneu de la jante. Malgré la présence d'une substance adhésive, il y parvient : le pneu dégonflé ne résiste guère.
Toujours à l'aide de la manivelle, il le dégage entièrement. Puis l'écarte de la jante pour en examiner l'intérieur. Dans un premier temps, il ne voit que du noir, alors il l'oriente vers le soleil. Et aperçoit quelque chose de bleu.
Une main sur la manivelle qui empêche le pneu de se rabattre, il plonge l'autre dedans. Sent une masse lisse, sans

aucune prise. En y promenant les doigts, il réussit à la saisir par un bout et à la sortir en partie.

Un paquet emballé dans du plastique bleu, apparemment. Goodman y plante les ongles dans l'espoir de le crever et d'en découvrir le contenu. Mais le plastique est trop résistant, ou il y en a plusieurs épaisseurs, et il lui faut quelques instants pour le déchirer. Lorsqu'il y arrive enfin, un mince filet de poudre blanche s'écoule.

Russell Bradford se dirige vers la 140e Rue. Il a beau être pressé, les crampes qui lui nouent l'estomac l'empêchent de courir. Malgré la température extérieure de quelques degrés seulement, sa peau brune est luisante de sueur.

À seize ans, on pourrait croire qu'il part au lycée, au travail, ou faire une course pour sa mère ou sa grand-mère. Erreur. Alors qu'il marche, le poing serré au fond de sa poche sur son billet de vingt dollars, Russell Bradford n'a qu'une idée en tête, un seul but dans l'existence.

Se défoncer.

Michael Goodman ne s'est encore jamais trouvé en présence de drogues dures. Deux fois dans sa vie il a essayé de la marijuana, l'a même inhalée. Ça l'a fait tousser, puis dormir. Mais il a vu des films, et ce n'est pas un imbécile. Sans pouvoir identifier avec précision la poudre blanche qui s'est écoulée de l'emballage en plastique bleu, ni évaluer la quantité exacte cachée à l'intérieur du pneu, il sait qu'il a levé un lièvre.

Et si sa découverte lui valait d'être arrêté ? Cette éventualité suffit à le perturber, jusqu'au moment où une seconde idée lui traverse l'esprit : il pourrait même se faire tuer à cause de cette fichue poudre. Il faut agir.

Il jette un coup d'œil autour de lui. Repère un téléphone payant à quelques mètres. Y va droit. Décroche. Attend la tonalité et appelle police secours. Après deux sonneries, il entend un message enregistré.

— Désolés, toutes nos lignes sont occupées. Patientez quelques instants. Nous prendrons votre appel dès que possible. S'il ne s'agit pas d'une urgence, raccrochez et composez le numéro à sept chiffres du service que vous souhaitez joindre.

Goodman patiente. Toutes les trente secondes environ, un nouveau message enregistré lui assure que les appels sont traités dans l'ordre où ils arrivent. On lui rappelle de raccrocher s'il ne s'agit pas d'une urgence. Il réfléchit : en est-ce bien une ? D'habitude, quand on parle d'urgence, on pense plutôt à un infarctus, à un incendie, ou à une agression. Son appel risque d'empêcher une véritable urgence d'être signalée à temps pour sauver une vie humaine. Quand on finira par lui répondre, lui reprochera-t-on de ne pas avoir raccroché et appelé le service compétent ? N'en connaissant pas le numéro, il reste en ligne.

Cinq minutes passent. Puis dix. Le téléphone est en plein soleil. Le cou et le front de Goodman ruissellent de sueur. Sa chemise lui colle à la peau. Ses yeux le brûlent. A force de rester debout sans bouger, il a de plus en plus mal au dos. Il change de position, si bien qu'il ne voit plus la voiture.

Au bout d'un quart d'heure, il décide d'attendre encore une minute. Trois minutes, en fait. Il est sûr de raccrocher à l'instant précis où on va prendre son appel. Allez, une minute de plus, mais c'est vraiment la dernière.

Il se retourne à temps pour découvrir deux gosses — douze ou treize ans maximum — devant le coffre de la voiture. Impossible de voir ce qu'ils font. Le hayon relevé les cache en partie.

— Eh là ! hurle-t-il.

Ils se redressent et regardent dans sa direction.

— Fichez-moi le camp !

Après une ou deux secondes d'hésitation, ils détournent le regard et prennent leurs jambes à leur cou. Goodman arbore un sourire satisfait. Bien que ce soient des gamins, il se félicite d'avoir réussi à les faire fuir.

Il lui faut quelques instants avant de s'apercevoir qu'ils ont chacun une de ses valises à la main.

Lâchant le téléphone, il tente de les poursuivre. Mais son dos se bloque avant qu'il n'atteigne la voiture. A deux cents mètres de là, les deux gosses disparaissent dans une rue perpendiculaire.

Ils doivent peser une quarantaine de kilos. Et portent des baskets. Goodman, lui, a cinq kilos en trop et des mocassins Thom McAn à semelles de cuir. Même avec un dos en bon état, il n'aurait aucune chance. Il abandonne.

Trop éloigné du téléphone, il n'entend pas la voix de la standardiste qui a fini par prendre son appel.

Il se baisse avec précaution, ramasse la manivelle, la jette dans le coffre. A grand-peine, il remet la roue de secours à la verticale, et va la ranger dans son logement en la poussant devant lui. Après avoir replacé le couvercle, il referme brutalement le hayon et s'assoit derrière le volant.

La valise et le porte-habits contenaient la totalité de ses vêtements. Il ne lui reste même pas un caleçon de rechange.

— Merde !

C'est le juron le plus grossier qu'il s'autorise.

Il se sent anéanti, incapable de faire quoi que ce soit. D'où sa décision de repartir vers le motel, peut-être d'y passer une nuit de plus. Tant pis s'il doit encore lui en coûter trente-six dollars : un peu de repos ne lui fera pas de mal, à son dos non plus. De sa chambre, il pourra essayer de rappeler la police.

Bien sûr, il faut d'abord régler ce problème de roue à plat.

Il sort vérifier ce qu'il en est. Rien de dramatique, après tout. Une vieille blague lui revient : en réalité, il n'y a jamais que la moitié inférieure d'un pneu qui se dégonfle… Il doit pouvoir rouler lentement jusqu'à la prochaine station-service.

Il se réinstalle au volant, met le contact, et quitte le parking du restaurant en marche arrière.

Il avance au ralenti sur la voie de droite. Au bout de quelques centaines de mètres, il repère un magasin de pièces détachées. Il s'arrête pour acheter une bombe de dépannage Jiffy-Spare. Il ne s'en est jamais servi, mais on dit qu'elles marchent une fois sur deux. Avec sa chance habituelle, mieux vaut compter une fois sur trois. TVA comprise, les trois bombes lui reviennent à dix dollars trente-neuf. Il paie en liquide.

Une fois dehors, il maintient l'embout de la bombe sur la valve du pneu jusqu'à ce qu'il entende un sifflement. Au fur et à mesure qu'il se vide, le récipient se refroidit dans sa main. A sa grande surprise, la première tentative est la bonne : le pneu se remplit d'air. Une substance blanche et caoutchouteuse apparaît quand il retire la bombe.

Il regagne le motel très content de lui. Sans roue de secours utilisable, il s'est débrouillé pour réparer un pneu à plat. Tout le monde ne s'en serait pas aussi bien sorti...

Dès qu'il tourne dans la 140ᵉ Rue, Russell Bradford sait qu'il est sauvé. Il aperçoit plusieurs habitués au travail. Big Red est là. Eddie Boy aussi. Et le petit nouveau qui a de la coke.

Russell se dirige d'abord vers le vendeur d'Eddie Boy. Un junkie boutonneux à l'air défoncé. Tout le monde l'appelle Zombie.

— Salut, Zom. Quoi de neuf ? demande Russell.

Ailleurs, cette question tient lieu de salut. Mais pas au sud du Bronx, sur la 140ᵉ Rue. Pour les centaines, ou les milliers de Russell Bradford de ce monde, il s'agit d'une interrogation bien précise. Traduction approximative : « Qu'est-ce que tu vends ? Sous quelle forme ? Quelle qualité ? A quel prix ? »

— Des dimes de Night Train, répond Zombie. De la bombe, mec.

Russell passe rapidement en revue ses différentes possibilités. Il doit tirer le maximum de ses vingt dollars.

Night Train est une marque d'héroïne. A l'aide d'un tampon, chaque dealer appose sa marque sur les sachets en papier dans lesquels il vend son produit, un peu comme dans les supermarchés on trouve des paquets et des boîtes de conserve Heinz, Sara Lee ou Birds Eye. Le client a le droit de savoir ce qu'il achète. S'il est satisfait, il reviendra le lendemain, le surlendemain, et les jours suivants. Après tout, c'est ça, les années 90 : le règne de la concurrence, du marketing et de la fidélisation du consommateur.

La « bombe » garantit une marchandise de premier choix. C'est-à-dire efficace, capable de provoquer un flash à la fois intense et prolongé.

Les « dimes » sont des sachets valant dix dollars chacun. Les « nicks » en valent cinq, les « treys » trois. Mais l'efficacité de ces derniers est moindre. Leur contenu a subi un coupage supplémentaire et ils sont réservés aux plus désespérés, qui n'ont pas assez d'argent pour s'offrir la qualité. Même et surtout dans l'univers des junkies, les riches s'en sortent toujours ; les pauvres trinquent.

— Donne-moi une dime, dit Russell.

— C'est parti pour un tour ! s'écrie Zombie, et de nulle part surgit un autre gosse, que Russell n'a encore jamais vu. Il lui tend son billet de vingt dollars tout froissé, en échange de quoi il reçoit deux billets de cinq dollars et un petit sachet carré. Le gosse disparaît. Russell tourne les talons et s'éloigne. Dans le même temps, à plusieurs mètres de là, Eddie Boy observe la scène. A aucun moment il ne touche la drogue ou l'argent, ni ne prononce une parole.

Ensuite, Russell va voir Big Red. Un costaud. Reconnaissable à sa casquette de baseball rouge.

— Quoi de neuf, Red ?

— Des bleus, des jaunes.

En d'autres termes, de minuscules flacons de verre contenant quelques morceaux de crack. On les distingue uniquement à la couleur de leur capsule. Les bleus coûtent sept dollars pièce, les jaunes cinq.

— Effet garanti ? demande Russell.

— Personne me les a encore rapportés.

— Deux jaunes, alors.

— Adresse-toi à la caissière.

De la tête, Big Red désigne une femme maigre avec des locks. Russell s'approche d'elle et lui donne ses deux billets de cinq dollars.

— Sur le téléphone, dit-elle sans le regarder.

Russell fait demi-tour pour rejoindre une cabine téléphonique trois ou quatre mètres plus loin. Elle est hors d'usage. Le combiné, arraché depuis longtemps, n'a jamais été remplacé. En haut de l'appareil, cependant, Russell trouve deux flacons de verre à capsule jaune. Il les empoche et s'en va.

De retour au motel, Goodman réserve une nuit supplémentaire, et paie comptant les trente-six dollars. On lui attribue une autre chambre, où le climatiseur attire aussitôt son attention : il fonctionne, mais avec un bruit d'avion prêt à décoller. Toutefois, Goodman a déjà enlevé ses chaussures, ses chaussettes et, trop content d'avoir une chambre, renonce à faire la moindre réclamation. De surcroît, le lit au matelas bien ferme devrait améliorer ses problèmes de dos.

En bon comptable, assis au bureau recouvert de formica, il examine ses tickets et recompte son argent. Son petit déjeuner lui a coûté sept dollars soixante-quinze ; avec les trois bombes de dépannage et la nuit de motel supplémentaire, il a déjà dépensé cinquante-quatre dollars et quatorze cents aujourd'hui, ce qui lui laisse en tout et pour tout cinquante-trois dollars et quatre-vingt-dix-sept cents. Impossible de regagner New York dans ces conditions, même avec ses cent dollars en travellers.

Il remplit la baignoire, dans l'espoir qu'un bain chaud fera du bien à son dos. Pendant que l'eau coule, il interroge son répondeur à New York à l'aide de sa carte de téléphone. Il est obligé d'arrêter le climatiseur pour comprendre l'enregistrement.

Six messages en tout : il se prend à espérer qu'il y a au moins une réponse de l'une des firmes auxquelles il a envoyé son CV.

Il se trompe.

Trois émanent de sociétés de recouvrement et concernent des factures impayées. Dans un autre, son ancien employeur l'informe qu'il n'a plus droit à l'assurance médicale, ni à l'utilisation de sa carte Mobil. Dans le cinquième, sa belle-mère lui révèle que sa fille — dont elle s'occupe le temps que Goodman trouve un emploi et retombe sur ses pieds — s'est plainte à plusieurs reprises de maux de tête, et qu'elle s'inquiète à son sujet. Le dernier provient de son oncle qui se lamente sur son angine de poitrine. Goodman les efface tous.

Il s'apprête à téléphoner à sa belle-mère lorsqu'il se souvient de la roue de secours. Avant toute chose, il doit tenter de contacter la police. Pourtant, au moment où il compose le 911, il entend l'eau couler dans la pièce voisine. Il appellera quand il aura pris son bain.

Il attend que la baignoire soit pleine à ras bord pour fermer les robinets. L'eau est tellement chaude qu'elle le brûle presque, et il doit y entrer progressivement. Mais une fois allongé de tout son long, une sensation de bien-être l'envahit et son dos commence à se détendre.

Immergé sous plusieurs centimètres d'eau, le trop-plein produit un gargouillis agaçant. Goodman y applique un gant de toilette, qu'il maintient en place avec son pied. Le bruit cesse, bien que la baignoire continue à se vider. De l'autre pied, il tourne le robinet de manière à obtenir un filet d'eau chaude ininterrompu. Ainsi le bain gardera une température et un niveau constants.

Goodman repose sa nuque contre la partie inclinée de la baignoire. Il s'imagine dans un cocon, au chaud et à l'abri du monde.

Il pense à la roue de secours. Pour la première fois, il s'interroge sur la quantité exacte de drogue qu'elle contient et la somme que ça peut représenter. Il doit y en avoir une dizaine de kilos, peut-être une douzaine. Impossible de savoir s'il s'agit d'héroïne, de cocaïne, ou d'autre chose. Il n'a absolument aucun indice de référence lui permettant d'en estimer la valeur. Même à mille dollars la livre — sans doute une évaluation modeste — ça fait au moins vingt mille dollars.

Si seulement il était différent, assez téméraire pour garder la drogue, et assez bien informé pour l'échanger contre de l'argent. Mais il sait qu'il n'est ni l'un ni l'autre.

Les yeux fermés, il reste dans son bain jusqu'à ce que ses orteils soient aussi fripés que des pruneaux. Puis il déplace le gant de toilette et ferme le robinet d'eau chaude, toujours avec son pied. Il écoute le glouglou produit par l'eau aspirée dans le trop-plein. Quelques minutes plus tard, le niveau et la température du bain ont baissé. A l'aide de son orteil, il ouvre la bonde et la baignoire se vide encore plus vite. Il se met debout et sort de l'eau, convaincu d'aller un peu mieux.

Enveloppé dans une serviette, il compose de nouveau le 911 sur le téléphone de sa table de chevet. Cette fois, une voix féminine, très professionnelle, lui répond à la troisième sonnerie.

— Opératrice 117. Quelle est la nature de votre urgence ?

— J'ai découvert de la drogue.

— Quel type de drogue ?

— Je n'en sais rien. Des stupéfiants.

— Restez en ligne, monsieur.

Il y a un déclic, comme si son appel était mis en attente. Cependant, sa correspondante se remet aussitôt à parler, d'une voix différente, beaucoup moins professionnelle.

— J'ai un abruti au bout du fil qui veut nous livrer de la drogue. Qu'est-ce que je lui réponds ?

— Allô ? demande Goodman.

Nouveau déclic, et il est bel et bien mis en attente. Une quinzaine de secondes plus tard, l'opératrice reprend son appel : elle a retrouvé sa voix professionnelle.

— Monsieur, si vous souhaitez nous remettre une substance illicite, vous devez l'apporter dans un commissariat aux heures normales d'ouverture. Nos services déclinent toute responsabilité en cas d'action avant que vous n'ayez effectivement remis les substances en question.

Goodman a l'impression qu'elle vient de lui lire un texte imprimé.

— Et quelles sont les heures normales d'ouverture ?

— Du lundi au vendredi, de neuf heures à seize heures trente.

Il retient un éclat de rire. C'est bien la Floride ! A New York, ce serait plutôt de six heures du matin à vingt et une heures.

— Où est le commissariat ?

En guise de réponse, Goodman entend le bip de fin de communication. Son interlocutrice a déjà raccroché.

De la 140ᵉ Rue, Russell Bradford remonte jusqu'à la 145ᵉ. Là, devant une laverie automatique, il trouve Robbie McCray en train de l'attendre. Avant même que Robbie ne l'aperçoive, Russell sait qu'il est en manque, rien qu'à sa manière de danser d'un pied sur l'autre en bougeant les épaules d'avant en arrière, comme s'il avait envie de pisser.
— Tu faisais quoi, mec ? demande Robbie quand il voit enfin Russell approcher.
— Du business, c'est ça que je faisais.
Russell suit Robbie à l'intérieur d'un immeuble en pierre brune. Un hôtel particulier de cinq étages ayant appartenu, il y a des années, à une famille blanche fortunée. Ensuite il a été subdivisé en appartements, loués à des Noirs et à des Hispaniques. A présent, il est abandonné ; les vitres des fenêtres ont disparu et ont été remplacées par des panneaux en contreplaqué. Il y a un cadenas sur la porte d'entrée, mais démoli : quelqu'un y a vaporisé un produit réfrigérant avant de donner deux bons coups de marteau. Imparable.
Ils montent l'escalier et ouvrent la porte conduisant sur le toit. Ils sortent lentement, au cas où ils ne seraient pas seuls. La chance leur sourit : il n'y a personne, rien que des centaines de flacons vides, des aiguilles tordues, des papiers déchirés, des pochettes en papier cristal, d'autres ordures accumulées depuis un an, et deux pigeons, qui s'envolent à leur vue. Il règne une odeur d'urine et d'excréments, et les deux adolescents regardent soigneusement où ils mettent les pieds en se faufilant jusqu'à leur coin habituel. Robbie s'impatiente.
— Tu as trouvé quoi ?
— De la blanche et un peu de crack. Et toi ?
— Rien, mec.
Robbie fixe ses baskets.
— Merde, Blackie. Qu'est-ce qui t'arrive ?
— Je te le revaudrai.
— Va te faire foutre.
Pourtant, Russell n'a pas le courage de le renvoyer. Il y a eu des jours où Robbie avait ce qu'il fallait et pas lui. Par ailleurs, on se défonce mieux à deux que tout seul.
— Tu as un tuyau ? demande Russell.

Robbie lui tend une petite pipe en verre et une sorte de briquet : la « torche ». Russell saisit la pipe. Il cherche dans sa poche, prend l'un des flacons à capsule jaune. Il le dévisse et fait glisser avec soin ce qui ressemble à deux Rice Krispies blanches dans le fourneau de la pipe. Il allume la torche, puis laisse la flamme sous le fourneau le temps que les deux fragments commencent à grésiller et à fondre.

Russell prend une profonde inspiration et garde la fumée dans ses poumons en passant la pipe à Robbie. Ils aspirent chacun leur tour jusqu'à ce que le fourneau soit vide. Ils y versent alors le reste du flacon et répètent l'opération.

Presque aussitôt, le monde extérieur disparaît pour Russell. Il n'en voit qu'un bout de toit. Plus d'appartement, ni de famille. Il oublie qu'il a quitté l'école, qu'il est au chômage. Plus rien de tout ça n'existe. La présence de Robbie est à peine perceptible. Russell a avant tout conscience de lui-même, ici, maintenant, et la sensation incroyable de s'élever au-dessus de l'univers, de flotter...

Goodman compose le numéro de sa belle-mère. Le répondeur se déclenche après la deuxième sonnerie et une voix de femme se détache sur un fond musical, une chanson de Frank Sinatra, semble-t-il.

— Vous êtes bien au 2-1-2-5-5-2-0-2-6. Je suis absente et ne peux vous répondre. Laissez un message après le bip sonore, et je vous rappellerai.

Pourquoi diable les gens croient-ils nécessaire de vous redonner le numéro que vous venez de composer ? Ne sachant trop que dire, il raccroche sans laisser de message.

Etendu sur le lit, il considère le ventilateur en train de tourner au plafond. Puis jette un coup d'œil au réveil. Il ressemble à celui qui ne s'est pas déclenché ce matin. 12 : 03, à peine le début de l'après-midi, et Goodman a l'impression d'avoir déjà une longue journée derrière lui. Il ne lutte pas contre le sommeil. Même en s'accordant une heure de sieste, il aura tout le temps de trouver le commissariat avant la fermeture.

L'incroyable sensation de flotter s'est révélée fugace. Alors qu'autrefois elle se prolongeait pendant des heures, elle se dissipe à présent au bout de quelques minutes. Russel Bradford entend Robbie lui demander s'il lui reste du crack.
— Non, juste de la blanche.
Robbie inspecte le toit. Il finit par découvrir ce qu'il cherchait, et revient avec une cuiller en métal rouillé, dont le manche est tordu en deux. Tandis qu'il sort de sa casquette une aiguille de seringue équipée d'une poire en caoutchouc, Russell récupère au fond de sa poche le sachet en papier sur lequel est imprimé NIGHT TRAIN. Il l'ouvre avec soin, le déplie entièrement pour former un triangle — d'où son nom de « pyramide » dans l'argot des junkies. Au centre de la pyramide est posé un petit tas de poudre blanche.

Russell fait descendre la moitié de la poudre dans la cuiller. Sous ses yeux, Robbie crache dedans — à défaut d'avoir de l'eau —, puis chauffe le tout en tenant la torche sous la cuiller et en mélangeant doucement avec l'aiguille. Quelques secondes plus tard, le liquide se met à bouillonner. Robbie pose la cuiller avec précaution, retrousse sa manche de chemise et retire la ceinture de son jean. Il en glisse l'extrémité dans la boucle, de manière à former un garrot autour de son bras. En serrant la poire et en plaçant l'aiguille dans la cuiller avant de relâcher progressivement son étreinte, il fait passer le mélange de la cuiller dans la poire. Cette seringue improvisée dans une main, il se sert de ses dents pour tirer d'un coup sec sur l'extrémité de la ceinture. Russell, qui ne se shoote pas encore, regarde saillir les veines du bras de Robbie.

Avec la compétence d'un membre du corps médical, celui-ci tâte une veine à l'aide de l'aiguille. Sans vraie seringue, il ne peut s'offrir le luxe de vérifier si le récipient se remplit de sang. Il se contente de presser la poire avec prudence pendant une seconde, esquisse un sourire, lâche la ceinture qu'il tenait entre ses dents, et vide la poire. Quand il retire l'aiguille, une goutte de sang sombre apparaît.

Russell trempe l'index dans la poudre qui reste sur la pyramide et le porte à son nez. Fermant une narine de l'autre index, il sniffe. Et répète l'opération jusqu'à ce que le sachet soit vide, changeant de narine à chaque fois.

Le corps de Russell s'embrase de l'intérieur. Malgré un certain engourdissement, il éprouve une impression de chaleur, de bien-être, de sécurité. Il s'y abandonne, se laisse emporter. Robbie, parti beaucoup plus vite, commence déjà à redescendre, à s'assoupir. Russell se désintéresse de lui et retourne à son trip...

Goodman se réveille. Se demande où il est. Voit un ventilateur au plafond. S'aperçoit qu'il est seulement vêtu d'une serviette. La chambre du motel, son bain, la roue de secours lui reviennent en mémoire. Le réveil marque 4 : 17. Il a dormi quatre heures, perdant toute chance de se présenter dans un commissariat, quel qu'il soit, avant seize heures trente.

Il fait pivoter ses jambes sur le lit pour s'asseoir. Son dos se rappelle à son bon souvenir, mais la douleur est un peu moins vive.

Il compose de nouveau le 911. Un opérateur répond après neuf sonneries.

— Opérateur 27. De quelle urgence s'agit-il ?
— J'ai trouvé de la drogue.
— Quel type de drogue ?
— Je ne sais pas vraiment.
— Quelle quantité ?
— Difficile à dire.

Après une pause, l'opérateur reprend la parole.

— Si vous souhaitez nous remettre une substance illicite, vous devez l'apporter dans un commissariat aux heures normales d'ouverture. Nos services déclinent toute responsabilité en cas d'action avant que vous n'ayez effectivement remis les substances en question.

— Merci.

Goodman raccroche. Il compose le numéro de sa belle-mère à New York. Elle décroche après la deuxième sonnerie.

— Bonsoir. C'est moi, Michael.
— Bonsoir, Michael.

— J'ai eu votre message. Comment va Kelly ? Qu'est-ce que c'est que cette histoire de maux de tête ?
— Où êtes-vous ?
— En Floride. A Fort Lauderdale.
— Qu'est-ce que vous faites là-bas ?
— J'ai passé un entretien d'embauche.
— N'allez pas imaginer que je vous laisserai emmener ma seule petite-fille en Floride.
— Ne vous inquiétez pas. Je n'ai pas décroché le poste. Et les maux de tête de Kelly ?
— J'ai dû l'emmener chez le médecin cet après-midi. Qui d'autre s'en serait occupé ?
— Qu'a-t-il dit ?
— Ils veulent lui faire subir des examens.
— Quel genre d'examens ?
— Comment voulez-vous que je le sache ?
— Et alors ?
— Ils veulent d'abord une attestation d'assurance. Voilà pourquoi j'ai appelé. J'ai besoin du nom de votre entreprise et du numéro de la police d'assurance.

Goodman se mordille la lèvre inférieure.

— Il n'y a plus d'entreprise, ni de numéro de police. Mon employeur a résilié mon contrat lors de mon licenciement.

Silence à l'autre bout du fil.

— Je peux parler à Kelly ?
— Elle dort.
— Mais il est quatre heures et demie de l'après-midi !
— Elle était fatiguée. Rappelez dans une heure ou deux. Je la réveillerai avant le dîner.

Elle raccroche, et il se retrouve le combiné à la main.

En entendant le mot « dîner », il se souvient qu'il n'a rien mangé depuis le petit déjeuner. Bien qu'il n'ait pas particulièrement faim, il se sent coupable d'avoir passé l'après-midi à dormir. Dans la salle de bains, il se brosse les dents et donne un coup de peigne à ses cheveux clairsemés. Il essuie ses verres de lunettes, où les marques de doigts ont tendance à se multiplier. Il enfile les mêmes vêtements : il n'en a pas d'autres.

Après être restée en plein soleil, la Camry est brûlante et

Goodman met la climatisation en marche. Il laisse l'intérieur se rafraîchir pendant quelques minutes avant de démarrer. Au fond, il a eu raison d'obliger l'agence à lui donner ce modèle rose. C'est alors qu'il pense à la roue de secours. Pour la première fois, il prend conscience que cette voiture était de toute évidence destinée à quelqu'un d'autre, sans doute furieux à l'heure qu'il est. Il enclenche la marche avant et démarre.

Environ cinq cents mètres plus loin, sur sa droite, apparaît un centre commercial où il s'arrête après avoir trouvé une place de parking. Dans un magasin JCPenney, il s'offre un jean, deux chemises à manches courtes, trois caleçons et plusieurs paires de chaussettes. Il choisit un sac de voyage en nylon noir et attend son tour à une caisse. Se ravisant soudain, il retourne chercher un second sac, identique au premier, mais dans la plus grande taille disponible. Il s'achètera tôt ou tard d'autres vêtements, alors autant avoir deux sacs.

Ses achats se montent à quatre-vingt-neuf dollars cinquante-cinq. Il tend sa carte Visa à la caissière et retient son souffle pendant qu'elle la passe dans la machine. Aucun problème, apparemment : il n'a pas encore dû atteindre la limite autorisée. Les bras chargés de ses nouvelles acquisitions, il quitte le magasin.

Il enfourne le tout dans le coffre de la Camry, par-dessus le couvercle du compartiment de la roue de secours. Puis il se réinstalle au volant, et reprend l'autoroute.

Il roule sur une portion particulièrement laide, où se succèdent stations-service, centres de lavage de voitures, fast-foods et agences de location de véhicules. Il repère un Taco Bell sur sa gauche. Il aime bien ce qu'on y sert, même la viande dont sont garnis les tacos, qui ressemble pourtant un peu à de la nourriture pour chiens. Il fait demi-tour à la sortie suivante et s'arrête devant le restaurant.

Il y fait frais et il est presque désert. Il commande deux burritos à sept ingrédients sans crème aigre, et un grand Coca-Cola.

— Sur place ? demande la serveuse.
— Pardon ?
— Sur place, ou à emporter ?
— Oh, à emporter.

Une main sur le volant, l'autre sur le gobelet de Coca-Cola pour l'empêcher de se renverser, il retourne au motel.

Il est déjà dix-sept heures trente lorsqu'il transporte ses achats dans sa chambre pour les ranger. Il finit par découvrir la télécommande et allume le téléviseur : bien calé contre la tête du lit, il mange un burrito et boit son Coca à petites gorgées en zappant entre les informations et une chaîne genre MTV, spécialisée dans la musique country.

Il apprécie les burritos, se félicitant d'avoir pensé à les demander sans crème aigre, qu'il déteste. Le Coca, un peu insipide à cause de la glace fondue, n'est pas trop mauvais.

Goodman tente d'imaginer celui à qui était destinée la drogue cachée dans la roue de secours, sa colère en apprenant que la voiture sur laquelle il comptait a été attribuée à quelqu'un d'autre. Il se rappelle alors avoir donné le nom du motel en guise d'adresse. Le type en question a très bien pu obtenir cette information, peut-être même est-il déjà en route. Goodman tire un minimum de réconfort de l'idée que ce n'est pas lui mais la voiture qui l'intéresse — le contenu de la roue de secours, plus exactement. Il va néanmoins vérifier qu'il a fermé sa porte à clé. Par précaution, il tire la chaîne de sûreté : un modèle petit format en laiton, fixé au chambranle de la porte par deux vis d'un centimètre qu'on trouve dans le commerce pour environ deux dollars quatre-vingt-dix-huit...

La chaîne météo ne semble pas décidée à communiquer ses prévisions pour le lendemain. Ce qui, en Floride du Sud, signifie à coup sûr qu'il va pleuvoir. La chambre de commerce doit interdire la diffusion des bulletins annonçant autre chose qu'un ciel dégagé et une température aux alentours de 25°. Il repasse sur MTV, où une espèce de cowboy chante les mérites de sa bonne vieille Cadillac. Il éteint la télévision.

De nouveau, il compose le numéro de sa belle-mère. Sa fille lui répond d'une toute petite voix.

— Bonsoir, mon ange. C'est papa.
— Bonsoir papa.
— Comment vas-tu ?
— Bien.

— Ta mamie m'a dit que tu avais mal à la tête.
— Un peu.
— Comment te sens-tu maintenant ?
— Ça va. Le docteur veut bien que j'emmène Larus avec moi quand on prendra des photos de ma tête.
— Parfait, mon ange.

Larus est la peluche de Kelly, son objet fétiche. Presque aussi gros qu'elle, il tient de l'ours et de l'éléphant. Personne ne se rappelle d'où il vient, ni ce qu'il est censé représenter.

— Papa, tu reviens quand ?
— Bientôt, mon ange, très bientôt.
— Mamie ne connaît pas d'histoires intéressantes.
— Dès mon retour, je te promets de t'en raconter une vraiment formidable.
— Une longue ?
— Très longue.
— Avec des chapitres ?
— Avec des chapitres.
— Tant mieux.
— Quant à toi, essaie de guérir. N'oublie pas que ton papa t'aime très fort.
— Moi aussi, je t'aime, papa.
— Tu me passes ta mamie ?
— D'accord.

Quelques secondes plus tard, il entend la voix de sa belle-mère.

— Avez-vous appelé la compagnie d'assurances ?
— Je vous ai déjà expliqué que je n'avais plus d'assurance.
— Dois-je faire appel à un avocat ?

Goodman ne relève pas.

— Que craignent les médecins ? Cette gosse n'a que six ans.
— Les enfants de six ans n'ont pas le droit de tomber malades ?
— Faites-lui subir ces examens. Je trouverai l'argent.
— Vous avez intérêt.

Il comprend qu'il est important pour elle d'avoir le dernier mot.

— Au revoir, dit-il alors.
— Au revoir.

— Tu as autre chose ? demande Robbie à Russell.
— Non, mec, c'est fini.

Tous les deux s'étaient assoupis, assis sur leur coin de toit en terrasse dominant la 145e Rue. Russell s'est réveillé le premier ; il a fallu une vingtaine de minutes de plus à Robbie. Puisque rien ne les retient ici, ils se lèvent, s'étirent, se dirigent vers l'escalier. Dans la rue, ils prennent des directions opposées.

— A plus tard, mec, lance Robbie.
— A plus tard.

En rentrant chez lui, Russell enfonce la main dans sa poche et la referme sur le second flacon à capsule jaune, dont il a caché l'existence à Robbie. Celui qui lui permettra de passer l'après-midi.

Goodman décide de laisser ce problème de roue de secours se résoudre tout seul. La voiture restera à sa place, juste devant sa chambre. Ceux qui veulent la retrouver viendront sans doute pendant la nuit. Soit ils forceront le coffre pour s'emparer de la roue, soit ils voleront carrément le véhicule. Demain matin, il découvrira quelle hypothèse était la bonne et se débrouillera pour prévenir Avis. Ensuite, si on l'autorise à utiliser une nouvelle fois sa carte Visa, il louera une autre voiture et en route pour New York. Affaire classée.

Il rallume le téléviseur, cherche un film. Puis opte pour un documentaire du National Geographic sur la migration vers le Nord d'un loup solitaire à la recherche de sa meute. L'animal est blessé, et Goodman a le sentiment qu'il ne s'en sortira pas : il zappe afin de ne pas le voir mourir.

Il regarde un match de baseball pendant une bonne vingtaine de minutes avant de s'apercevoir qu'il oppose l'équipe des Yankees à celle des Atlanta Braves dans le cadre des World Series. Il se moque de savoir qui sera le gagnant ou le perdant, et ne connaît pratiquement aucun joueur. Pourtant, il est pris par le rythme de la partie : trois prises pour chaque batteur, trois retraits pour chaque équipe. Rien de commun avec le football, le basket ou le hockey, où tout le monde se livre à une véritable course contre la montre. Au baseball, chaque équipe a droit à ses trois prises, ses trois retraits, ses neuf reprises ; peu importe le temps qu'il faut pour y parvenir.

Chaque demi-reprise est ponctuée par des spots publicitaires pour des marques de voiture et de bière. Goodman aime particulièrement celui où trois grenouilles s'entraînent à dire « Budweiser ». Il mange son second burrito avec plaisir, bien qu'il soit froid.

Vers vingt-deux heures, il s'endort.

Raul Cuervas écrase l'accélérateur, regarde l'aiguille du compteur de vitesse grimper jusqu'à cent vingt-cinq, cent vingt-huit, cent trente. Il jette un coup d'œil à la montre à affichage digital du tableau de bord, 10 : 49. Il sait que l'agence Avis de l'aéroport ferme à vingt-trois heures. Il sait aussi qu'il lui reste plus de vingt kilomètres à parcourir. Et qu'il n'y arrivera pas.

Il est dans un sacré pétrin.

Il devait aller chercher la voiture hier après-midi. Mais le soir précédent, il est allé boire de la tequila chez Fast Eddie avec Papo et Julio. Une demi-douzaine de verres plus tard, il nageait dans l'euphorie. Il y avait cette *chiquita* qui ne cessait de lui faire de l'œil. Il a fini par la rejoindre. Après un brin de conversation, ils se sont retrouvés dans une chambre quelque part.

Il déboîte pour éviter une voiture trop lente, qu'il double à grands coups de klaxon en lui faisant une queue de poisson. Putain de vieux *maricones*! Il faudrait leur interdire les routes, les parquer dans un circuit géant où ils tourneraient comme dans les autos tamponneuses.

Il tente de se rappeler sa nuit avec la *chiquita*, en vain. Il n'a toutefois pas oublié ses seins. Leurs pointes dressées surtout, aux petits mamelons bien fermes...

Il constate qu'il a du mal à maintenir sa vitesse : la circulation augmente encore à l'approche de l'aéroport. Il ne dépasse pas le cent quinze et il est déjà 10 h 54. Bon sang, quel enfoiré !

Il revoit son réveil, seul dans une chambre de motel inconnue, avec une migraine épouvantable, plus de portefeuille, et même pas la certitude d'avoir baisé la fille ! Pire, le permis de conduire et la carte de crédit donnés par Mister Fuentes pour récupérer la voiture de location se sont envolés en même temps que son portefeuille... Sans eux, impossible de prouver qui il est censé être.

Il se rapproche à toute vitesse d'un pick-up sans feux arrière qu'il aperçoit à la dernière minute, et déboîte dans un crissement de pneus. Un autre candidat pour les autos tamponneuses. Il ne fait plus qu'un petit cent à l'heure. Il lui reste presque dix kilomètres à parcourir et il est 10 h 58.

Il lui a fallu toute la soirée pour mettre la main sur Johnny Delgado et lui soutirer un double du permis et de la carte de crédit. A présent, l'agence va lui fermer au nez et il devra attendre jusqu'à demain pour avoir la voiture. En admettant qu'elle soit toujours là... Quand Mister Fuentes apprendra ça, il fera à Raul un deuxième trou de balle. S'il n'est pas déjà au courant.

Goodman se réveille vers vingt-trois heures : le match terminé, les commentateurs confrontent leurs analyses. Ils sont en train d'interviewer un joueur en caleçon.

Il éteint la télévision, la lumière et se retourne sur le lit. Comment a-t-il pu s'endormir avec son mal de dos et le bruit du climatiseur ? Il suffit pourtant de cinq minutes pour qu'il succombe de nouveau au sommeil.

Il est vingt-trois heures cinq lorsque Raul Cuervas arrive à l'aéroport de Fort Lauderdale, et presque le quart au moment où il se présente devant l'agence Avis dans l'aérogare sombre et désert. Une pancarte est posée sur le comptoir.

FERMÉ
RÉOUVERTURE À 7 HEURES
POUR VOUS NOUS FERONS TOUJOURS PLUS.

Raul la balancerait bien dans la vitre derrière le comptoir, mais il remarque qu'elle est fixée par une chaîne. Quelqu'un a déjà dû avoir la même idée que lui.

Il n'ose pas rentrer chez lui. Johnny Delgado ou Mister Fuentes risquent de chercher à le joindre et il ne souhaite pas leur parler avant d'avoir mis la main sur la voiture. Pas question cependant d'attendre huit heures dans ce foutu aéroport. Il décide d'aller jusque chez Fast Eddie, pour essayer de retrouver la trace de cette putain de *chiquita* et lui tordre le cou.

Russell Bradford ne peut pas dormir. Il est étendu sur le canapé du séjour, en nage. Il fait froid dans la pièce, mais il sait que son état n'a aucun rapport avec la température ambiante. Il est de nouveau en manque et va devoir ressortir.

Malgré l'obscurité, il n'a pas la moindre idée de l'heure. Sans doute autour de minuit, mais peu importe : là où il va, il y aura quelqu'un. C'est comme ça, là-bas.

Il remet le même T-shirt, la même paire de Nike. Enfile un sweat à capuche et son jean. En silence, il inspecte l'appartement jusqu'à ce qu'il trouve ce qu'il cherche : le sac à main de sa grand-mère. Elle a pris l'habitude de le dissimuler en haut de la penderie de l'entrée. Russell la soupçonne pourtant de ne pas vraiment le cacher. De ne pas être dupe chaque fois qu'il lui manque de l'argent. Il l'a même entendue se disputer avec sa mère, déclarer qu'elle préférait voir le gamin lui prendre quelques dollars plutôt que l'obliger à les voler ailleurs. Le gamin en question, c'est lui.

Grâce à la lumière qui entre par la fenêtre, il compte trois billets de dix dollars dans le porte-monnaie de Nana, plus quelques-uns de un dollar. Il en empoche un de dix, et repose le sac à sa place. Après une minute de réflexion, il prend un second billet de dix dollars. Puis sort de l'appartement à pas de loup en refermant doucement la porte derrière lui.

2

Goodman prend progressivement conscience de la lumière du jour qui filtre entre les lames du store.
Sa première pensée va à sa fille Kelly. Ses maux de tête ne sont peut-être qu'une manière d'attirer l'attention après la mort de sa mère. Il y a un certain temps déjà, il a lu quelque part que les enfants réagissent seulement après coup à ce genre de drame. Et à cause de leur difficulté à exprimer leurs émotions, ils se mettent à faire des cauchemars, à mouiller leur lit, à avoir mal à la tête ou au ventre. Ce qui se comprend, quand on y réfléchit. Ce n'est sans doute rien de plus. Il prie le ciel d'avoir raison.

C'est une habitude qu'il a de réciter de temps à autre des petites prières pour hâter ou empêcher un événement particulier, ou pour remercier si, par miracle, tout s'est déroulé selon ses vœux. Il n' adresse ces prières à personne en particulier. Il n'a pas mis les pieds dans une synagogue depuis son mariage quinze ans auparavant, et ne se considère pas comme pratiquant. Il continue néanmoins à prier et à rendre grâce. Ça a l'air de marcher la plupart du temps, dès lors qu'il n'a pas d'exigences démesurées et pense à remercier quand il obtient satisfaction.

Sa seconde pensée consciente va à la voiture. Il ne se rappelle pas avoir été dérangé durant la nuit par le moindre bruit devant la porte. Ça ne veut pas dire grand-chose : à cause de la fatigue, il a dû dormir d'un sommeil de plomb. Et avec la climatisation en marche, il n'aurait même pas entendu un avion décoller du parking. Alors le démarrage d'une voiture...

A l'heure qu'il est, elle doit avoir disparu. Probablement la solution de facilité pour les destinataires de la drogue, plutôt que de forcer le coffre pour tenter de voler la roue de secours — ce qui aurait été difficile à expliquer s'ils s'étaient fait prendre.

Il se lève avec précaution, guettant les réactions de son dos. Il a encore mal, mais pas autant que la veille. Sa nuit de sommeil sur un matelas ferme lui a fait du bien. Il va à la fenêtre, écarte deux lames du store et regarde au-dehors.

La Camry est toujours là, à l'endroit où il l'a laissée.

Sous la douche, il finit par se convaincre qu'ils ont tout de même dû voler la roue de secours. Celui qu'elle intéressait a dû venir seul et en voiture, donc il n'avait pas vraiment le choix — difficile d'en conduire deux à la fois, après tout. Voilà des années, Goodman avait réfléchi au meilleur moyen de parvenir à mener seul deux véhicules d'un point A à un point B. Fallait-il déplacer le premier sur une courte distance, puis retourner chercher le second et l'arrêter à côté de l'autre ? Voire un peu plus loin ? Ou valait-il mieux gagner directement la destination finale avec le premier et aller ensuite récupérer l'autre ? Jamais il n'avait pu trancher.

Il se savonne longuement. Et si, par le plus grand des hasards, la roue est toujours dans le coffre ? Que faire ?

Il se rince. Eh bien, il se rendra au commissariat et leur refilera le bébé. Pas plus compliqué que ça.

Il sort de la douche, s'essuie, se noue une serviette autour de la taille. Assis au bord du lit, il appelle les renseignements. Il réussit à obtenir le numéro non réservé aux urgences de la police municipale de Fort Lauderdale, qu'il compose.

— Vous êtes en communication avec le standard des services de police de Fort Lauderdale. Vous pouvez nous joindre par téléphone de neuf heures à seize heures trente, du lundi au vendredi. S'il s'agit d'une urgence, faites le 911.

Il jette un coup d'œil au réveil, 6 : 51. Plus de deux heures à patienter. Il se rase le plus lentement possible. S'habille sans se presser, en veillant à retirer toutes les étiquettes et les épingles des vêtements neufs achetés chez JCPenney. Ensuite, il se regarde dans le miroir, avec son jean bleu foncé au pli trop marqué et sa chemise blanche habillée à manches courtes. Un vrai plouc.

Dehors, il regarde autour de lui avant d'ouvrir le coffre. Personne en vue. Il le déverrouille, soulève le hayon : la roue est toujours bien rangée dans son logement. Il referme.

Il décide de laisser la Camry à la même place et de chercher à pied un endroit où prendre son petit déjeuner. Peut-être histoire de leur laisser une dernière chance de partir avec la voiture ? Mais non : il veut juste profiter de cette belle matinée, avant que le soleil ne commence à taper trop fort.

Raul Cuervas est de retour à l'agence Avis de l'aéroport à 6 h 30. Il a le teint un peu plus pâle que d'habitude, les cheveux un peu plus en désordre. Même sa moustache paraît plus tombante. Il a dormi moins de deux heures la nuit dernière.

Après avoir quitté l'agence Avis, il s'est bien rendu chez Fast Eddie : pas trace de la *chiquita* qui l'avait arnaqué. Il a passé trois heures à boire de la Cuervo Gold et à faire des allers-retours aux toilettes hommes. Pas pour se soulager, mais pour sniffer presque un gramme de cocaïne afin de lutter contre le sommeil.

De là, il est allé au Miramar Lounge, où il a attendu l'heure de la fermeture. Puis chez Rico, un bar de Miami ouvert toute la nuit. On l'a laissé s'allonger deux heures dans une des chambres du haut, réservées les soirs d'affluence aux *putas* et à leurs clients, vingt dollars la demi-heure, moins longtemps si on jouit plus vite. A 5 h 45, il a repris la route, déterminé à être le premier à se présenter au comptoir Avis.

Les employées arrivent vers sept heures moins le quart, mais il leur faut dix minutes pour tout préparer en gloussant comme des écolières. Il est sept heures moins cinq lorsqu'il réussit à attirer l'attention de l'une d'elles.

— Je m'appelle Velez. Antonio Velez.

En guise de preuve, il tend le permis de conduire remplacé par Johnnie Delgado.

— Je devais venir chercher une voiture avant-hier. J'ai été retardé.

— Laissez-moi vérifier.

Son interlocutrice a les cheveux roux, et de gros seins. Elle prend le permis, qu'elle parcourt en entrant son nom dans l'ordinateur.

— Désolée, monsieur Velez, dit-elle aussitôt. Nous avons dû annuler votre réservation. Vous aviez plus de douze heures de retard.

— J'ai eu un empêchement.

— Vous auriez dû appeler notre numéro spécial. Voulez-vous que j'essaie de vous trouver une autre voiture ?

— Oui. Enfin, non. Je voudrais la même.

— Aucun problème. Je peux vous attribuer la même. Une Toyota Camry, c'est bien ça ?

— Il me faut exactement la même. La rose.

Son accent espagnol ressort.

— Je vous demande pardon ?

— La voiture. J'en veux une rose. J'ai promis à ma fille de louer une voiture rose.

Il se félicite de sa présence d'esprit.

— C'est son anniversaire, vous comprenez, ajoute-t-il.

La rouquine pianote sur son ordinateur.

— J'ai une petite Lincoln rose.

— C'est une Toyota Camry rose qu'il me faut.

Elle continue à pianoter.

— Je n'en vois qu'une, et elle est déjà louée.

Cuervas sent son estomac se nouer.

— A qui ? Elle m'était réservée.

— Désolée, répond-elle avec le sourire. Nous n'avons pas le droit de vous communiquer cette information.

— Quand doit-elle revenir ?

Nouveau sourire.

— S'il vous plaît. C'est l'anniversaire de la petite. Je lui ai promis.

Elle presse quelques touches sur son clavier, puis s'assure que personne n'écoute, comme s'il s'agissait d'un secret défense ultra-confidentiel.

— A midi.
— Aujourd'hui ?
Elle acquiesce.
— Il me la faut.
L'estomac de Cuervas se dénoue un peu.
— Je peux vous la réserver. Sur présentation d'une carte d'un grand organisme de crédit.
Il est déjà en train de brandir celle fournie par Johnnie Delgado.
— Ecoutez, dit-il alors qu'elle tape différents codes, je vais attendre ici, d'accord ? Au cas où le type la ramènerait plus tôt. Si vous ne me voyez pas, vous me faites appeler, entendu ?
Il pose la main sur le comptoir, laissant dépasser le coin d'un billet de cinquante dollars. A sa vue, l'employée s'assure de nouveau que personne ne remarque rien. Puis elle lui cache la main sous plusieurs formulaires le temps de prendre le billet.
— Surtout ne redonnez pas ma voiture à quelqu'un d'autre.
— Ne vous en faites pas, lance-t-elle, toujours avec le sourire.
Dès qu'il récupère son permis et sa carte de crédit, Cuervas s'éloigne du comptoir. Trop risqué d'attendre ici.
Il sort de l'aérogare et inspecte les abords immédiats jusqu'à ce qu'il trouve le panneau qu'il cherchait :

AVIS
RETOUR DES VÉHICULES DE LOCATION

Goodman s'attarde devant son petit déjeuner au restaurant The Duke of Donuts, copie fidèle de ceux de la chaîne Dunkin'Donuts. Plusieurs fois il regarde sa montre en mangeant ses beignets : en ce moment, des voleurs sont peut-être en train de forcer le coffre de la Camry devant le motel. Il est 7 h 50 lorsqu'il termine sa seconde tasse de café et règle son repas — six dollars cinquante, pourboire compris.
Il rentre sans hâte, avec l'air d'admirer le paysage, espé-

rant qu'à son retour la voiture aura disparu, et avec elle un problème épineux.

En fait, elle n'a pas bougé d'un centimètre.

Dans sa chambre, Goodman répartit ses quelques vêtements neufs entre les deux sacs de voyage JCPenney. Il a prévu de se présenter au commissariat dès l'ouverture, de raconter son histoire, de leur confier la roue de secours contre un reçu, d'aller déposer la voiture à l'aéroport et, si possible, d'en louer une autre jusqu'à New York en aller simple.

Il vérifie les tarifs affichés au dos de la porte, note qu'il doit libérer la chambre avant onze heures. Il décide de garder sa clé au cas où il aurait besoin de la chambre plus tard, afin d'utiliser les toilettes par exemple. Il n'a rien contre les toilettes publiques pour uriner, mais quand il s'agit d'aller à la selle il tient à son intimité. Et s'il ne revient pas, il pourra toujours suivre les instructions gravées sur le porte-clé en plastique vert et mettre la clé dans une boîte aux lettres.

Peu sûr de l'itinéraire, Goodman roule lentement, ce qui ne l'empêche pas d'arriver au commissariat central une bonne vingtaine de minutes avant neuf heures. Il repère un parking, réservé aux véhicules municipaux. Environ cent cinquante mètres plus loin, il y en a un autre, pour les visiteurs cette fois. Dont il doit faire partie. Il dépasse le panneau ENTRÉE, trouve une place, coupe le contact, et attend.

A l'aéroport, Raul Cuervas attend, lui aussi. Il s'est installé à l'entrée du parking Avis. De manière à ne pas rater l'arrivée du guignol qui a lui pris sa Toyota Camry rose. Il veut voir la voiture le plus tôt possible, s'assurer qu'elle est en bon état. Peut-être surveiller les formalités de restitution du véhicule, glisser deux ou trois dollars à l'employé pour accélérer les choses.

Il veut aussi savoir à quoi ressemble le conducteur. Au cas où il y aurait des complications.

Il allume une première cigarette. A la fin de la matinée, il en aura grillé un paquet et demi.

Chez lui, au sud du Bronx, Russell Bradford finit par s'endormir. Il a passé la majeure partie de la nuit dehors, à se défoncer, à fumer, à se défoncer encore, à sniffer, à traîner dans des coins déserts, sur les toits, dans des impasses. Le jour se levait déjà lorsqu'il a regagné sans bruit l'appartement. Il a cru entendre quelqu'un parler dans une des chambres. Sans doute Nana, sa grand-mère. On dirait qu'elle ne dort jamais. Mais elle n'est pas venue jusqu'au séjour.

A la fois déphasé par l'héroïne et excité par le crack, Russell a eu l'impression de rester plus de deux heures étendu sur le canapé. Et puis, à l'heure où tout le monde commençait à se réveiller autour de lui, il a sombré dans le sommeil...

Les jours suivants, Goodman s'efforcera de reconstituer le cheminement de sa pensée ce fameux matin où, assis derrière le volant de la Camry rose dans le parking des visiteurs, il attendait l'ouverture du commissariat central de Fort Lauderdale. Il reverra son désespoir devant l'étendue de son endettement et la dérisoire somme d'argent encore à son nom. Ses inquiétudes au sujet de sa fille, ses frayeurs à l'idée de ce que pouvaient cacher les maux de tête d'une enfant de six ans. Il n'avait même pas osé imaginer le coût des examens médicaux, ni comment il réunirait la somme nécessaire.

Il se souviendra aussi de l'impossibilité d'identifier avec précision l'origine de ses difficultés. Au moment du bilan, son passif avait simplement semblé s'alourdir tandis que la colonne des actifs restait vide, sans aucune lueur d'espoir à l'horizon. Il avait soudain éprouvé une immense lassitude ; la vieille tentation de s'endormir pour ne plus se réveiller lui avait alors traversé l'esprit. Il avait fini par y renoncer en comprenant que même si cette solution pouvait lui convenir, elle ne serait pas d'un grand secours pour Kelly.

C'est à ce stade qu'il avait eu la révélation : après tout, il disposait d'un atout, il y avait bel et bien un espoir à l'horizon. Et pas sous la forme d'une vague lueur inaccessible, puisqu'il était quasiment assis dessus!

En regardant la montre du tableau de bord — encore dix minutes d'attente avant neuf heures —, il avait eu un sentiment d'irritation à la pensée de tous les coups de fil qu'il avait dû donner à la police, des messages débiles qu'il avait dû écouter, de l'obligation de venir jusqu'ici (alors qu'en principe c'était à eux d'accourir, toutes affaires cessantes) et d'attendre à cause de leurs horaires de banquiers. Derrière le volant de la Camry, il s'était senti bouillir jusqu'à ne plus pouvoir contenir sa colère. Contre les voix mécaniques des opérateurs. Contre la bureaucratie qui lui imposait ses règlements aussi stupides que rigides. Contre les fonctionnaires qu'il ne manquerait pas de rencontrer dès qu'il pénétrerait dans le commissariat et tenterait d'expliquer comment il avait découvert le contenu de la roue de secours.

On allait lui demander de patienter pendant des heures, de faire la navette d'un service à l'autre, de répéter cent fois son histoire, de signer des déclarations sur l'honneur, de ne pas quitter la Floride pendant la durée de l'enquête. Peut-être même l'accuserait-on de cacher une partie de la vérité.

Voilà comment il en était arrivé à diriger sa main, lentement mais sûrement, vers la clé de contact. A donner un tour presque complet vers la droite. A entendre le ronflement du moteur. A pousser délicatement le levier de vitesses pour enclencher la marche avant. A se sentir entraîné par la voiture. A la laisser avancer vers le panneau ENTRÉE — qui, de l'intérieur du parking, indiquait la sortie —, franchir le trottoir et reprendre la même route en sens inverse.

Raul Cuervas regarde sa montre pour la centième fois : enfin neuf heures! On l'a averti que la Camry rose ne reviendrait pas avant midi, mais il ne peut pas exclure la possibilité que son conducteur la ramène plus tôt. Il sait qu'il s'est déjà planté une fois, qu'il ne peut pas se permettre de recommencer. Dans ce genre d'activité, on vous accorde rarement une seconde chance.

Goodman retourne directement au motel. Presque machinalement, il tâte la poche gauche de son pantalon et sent sous ses doigts sa clé de chambre avec le porte-clé en plastique vert. Au cours des jours suivants, il s'interrogera : a-t-il vraiment gardé cette clé dans le seul but d'aller aux toilettes en toute intimité ? N'avait-il pas déjà un plan en tête, pour lequel elle pouvait se révéler utile ?

Il entre sur le parking, où l'emplacement devant sa chambre est resté libre. Au lieu de s'y installer aussitôt, il fait demi-tour et se gare en marche arrière, de manière à amener la voiture le plus près possible de la porte.

Il va ouvrir le coffre. Empoigne les deux sacs de voyage, qu'il transporte dans sa chambre. Sans oublier de regarder autour de lui pour s'assurer qu'il n'y a pas de témoin.

De retour devant la malle arrière, il soulève le couvercle de la roue de secours. Ménageant son dos le plus possible, il extrait la roue de son logement, la redresse, la fait rouler hors de la voiture jusque dans la chambre. Il repart chercher la manivelle du cric, avant de replacer le couvercle et de rabattre la porte du coffre.

Il s'enferme dans la chambre et tire la chaîne de sûreté qui lui paraît soudain une protection ridicule, et dont il doit pourtant se contenter. Il examine la roue : elle a l'air toute neuve, comme si elle n'avait jamais roulé. Il la trouve suffisamment propre pour la hisser sur le lit.

A l'aide de la manivelle, il écarte le pneu de la jante, le libérant presque entièrement. S'aperçoit alors qu'il est rempli au maximum de sa capacité de sacs plastique bleus, pressés les uns contre les autres. Il dégage le premier avec précaution, laborieusement. Les autres viennent plus facilement.

Chaque paquet est à peu près de la taille d'une brique, dont à l'origine il devait avoir la forme. Cependant, coincés à l'intérieur du pneu, ils se sont tassés et présentent désormais un côté arrondi. Tout en les manipulant, Goodman s'efforce d'évaluer leur poids. Il utilise le sucre comme référence : ils semblent un peu plus lourds qu'une boîte d'une livre, mais bien plus légers qu'un sac de deux kilos et demi. Ils doivent donc peser environ un kilo chacun, peut-être un peu plus.

Il les aligne au fur et à mesure sur le lit. A la fin, il en compte vingt. S'il ne s'est pas trompé sur leur valeur, il a quarante mille dollars sous les yeux.

Quarante mille dollars !

Il remet le pneu sur la jante. Vide ses deux sacs de voyage de leur maigre contenu. Dans le plus petit, il découvre les deux bombes inutilisées de dépannage. Secoue la première, puis l'applique sur la valve du pneu jusqu'à ce qu'il entende un sifflement. Le pneu commence à se durcir dans ses mains. La seconde bombe achève le travail. Avec une serviette de la salle de bains, il essuie la goutte de substance blanche caoutchouteuse restée sur la valve.

Il soulève le pneu. Bien gonflé, il pèse pour la première fois un poids normal. Goodman le laisse glisser par terre, remarque qu'il rebondit normalement. Il en tire une immense satisfaction.

Il enlève ensuite les taies de trois des quatre oreillers du lit et y répartit les paquets. Il referme chacune d'elles par un nœud bien serré. Place les deux premières dans le grand sac de voyage, la troisième dans le petit. Et les recouvre des vêtements achetés chez JCPenney.

Il prend l'argent qui lui reste, choisit un billet de dix dollars, le laisse sur le bureau. Il s'interroge un instant sur le prix des taies d'oreiller, mais ne se rappelle pas en avoir jamais acheté. Il ajoute un billet de cinq dollars.

Il jette la clé sur le bureau et descend du lit les deux sacs de voyage. Malgré leur poids, il peut les porter seul. Il sort sur le parking, regarde autour de lui : toujours personne. Il ouvre le coffre de la Camry et retire de nouveau le couvercle du logement de la roue de secours. Il fait rouler la roue de la chambre à la voiture et la remet en place. Il l'immobilise à l'aide de l'écrou à ailettes, puis range la manivelle. Il referme le couvercle, va chercher les deux sacs de voyage dans la chambre et les hisse dans le coffre, qu'il ferme de nouveau.

En quittant le parking, Michael Goodman tente de se

remémorer son action la plus risquée jusqu'à aujourd'hui. Il revoit seulement le jour où Herbie Schwartz et lui ont volé deux packs de Pepsi dans la supérette de la 86ᵉ Rue. Il avait gardé le sien pendant un mois sans l'ouvrir, certain que la police de la firme Pepsi allait venir l'arrêter chez lui au beau milieu de la nuit en exigeant qu'il leur remette les six canettes. Il avait dix ans à l'époque, peut-être onze, pourtant il se souvient de son angoisse comme si c'était hier.

A présent, trente ans plus tard, il se dirige vers l'aéroport de Fort Lauderdale avec deux sacs de voyage contenant vingt kilos de poudre blanche. Cocaïne ? Héroïne ? S'il ne sait pas au juste ce que c'est, il a en revanche une certitude : ça vaut davantage que tous les Pepsi de toutes les supérettes qu'il a pu fréquenter. Et en cas d'arrestation, la police ne se contentera pas de lui demander de restituer la marchandise. Il passera le reste de sa vie en prison. Il allume la radio et essaie de penser à autre chose. Le présentateur de la météo locale lui annonce un ciel dégagé, avec des températures avoisinant les vingt-cinq degrés.

3

Très occupé à ouvrir un nouveau paquet de Marlboro, Raul Cuervas ne s'aperçoit de la présence de la Toyota Camry rose que lorsqu'elle est à quelques centimètres de lui. Il la suit à pied, sans aucune difficulté puisque le parking Avis est plein. Un employé en uniforme désigne un emplacement libre. Cuervas s'approche, mais pas trop. Il veut voir à quoi ressemble le conducteur, tout en passant inaperçu. Il s'arrête derrière un monospace et se mêle à la famille qui vient d'en descendre.

A la vue du conducteur de la Camry, il ne peut retenir un sourire. Le type est petit, un mètre soixante-cinq environ. Pas gros, plutôt ramolli. Avec les mêmes cheveux bouclés que beaucoup de Juifs, et un début de calvitie. Il doit avoir la quarantaine. Et n'a jamais dû se tuer à la tâche. Encore un rond-de-cuir. En tout cas, sa tenue vaut le déplacement. Il a dû acheter sa chemise au rayon femme, et son jean bleu sombre au pli impeccable a l'air de sortir du magasin. Sans parler du revers d'une dizaine de centimètres. Ce type n'est qu'un *bufon*, se dit Cuervas, un vrai guignol.

Goodman décharge ses deux sacs de voyage. Il s'efforce de prendre un air détaché, comme s'ils ne contenaient que des effets personnels. Un employé portant un badge POUR VOUS NOUS FERONS TOUJOURS PLUS vérifie la voiture avant de lui indiquer une navette qui le conduira à l'aérogare. Goodman ne remarque pas la famille venue rendre un monospace.

Il monte dans la navette. Lorsque le chauffeur veut l'aider à installer ses bagages, il refuse poliment. Il fait le trajet avec ses deux sacs sur les genoux. Puis il se rend compte que c'est le meilleur moyen d'attirer l'attention, qu'il va devoir se détendre un peu.

— Voilà donc ma petite merveille ! lance Cuervas à l'employé Avis qui s'apprête à s'installer au volant de la Camry rose.

Devant son air perplexe, Cuervas s'explique.

— C'est moi qui l'ai réservée, pour l'anniversaire de ma fille. Elle adore le rose.

— Bonne idée, fait l'employé avec l'air de s'en moquer complètement.

— Si vous pouviez faire le plus vite possible, j'apprécierais.

Pour mieux l'en convaincre, Cuervas lui tend un billet de cinquante dollars. Qu'il empoche avec le même air perplexe.

— Le plus vite possible, répète Cuervas. Et prévenez l'agence dès que la voiture est prête. Je suis très, très pressé.

— Pas de problème.

A l'aérogare, Goodman trouve le comptoir Avis et s'insère dans la file d'attente. Quand vient son tour, il demande le prix d'une location en aller simple jusqu'à New York. Après avoir tapé plusieurs codes sur son clavier d'ordinateur, un jeune employé blond lui répond :

— Une voiture de taille moyenne vous coûterait quarante-six dollars par jour, kilométrage illimité…

Agréablement surpris, Goodman est déjà en train de multiplier quarante-six par deux lorsque tombe la mauvaise nouvelle.

— … Les frais d'abandon du véhicule se monteraient à deux cent cinquante dollars.

Goodman sait que sa carte de crédit ne lui permet pas ce genre de dépense.

— Je vous remercie. Je vais réfléchir.

Il tourne les talons, reprend ses deux sacs et s'éloigne du comptoir. Il n'est pas parti depuis une minute qu'un homme de type hispanique à la moustache tombante, ignorant la file d'attente, va droit vers l'employée rousse aux gros seins.

Cuervas fait semblant de ne pas entendre les protestations des autres clients.

— Ma Camry rose est de retour, déclare-t-il.
— Oh, vous êtes monsieur...
— Velez. Antonio Velez.
— Monsieur Velez, répète-t-elle.

Elle consulte son ordinateur. Dans la file d'attente, les gens continuent à murmurer, mais elle aussi les ignore.

— On est en train de vous la préparer.
— Pas besoin de me la préparer. C'est tout de suite qu'il me la faut.
— Je vais voir ce que je peux faire, dit-elle en décrochant son téléphone.

Goodman s'arrête au comptoir de la compagnie Delta Airlines, où il se renseigne sur la possibilité d'obtenir un aller simple pour New York.

— J'ai une place sur notre vol 562 à destination de l'aéroport Kennedy. Il part à douze heures une.

Goodman a une théorie sur le numéro 562. Il est persuadé qu'il apparaît plus souvent que les autres nombres à trois chiffres. S'il jouait pour de l'argent, il miserait sur lui. Il ne sait toutefois ni où, ni comment parier sur un numéro. Le vol 562 lui paraît néanmoins de bon augure.

— Quel est le prix du billet?

Il ne lui reste que quarante-sept dollars quarante-sept, plus une centaine de dollars en travellers.

— Deux cent vingt-neuf dollars.
— D'accord, dit-il en sortant sa carte Visa.

Une nouvelle fois, il retient son souffle, mais ce jour-là, semble-t-il, Delta a décidé de ne pas vérifier de trop près les cartes de crédit. Une machine crache son billet et sa carte d'embarquement.

— Combien de bagages souhaitez-vous enregistrer?

Goodman reste un instant pétrifié. Fouillent-ils les sacs ? Les passent-ils aux rayons X ?

— Je ne suis pas décidé. J'ai quelques achats à faire avant l'enregistrement. C'est possible ?

— Certainement.

Après quelques minutes au téléphone, la rouquine annonce à Cuervas que la voiture est prête. Elle lui adresse un large sourire, l'air d'espérer un autre billet de cinquante dollars. Il en a cependant terminé avec elle.

Il prend la ridicule navette rouge jusqu'au parking, où il repère sa Camry. Il ouvre le coffre, soulève le couvercle de la roue de secours. Elle est là, comme neuve, bien fixée par un écrou. Du pouce, il tâte le pneu. Sa surface dure le rassure. Il referme le couvercle et rabat la porte du coffre.

Il se remet au volant, démarre, quitte l'emplacement. A dix minutes de là, il connaît une aire de dégagement où il pourra s'assurer que tout est en ordre.

Goodman regarde sa montre : encore une heure à patienter avant son vol. Il va bien devoir se risquer à enregistrer ses sacs de voyage, au moins le plus grand des deux. Sinon, on le lui prendra à la porte d'embarquement. Il est beaucoup trop gros pour qu'il l'emporte en cabine.

Il sait qu'on ne fait pas ouvrir les bagages enregistrés sur un vol intérieur ; en revanche, il ignore ce qu'ils deviennent avant d'aller dans la soute. De toute façon, il n'a pas le choix.

Il s'achète un journal, puis s'aventure dans une boutique de souvenirs évoquant la faune aquatique de Miami et de la Floride : cadres couverts de coquillages, dauphins en plastique, orques qui lancent un jet d'eau. Il choisit un dauphin pour Kelly. Et, après réflexion, un flacon d'eau de toilette Florida Breeze pour sa belle-mère. Un petit cadeau pour enterrer la hache de guerre ne peut pas faire de mal.

Ses achats se montent à dix-neuf dollars quatre-vingt-cinq : il lui reste vingt-sept dollars soixante-deux en poche.

Dans un coin tranquille, il ouvre le grand sac de voyage.

Il en réorganise le contenu de manière à faire croire qu'il y a uniquement des vêtements et du linge sale. Par-dessus, il ajoute le dauphin, l'eau de toilette, et referme. Il récupère dans une poubelle un bout de ficelle, à l'aide duquel il bloque la fermeture éclair. Puis il retourne au comptoir de la compagnie Delta pour enregistrer son sac.

Cuervas sort de l'autoroute et s'engage sur une petite aire de dégagement entre les deux chaussées. Sur cette portion très boisée du terre-plein central, il peut reculer sa voiture entre les arbres de façon à la rendre invisible. L'endroit lui a été indiqué par un ami qui appartenait autrefois à la police de l'autoroute. Les flics l'utilisent pour y rattraper pendant le service leur sommeil en retard, voire pour un règlement expéditif et à l'amiable d'un d'excès de vitesse — lorsque l'auteur est une jolie jeune femme terrifiée à l'idée de se voir supprimer son permis de conduire.

Il ouvre le coffre et enlève le couvercle de la roue de secours. Il dévisse le bouchon de la valve, appuie sur la tige avec la lame d'un couteau de poche en argent afin de faire sortir l'air. Il ne doit pas en rester beaucoup si les vingt kilos de marchandise sont bien à l'intérieur du pneu : l'opération ne devrait pas prendre plus de cinq à dix secondes.

A sa grande surprise, le sifflement se prolonge. Quinze, vingt, trente secondes. Au fur et à mesure que le pneu se vide, la panique gagne Cuervas. Quand le sifflement cesse, la paroi du pneu est tellement souple qu'il peut l'écarter de la jante.

Bien qu'il lui soit facile de le dégager à la main pour en examiner l'intérieur, il plante d'un geste rageur la lame de son couteau dans le caoutchouc et l'entaille profondément.

— Putain de gringo! Foutu *maricon*!

Il se déchaîne sur le pneu vide jusqu'à ce que la lame se replie sur ses doigts et que le sang se mette à couler. Il referme brutalement le logement de la roue de secours et le coffre, remonte dans la voiture, puis reprend sur les chapeaux de roues la direction de l'aéroport dans une gerbe de poussière et de gravillons.

Il lui faut à peine plus de six minutes pour parcourir la

douzaine de kilomètres en slalomant dans le flot de véhicules de la mi-journée. La veille au soir, il a fait plus ou moins le même trajet, pour finir par arriver à l'agence Avis après la fermeture. Cette fois, il s'agit d'une autre urgence : rattraper le type au jean à revers qui a volé les vingt kilos cachés dans la roue de secours.

Comment a-t-il pu apprendre que la marchandise se trouverait là ? Quelqu'un a dû lui donner un tuyau. Mais qui, et pourquoi ? L'idée qu'il puisse s'agir d'un simple concours de circonstances ne l'effleure pas. Dans le monde de Raul Cuervas, les coïncidences n'existent pas : rien n'est jamais entièrement l'effet du hasard.

Il gare la Camry devant l'aérogare et l'abandonne. Qu'ils la remorquent jusqu'au Japon, si ça leur chante ! Il pénètre en trombe dans l'aérogare, se rend d'abord au comptoir de United, puis à celui d'American Airlines…

Goodman entend à midi moins vingt la première annonce pour son vol. A voir le nombre de personnes qui espèrent une place en stand-by, il a bien fait d'acheter son billet tout à l'heure.

Il attend qu'on appelle la rangée indiquée sur sa carte d'embarquement pour prendre la file des passagers. Du temps où il voyageait avec Shirley, sa femme, elle insistait pour rejoindre la file d'attente dès la première annonce, celle destinée aux personnes à mobilité réduite ou accompagnées de jeunes enfants. Sans l'audace de Shirley, et de peur d'être accusé de vouloir embarquer avant son tour, Goodman patiente.

Enfin, à midi moins le quart, on appelle tout le monde et il s'installe au bout de la file, son petit sac de voyage calé sous son bras, tel un ballon de football américain.

Il est midi moins dix quand Cuervas réussit à atteindre la zone d'embarquement de la compagnie Delta, juste à temps pour voir le guignol au jean à revers tendre sa carte d'embarquement à une hôtesse avant de disparaître par la porte 22. Aussitôt, Cuervas se précipite au comptoir, bous-

cule plusieurs personnes en attente d'une place en standby, et parvient à attirer l'attention d'un employé.
— Il me faut absolument une place sur ce vol !
— Désolé, monsieur. A vrai dire, il est surbooké.
— A vrai dire, vous êtes un connard !
C'est la seule réplique qui lui soit venue à l'esprit. Les gens se retournent et le dévisagent. Après quelques minutes, il s'éloigne, non sans avoir fixé le panneau surmontant la porte par laquelle le type a disparu.

porte 22
vol 562
new york-jfk

4

A TRAVERS le hublot, Michael Goodman regarde s'éloigner sous lui les côtes de la Floride en se demandant ce qui lui arrive.

Depuis un peu plus de quarante ans qu'il vit sur cette planète, il a mené une existence conventionnelle jusqu'à l'ennui. Tel est du moins son sentiment. Aussi loin que remontent ses souvenirs, il s'est levé de bonne heure chaque matin, a pris une douche, s'est rasé, est parti en classe ou au travail. Il est marié et père de famille. Enfin, il *était* marié. Il a un studio dont il est locataire, des dettes, et plusieurs cartes en plastique qui lui permettent de tenir tant bien que mal d'une crise à l'autre.

Jusqu'à présent, ses liens avec le monde des stupéfiants se limitaient aux deux joints de marijuana fumés sans grand plaisir il y a des années. Il ne connaît aucun trafiquant, ni même une seule personne parmi ses relations dont il puisse affirmer qu'elle se drogue — malgré ses soupçons au sujet du jeune McPherson, celui avec une boucle d'oreille.

Et le voilà dans un avion, les pieds sur un sac de voyage contenant pour des milliers de dollars de drogue, tandis qu'à son billet est agrafé un reçu pour un second sac qui en renferme deux fois plus! Il ne sait pas le moins du monde comment procéder pour obtenir de l'argent en échange de cette poudre blanche. C'est pourtant bien ce qu'il va s'efforcer de faire.

Dans l'impossibilité de prendre le même avion que M. Rond-de-cuir, Raul Cuervas envisage d'acheter un billet pour le vol suivant, mais il n'y en a aucun sans escale jusqu'à Kennedy avant une heure, ce qui signifie que le type lui échappera à l'arrivée. Il se dirige vers une rangée de cabines téléphoniques comme s'il s'apprêtait à entrer dans un confessionnal. Seule différence : Mister Fuentes ne va pas se contenter de lui demander de réciter trois Pater et deux Ave...

Il lui faut près d'un quart d'heure et trois coups de fil avant de pouvoir expliquer la situation à Johnny Delgado.

— *El viejo* est tellement furax qu'il refuse de te parler, répond Delgado.

— Dis-lui que je vais tout faire pour me racheter, d'une manière ou d'une autre.

— Il veut savoir si tu peux décrire le type.

— Pour ça oui ! Je le reconnaîtrais au milieu de l'Orange Bowl.

Une pause. Cuervas entend en bruit de fond Delgado répéter sa réponse à Mister Fuentes.

— C'est bon, déclare Delgado. Il veut te voir à son hôtel. Immédiatement.

Il faut un quart d'heure de plus à Raul Cuervas pour s'apercevoir que s'il sauve sa tête, il le devra sans doute uniquement à sa capacité à reconnaître l'homme en question. Au moins jusqu'à ce qu'ils récupèrent la marchandise, en tout cas.

Dans sa profession, on se rassure comme on peut.

Goodman boit un Bloody Mary, dans lequel il a versé la moitié seulement de la mignonnette de vodka Smirnoff donnée par l'hôtesse. Une quantité suffisante pour le calmer sans altérer ses facultés. Il ajoute cependant quelques gouttes supplémentaires de vodka au reste du mélange tout préparé. Lui qui n'a jamais forcé sur la boisson ressent une euphorie indéniable avant même d'avoir vidé son verre.

Le passager à sa droite, un jeune homme avec un catogan et des écouteurs sur les oreilles, écoute de la musique. Si fort que Goodman en profite. On dirait du rock'n'roll, quoique Goodman ne soit pas sûr de savoir définir le rock. À cause des goûts musicaux et de la coiffure de son voisin, il s'interroge aussi sur son expérience éventuelle en matière de drogues dures. Il préfère toutefois s'abstenir d'aborder le sujet avec un inconnu.

On lui apporte son déjeuner, un sandwich géant à la dinde et au fromage. Goodman sait que la plupart des gens détestent la nourriture servie par les compagnies aériennes, et qu'il est de bon ton de s'en plaindre. Néanmoins, lui apprécie en secret les repas pris dans l'avion. Il étale sur son sandwich la moutarde en sachet, le saupoudre de la dose exacte de sel et de poivre conditionnés individuellement, et savoure chaque bouchée. Même le gâteau fourré à la figue qui tient lieu de dessert est moelleux et parfumé.

Toute la semaine, Tommy McAuliffe travaille à plein temps à l'aéroport Kennedy. Il fait partie de la police du port de New York. Il a reçu ce matin le listing de la douzaine de vols à l'arrivée que son collègue et lui doivent « contrôler » au cours de l'après-midi. En d'autres termes, en vérifier les bagages au moment où on les décharge des chariots avant de les placer sur les bandes de manutention.

Le septième vol que McAuliffe et son collègue doivent contrôler est attendu porte D-17 à quinze heures trente-sept. Il s'agit du vol Delta 562 en provenance de Fort Lauderdale. Comme d'habitude, ils recherchent des stupéfiants. Presque tous les vols sur le listing proviennent du sud de la Floride. Les statistiques confirment régulièrement qu'avec Houston et La Nouvelle-Orléans, ce sont ceux dont le contrôle se révèle le plus payant.

Pour tous ces vols intérieurs, McAuliffe sait que seule une vérification externe est autorisée par la loi. Sauf pour les douaniers chargés de contrôler les vols internationaux, le Quatrième Amendement de la Constitution américaine interdit l'ouverture des bagages en l'absence d'un mandat délivré par les autorités, ou d'une preuve de la présence de stupéfiants.

En d'autres circonstances, cette interdiction constituerait sans doute un obstacle insurmontable pour McAuliffe : d'une part, les bagages sont plutôt opaques que transparents, d'autre part les stupéfiants ont une fâcheuse tendance à rester invisibles quand on les passe aux rayons X.

C'est là qu'intervient son collègue. Ses pouvoirs mystérieux en font le partenaire idéal. Après quatre ans d'expérience au sein de la division K-9, Rommel, berger allemand d'une quarantaine de kilos, se couche dès que ses narines détectent dans l'air une concentration d'héroïne, de cocaïne, de marijuana ou d'amphétamines supérieure à trois pour cent mille.

Goodman fait partie des passagers obéissants qui gardent leur ceinture attachée durant la totalité du vol. (Il suit même avec attention les conseils de l'hôtesse pour gonfler le gilet de sauvetage normalement placé sous son siège, et lit en détail la carte plastifiée indiquant la sortie de secours la plus proche.) Il est donc prêt pour l'atterrissage bien avant que la première annonce ne retentisse dans le haut-parleur.

Il s'essuie la paume des mains sur son pantalon. Il transpire beaucoup en temps normal, à plus forte raison dans une situation aussi exceptionnelle que celle-ci. Tout est sujet d'inquiétude. Les maux de tête de sa fille, et comment payer les examens qu'elle doit subir. L'atterrissage, également : les avions l'angoissent, surtout lorsqu'ils amorcent leur descente. Il y a toujours un risque de dérapage, d'explosion d'un pneu. Les freins peuvent lâcher. Le pilote peut dépasser la piste. Un petit avion privé peut traverser devant le leur lancé à pleine vitesse sur le tarmac. Il n'y a que l'embarras du choix.

Par ailleurs, comment va-t-il rentrer chez lui de l'aéroport ? Il ne doit même pas lui rester de quoi s'offrir un taxi — la course peut coûter une trentaine de dollars jusqu'à Manhattan. Il a entendu parler du « train pour l'avion », sans trop savoir de quoi il s'agit. Il n'y a sûrement pas d'arrêt de métro à l'aéroport Kennedy. Mais s'il existe un « train pour l'avion », il doit bien y avoir aussi un « train depuis l'avion », non ?

Cependant, il s'inquiète surtout du sort de ses bagages. Aucun problème pour le sac qu'il a gardé avec lui. C'est pour celui qui est enregistré qu'il se fait du souci. A-t-il été fouillé ? Passé aux rayons X ? Et s'il avait été volé, ou égaré ? Oserait-il remplir une déclaration de perte ? S'il prend le « train depuis l'avion », pourra-t-il se débrouiller seul ? Son dos est-il en état de supporter un tel poids ?

Pas un instant il ne pense à la seule menace qui pèse vraiment sur lui : Rommel. Son odorat, plus précisément. Mais comment pourrait-il soupçonner son existence ?

Il resserre sa ceinture, en prévision du moment où l'avion touchera le sol.

Cet après-midi-là, Bobby Manley est le « receveur » de l'équipe numéro 2 des bagagistes de Delta : son collègue Teddy Siskowitz empoigne chaque sac en bas de la rampe de déchargement de l'avion pour le lui lancer. D'ordinaire, il ne *lance* pas au sens strict : Bobby lui prend directement le sac des mains. Mais à l'occasion, essentiellement pour les bagages légers, il s'agit d'une vraie passe, surtout avec Teddy, véritable M. Muscle toujours prêt à faire admirer ses biceps.

C'est l'équipe numéro 2 qui est chargée du premier voyage après l'arrivée du vol Delta 562, porte D-17. Le petit tracteur conduit par Teddy tire derrière lui, tel un serpent, cinq chariots jusqu'à la soute de l'avion. Bobby le suit à pied. Le règlement interdit à toute personne, en dehors du conducteur, de monter sur le tracteur ou le reste du train depuis que Walter Mayberry s'est cassé la jambe pour avoir glissé entre les deux chariots qu'il chevauchait.

Bobby a plusieurs centaines de mètres à parcourir, et sa gueule de bois n'arrange rien. Il s'est réveillé ce matin avec une migraine de tous les diables, jurant bien de ne jamais plus mélanger le rhum et la vodka, quelle que soit la tentation.

Toujours à cause de cette gueule de bois, Bobby a eu toute la journée une certaine difficulté à tenir sur ses jambes et à se concentrer sur son travail. D'habitude, Teddy et lui trouvent le bon rythme : dès que Teddy soulève un sac, Bobby tend les bras pour le recevoir. Aujourd'hui, pourtant, ils ont du mal à garder la cadence. Bobby l'a échappé belle plusieurs fois, finissant par lâcher deux bagages, ce que Teddy n'a pas manqué d'annoncer dans un micro imaginaire à une foule invisible.

Or, au cours de l'après-midi, Bobby va rater une nouvelle passe pendant le déchargement du vol 562.

Non seulement il n'est pas à ce qu'il fait, mais le poids du sac le surprend. Bien sûr, Teddy n'est censé crier « Lourd ! » que si le sac l'est vraiment par rapport à sa taille. Cependant, pour une raison inexplicable, Bobby ne s'attend pas au poids de celui-ci, qu'il laisse tomber sur le tarmac avec un bruit sourd.

— Et on l'applaudit bien fort ! s'écrie Teddy, à l'intention d'éventuels spectateurs.

Le sac noir est à l'envers, aussi Bobby Manley doit-il s'accroupir et le retourner avant de le ramasser. Même sans la fatigue et la gueule de bois, il a trop peu d'odorat pour détecter le léger parfum d'eau de toilette Florida Breeze dégagé par le flacon qui s'est brisé à l'intérieur.

En revanche, ce même parfum va mettre en échec un odorat bien plus sensible que celui de Bobby. Trop discret pour éveiller les soupçons de Tommy McAuliffe cinq minutes plus tard, il masque néanmoins l'odeur d'une autre substance présente dans le sac, que Rommel regarde sagement passer sans réagir. Vingt-sept bagages auront défilé lorsqu'il se couchera soudain, alerté par l'odeur d'un sachet de marijuana à cinq dollars, caché dans le sac à dos du jeune homme assis à côté de Michael Goodman depuis Fort Lauderdale...

Après avoir remercié les hôtesses à la sortie de l'avion, Goodman commence sa longue marche jusqu'aux bandes de manutention des bagages. Plusieurs passagers sont accueillis par leur famille et leurs proches. De jeunes enfants accourent pour se faire embrasser et recevoir des cadeaux, lui rappelant sa propre fille et ses maux de tête inquiétants.

Il éprouve envers ces gens qui ont la chance d'être entourés une pointe de jalousie, injustifiée en un certain sens : au fond, lui aussi est attendu. Tandis qu'il avance, son sac de voyage serré contre lui, deux hommes lui emboîtent le pas à une distance raisonnable. Antonio Rodriguez et Sixto Quinones, respectivement surnommés par leurs pairs Hot Rod et Six. Ils travaillent pour un certain Pedro Aguilar aux ordres de Mister Fuentes de Miami. Ils ont la gâchette facile. Mais pas aujourd'hui. Ils sont venus à l'aéroport avec pour mission d'attendre le vol Delta 562, de repérer un petit gringo entre deux âges vêtu d'un jean à revers et porteur d'un sac noir, puis de le prendre en filature jusqu'à sa destination finale.

A quinze heures quarante-cinq, alors qu'ils traversent l'aérogare, ils se sont déjà acquittés de la moitié de leur mission. Michael Goodman ignore bien sûr tout de leur présence.

Il atteint la bande de manutention des bagages où, pour la première fois, il cherche des yeux quelqu'un pouvant appartenir à la police. Sans avoir la moindre idée de l'apparence possible d'un policier en civil. Serait-il grand, de type irlandais ou italien ? Porterait-il des lunettes d'aviateur à verres réfléchissants ? Ressemblerait-il à Clint Eastwood, ou peut-être à Sylvester Stallone ?

Il ne voit que des gens comme lui, impatients de récupérer leur bien, et qui ne lui prêtent aucune attention. Difficile de se sentir plus en sécurité.

Après une sonnerie, le tapis roulant commence à tourner. Les bagages apparaissent : valises de couleurs vives, sacs de voyage de toutes formes et de toutes tailles, cartons fermés à l'aide de scotch et de ficelle. Très vite, Goodman aperçoit son sac. Il lui laisse faire un tour complet, non par prudence, mais parce qu'il n'a pas pu s'approcher à temps pour l'attraper au premier passage. Au second, il l'empoigne et remarque une tache d'humidité près de la fermeture éclair. Une odeur s'en dégage, un parfum difficilement identifiable.

En fait, le « train depuis l'avion » appartient désormais au passé. Aujourd'hui, le retour du voyageur désargenté vers la ville commence par un trajet en bus. Goodman monte à grand-peine avec ses deux sacs, regardant d'un œil envieux les hommes d'affaires seulement chargés de leurs attachés-cases, et surtout les deux Espagnols aux mains vides de l'autre côté de l'allée centrale. L'un d'eux a la gentillesse de l'aider à hisser le plus grand de ses sacs dans le filet à bagages, même s'il laisse échapper un grognement à cause du poids.

Le bus les conduit jusqu'à un lieu appelé Howard Beach : une station de métro et non une plage, pour autant que Goodman puisse en juger. Il s'installe dans la rame A, où il réussit à s'asseoir. Il a déjà entendu parler de Howard Beach. John Gotti y vivait à l'époque où il dirigeait la Mafia. Goodman inspecte le wagon du regard, à la recherche d'Italiens à fine moustache, mais ne voit que des Noirs, des Portoricains et des voyageurs comme lui, en provenance de l'aéroport.

Le voyage semble interminable tandis que la rame serpente entre Ozone Park, Rockaway Boulevard, East New York et Bedford-Stuyvesant, poursuivant sa route vers Flatbush et le centre de Brooklyn avant de plonger sous l'East River, puis dans le sous-sol de Manhattan. Goodman s'agrippe à ses deux sacs installés sur ses genoux, l'un sur l'autre, le plus petit presque calé sous son menton.

A l'arrêt Broadway/Nassau Street, il change pour la ligne de Lexington Avenue, longeant péniblement le couloir à cause du poids des sacs. Il prend l'express et descend à la 86e Rue, ce qui lui laisse environ six cents mètres à pied pour rentrer chez lui. Il pourrait changer une nouvelle fois et prendre l'omnibus jusqu'à la 96e Rue : il aurait alors quatre cents mètres à parcourir en montant constamment, et son dos n'y résisterait pas.

Il est plus de dix-sept heures lorsqu'il ouvre la porte de son studio dans un immeuble sans ascenseur de la 92e Rue, entre Lexington et la Troisième Avenue. Il laisse ses sacs par terre, s'enferme à clé et s'effondre sur son canapé. En sueur, exténué et courbaturé. Mais chez lui.

— Nous l'avons raccompagné, patron, déclare le dénommé Hot Rod dans la cabine téléphonique au coin de la rue.

— Parfait. Il transportait beaucoup de marchandise ?

— Un vrai chargement. Vous voulez qu'on y aille ? On peut entrer et liquider le type sans problème.

Après une pause, la réponse arrive.

— Non, ne faites rien pour le moment.

Elle n'est pas dictée par la prudence, encore moins par de quelconques scrupules. Plutôt par le manque de confiance, denrée si rare dans le monde d'Antonio Rodriguez et de Sixto Quinones. A l'autre bout du fil, Pedro Aguilar sait très bien que les deux hommes pourraient pénétrer dans l'appartement en quelques secondes, descendre froidement le type et récupérer la marchandise. Le problème vient de ce qu'il y en a trop pour leur confier le soin de la rapporter. Ils pourraient en prélever une partie ou la frelater, voire partir vers le Sud en emportant le tout. Non, mieux vaut attendre les instructions de Mister Fuentes.

C'est à ce manque de confiance que Michael Goodman doit d'être encore en vie dans son studio, affalé sur son canapé, en train de ronfler doucement.

Il se réveille dans l'obscurité, et il lui faut un certain temps pour se rendre compte qu'il est de retour dans son appartement new-yorkais.

Alors qu'il se dirige vers la douche en se déshabillant, il trébuche et manque de tomber sur le plus grand des deux sacs de voyage, dont il avait oublié l'existence.

Il passe un moment, assez long lui semble-t-il, sous l'eau qui lui picote la peau. Peut-être ferait-il mieux de ne plus s'occuper des deux sacs, se dit-il, et de se débarrasser de la drogue dans une poubelle avant qu'elle ne lui cause des ennuis. Aucune somme d'argent ne mérite qu'il risque la prison. Pas même quarante mille dollars.

Il s'essuie, remet ses lunettes et contemple son reflet dans le miroir de l'armoire de toilette. Il est tout pâle : on ne croirait pas qu'il revient de Floride. Ses cheveux n'ont jamais l'air plus clairsemés que lorsqu'ils sont mouillés. Il a pris l'habitude de les ébouriffer en les séchant, non par souci de la mode, mais pour rendre sa calvitie moins visible. Quelqu'un lui a un jour demandé un autographe avant de s'éloigner en marmonnant :

— En fait, vous n'êtes pas Billy Crystal.

Il compose le numéro de sa belle-mère. Un « Allô ? » éraillé lui répond.

— Bonsoir. C'est moi, Michael.
— Où êtes-vous ?
— Chez moi. Je suis rentré.
— Parfait. Demain, vous pourrez peut-être emmener vous-même Kelly pour l'examen. Je suis épuisée.
— Bien sûr. Comment va-t-elle ?
— Pas trop mal.

Donc plutôt bien, Goodman en est certain. Dans la bouche d'une belle-mère, « pas trop mal » équivaut à bien ou très bien, alors que « très mal » pourrait indiquer aussi bien un léger rhume qu'un panaris. Il y a seulement lieu de s'inquiéter lorsqu'elle déclare la situation « sans espoir ».

— De quel genre d'examen s'agit-il ?
— Je n'en sais rien, une SRM ou quelque chose comme ça.
— A quelle heure dois-je passer la prendre ?
— Il faut que je parte à huit heures et demie.
— Entendu. J'y serai. Je peux lui parler un instant ?
— Ne quittez pas.

Quelques secondes plus tard, il entend la petite voix de sa fille.

— Bonsoir, papa.
— Bonsoir, mon ange. Comment vas-tu ?
— J'ai peur.
— Il ne faut pas.
— On va me mettre dans une très grosse machine.
— Je serai avec toi, mon ange. Je m'occuperai de toi.
— Promis ?
— Promis.
— Tu n'as pas oublié l'histoire, papa ?
— Pas du tout.

Plus tard seulement, il comprend pourquoi sa belle-mère

tient tant à ce qu'il accompagne Kelly : c'est lui qui devra payer l'examen. Il pose les yeux sur les sacs de voyage abandonnés par terre.

Malgré son intention d'en jeter le contenu dans une poubelle, il ne veut pas s'en débarrasser sur-le-champ. Alors autant les ranger quelque part. Et comme il risque une lourde peine de prison s'il est arrêté en leur possession, les ranger ne suffit pas : il faut trouver une cachette. Mais dans un studio, où cacher trois taies d'oreiller remplies de drogue ?

Il inspecte la pièce. Les endroits auxquels il pense sont bien dignes d'un amateur : au fond du panier à linge, sous le canapé, tout en haut de la penderie, ou dans le four. Il est suffisamment lucide pour savoir que n'importe qui commencerait par chercher là. Pourtant, aucune idée plus judicieuse ne lui vient à l'esprit.

Provisoirement, il sort la taie enfermée dans le petit sac de voyage et l'ajoute aux deux autres dans le grand, qu'il descend au sous-sol de l'immeuble. Là, moyennant sept dollars cinquante en plus du loyer mensuel, chaque locataire dispose d'une petite armoire métallique. On peut voir à l'intérieur, comme dans une cage. Goodman n'a mis dans la sienne que deux cartons de livres et ses vieilles déclarations de revenus. Pour plus de sûreté, il s'est acheté un cadenas bon marché : de peur d'en oublier la combinaison, il la laisse sur 0-0-0. Il a calculé un jour que s'il vivait jusqu'à soixante-quinze ans, l'armoire lui coûterait environ trois mille dollars. Alors autant rentabiliser cet investissement.

De retour dans son studio, il se prépare un sandwich au fromage tartiné de moutarde d'un côté, de mayonnaise de l'autre. Il ouvre une canette de Pepsi, s'installe sur son canapé et allume le téléviseur. La chaîne sur laquelle il tombe passe *Rocky 1*, où un boxeur à la rue se retrouve challenger du titre des poids lourds, avec une chance sur des milliards de gagner. C'est l'un de ses films préférés, et il commence juste. Après avoir envoyé promener ses chaussures, Goodman se cale contre les coussins.

Au fond, il n'est pas trop à plaindre.

5

Dès six heures du matin, Goodman est levé. Il prend une douche, se rase, s'habille, boit une tasse de café additionné de crème liquide d'origine végétale, avale une tartelette à la fraise de la marque Pop-Tart. Il arrive à l'appartement de sa belle-mère quelques minutes après huit heures.

— Vous êtes en avance, lui fait-elle remarquer.

Kelly, encore en pyjama, entre dans la pièce. Elle tient Larus d'une main, se frotte les yeux de l'autre. Goodman, qui ne l'a pas vue depuis une semaine, la trouve toute frêle et menue.

— Bonjour mon ange, dit-il d'une voix douce.

Il supporte sans broncher la douleur dans son dos lorsqu'il s'accroupit pour se mettre à la hauteur de la fillette.

— Bonjour papa, répond Kelly en se blottissant au creux de ses bras.

En fait de « SRM », l'examen se révèle être une IRM[1]. On autorise Goodman à rester debout dans un coin de la pièce pendant qu'on glisse sa fille dans une énorme machine qui lui rappelle une photo vue il y a longtemps : celle d'un poumon d'acier, dans lequel on couchait autrefois les victimes de la polio. Kelly ne cesse de pleurer, non par peur de la

---

1. Imagerie par résonance magnétique.

machine, semble-t-il, mais parce qu'elle n'a pas pu garder Larus avec elle.

Ensuite, on informe Goodman que les clichés réalisés par l'appareil seront envoyés au médecin traitant. Le personnel, assez aimable, refuse toutefois de lui donner la moindre indication, ce qui l'inquiète.

A la caisse (tiens, depuis quand y a-t-il des caissières dans les cabinets médicaux?), Kelly essuie ses larmes contre sa chemise tandis qu'il signe un formulaire dans lequel il s'engage à payer lui-même la somme de mille cent dollars au cas où son assurance ne la prendrait pas en charge. Il espère ainsi gagner environ trois semaines de répit.

De là, ils vont tous les deux déjeuner chez McDonald où, en plus de son propre Big Mac, Goodman finit l'essentiel du Happy Meal de sa fille. Combien de temps va-t-elle pouvoir continuer à se nourrir de frites et de Coca-Cola? Elle lui paraît si pâle et fragile.

Il lui offre le dauphin en plastique acheté pour elle à l'aéroport de Fort Lauderdale. Malgré sa satisfaction apparente, elle lui demande s'il peut le porter. Elle explique qu'elle doit déjà s'occuper de Larus, qui est très gros.

Ils marchent jusqu'à Carl Schurz Park, où ils regardent les bateaux remonter et descendre l'East River. Une fois qu'ils ont trouvé un banc, Kelly se pelotonne contre lui.

— Prête pour l'histoire, annonce-t-elle.
— Tu es sûre de ne pas être trop fatiguée?

En réalité, il n'a jamais très bien su raconter les histoires, et à cet instant précis, il manque cruellement d'idées.

— Tout à fait sûre.

Alors Goodman fait de son mieux.

La Petite Princesse

Il était une fois, dans un lointain royaume, une petite princesse...

— C'était une ballerine?
— Bien sûr.

La Princesse Ballerine

Il était une fois, dans un lointain royaume, une Princesse Ballerine. Ce royaume s'appelait Yew Nork. Il ressemblait beaucoup à la ville où nous vivons, à quelques différences près : au lieu de gratte-ciel, il y avait des centaines et des centaines de châteaux gigantesques. Il n'était pas entouré de rivières, mais d'immenses douves. Enfin, c'était un royaume magique, où tous les rêves devenaient réalité à condition d'y croire assez fort et de faire son possible pour qu'ils se réalisent.

La Princesse Ballerine avait six ans. Son père l'aimait de tout son cœur, et sa mère était d'une grande beauté. Un jour, malheureusement, elle dut partir, ce qui plongea la Princesse dans une grande tristesse.

— Est-ce que sa mère est allée au paradis ?

Oui, elle est allée au paradis. Et la grand-mère de la Princesse dut s'occuper d'elle pendant quelque temps, parce que son père avait trop de travail. Mais la Princesse Ballerine avait aussi quelqu'un d'autre pour s'occuper d'elle : le brave et loyal Prince Larus. D'une certaine façon, elle avait donc plus de chance que la plupart des petites filles, car au lieu de deux personnes pour la protéger, elle en avait trois. Ce qui fait beaucoup, surtout si l'une d'elles est le brave et loyal Prince Larus.

Même les yeux fermés, Goodman sait à la respiration régulière de sa Princesse Ballerine qu'elle s'est endormie dans ses bras. A la vue de son petit visage, de sa minuscule bouche entrouverte, il sent son cœur se serrer. Se séparer de sa fille, ne fût-ce que pour deux ou trois jours, est ce qui lui a le plus coûté en partant en Floride. Il ne supporte pas l'idée de la perdre, ni qu'elle puisse mourir.

— Je vous en supplie, faites qu'il n'arrive rien à mon petit ange, murmure-t-il.

Pour une raison mystérieuse, il a toujours cru que le fait de prononcer des remerciements ou une prière, même à voix basse, comptait davantage que de les formuler uniquement par la pensée.

— Je vous en supplie, répète-t-il.

Ce soir-là, Goodman dépose Kelly chez sa belle-mère. La fillette se met à pleurer au moment de son départ, et il lui promet qu'elle pourra bientôt venir habiter avec lui. Les larmes aux yeux, il regagne son studio à pied.

De manière inexplicable, sa clé refuse d'entrer dans la serrure de sa porte, l'obligeant à descendre sonner au rez-de-chaussée chez Tony, le gardien. Ensemble, ils remontent péniblement les quatre étages, mais Tony découvre que son passe ne marche pas mieux. Il se penche pour inspecter la serrure.

— Ah, ah!

Il en extrait un morceau de cure-dent

— Voilà d'où vient le problème.

Cependant, ce n'est qu'un début. Dès que Tony ouvre la porte, Goodman constate que son studio a été saccagé.

— Le cure-dent leur a servi à bloquer la serrure, au cas où vous seriez rentré alors qu'ils étaient encore à l'intérieur, explique Tony. Vous seriez allé chercher de l'aide, ce qui leur donnait le temps de filer.

Il faut deux heures à Goodman pour tout remettre en ordre. Le contenu de chaque tiroir a été renversé sur le sol, chaque vêtement arraché de la penderie. Les coussins du canapé ont été tailladés, et le canapé lui-même est renversé sur la table basse en bois, qui n'a pas résisté à son poids.

Après coup seulement, allongé sur son canapé éventré, Goodman s'aperçoit que rien n'a disparu de chez lui.

Il frissonne à cette pensée. A aucun moment, il n'a envisagé qu'il puisse s'agir d'autre chose que d'un cambriolage ordinaire. Il a lu quelque part, ou entendu dire, que si les cambrioleurs ne trouvent rien d'intéressant à voler — certainement le cas de ceux qui ont visité son studio — ils vandalisent souvent les lieux par dépit.

Pourtant, ils n'ont même pas emporté son téléviseur, ni les pièces de monnaie qu'il avait laissées sur sa table basse. Tout est là, jusqu'à ses timbres-poste. Sens dessus dessous, mal en point, mais bien là.

Voilà pourquoi, peu après minuit, une lampe de poche à la main, Goodman descend à pas de loup vérifier au sous-sol le contenu de son armoire métallique. A son grand soulagement, le sac de voyage est toujours à l'intérieur. Par précaution, il décide de modifier la combinaison du cadenas : 0-0-0 paraît un peu trop évident. Il a toutefois peur d'oublier un numéro pris au hasard. Il pense à sa date de naissance, mais se rappelle avoir lu que les escrocs utilisent eux aussi la leur. Alors, il choisit son nombre porte-bonheur et compose 5-6-2 sur le cadenas. Tout fier de son ingéniosité, il remonte chez lui en négligeant de faire tourner les cylindres qui affichent la nouvelle combinaison...

6

GOODMAN passe ses dimanches après-midi en compagnie des trois copains avec lesquels il a servi dans la marine. Entre eux, ils s'appellent les « blessés en état de marcher ». Pas à cause d'éventuelles blessures reçues au combat : à l'époque, au milieu des années soixante-dix, il n'y avait pas de guerre. Ce surnom reflète plutôt leur conviction partagée d'être des inadaptés, chacun à leur manière.

Au sein du groupe, Goodman est probablement celui qui sort le moins de l'ordinaire. Certes, sa vie professionnelle a connu des hauts et des bas, et il vient de perdre son emploi. Il a sûrement sa part d'habitudes bizarres, de goûts étranges, de petites manies. Mais comparé aux autres, il paraît on ne peut plus normal.

Diabétique, Krulewich refuse de prendre son insuline parce qu'il soupçonne les médecins de l'hôpital militaire d'essayer de l'empoisonner. A cause de son entêtement, il a perdu une jambe, plusieurs orteils à l'autre pied, et il est presque aveugle. Il doit subir une double opération de la cataracte qu'il repousse sans cesse, car après chaque séjour à l'hôpital, il a l'impression de revenir avec quelque chose en moins. Aussi passe-t-il son temps à cligner des yeux derrière des verres si épais que leur poids semble en permanence tirer sa tête en avant, lui donnant un profil insolite (et un air agressif).

La Baleine porte bien son surnom. Du temps où il était marin, il mesurait environ un mètre soixante-quinze et pesait près de quatre-vingt-dix kilos. Si sa taille n'a pas bougé (à un ou deux centimètres près), il a beaucoup grossi, au point d'approcher les cent cinquante kilos. On lui suspend régulièrement sa licence de chauffeur de taxi pour refus de sortir aider ses passagers à charger ou décharger leurs bagages.

— Je ne refuse rien du tout, a-t-il expliqué à maintes reprises devant la commission des taxis et limousines. Mais le temps que je descende de voiture, ils s'imaginent que je ne veux pas.

Enfin, il y a Lehigh. Son vrai nom, Lehigh Valley, date du jour où on l'a trouvé abandonné dans un wagon de marchandises de la compagnie de chemin de fer Lehigh Valley, quelque part entre Altoona et Pottsville. Noir, élevé par des parents adoptifs blancs dans les villes minières à l'ouest de la Pennsylvanie, Lehigh parle souvent de dédommager « papa et maman » en leur achetant une maison pour leur retraite, à la place de leur caravane qui dépasse à peine trois mètres de long. Il fait la plonge dans une cafétéria de l'avenue C, et habite une chambre juste au-dessus. Il est payé quatre dollars cinquante-six l'heure. Jusqu'à présent, il a économisé un peu plus de deux cents dollars.

Goodman a conscience de sa supériorité sur les autres « blessés en état de marcher » — en termes de santé mentale, mais aussi de par son éducation, sa profession et sa place dans la société. Paradoxalement, c'est ce sentiment de supériorité qui l'empêche d'abandonner le groupe. Il redoute que les autres se croient snobés et en soient humiliés. Voilà pourquoi il reste, autant pour eux que pour lui.

Ce dimanche-là, ils se retrouvent chez Krulewich. C'est devenu une habitude, non que son appartement soit plus luxueux que les autres (au contraire), mais pour la simple raison qu'il a davantage de mal à se déplacer.

La télévision retransmet un match de baseball des World Series. Le troisième ou le quatrième de la saison — Goodman ne sait plus très bien. Au début de la cinquième manche, les Braves mènent six à zéro. La Baleine veut prendre des paris sur le résultat final, le score, l'équipe gagnante du championnat, ou même le futur meilleur joueur de l'année. Mais personne n'accepte. La Baleine est un joueur repenti, capable de parier sur le temps qu'il fera le lendemain si on lui en donne l'occasion.

Ils regardent le match jusqu'à la fin. Les Braves gagnent cinq à trois.

— Dire que j'aurais pu empocher cinquante dollars! gémit la Baleine.

Ils commandent une pizza, et envisagent une partie de cartes, sans parvenir à s'entendre sur un jeu précis. Ils ont renoncé au poker — la Baleine est trop mauvais perdant.

— Vous savez jouer au sans-cœur, les gars? demande Lehigh.

Personne n'a l'air de connaître.

— Je pourrais facilement vous apprendre.

Cependant, Krulewich a mal aux yeux et Goodman ne se sent pas tellement en état de jouer, lui non plus. Au cours de l'heure écoulée, il n'a pensé qu'à une chose : l'IRM de Kelly.

Ils décident de remettre la partie de sans-cœur au dimanche suivant. Et vers vingt heures, ils se séparent.

7

Les hurlements d'une femme tirent Russell Bradford du sommeil. D'un cauchemar dans lequel il était debout sous la pluie, vêtu seulement d'un caleçon. Il lui faut quelques instants pour comprendre où il se trouve et qui peut bien pousser des cris pareils.

— Nana! Nana!

Il finit par reconnaître le surnom de sa grand-mère et la voix de sa mère.

— Russell! Viens m'aider!

Il s'arrache du canapé et se dirige vers la chambre de Nana, guidé par les hurlements. Il découvre sa mère accroupie près de sa grand-mère étendue par terre, sur le côté. Dans un premier temps, il croit que Nana est morte et attend bêtement à la porte, ne sachant que faire.

— Ne reste pas là sans bouger! crie sa mère. Aide-moi!

Après s'être avancé de quelques pas, il s'aperçoit que sa grand-mère vit encore. Tout son corps est agité de convulsions. Au lieu des pupilles, Russell ne voit que le blanc de ses yeux grands ouverts. Un filet de bave s'écoule du coin de sa bouche sur la descente de lit usée.

— Ne meurs pas, Nana, dit-il dans un souffle.

Sinon, où est-ce que je vais trouver l'argent pour me défoncer? ajoute-t-il intérieurement.

Tout comme Russell Bradford, Michael Goodman a des soucis d'argent. Ce lundi matin, assis dans son studio, il boit une tasse de café léger en parcourant les petites annonces classées du *New York Times*. S'il y a toujours des offres d'emploi dans la comptabilité, la plupart s'adressent aux experts-comptables ou à de jeunes diplômés de l'université désireux de faire un stage dans une grande firme. Personne ne semble avoir besoin de quelqu'un de plus de quarante ans sans même une licence.

Il entoure quatre offres et, à neuf heures deux précises, entreprend d'appeler les numéros indiqués. Le premier poste est déjà pris. Le second employeur préférerait un candidat ayant davantage d'années d'études. Le troisième recherche quelqu'un de plus jeune. Le quatrième, Bronx Pneumatiques, paraît plus prometteur.

— Vous savez que c'est seulement pour deux après-midi par semaine ? demande une jeune femme, en faisant claquer son chewing-gum.

— Ça me convient.

— Quel salaire souhaitez-vous ?

— Celui que vous me proposez.

Ce n'est pas le moment d'afficher des prétentions excessives.

— Pouvez-vous venir voir Manny demain ?

— Bien sûr. A quelle heure ?

— N'importe quand. Il arrive à sept heures.

— Et aujourd'hui ? Je peux me déplacer tout de suite, si vous voulez.

— Non, pas aujourd'hui. Manny se fait percer un furoncle.

— Il doit avoir une cache dans son studio, déclare Pedro Aguilar à Antonio Rodriguez et Sixto Quinones.

Tous les trois sont attablés autour d'un café cubain au restaurant Victor's. Une cache est un emplacement secret construit spécialement, souvent impossible à découvrir à moins d'appuyer sur un bouton ou une télécommande.

— C'est la seule solution. Vous l'avez vu entrer avec la marchandise, et il n'est jamais ressorti avec.

— Impossible, proteste Hot Rod. On a tout retourné. S'il y avait eu une cache, on l'aurait trouvée.

— Ouais, ajoute Six. Vingt kilos de marchandise, ça se planque pas dans un bocal de café, patron.

— Vous avez découvert d'où sort ce type?

— J'ai passé en revue tout son foutoir, comme vous aviez demandé, répond Hot Rod. Je dirais qu'il est dans la comptabilité ou la banque, quelque chose de ce genre. Il a des piles de livres de compte remplis de colonnes de chiffres. Mais impossible de savoir à quoi tout ça correspond.

— Evident! s'exclame Aguilar. C'est lui qui gère leurs finances. Et blanchit l'argent. A quoi d'autre servirait un banquier?

— C'est sûr.

— Ouais.

— Qui peuvent bien être ces gars? Pour qui travaille-t-il? s'interroge Aguilar.

Personne ne lui répond.

— Ne le lâchez pas d'une semelle, reprend-il. Essayez de voir qui il fréquente. Tôt ou tard, il vous conduira à ses amis.

Vers onze heures, le téléphone de Goodman sonne. Comme d'habitude, il sursaute et décroche aussitôt. Contrairement à la vie qu'il embrasse avec un optimisme injustifié, le téléphone lui inspire plutôt de la crainte : il redoute toujours des mauvaises nouvelles.

Ce n'est que sa belle-mère.

— L'assurance ne marche pas, annonce-t-elle.

— Je le sais. Je vous en avais parlé, vous vous souvenez?

— Ils ont téléphoné pour me prévenir. Ils refusent d'envoyer les résultats de l'examen au médecin tant que vous n'avez pas trouvé une autre solution.

— Une autre solution?

— Du liquide ou un chèque certifié.

— Je m'en occupe.

Une des caissières du laboratoire a dû appeler, pense-t-il.

— Comment va Kelly?

— Difficile à dire. Elle prétend ne pas avoir mal, mais de temps à autre elle grimace de douleur lorsqu'elle croit que je ne regarde pas. Elle doit avoir peur que je m'inquiète trop, alors elle fait semblant d'aller mieux pour me préserver.

Bien que la belle-mère de Goodman puisse se révéler une véritable calamité, elle lit dans les pensées d'autrui aussi facilement que lui-même déchiffre un bilan comptable.

La grand-mère de Russell Bradford est transportée en ambulance au Jacoby Hospital. La mère de Russell l'accompagne. Lui-même les rejoint aux urgences. A l'arrivée de l'ambulance, l'équipe médicale a réussi à interrompre la crise de convulsions de Nana. Cependant, on découvre rapidement qu'elle a eu une hémorragie cérébrale — une attaque, expliquent les médecins, sans pouvoir affirmer si les convulsions en sont la cause ou la conséquence. Elle est admise dans la salle 7-D. Elle ne peut pas parler et semble avoir le côté droit paralysé. Son état est jugé critique.

Russell laisse sa mère à l'hôpital et rentre chez lui. Là, il se dirige vers le placard de l'entrée et atteint tout en haut le sac à main de Nana. En fouillant dedans, il ne trouve que dix dollars.

— Merde! grogne-t-il.

Il prend le billet et sort se défoncer.

Goodman retourne à la réception du laboratoire où Kelly a subi l'IRM. L'employée l'envoie à la caisse, où on lui répète les propos rapportés par sa belle-mère : puisqu'il n'a pas d'assurance couvrant ses frais médicaux, les résultats ne seront expédiés à son médecin que lorsqu'il aura payé en liquide ou avec un chèque certifié.

— Je vais réunir la somme, promet-il. En attendant, vous ne pourriez pas me donner une idée du résultat?

— Désolée, lui répond une femme en blanc au visage sévère.

— Mais il s'agit de ma fille. Et elle n'a que six ans, bon sang!

— Les lois de cet Etat nous interdisent de communiquer des clichés, des informations ou des diagnostics à toute autre personne que le médecin traitant.

On croirait entendre le message des services de police de

Fort Lauderdale à l'intention des individus prêts à leur remettre des stupéfiants.

En regagnant son studio à pied, il pense au sac de voyage enfermé dans l'armoire métallique. Il ne remarque pas les deux hommes de type hispanique qui lui ont emboîté le pas.

Avec les dix dollars de sa grand-mère, Russell Bradford achète à Big Red deux flacons de crack à capsule jaune. En revanche, il tente en vain de soutirer à Eddie Boy deux dimes d'héroïne à crédit.

— Pourquoi tu me filerais pas quelques doses, mec? Je te les vendrais sur le boulevard, et tu pourrais me donner un pourcentage.

— Désolé. Je suis à sec en ce moment. Pas question de faire des faveurs.

Russell sait qu'il devrait garder le crack pour plus tard, quand il en aura vraiment besoin. Inquiet et déprimé à cause du manque d'argent, il ne rentre pas chez lui directement : il fait un détour par un appartement abandonné en sous-sol, où il laisse toujours une pipe et une torche. Il fume le contenu du premier flacon, qui ne le soulage pas totalement. Alors il fume aussi celui du second. Leur effet conjugué réussit à le détendre et à lui faire oublier ses angoisses. A peine plus d'une heure, toutefois.

Le même soir, alors qu'il attend devant la télévision que son gratin de macaronis surgelé finisse de cuire, Goodman voit un reportage au journal de Channel 4. L'image est mauvaise : il ne peut s'offrir le câble et ne possède qu'un vieux poste avec un écran de vingt-cinq centimètres surmonté d'une antenne en forme de cintre. Pourtant, il regarde attentivement le présentateur décrire la saisie d'une grande quantité de cocaïne dans un entrepôt du Queens. Interrogé, un responsable des services de police annonce qu'il s'agit d'un coup dur pour le monde du crime organisé.

— Voilà sans doute le signe que, dans la guerre contre la drogue, la chance commence enfin à tourner, déclare le présentateur.

A quelques kilomètres plus au nord, sur l'autre rive de la Harlem River, Russell Bradford passe une nuit difficile. A son retour de l'hôpital vers vingt heures trente, sa mère lui a appris que Nana avait des chances de s'en tirer, mais risquait de rester hospitalisée un mois ou plus. Quand il lui a demandé de l'argent, elle a répliqué qu'elle n'en avait pas et que ce serait plutôt à elle de lui en réclamer, maintenant qu'il était en âge de travailler.

Il est sorti vers vingt-deux heures traîner dans le quartier, allant voir tous les dealers qu'il connaît dans l'espoir que l'un d'eux lui fasse crédit, ou lui confie quelque chose à vendre. Mais il leur doit trop d'argent, et personne ne lui donnera quoi que ce soit s'il ne paie pas comptant.

Il rentre chez lui peu après minuit, souffrant déjà des premiers symptômes du manque d'héroïne et de crack. Irritable, incapable de trouver le sommeil, il regarde la télévision, va s'asseoir près de la fenêtre de la cuisine qui donne sur l'escalier de secours, fait les cent pas dans l'appartement. Il finit par se rouler en boule sur la moquette du séjour. Couché sur le côté, un peu comme sa grand-mère après sa crise de convulsions, il se prépare pour les frissons, les sueurs froides, les nausées qu'il ressent avant même leur arrivée.

Il n'a plus qu'une idée en tête : se défoncer demain. Par tous les moyens.

Dans son immeuble sans ascenseur de la 92e Rue, Michael Goodman n'arrive pas à fermer l'œil, lui non plus. Il s'inquiète pour son entretien d'embauche du lendemain et pour sa fille, se demandant comment il va trouver l'argent afin d'obtenir les résultats de l'examen.

Il est presque quatre heures du matin lorsqu'ils s'endorment enfin. Tout sépare ces deux hommes, mais leurs trajectoires se rapprochent de plus en plus jusqu'à l'inévitable collision.

8

Malgré le manque de sommeil, Goodman se lève tôt, par habitude, se douche et se rase. Il découvre qu'il n'a pas la moindre idée de ce qu'il doit porter pour un entretien d'embauche dans un endroit nommé Bronx Pneumatiques. Il sait qu'un costume bleu marine ferait beaucoup trop habillé, mais ne veut pas non plus se présenter dans une tenue trop décontractée. Il opte pour un blouson, une chemise jaune, un pantalon marron. Il s'observe dans le miroir et décide de mettre une cravate. Il pourra toujours l'enlever et la fourrer dans sa poche.

Bronx Pneumatiques est au carrefour de la 155e Rue et de Jerome Avenue. Goodman sort les Pages jaunes, trouve le plan du métro, voit que la ligne 4 a un arrêt sur la 149e Rue, un autre sur la 161e. Dans les deux cas, il devra parcourir six cents mètres à pied.

Il se regarde une dernière fois dans le miroir et rajuste sa cravate, oubliant toutefois de fermer les deux petits boutons de son col de chemise. Afin de ne pas risquer d'avoir mauvaise haleine, il fait un dernier arrêt dans la salle de bains, où il presse sur le bout de son doigt une noisette de dentifrice qu'il étale ensuite sur sa langue. Il jette un coup d'œil à sa montre, 7 : 05.

Une fois dehors, l'air froid d'octobre le saisit. Il rejoint la 86e Rue, et prend la ligne 4 vers le nord de Manhattan. A sa grande surprise, la rame est presque vide. A cette heure, évidemment, tout le monde doit voyager dans la direction opposée.

A peu près au même instant, alors que la rame où se trouve Michael Goodman sort des profondeurs de la rue et s'engage sur la ligne aérienne qui traverse le sud du Bronx pour gagner Woodlawn Cemetary plus au nord, Russell Bradford se réveille. Peut-être a-t-il été tiré du sommeil par le bruit de la rame de Goodman.

Il se retourne sur le canapé, à la recherche d'un endroit frais sur l'oreiller. Il garde les yeux fermés, essayant de repousser le début de la journée aussi longtemps que possible. Bataille perdue d'avance

Contrairement à son habitude, Raul Cuervas aussi s'est réveillé de bonne heure. En faisant la tournée des bars la veille au soir, il a appris de trois personnes différentes que Mister Fuentes le cherchait.

En temps ordinaire, ce serait une bonne nouvelle. Cela signifierait que Mister Fuentes a du travail pour lui. Qu'il est de nouveau dans le coup. Et surtout qu'il va toucher de l'argent.

Mais Raul n'est pas si sûr qu'il s'agisse d'une situation ordinaire. Il sait que Mister Fuentes n'a pas apprécié le retard avec lequel il a récupéré la voiture et encore moins sa conséquence directe, la disparition des vingt kilos de marchandise. Même si Mister Fuentes a eu l'air de croire l'histoire de la *chiquita* qui l'avait drogué et volé, ce n'était de toute évidence pas une excuse suffisante à ses yeux.

Point positif, il a pu fournir une description détaillée du type qui avait rapporté la voiture. Mister Fuentes a demandé à Johnny Delgado d'appeler des amis à New York, et ils ont réussi à repérer l'homme en question à sa descente d'avion. Sur le coup, Raul s'est dit que c'était un bon point supplémentaire. A présent, il en est moins convaincu : si là-bas ils ont le type à l'œil, ils ne doivent plus avoir besoin de lui pour l'identifier. Ce qui pourrait se retourner contre lui.

Il a conscience d'évoluer dans un monde cruel, où les gens ont trop souvent la mémoire courte. On s'en tire cinquante fois sans problème, et ils trouvent ça normal. Mais au premier faux pas, les mêmes ne se souviennent plus de ce qu'on a fait de bien récemment.

Voilà pourquoi Raul s'est réveillé de bonne heure. Il sait qu'il a une décision à prendre : doit-il affronter Mister Fuentes, quels qu'en soient les risques, ou s'éloigner quelque temps, disparaître jusqu'à ce qu'ils récupèrent les vingt kilos, que tout le monde soit content et ait oublié sa bavure ?

A sept heures et demie, toujours assis dans son lit, il a déjà grillé huit cigarettes. Dans ce genre de circonstances, où il a besoin de réfléchir, ça l'aide de fumer.

Goodman remarque que tous les autres passagers de la rame de métro sont noirs ou hispaniques. Ce n'était pas le cas lorsqu'il est monté, même s'il se rappelle vaguement avoir vu des Blancs descendre en grand nombre à l'arrêt de la 96e Rue. Il remarque également — et ce n'est pas la première fois — que les usagers du métro ont tendance à être de petite taille, comme lui. A-t-on déjà fait une étude sur le sujet ? En admettant qu'il ait raison, qu'il y ait bel et bien un rapport entre le fait d'être petit et de prendre le métro, de quelle nature est la relation de cause à effet ? La vie souterraine ralentirait-elle la croissance, ce qui semble être le cas pour les taupes et les marmottes ? A moins que ce ne soit le manque de soleil ? D'ailleurs, on n'a jamais vu une girafe dans un souterrain, non ?

Il se sent mieux lorsque le train émerge soudain à l'air libre dans le Bronx. Il laisse passer la 149e Rue, ayant décidé de descendre à Yankee Stadium. Difficile de dire quand il y est venu pour la dernière fois. Durant son enfance, son père l'emmenait voir des matchs de baseball, moments qui lui paraissent remonter à une éternité, comme s'ils avaient eu lieu dans une autre vie. Aussi loin qu'il se souvienne, il a passé cette vie-ci à travailler. Et aujourd'hui, après trois semaines de chômage, le voilà déjà en train de tenter de retrouver un emploi...

Russell Bradford finit par capituler : il renonce à essayer de se rendormir. Il s'habille sans s'être douché, et ne se préoccupe pas davantage de son petit déjeuner : bien qu'il n'ait rien mangé depuis vingt-quatre heures, la nourriture est le cadet de ses soucis.

Il sait qu'il a déjà pris tout l'argent du sac à main de sa grand-mère, mais la force de l'habitude le pousse à vérifier tout de même. Contraint de se rendre à l'évidence, il jure entre ses dents et se le reproche aussitôt : jusque-là, Nana s'est toujours montrée généreuse avec lui.

Avant de quitter l'appartement, il entre sur la pointe des pieds dans la pièce où dorment ses deux jeunes frères. Par terre, entre une pile de magazines de bandes dessinées et des accessoires pour jeux vidéo, il trouve une mitraillette à eau en plastique noir, copie conforme d'un Uzi ou d'un Mac-10. Il la ramasse et la glisse dans la ceinture de son jean, recouvrant la crosse de son T-shirt.

A pied, il ne faut que cinq minutes à Goodman pour se rendre de Yankee Stadium à la 155e Rue, où il repère l'enseigne Bronx Pneumatiques. Il s'attendait à trouver un immeuble de bureaux, même quelconque — après tout, ils recherchent un comptable. Quelle n'est donc pas sa surprise de découvrir seulement un énorme garage qui dépasse sur le trottoir... De nombreux panneaux s'ajoutent à l'enseigne portant le nom de l'établissement, certains fixés sur la façade en brique, d'autres attachés avec un fil de fer aux barreaux métalliques des fenêtres ; quelques-uns sont même posés sur le trottoir, voire sur la chaussée.

PNEUS NEUFS ET D'OCCASION
RECHAPAGE
MONTAGE IMMÉDIAT
PRIX DÉFIANT TOUTE CONCURRENCE
POURBOIRES ACCEPTÉS

Alors qu'il est à peine sept heures et demie du matin, l'endroit ressemble à une ruche bourdonnante. Il y a trois voitures soulevées par un cric devant le garage, et quatre ou cinq autres à l'intérieur. Des taxis pour l'essentiel — pas les taxis jaunes de Manhattan, mais des «indépendants» qui desservent les quartiers extérieurs où les autres chauffeurs ne se risquent pas. Les mécaniciens affairés autour des véhicules sont tous noirs ou hispaniques, et la plupart semblent avoir quitté les bancs de l'école depuis peu. Leurs combinaisons crasseuses donnent l'impression de ne jamais avoir été lavées. Ils travaillent vite, utilisant une sorte de pistolet relié à un tuyau d'air comprimé pour desserrer et resserrer les écrous.

Goodman s'aventure à l'intérieur, où le vacarme des compresseurs et des pistolets pneumatiques est encore plus assourdissant. Il demande à l'un des employés de l'aider à trouver Manny.

— Facile. C'est le seul à être assis sur une bouée.

Devant l'air perplexe de Goodman, l'homme désigne une porte. Une affiche manuscrite y est scotchée, apparemment depuis un certain temps.

BUREAU
INTERDIT D'ENTRER!

Goodman frappe. Pas de réponse. Il frappe de nouveau, plus fort.

Un «Ouais?» bourru lui parvient.

— Je viens pour l'offre d'emploi, explique-t-il devant la porte close.

— Quoi?

— L'offre d'emploi. Le poste de comptable.

Rien ne se passe pendant une trentaine de secondes. Soudain, après un bruit de verrous, la porte s'ouvre si brusquement qu'il la reçoit dans l'épaule.

— Attention! s'écrie l'homme. Puis, il se présente : Je suis Manny.

Le dénommé Manny est mi-humain, mi-ours brun. Goodman n'a encore jamais vu d'homme aussi velu. Ses bras, son cou, sa poitrine, ses épaules — il porte un tricot de corps, comme s'il était fier d'exhiber sa pilosité — sont couverts d'une épaisse toison noire. Ainsi que le dos de ses mains. Des touffes de poils lui sortent des oreilles et des narines. Il a une calvitie sur le haut du crâne, elle aussi bordée d'une toison noire, qui semble pousser avec la vigueur d'une plante tout droit sortie d'un film de science-fiction.

— Entrez donc, dit-il.

Goodman obéit et attend qu'il ait refermé les trois verrous.

— Asseyez-vous.

Malgré le désordre de la pièce, Goodman n'aperçoit qu'une seule chaise : encore est-elle occupée par une curieuse petite chambre à air blanche. Il s'en approche.

— Pas là, malheureux ! C'est ma bouée.

Manny s'avance laborieusement vers la chaise.

— Vous savez ce que c'est qu'un kyste sébacé ?

— Non, répond Goodman, qui n'est pas sûr d'avoir envie de le savoir. Hier, au téléphone, on lui a expliqué que Manny devait se faire percer un furoncle. Ça lui suffit.

— Un vrai emmerdement, voilà ce que c'est !

Manny s'installe avec précaution sur sa bouée. Il indique l'autre côté du bureau, où se trouve effectivement une seconde chaise. Sur laquelle sont entassés des catalogues de pneus, des magazines et différents formulaires. La pile ne fait jamais qu'une bonne cinquantaine de centimètres de haut...

— Posez toute cette paperasse par terre, ordonne Manny.

Goodman s'exécute, après avoir repéré non sans mal un espace libre.

— Vous vous appelez comment, vous m'avez dit ?

— Goodman. Michael Goodman.

Il est pourtant certain de ne pas voir donné son nom jusqu'à cet instant.

— C'est ça. Goodman. Vous travaillerez deux après-midi par semaine, le lundi et le jeudi, de treize à dix-sept heures. Vous pourrez utiliser ce bureau, vous serez tranquille. Vingt-cinq dollars de l'heure, en liquide. D'accord ?

— D'accord.

— Venez jeudi. Comme ça, Marlene vous mettra au courant. C'est son dernier jour. Il a fallu que cette gourde se retrouve enceinte. Pour tout vous dire, je suis même étonné qu'elle ait su comment s'y prendre. C'est d'accord ?

— Pour quoi ?

— D'accord pour jeudi ?
— D'accord.
Michael Goodman a un emploi.

Raul Cuervas, lui, a un problème. Il fume une douzaine de cigarettes supplémentaires en cherchant où aller pour échapper à Mister Fuentes et à ses hommes. Mais sans proches ni amis, ni beaucoup d'argent, il s'aperçoit que Mister Fuentes et son entourage sont sa seule véritable famille : il n'a personne d'autre vers qui se tourner, aucun endroit où se cacher.

Voilà pourquoi il se douche, se rase, s'habille, et se prépare à affronter *el viejo*. Il va faire amende honorable. S'abaisser à demander pardon. Compte tenu de ses succès passés, on lui laissera sûrement une seconde chance.

Au lieu de descendre vers la 140ᵉ Rue, où tout le monde le connaît, Russell Bradford monte plus au nord, vers la 150ᵉ. Il n'a encore jamais rien tenté de pareil. Bien sûr, il lui est arrivé de voler dans les voitures. Ou dans les magasins. Il a même vendu un peu de crack lorsqu'on a bien voulu lui en confier.

Mais à présent, sa situation est différente. Cette fois, deux ou trois paquets de viande surgelée, ou un lecteur de cassettes Blaupunkt ne suffiront pas. Il a besoin d'argent liquide, et vite.

Presque spontanément, il porte la main à sa hanche, où il sent les angles de la mitraillette sous ses vêtements. A ses yeux, ce n'est plus un jouet, mais une arme. Qui va l'aider à se procurer de l'argent, à s'offrir ce à quoi il a droit après toutes les souffrances endurées.

Il atteint la 150ᵉ Rue, continue vers le nord. Il s'imagine être une panthère guettant sa proie. Après tout, personne ne reproche rien aux panthères, non ? Elles se contentent de suivre leur instinct, d'assurer leur survie. Pourquoi n'en irait-il pas de même pour les humains ?

Plutôt que de revenir sur ses pas jusqu'à la 161ᵉ Rue, Goodman décide de descendre vers la station de la 149ᵉ Rue. En marchant, il repense à l'entretien avec Manny — si on peut parler d'entretien... Quatre heures à vingt-cinq dollars de l'heure représentent cent dollars ; en multipliant par deux, on obtient deux cents dollars par semaine, en liquide. Une bonne chose, le liquide : pas de cotisations, ni d'impôts. En revanche, pas d'avantages sociaux : ni assurance maladie, ni indemnités de licenciement. Par ailleurs, même si ça permet de payer le loyer et de remplir le réfrigérateur, ça ne réglera pas le problème de l'IRM de Kelly, ni des dettes qui s'accumulent. Mais nécessité fait loi, comme on dit, et il était à deux doigts de rejoindre la foule des nécessiteux. Il se réjouit donc d'être embauché et cède à une certaine euphorie. Grave erreur, car à l'approche de la 150ᵉ Rue, il en oublie de regarder autour de lui.

Entre la 151ᵉ et la 152ᵉ Rue, Russell Bradford repère une Noire âgée en train de pousser un chariot à provisions, vide en apparence : elle doit aller au supermarché. Et avoir de l'argent sur elle.
Il l'observe. Un sac à main pend à son épaule. Il pourrait le lui arracher avant même qu'elle comprenne ce qui lui arrive.
Mais quelque chose le fait hésiter. Cette femme lui rappelle un peu sa grand-mère, d'où sa réticence — pas tant à cause de la ressemblance que du souvenir des bons alimentaires avec lesquels Nana faisait ses courses. Il ne tient pas à risquer aussi gros pour une poignée de foutus bons alimentaires. Et la laisse continuer son chemin.
Plus près de la 152ᵉ Rue, un ivrogne fouille une poubelle. Il ne doit même pas avoir dix cents sur lui. Russell le dépasse sans s'arrêter.
C'est alors qu'il aperçoit le Blanc. Un client sur mesure. Petit, les épaules étroites, des lunettes. Il porte un blouson, et même une cravate : il se croit à Wall Street, ou quoi ? Il ne doit pas souvent se salir les mains. Et en prime, il a l'air de planer complètement.

Russell lance un regard de l'autre côté de la rue, puis devant et derrière lui : personne, sauf la mamie et l'ivrogne. Il y a bien quelques gosses un peu plus loin, mais ils sont au niveau de la 153e Rue, et occupés à jouer sur le trottoir. Difficile de trouver mieux.

Il attend que le type arrive à sa hauteur avant d'ouvrir la bouche.

— Hé, tu as l'heure ?

Surpris par la voix de Russell, l'homme s'arrête. Presque instinctivement, il lève un peu son poignet gauche pour jeter un coup d'œil à sa montre.

— Huit heures cinq.

— Belle montre, dit Russell.

En vérité, il n'a jamais su distinguer une Rolex d'une Timex. Le type ne répond rien.

— T'aurais pas un peu de monnaie ? demande Russell.

Son interlocuteur paraît mal à l'aise. Il regarde autour de lui. Bien sûr, il n'y a personne.

— Malheureusement non... Désolé.

— Des billets, alors ?

— Désolé, répète le type.

— Moi aussi, déclare Russell.

Pour montrer qu'il ne plaisante pas, il porte la main à sa ceinture et soulève son T-shirt, de façon à découvrir la crosse de la mitraillette.

A la vue de l'arme, Goodman a l'impression que ses intestins et sa vessie vont lâcher en même temps. Il se concentre si fort pour tenter de se maîtriser qu'il est incapable de toute autre réaction : non seulement il ne dit rien, mais aucune parole ne lui vient à l'esprit.

— Baisse les mains, dit le gosse.

— Quoi ?

— Tes mains. Baisse-les.

Goodman se rend compte qu'il a les deux mains légèrement en l'air, comme dans les westerns les passagers d'une diligence prêts à se rendre aux hors-la-loi. Il s'efforce de ramener ses bras le long du corps, sans y parvenir totalement.

— Donne-moi tout. Argent, portefeuille, montre. Tout ce que tu as.

En parlant, l'adolescent promène un regard inquiet autour de lui et sur toute la longueur de la rue.

Goodman a l'impression que tout va au ralenti. Progressivement, il reprend le contrôle de ses intestins et de sa vessie. Il voudrait dire quelque chose, assurer qu'il va tout donner. Cependant, sa voix refuse toujours de coopérer.

Le jeune Noir semble désemparé devant la paralysie qui frappe sa victime. Il continue à surveiller fébrilement la rue. Goodman suit son regard, dans l'espoir de découvrir ce qui l'inquiète. Ne voyant rien, il songe soudain : Ce gamin a aussi peur que moi. Cette pensée le ramène à la réalité et le libère de sa paralysie. Intellectuellement, il sait qu'il devrait craindre pour sa vie ; malgré lui, pourtant, il commence à avoir la sensation d'être dans un film, d'assister à la scène en observateur extérieur.

— Tu as entendu, oui ou non ?

Alors que le jeune garçon se veut menaçant, sa voix paraît plaintive : on dirait qu'il supplie sa victime de sortir son argent.

En bon comptable, Goodman fait un rapide calcul. A peu de chose près, il doit avoir une douzaine de dollars sur lui. Il sait qu'il devrait les donner — il lit sans cesse des articles sur des gens qui se font tuer pour de la petite monnaie. Pourtant, à peine cette idée l'a-t-elle effleuré qu'il repense à la mitraillette. Elle avait quelque chose de bizarre. Par ailleurs, pourquoi le gosse ne la braque-t-il pas sur lui ? Ça lui rappelle les dessins remplis d'anomalies de certains magazines de jeux, à la rubrique « Trouvez l'erreur ».

Alors, il ment.

— Je n'ai que deux dollars. Et la montre m'a coûté quatre dollars sur Canal Street.

Au moins ce dernier détail est-il authentique.

Goodman guette la réaction de son interlocuteur. Il s'attend à un déferlement de scepticisme et de colère. Il se prépare à recevoir des coups, à être fouillé, à ce qu'on lui demande de retourner ses poches. Rien de tel.

— Et merde ! se contente de lancer le gamin, comme s'il venait de gratter un billet de loterie et de découvrir qu'il a perdu. Pas trace de colère, ni même de surprise. Il semble très las, tout à coup.

— Désolé, dit Goodman.

Vague haussement d'épaules.

— C'est une vraie ? demande Goodman, désignant la ceinture de son jean, où la mitraillette est de nouveau cachée par le T-shirt. Le gosse secoue énergiquement la tête.

— Non, non.

— On dirait une mitraillette à eau.

Pas de réponse. Il reste là, comme s'il allait se mettre à pleurer d'un instant à l'autre. Pour la première fois, Goodman remarque sa maigreur. Il se demande à quand remonte son dernier repas.

— Tu as faim ?

— Non.

— Tu es malade ?

— Si on veut.

— Je peux t'aider ?

L'adolescent sourit et laisse échapper un son qui tient du reniflement et du ricanement.

— Ce qu'il me faut, mec, tu l'as pas.

Lentement, Goodman finit par comprendre : ce gosse est un junkie.

Soudain, le hurlement d'une sirène s'élève, aussitôt interrompu, et tous les deux tournent la tête vers la chaussée. Une voiture de police se gare le long du trottoir à côté d'eux. Le numéro 40, celui du commissariat, est peint sur la portière. Deux agents en uniforme en descendent. Une femme noire et un homme blanc. Ils s'approchent, la main sur l'étui de leur pistolet. L'homme prend la parole.

— Tout va bien ?

Il est clair pour Goodman que la question s'adresse à lui. Clair aussi qu'un seul hochement de tête de sa part, un seul silence, ou même une hésitation marquée, peuvent suffire à faire arrêter le gamin. Au lieu de quoi il s'entend dire :

— Oui, tout va bien.

L'agent n'a pas l'air convaincu. En douceur, il réussit à s'interposer entre Goodman et l'adolescent ; toujours en douceur, il entraîne Goodman un peu à l'écart, jusqu'à ce que celui-ci s'aperçoive qu'ils sont désormais deux par deux : l'agent blanc avec lui, l'agent noir avec le gosse.

— Que se passe-t-il ? interroge l'homme.

— Je lui demandais juste comment rejoindre la station de métro la plus proche.

— Vous n'êtes pas du quartier ?

Goodman remarque la jeunesse du fonctionnaire, tout au plus âgé de vingt ans.

— Je travaille ici, répond-il.

— Où ça ?

— Chez Bronx Pneumatiques

— Qui est votre patron ?

— Manny.

— Vous lui direz bonjour de la part de Brian, d'accord ?

— D'accord.

— Et soyez prudent par ici.

— Entendu. Merci de vous être arrêtés.

— Pas de quoi.

Goodman regarde les deux agents remonter dans leur voiture et démarrer. Il entend le gamin dire quelque chose, si bas qu'il lui faut un certain temps pour comprendre qu'il s'agissait de « merci ».

— Pas de quoi.

La réponse de l'agent, quelques minutes auparavant, a bien plu à Goodman... Le bras tendu, il se tourne vers le jeune garçon.

— Je m'appelle Michael.

Ils échangent une poignée de main.

— Et moi Russell.

C'est la première fois que le jeune Noir serre la main d'un Blanc.

— Je peux te donner un conseil ? demande Russell.

— Bien sûr.

— Ne traîne pas par ici. Tu n'auras que des ennuis.

— Merci. Je peux t'en donner un à mon tour ?

Russell acquiesce.

— N'essaie pas de jouer les voleurs. Tu ne sais pas y faire.

Goodman cherche dans sa poche un billet de dix dollars et le tend à Russell qui le contemple un instant, avant d'accepter d'un air penaud.

— Tu pourrais me rendre un service, Russell ?
— Je te dois bien ça.
— On peut se revoir demain ?
— Pourquoi ?
— J'ai quelque chose à te montrer.
— Tu veux me livrer aux flics ?
Goodman a un sourire.
— Tu sais bien que non.
— Ouais, acquiesce Russell. Rien ne t'empêchait de le faire tout à l'heure.
— Alors demain à midi ?
— Ici ?
— Ah non, merde ! réplique Goodman, qui ne jure pratiquement jamais.

Il n'est pas pressé de remettre les pieds dans cette rue. Et ne se sent pas prêt non plus à inviter le gamin dans son quartier à lui. Il opte pour un terrain neutre.
— Au carrefour de la 96e et de Lexington, dit-il.
— Compte là-dessus.
— Quoi ?
— Rien. J'y serai.

C'est à l'hôtel Fontainbleu de Miami Beach qu'a lieu la rencontre entre Raul Cuervas et Mister Fuentes : ce dernier y occupe en permanence une suite au dernier étage. Johnnie Delgado y assiste, ainsi que Papo et Julio, qui travaillent eux aussi pour Mister Fuentes. Un autre homme est présent, un type inquiétant, avec une barbe noire, que Cuervas n'a encore jamais vu. Personne ne prend la peine de faire les présentations.
— Bonjour Raul.
— Bonjour Mister Fuentes, dit Cuervas. Je regrette vraiment de vous avoir créé ce problème.
— A moi ?
Mister Fuentes sourit.
— Je n'ai pas l'impression d'avoir de problème.
Ces paroles font frissonner Cuervas, et il ne répond pas. Il a beau essayer d'envisager différentes interprétations, il en revient toujours à la même.

— Raul, reprend Mister Fuentes, je veux que tu accompagnes Papo, Julio, et Gatillo qui est ici aujourd'hui. Ils ont une mission à accomplir, pour laquelle ils ont besoin de ton aide. Ils te donneront tous les détails en chemin.
— Mister Fuentes, je vous assure que je suis désolé...
L'intéressé l'interrompt d'un geste du bras. L'entretien est terminé.
Alors qu'il quitte la pièce derrière Papo et Julio en ayant conscience de la présence du barbu sur ses talons, Cuervas ne trouve aucun réconfort dans la traduction du mot *gatillo* : gâchette...

Le même soir, Goodman descend furtivement au sous-sol de son immeuble. Le cadenas de son armoire métallique affiche toujours ses chiffres porte-bonheur, 5-6-2, ce qui signifie qu'il n'est pas fermé. Goodman se promet de faire plus attention à l'avenir.
A la lumière de sa lampe de poche, il ouvre le sac de voyage, dénoue une taie d'oreiller et découpe une étroite ouverture dans le plastique bleu de l'un des paquets. Il fait glisser une petite quantité de poudre blanche dans un sachet servant à emballer des sandwichs. Après avoir scotché l'ouverture du paquet bleu, il remet tout en place. Cette fois, il s'assure que le cadenas est bien fermé.
Chez lui, il va dans la salle de bains, endroit le mieux éclairé du studio, et contemple la poudre contenue dans le sachet. C'est la première fois qu'il l'examine d'aussi près. A travers le plastique transparent, il remarque sa couleur grisâtre.
— Nous allons enfin découvrir ton identité, fait-il tout haut.

De retour dans l'appartement familial, Russell tente de passer le reste de la journée à dormir. Sans perdre de temps, il a dépensé les dix dollars donnés par le type pour s'acheter deux « nicks » d'héroïne, dont l'effet s'est hélas vite dissipé. Pourtant, comme il se contente de sniffer, la sensation de manque n'est pas encore trop forte.

Quant à rencontrer le type le lendemain, il hésite encore. Ça pourrait être un piège, même si le gars ne l'a pas dénoncé aux flics quand il en avait l'occasion.

Il préfère attendre, et voir comment il se sentira le moment venu.

Allongé sur son canapé convertible, Michael Goodman reste optimiste malgré la fatigue. Il a décroché un emploi presque digne de ce nom, survécu à une tentative d'agression, et fait le premier pas pour devenir un alchimiste capable de transformer de la poudre blanche en billets verts.

Le sachet contenant la poudre en question est caché sous son oreiller.

Peu après minuit, deux agents de la police de Miami font une découverte macabre. Dans une voiture garée sous un échangeur de l'autoroute I-95, ils trouvent un cadavre affalé sur le volant. Le véhicule se révélera être une voiture volée. L'homme, de type hispanique, devait avoir entre trente et trente-cinq ans.

Ce n'est pas sa nuque trouée par une balle de petit calibre qui frappe le plus les policiers — ils ont vu suffisamment de meurtres durant leurs années de service dans une ville devenue la capitale américaine du crime. Ni les traces de strangulation. Mais plutôt ce qu'ils découvrent plus tard, à la morgue : on lui a tranché net le pénis pour le lui enfoncer dans l'anus.

Le plus âgé des deux agents, à qui pas grand-chose n'a été épargné au cours de sa carrière, déchiffre le « message » à l'intention de son collègue et de l'employé de la morgue :

— Une manière aimable de faire savoir que ce type a merdé.

Raul Cuervas est la première victime des vingt kilos d'héroïne. Et pas la dernière.

9

Allongé sur le dos, bras repliés derrière la tête, Goodman attend le matin. Même si de son studio il ne voit pas le ciel — l'unique fenêtre ouvre sur un mur de brique de l'autre côté d'une impasse étroite —, il regarde son plafond passer progressivement du noir au gris de plus en plus clair indiquant le lever du jour.

Ce ne sont pas seulement les maux de tête de sa fille et sa montagne de dettes qui l'empêchent de se rendormir, mais ce qu'il va faire avant la fin de la journée.

Il se rappelle le moment où il a quitté le parking visiteurs du commissariat central de Fort Lauderdale dans sa voiture de location. D'un certain point de vue, il manifestait simplement son refus de se plier aux exigences de la police locale, dont le fonctionnement bureaucratique l'avait exaspéré.

En se disant cela, cependant, Goodman sait qu'il nie l'évidence. Plus ou moins consciemment, il a repris l'autoroute afin de rester dans l'expectative. Indécis sur la conduite à adopter avec la drogue, il a préféré ne pas s'en séparer avant d'être en mesure de prendre une décision. Comme il devait de toute façon rendre la voiture, il a été obligé de transférer le contenu de la roue de secours dans ses deux sacs de voyage. Ensuite, puisqu'il retournait à New York, il a bien dû l'emporter avec lui. Une fois chez lui, il lui a paru logique de le mettre en sécurité — et la suite des événements lui a donné raison.

Chacune de ces actions répondait à un seul et même

objectif : conserver une marge de manœuvre. Il s'est contenté de ne pas exclure la possibilité — même peu vraisemblable — de se servir un jour de la drogue.

Rien de tel à présent. Il est sur le point de se jeter à l'eau. De passer aux actes. Bien que cette perspective le terrifie, elle exerce dans le même temps une certaine fascination. Mais la principale difficulté — presque insurmontable à ses yeux — est d'affronter les problèmes moraux soulevés par son projet. Il s'y astreint pourtant.

Il s'agit bien sûr d'une entreprise condamnable : jusque-là, tout est simple. Pourtant, il serait tout aussi condamnable de laisser sa fille sans traitement contre une maladie horrible qui risque de la tuer. Il s'oblige à prononcer les mots qu'il a épargnés à sa belle-mère, qu'il a rayés de son vocabulaire jusqu'à cet instant. Toujours allongé sur son canapé, il les dit à voix haute en contemplant le plafond qui continue à s'éclaircir.

— Tumeur au cerveau.

Si la drogue représente un fléau dans cette ville, si elle tue, réduit les enfants en esclavage, augmente la criminalité, est-ce pire que de voir sa fille mourir d'une tumeur au cerveau parce qu'il serait resté à se morfondre sans rien tenter pour la sauver ?

Il ne connaît pas la réponse à cette question. En revanche, il sait que s'il laisse mourir Kelly, il est un homme fini. Et qu'au mépris de la justice, de la morale, il ira aujourd'hui retrouver ce gosse prénommé Russell. La vie de sa fille passera avant les centaines ou les milliers d'autres qui risquent d'être brisées ou détruites par la même occasion. Il aura péché, contre Dieu et les hommes : il est prêt à en assumer les conséquences.

Ce matin-là, Lenny Siegel est au bureau avant huit heures. Avant tout le monde, à l'exception de quelques secrétaires. Cette arrivée matinale s'explique par la pile de dossiers sur sa table. En ce début d'octobre, chacun de ses hommes a remis son rapport mensuel pour le mois de septembre. Dans ses nouvelles fonctions de chef du groupe numéro 2, Lenny est chargé de lire ces documents, d'évaluer les performances de chaque agent et d'établir des statistiques, avant de rédiger son propre rapport résumant le travail et les succès du groupe au cours du mois écoulé.

Malheureusement, il s'attend à trouver beaucoup de littérature et peu de résultats. A vrai dire, septembre a été calme dans tout le service. Mais pour le groupe numéro 2, ce sera le troisième mois consécutif, et Lenny sait que le directeur du département ne voudra pas entendre une nouvelle fois le même refrain. Alors qu'il feuillette le premier rapport, il ne réussit pas à chasser de son esprit les paroles de son supérieur lors de la dernière réunion des chefs de groupe :

— Les gars, il faut faire du chiffre. Mettez-vous dans la tête que nous sommes une entreprise comme une autre. Si le rendement est insuffisant, on met la clé sous la porte.

Sur le moment, personne dans la pièce ne l'avait contredit. Malgré son envie de faire remarquer que précisément, on n'était pas dans une entreprise comme une autre, Lenny s'était ravisé et avait gardé ses réflexions pour lui. Au nom d'une maxime bien connue : le patron peut se tromper, mais il reste le patron.

Parcourant tous les rapports les uns après les autres, il comprend néanmoins que l'heure est venue de faire passer auprès de ses hommes le message du directeur. Pas évident, car ils sont loin, en effet, d'appartenir à l'une des cinq cents entreprises distinguées par le magazine *Fortune*. D'une part, ils travaillent sur de l'humain. D'autre part, si on veut comprendre la différence avec un groupe industriel, il suffit de considérer la production de chacun. Certaines compagnies produisent des automobiles ; d'autres, des réfrigérateurs ; d'autres encore, des sauces pour barbecue. Dans le cas de Lenny Siegel et de ses hommes, il s'agit de saisies et d'arrestations. Le succès se mesure au nombre d'interventions réussies.

Il prononce cette dernière phrase à haute voix, satisfait d'en découvrir l'ambiguïté. Un chirurgien pourrait en être l'auteur. Sa mère ne lui rappelait-elle pas sans arrêt qu'il aurait pu faire médecine ?

Il croit entendre sa voix.

— Regarde-toi. Tu aurais pu devenir médecin, avocat,

expert-comptable ! Mais non, il a fallu que tu deviennes flic !

— Je ne suis pas flic, maman, répétait-il pour la énième fois. Je suis agent.

— La belle affaire ! Quel garçon juif digne de ce nom irait renoncer à tant d'années d'études pour devenir agent secret ?

— Pas agent secret, maman. Agent tout court.

— Quoi qu'il en soit, mieux vaut que ça reste secret.

Vingt et un ans plus tard, cependant, ce n'est plus un secret : Lenny Siegel est bel et bien agent — et même chef de groupe désormais — au sein du bureau new-yorkais de la Drug Enforcement Administration, ou DEA. Et ce matin-là, tandis qu'il jette un coup d'œil au dernier des douze rapports mensuels des agents de terrain sous ses ordres, il conclut que bon gré mal gré, il va devoir se débrouiller pour les rendre plus productifs, pour augmenter le nombre d'interventions réussies.

A propos, se demande-t-il, combien un chirurgien moyen gagne-t-il par an après vingt et un ans d'exercice ? Deux cent mille dollars ? Trois cent mille ? Un demi-million ? Il doit même y en avoir qui se font autour de deux ou trois millions.

Avec vingt et un ans d'ancienneté (vingt-trois, en comptant ses deux ans d'armée), Lenny Siegel, au sixième échelon de la catégorie treize, touche cinquante-huit mille cent cinquante-six dollars — avant impôts.

Une fois de plus, sa mère avait raison. Il n'y a rien de nouveau sous le soleil.

Michael Goodman est matinal, lui aussi. Une fois douché et rasé, il prend un bol de céréales Special K en guise de petit déjeuner. Il les mange nature, sans lait — en partie parce qu'il les préfère croquantes plutôt que détrempées, en partie à cause du prix du lait. Il délaye un peu de Tang arôme pamplemousse dans un verre d'eau du robinet, et avale le mélange d'une traite. Le Tang à l'orange ne lui plaît pas, alors que celui au pamplemousse pourrait presque passer pour du jus de fruit. Et chacun sait que l'eau de Manhattan est la meilleure au monde. Il a lu un jour qu'elle surclassait systématiquement les eaux minérales de marque lors de tests à l'aveugle. Par-dessus le marché, elle est gratuite. Une des nombreuses raisons d'aimer New York, pense cet homme qui, à peine vingt-quatre heures plus tôt, était victime d'une tentative d'agression en plein jour.

Mais il sait que cet incident peut aussi se révéler une véritable aubaine en lui donnant accès aux milieux de la drogue, ce dont il a désespérément besoin. Dans le même temps, il a conscience de ne pouvoir compter entièrement sur son nouvel ami Russell. Seules certitudes à son sujet : il est jeune, noir, et s'exerce, sans grand succès, à agresser les passants. D'ailleurs, rien ne prouve qu'il viendra au rendez-vous. Pourtant, puisque Goodman n'a rien d'autre à faire de la journée — c'est mercredi et il ne commence chez Bronx Pneumatiques que le lendemain —, il va tenter sa chance. En emportant avec lui son petit sac à sandwich rempli de poudre.

Peu après dix heures, Lenny Siegel convoque ses hommes à une réunion.

— Ces rapports sont nullissimes, annonce-t-il, agitant la liasse de feuillets d'un geste méprisant. Nous sommes une agence chargée de faire respecter la loi, pas un atelier d'écriture. Le grand patron en a assez des excuses et des justifications. Il veut des chiffres, ceux des arrestations et des quantités de drogue saisie.

Siegel aperçoit une main levée au fond de la salle. Celle de Jimmy Zelb, dit No Neck. Avant de devenir agent de la DEA, No Neck a été joueur de football américain dans une équipe d'espoirs nationaux, puis flic à Toledo. Il fait partie de ses meilleurs éléments.

— Ouais ?

— C'est peut-être bon signe que nos résultats soient en baisse, déclare Zelb. Après tout, ça peut vouloir dire qu'on a été efficaces, non ?

Murmures et hochements de tête approbateurs dans la salle.

— Certes, mais ce n'est pas l'avis du vieux, répond Siegel. Il va défendre notre budget à Washington en novembre. Tout ce qui les intéresse là-bas, c'est qu'on fasse du chiffre. Pas de théories, ni d'études sociologiques : du chiffre. Il faut que vous le compreniez, les gars !

— On n'a pas assez de moyens sur le terrain, déclare Frank Farrelli.

Nouveaux murmures, nouveaux hochements de tête.

— Vous en aurez encore moins quand on nous retirera nos heures supplémentaires, réplique Siegel. Ou quand on nous interdira d'utiliser nos voitures de fonction en dehors des heures de service. On verra comment vous apprécierez de venir travailler en métro.

L'argument semble porter. Murmures et hochements de tête cessent.

La réunion prend fin peu après. A onze heures, Siegel se retrouve seul dans son bureau, devant un formulaire vierge intitulé « Rapport d'activité mensuel du groupe 2 ».

Il allume une cigarette. La cinquième de la matinée.

Russell Bradford est réveillé par la voix de sa mère qui, pour plus d'efficacité, lui crie directement dans l'oreille gauche.

— Lève-toi de ce canapé, mon gars !

Devant la lenteur de ses réactions, elle ajoute :

— N'imagine pas que tu vas encore passer la journée à dormir !

Il se frotte les yeux. Son dos lui fait mal à l'endroit où il était appuyé sur la partie dure du canapé.

— Quel jour on est ?

— Mercredi, répond-elle, en remettant un peu d'ordre dans le séjour. Je vais voir Nana à l'hôpital. Ou tu m'accompagnes, ou tu te remues et tu vas chercher du travail. Je ne veux pas te voir traîner à la maison du matin au soir.

Russell se rappelle vaguement qu'il a quelque chose à faire aujourd'hui, mais quoi ?

— Quelle heure est-il ?

— Presque midi.

La mémoire lui revient : c'est à midi qu'il a rendez-vous avec le type blanc. Il s'assied.

— Tu as l'heure exacte ?

Sa mère interrompt ses rangements pour jeter un coup d'œil à sa montre.

— Onze heures et demie.

Russell se lève et étire les muscles de son dos.

— Alors, tu m'accompagnes ou tu vas chercher du travail ?

— Je ne peux pas venir avec toi. J'ai rendez-vous à midi.

— Quel genre de rendez-vous ?

— Avec un Blanc. Pour un job.

— Où ça ?

— Au carrefour de la 96e et de Lexington.

— Mais encore ?

Russell réfléchit.

— Un magasin.

Il a peu de chances de se tromper.

— Dans ce cas, je te souhaite bonne chance.

Russell voit dans ces mots une incitation à se presser. Il se dirige vers la douche.

Bien qu'il ait seulement quelques centaines de mètres à parcourir jusqu'à la 96e Rue, Goodman est sur place avec un quart d'heure d'avance. Il considère cette rue comme une sorte de ligne de démarcation entre le monde des Blancs au sud, celui des Noirs et des Hispaniques au nord. En signe de bonne volonté, il la traverse et se poste sur le trottoir nord. Là, il se mêle à un groupe de personnes en train d'attendre un des bus qui traversent la ville d'est en ouest. Il tente de se souvenir du visage de Russell : le reconnaîtra-t-il, ou fera-t-il partie, à sa grande honte, de ces Blancs pour lesquels tous les Noirs se ressemblent ?

De temps à autre, il pose sa main droite sur la poche arrière de son pantalon afin de s'assurer de la présence du sac à sandwich.

Quinze minutes s'écoulent. Puis vingt. Puis vingt-cinq. Il voit passer quatre bus allant vers l'ouest. Et regrette de ne pas avoir demandé à Russell son numéro de téléphone.

Mais peut-être n'a-t-il pas le téléphone, alors mieux vaut ne pas avoir posé la question. Goodman se donne jusqu'à treize heures.

Il a travaillé naguère dans un cabinet d'expertise-comptable qui employait un adolescent noir pour trier le courrier. Un garçon sympathique, apprécié de tous. Seule ombre au tableau : alors qu'il était censé commencer sa journée à neuf heures, il n'arrivait jamais avant dix heures ou dix heures et quart. Le jour où Goodman en fit la remarque à un autre comptable, celui-ci répondit que le jeune homme vivait à l'heure GDC.

— GDC ?
— Parfaitement : l'heure des gens de couleur.

Russell vivait-il lui aussi à l' « heure des gens de couleur » ? A moins qu'il faille parler de la « communauté noire ». Ou « afro-américaine ». Il est en train de se demander quelle sera la prochaine expression politiquement correcte lorsqu'on lui tape sur l'épaule.

Russell ne donne aucune raison pour son retard et Goodman ne lui en demande pas. Il est venu, c'est l'essentiel.

— Salut, Russell.
— Salut.

Goodman regarde autour de lui. Le carrefour est très animé, mais il y a aussi beaucoup de monde sur les trottoirs de la 96ᵉ Rue et de Lexington Avenue.

— J'ai quelque chose à te montrer, dit-il, mais...

Il laisse sa phrase en suspens. Russell ne réagit pas. Goodman aimerait qu'il prenne les choses en main, qu'il lui facilite un peu la tâche. Il sait pourtant que l'adolescent ignore tout de ses intentions.

— Tu as le temps de faire un tour avec moi ?

Russell lui lance un regard las, peut-être à l'idée que Goodman s'apprête à lui faire des avances.

— Ne t'inquiète pas, ce n'est pas pour ce que tu crois.

Cette fois, le visage du jeune homme exprime l'incompréhension la plus totale.

— Je m'inquiète pas, répond-il néanmoins.

Goodman se met en route, Russell sur ses talons. Ils descendent vers le sud-est en zigzaguant d'une rue à l'autre, jusqu'à l'entrée nord de Carl Schurz Park. Ils marchent en silence, aussi incapables l'un que l'autre de parler de la pluie et du beau temps.

Une fois dans le parc, ils se dirigent vers la barrière en fer forgé qui longe l'East River. Il y a quelques promeneurs en vue, mais personne à proximité. Goodman s'avance vers la rambarde et s'immobilise, l'air absorbé dans la contemplation de l'autre rive. A côté de lui, Russell l'imite. Goodman sort le sac à sandwich de la poche arrière de son pantalon. Il le pose sur sa paume, bien en évidence.

— S'il te plaît, ne le prends pas mal, mais je me suis dit que tu devais en savoir plus long que moi sur cette substance.

Russell étudie le sachet. Un instant, Godman redoute de l'avoir vexé, d'avoir conclu un peu vite à cause de la couleur de sa peau qu'il devait se droguer. Il se rappelle alors l'épisode de la tentative d'agression.

L'adolescent n'a pas quitté le sachet des yeux.

— Qu'est-ce que c'est ?

— J'espérais que tu me le dirais.

Russell jette un coup d'œil furtif autour de lui avant de saisir le sachet. Il le secoue, l'observe à la lumière en clignant des yeux. L'ouvre et en examine le contenu. Puis humecte l'extrémité de son auriculaire, le trempe à l'intérieur du sachet et le ressort. Une quantité surprenante de poudre reste collée à sa peau. Il commence par la sentir, avant de l'effleurer du bout de la langue. Après quelques secondes, il semble avaler la poudre.

De nouveau, il trempe l'extrémité de son doigt, ramenant encore plus de poudre. Il rend le sachet à Goodman, afin de garder une main libre pour tenir une de ses narines fermées pendant qu'il place son auriculaire à l'entrée de l'autre. Il renifle une seule fois, et la poudre disparaît.

Il ne bouge pas, comme dans l'attente d'une réaction, et Goodman se demande soudain s'il n'a pas trimballé depuis la Floride vingt kilos de vulgaire talc, ou de bicarbonate de soude. C'est alors qu'il voit Russell s'agripper des deux mains à la rambarde devant lui. Dans le même temps, il entend un son grave, une sorte de « Oooooooh ». Il ne comprend pas tout de suite qu'il vient de Russell.

Une bonne minute s'écoule. Puis le jeune homme se

tourne vers lui avec des pupilles tellement rétrécies qu'on croirait des têtes d'épingle.

— Waooooh !

Du coup, les choses sont claires pour Goodman : il ne s'agit ni de talc, ni de bicarbonate de soude.

— Qu'est-ce que c'est ?
— De la bombe, mec. Voilà ce que c'est !

Il donne l'impression de parler au ralenti, comme lorsque les piles d'un lecteur de cassettes sont en train de lâcher.

— D'accord, mais c'est de l'héroïne ou de la cocaïne ?
— De l'héroïne. (Russell prononce le mot d'une manière inconnue de Goodman, en accentuant considérablement la deuxième syllabe.) Et de la bonne, putain !

Il faut un moment à Goodman pour mesurer la portée de cette nouvelle. Pas sur la qualité de la drogue : il s'en doutait un peu, à cause de son conditionnement, et de sa provenance — c'est par le sud de la Floride qu'elle doit entrer dans le pays. Non, ce qu'il a du mal à digérer, c'est que ce soit de l'héroïne. Pour une raison mystérieuse, il considérait jusqu'à présent qu'il s'agissait de cocaïne. Ça lui paraissait plus facile à accepter.

— Tu es sûr que ce n'est pas de la cocaïne ?

Russell a un sourire.

— Absolument. Je vais te montrer.

Il tend la main et Goodman lui redonne le sachet.

— D'abord, commence Russell sur un ton professoral, elle est lourde. La coke, elle, est vraiment légère, on dirait de la plume ou du duvet. Si tu éternues, elle s'envole. L'héroïne (de nouveau, il accentue la deuxième syllabe), ça ressemble plus à de la poudre. Tu vois comme elle est compacte ?

Pour le prouver, il secoue doucement le sachet de gauche à droite. Goodman continue cependant à n'y voir que du talc grisâtre.

— Tu as une idée de sa valeur ?
— Celle du contenu du sachet ?

Goodman hésite. Il n'a pas envie d'avouer à Russell la quantité exacte en sa possession.

— A mon avis, déclare Russell, il y en a une quinzaine

de grammes. Et je te parie tout ce que tu veux qu'elle est pure.

Il prononce ce dernier mot avec une certaine déférence.

— Dans la rue, poursuit-il, on tirerait plus de cinq cents dollars de ce petit sachet.

Goodman a conscience d'en rester bouche bée. Russell reprend la parole.

— Bien sûr, si on veut vraiment gagner de l'argent, il faut la transformer.

Goodman relève le *on* et comprend qu'ils font désormais équipe. Il retrouve sa voix.

— La transformer ?

— L'allonger. La couper. On doit pouvoir aller jusqu'à un pour six, peut-être même un pour sept.

Une révélation pour Goodman, qui en est réduit à demander bêtement :

— Ça veut dire quoi ?

— Qu'on se procure du lactose. On le mélange au contenu du sachet. Un septième de blanche pour six septièmes de lactose, par exemple. Et puis on met en sachets.

— En sachets ?

— Ouais. On en met des petites doses dans beaucoup de sachets, du genre de ceux qu'on achète dans la rue pour cinq dollars. Rien qu'avec cette quinzaine de grammes — même sans l'allonger — tu pourrais faire trois lots.

— Qu'est-ce que tu entends par *lots* ?

— Vingt-cinq nicks, les sachets à cinq dollars. Bien sûr, tu ne vas pas faire ça.

— Faire quoi ?

— Mettre de l'héroïne pure en sachets.

— Pourquoi ?

— D'abord parce que tu perdrais une bonne occasion de gagner beaucoup d'argent, six ou sept fois plus. Mais en plus, tu aurais des morts sur la conscience.

— Des morts ?

Goodman a du mal à suivre.

— Ouais.

Russell ralentit un peu, comme s'il découvrait qu'il s'adresse à quelqu'un qui n'y connaît rien.

— Si tu mets de la blanche pure dans des nicks, les types

qui ont toujours sniffé la marchandise habituelle, ou qui se shootent avec, vont acheter un de tes sachets et ils verront pas la différence. Ils vont se le faire en entier sans se douter de rien. Le temps que tu réalises, ils seront en overdose aux quatre coins du quartier.

— En overdose ?

— Morts, si tu préfères, répond Russell, se disant sans doute que même Goodman doit comprendre ce mot-là.

Goodman fixe le fleuve. Sa surface est grise et lisse, mais il sait depuis son passage dans la marine qu'elle cache des courants dangereux.

Si la terminologie est nouvelle pour lui, les chiffres parlent plus facilement à son cerveau de comptable. En admettant qu'une quinzaine de grammes permettent de faire trois lots de vingt-cinq « nicks » chacun, on a soixante-quinze sachets. Avec une trentaine de grammes, on en aurait cent cinquante. Avec une livre, environ deux mille cinq cents. Et si chacun des sacs plastique bleus dissimulés dans la roue de secours pèse bel et bien un kilo, on approche les cinq mille sachets. En multipliant par vingt — le nombre de sacs plastique bleus — on arrive à cent mille sachets. A cinq dollars le sachet, ça donne cinq cent mille dollars.

Et encore, sans couper l'héroïne. Qu'on commence par la diluer afin d'en obtenir six fois plus — une nécessité selon Russell — et on atteint environ trois millions de dollars.

Un remorqueur descend l'East River en tirant derrière lui un convoi de barges. Remplies de détritus, elles sont suivies par des mouettes qui plongent de temps à autre sur leur chargement. Goodman observe la scène en silence. Russell aussi : peu habitué à ce rôle de professeur, il ne trouve apparemment plus rien à dire.

Michael Goodman n'a pas besoin de trois millions de dollars. Il veut simplement pouvoir payer les examens médicaux de sa fille, afin que le laboratoire en communique les résultats à son médecin. Il ne souhaite pas davantage entreprendre de diluer la drogue et la mettre en sachets pour que des malheureux dans le genre de Russell la sniffent, ou se l'injectent. Pas question d'être mêlé à ça. Il rompt le silence.

— Supposons que je veuille me contenter de vendre ce que j'ai, sans y toucher.

— Pure ?

— Oui.

Russell paraît réfléchir. Goodman s'aperçoit soudain que d'une certaine manière, l'adolescent est aussi novice que lui.

— Tu en as combien ? demande Russell, soudain intimidé.

— Beaucoup.

— Plus d'une demi-douzaine de sachets comme celui-ci ?

Le jeune homme lance un regard à la poche de pantalon de Goodman, où le sac à sandwich a retrouvé sa place.

— Oui.

— Au moins… une livre ?

On dirait presque que le mot lui fait peur.

— Au moins une livre.

— Un kil ?

La perplexité se lit une nouvelle fois sur le visage de Goodman.

— Un quoi ?

— Un kilo, mec. D'habitude, c'est sous cette forme que la blanche entre dans le pays, explique Russell, non sans une pointe de fierté.

Il doit s'agir du seul domaine où l'adolescent ait quelques compétences, pense Goodman. Il se rend également compte qu'il a vu juste : chaque sac plastique bleu pèse bien un kilo.

— Eh bien, disons que j'en ai un kilo, déclare-t-il.

Russell laisse échapper un sifflement admiratif. Goodman remarque que ses pupilles ont plus ou moins retrouvé leur taille normale.

— Et tu as l'intention de le vendre ?

— Disons que oui.

— Un kilo d'héroïne pure ici, à New York…

Russell paraît se livrer à quelques rapides calculs.

— Tu devrais pouvoir en tirer cinquante mille dollars,

sans la transformer. A condition de savoir comment l'écouler, évidemment.

Goodman ne répond rien. Russell ne va sûrement pas tarder à lui proposer ses services. Ses espoirs ne sont pas déçus.

— Tu vas avoir besoin d'aide, mec.

Ce n'est pas une question. Ils savent tous les deux qu'ils n'ont pas le choix.

— Quel genre d'aide ?
— Pour trouver un acheteur, un client.
— Tu pourrais t'en occuper ?
— Putain, oui !

Goodman observe une fois encore les pupilles de Russell. Il ne serait pas surpris d'y voir apparaître le symbole $.

— Il va me falloir un échantillon.

Les yeux du jeune homme vont de nouveau se poser sur la poche de Goodman. Celui-ci sort le sachet. Il a un moment d'hésitation : après avoir donné rendez-vous à Russell, le fait de lui confier un échantillon constituera une étape supplémentaire de leur collaboration. Il lui tend néanmoins le sachet.

— Laisse-moi un jour ou deux, le temps de tout mettre au point, dit Russell, en coinçant le sachet dans la ceinture de son jean.

Goodman acquiesce.

— On peut se revoir ici même vendredi midi ?
— Pas de problème.

Russell jette un coup d'œil autour de lui.

— On devrait partir chacun de notre côté. Si un flic nous voit ensemble, un Noir et un Blanc, il va vouloir nous fouiller.

Goodman trouve la remarque pertinente.

— D'accord. Vas-y en premier.

Il regarde Russell s'éloigner, d'un pas plus léger qu'auparavant, lui semble-t-il. Puis le comptable qui sommeille en lui se réveille. Si un kilo d'héroïne vaut réellement cinquante mille dollars, la quinzaine de grammes qu'il vient de confier à Russell Bradford représente environ sept cent cinquante dollars.

Pourvu qu'il ne disparaisse pas dans la nature...

10

Alors qu'il n'est pas attendu chez Bronx Pneumatiques avant treize heures, Goodman se lève tôt ce jeudi matin ; il taille ses crayons, rassemble ses stylos, livres de comptes et blocs-notes, change la pile de sa calculatrice. Il a décidé de ne pas emporter celle qui marche à l'énergie solaire : le bureau de Manny doit être trop sombre pour qu'elle fonctionne.

Il n'en finit pas de modifier ses fournitures, se demandant s'il en prend trop ou pas assez. Manny n'a pas pris la peine de préciser ce qu'il attendait de lui, sans doute qu'il tienne la comptabilité — bulletins de salaire, impôts, chèques à encaisser et autres tâches prioritaires.

Il dispose différents vêtements sur son canapé pour choisir ce qu'il va porter. Il renonce au costume-cravate — à l'évidence, Manny ne fait pas d'élégances. Sans veste, cependant, pas de grandes poches. Il sort donc un attaché-case de sa penderie : il en a accumulé quatre au fil des ans. Il opte pour un Samsonite offert par un client plusieurs années auparavant. Le plus beau des quatre. Il est en vinyle — mais on dirait du cuir naturel — et très léger. Un jour, Goodman a découvert le même dans un catalogue de bagages futuristes, au prix de vingt-neuf dollars quatre-vingt-quinze.

Devant son petit déjeuner, composé d'une tartelette Pop-Tart à la pomme et d'un verre de Tang arôme pamplemousse, il se demande ce que Russell Bradford est en train de faire.

L'intéressé dort. Hier après-midi, il n'est pas rentré directement chez lui après avoir quitté Goodman dans Carl Schurz Park. Il est allé chercher Robbie McCray et, ensemble, ils sont montés sur le toit de l'immeuble de la 145e Rue. Là, Russell a montré à Robbie les quinze grammes d'héroïne confiés par Goodman. Ils en ont sniffé un peu, mais Russell n'a pas laissé Robbie en chauffer pour se shooter, de peur de le voir mourir d'une overdose. Après les snifs, ce dernier a dû se rendre à l'évidence : c'était vraiment de la bombe.

Une fois redescendus dans la rue, ils sont allés voir Big Red et lui ont échangé une petite quantité d'héroïne contre une demi-douzaine de flacons de crack. Ils sont remontés sur le toit de l'immeuble, où ils ont passé le reste de l'après-midi et presque toute la soirée à sniffer de l'héroïne pour se défoncer, puis à fumer du crack pour se tenir éveillés. Il faisait nuit lorsque Russell a regagné son appartement ; à cause de son état, il a eu du mal à convaincre sa mère qu'il était allé à un entretien d'embauche. Trop défoncé pour manger, il s'est étendu sur le canapé, sombrant presque aussitôt dans un sommeil profond, aux rêves peuplés de gigantesques montagnes de poudre blanche.

Le lendemain matin, vers dix heures, Russell est réveillé par un bruit qu'il finit par identifier : quelqu'un frappe à la porte. Il ignore depuis combien de temps, mais ce vacarme indique en tout cas qu'il est seul dans l'appartement. Il se lève et se dirige vers l'entrée. Il a mal à la tête et se sent brisé.

— Qui est là ?

Les coups cessent.

— Robbie.

Après avoir ouvert le verrou, Russell retourne vers le canapé en titubant. Robbie entre et referme derrière lui.

— Qu'est-ce qui se passe, mec ? demande Russell.

— Je te croyais mort ou presque, merde !

— Eh bien je suis pas mort.

— J'ai rencontré Big Red hier soir. Il veut nous voir.
— A quel sujet ?
— Aucune idée. Mais il a dit que c'était important.

Au sud du Bronx, Big Red fait figure de légende. Non content d'être celui à qui s'adresser si on veut acheter du crack sur la 140ᵉ Rue, il a la réputation d'avoir su durer. On raconte que dans les années soixante-dix c'était l'un des lieutenants de Nicky Barnes, et qu'au début des années quatre-vingt, après avoir abattu un flic au cours d'une fusillade, il a échappé de justesse à une peine de vingt-cinq ans de prison, voire à la perpétuité : il a été acquitté lorsqu'un supplément d'enquête a révélé que la balle retirée du crâne de la victime provenait de l'arme de son collègue. Le procureur a tenté alors d'amener Big Red à témoigner contre le collègue en question, ce à quoi il s'est refusé. Voilà pourquoi la rumeur veut qu'il soit désormais « protégé » — en d'autres termes, que la police ferme plus ou moins les yeux sur ses activités. Il lui arrive de se faire arrêter pour une broutille, parce qu'il conduit sa Bentley sans assurance par exemple. Mais on le relâche généralement le soir même.

Russell remonte la fermeture éclair de son jean et enfile ses Nike. Si Big Red veut le voir, pas de problème.

A peu près au même moment, Ray Abbruzzo pénètre discrètement dans une salle de réunion, au deuxième étage d'un immeuble de pierre grise situé au carrefour d'Alexander Avenue et de la 138ᵉ Rue. Abbruzzo essaie de passer inaperçu à cause de son retard — douze minutes exactement d'après sa montre. A vrai dire, il n'a pas raté grand-chose. Le briefing qui débute ressemble aux dizaines d'autres auxquels il a assisté durant les huit derniers mois, et son rôle dans l'opération prévue sera le même que d'habitude. Il devra couvrir ses collègues lors d'une tentative de « coup d'achat ».

Ray Abbruzzo est inspecteur de police, et l'immeuble de pierre grise le commissariat numéro 40 — ou, pour Abbruzzo et tous les flics du Bronx, le 40ᵉ.

La technique du coup d'achat représente l'arme essentielle du New York Police Department (NYPD) dans sa lutte contre le petit trafic de drogue. On commence par délimiter une zone géographique, souvent un pâté de maisons notoirement infesté de dealers. Cette zone peut être choisie en fonction de plaintes déposées par des particuliers.

On remet à un agent en civil, souvent noir ou hispanique, de l'argent en petites coupures. Les billets ont été préalablement photocopiés de manière à garder une trace de leur numéro. L'agent se rend alors à proximité de la zone au volant d'une voiture banalisée, se gare, et continue à pied jusqu'au pâté de maisons. Là, il arpente le trottoir, demandant à chaque passant : « Qui travaille ? » C'est-à-dire, dans le jargon des toxicos : « Qui vend de la dope ? » Il peut être suivi par un « fantôme », second agent en civil qui joue un simple rôle d'observateur.

À cause de la concurrence impitoyable que se font désormais les petits trafiquants, l'agent ne tarde pas à apprendre exactement qui « travaille », ce qu'il vend, et à quel prix. Le marché est conclu sur-le-champ, et son interlocuteur le dirige vers quelqu'un d'autre pour effectuer la transaction. Ce second intermédiaire (le « banquier ») empoche l'argent et rend la monnaie si nécessaire. Il peut donner la drogue immédiatement (auquel cas il cumule le rôle de « vendeur » et celui de « banquier »), ou guider l'agent vers le « vendeur » proprement dit. Il peut aussi lui indiquer un endroit où la drogue est cachée : cabine téléphonique, pare-choc de voiture, terrain vague. Le groupe peut compter un membre supplémentaire, un « guetteur » qui surveille les environs, à l'affût d'une présence policière.

Une fois en possession de la drogue, l'agent quitte la zone, regagne sa voiture, et contacte par radio l'équipe chargée de le couvrir. Il explique où la transaction a eu lieu, donne un signalement rapide des différentes personnes impliquées. Il leur attribue un nom de code formé à partir d'un détail physique reconnaissable : JD Favoris, JD Santiags, JD Tatouage. Les initiales JD désignent systématiquement un suspect dont l'identité n'est pas encore connue.

Quelques minutes plus tard, l'équipe en question envahit le pâté de maisons et appréhende tous les membres du groupe qui lui tombent sous la main. Ensuite, on demande par radio à l'agent en civil de passer en voiture devant le lieu où sont rassemblés les suspects. Après avoir réalisé ce qu'on appelle une « séance d'identification au volant », il fait savoir, toujours par radio, s'il s'agit bien des suspects incriminés.

Arrêtés, fouillés, ces derniers se voient confisquer drogue et argent liquide. On vérifie si les billets saisis portent le même numéro que ceux photocopiés avant le début de l'opération ; on compare la drogue avec celle achetée par l'agent en civil. Ainsi l'accusation disposera-t-elle de preuves irréfutables lors du procès.

Ni noir, ni hispanique, Ray Abbruzzo se trouve invariablement relégué parmi les agents chargés de couvrir l'opération, ce dont il ne se formalise pas. Grâce à une rotation au sein de l'équipe, chacun est successivement désigné pour « passer les bracelets », autrement dit pour procéder aux interpellations.

Aujourd'hui, à cause de son retard au briefing, Ray Abbruzzo doit patienter jusqu'au quatrième et dernier achat effectué par l'agent en civil avant de pouvoir entrer en jeu à son tour. Les suspects appréhendés deviendront ses prisonniers.

Russell Bradford et Robbie McCray repèrent Big Red dès qu'ils quittent Walton Avenue pour tourner dans la 140ᵉ Rue. Robbie voudrait le rejoindre, mais Russell, plus avisé, le retient : on n'approche pas si facilement quelqu'un comme Big Red. Mieux vaut s'arrêter à une cinquantaine de mètres et attendre.

Big Red ne tarde pas à les apercevoir. Il fait signe à l'un de ses hommes de prendre sa place, puis s'avance vers eux.

Il se plante devant Russell, le saluant d'un large sourire. Malgré la grande taille de l'adolescent (près d'un mètre quatre-vingt-cinq), il le dépasse d'une tête et pèse une cinquantaine de kilos de plus que lui.

— Quoi de neuf, Russell ?

Big Red n'a pas un mot pour Robbie, qu'il ignore.

— Pas grand-chose, Red.

— Comment va ta grand-mère ?

— Mieux, j'imagine.

Russell se demande comment Big Red est au courant, sans oser lui poser la question.

— Tu viens faire un tour avec moi ?

En dépit du ton interrogateur, Russell sait qu'il n'a pas le choix. Il accompagne Big Red, qui se dirige vers l'est. Lorsque Robbie leur emboîte le pas, Big Red remarque enfin sa présence. Il s'arrête, et s'adresse à lui pour la première fois.

— Tu veux travailler ?

— Sûr, répond Robbie.

L'air absorbé dans ses pensées, Big Red tire sur la visière de sa casquette rouge.

— Va voir Tito sur la 38e. Dis-lui de ma part de te mettre au travail.

La surprise se lit sur le visage de Robbie, apparemment déçu d'être exclu du projet dont Big Red veut discuter avec Russell. Pas question pourtant de laisser passer une occasion de travailler pour lui. Il n'hésite qu'une fraction de seconde avant d'acquiescer et de descendre vers la 38e Rue — la 138e, en réalité.

Big Red repart, flanqué de Russell. Ils ont parcouru une bonne centaine de mètres quand il prend la parole.

— Ton copain là-bas, il se shoote, non ?

Russell hausse les épaules.

— J'en sais rien.

— Bien sûr que si. Mais tu préfères tenir ta langue.

Ce n'est pas à un vieux singe comme Big Red qu'on apprend à faire des grimaces.

— Tu te doutes de quoi je veux te parler ?

Russell a sa petite idée, ce qui ne l'empêche pas de secouer la tête.

— Pas bavard, on dirait. Tant mieux.

Ils continuent à marcher, longeant les devantures des magasins et les vieux immeubles de pierre brune aux fenêtres obturées à l'aide de planches. Cinq ou six Porto-ricains devant une *bodega* s'écartent pour les laisser passer : Russell a conscience qu'ils ne l'auraient pas fait s'il avait été seul.

Big Red attend pour entrer dans le vif du sujet qu'il n'y ait plus personne en vue.
— La blanche que tu t'es procurée hier...
Il ne va pas plus loin.
— Eh bien ?
— Ton copain affirme que là où tu l'as trouvée, il y en a beaucoup plus.
— Il faut toujours qu'il l'ouvre, celui-là.
— Ça c'est sûr ! s'esclaffe Big Red. Mais il avait l'air de savoir de quoi il parlait.
Russell ne répond pas. Faut-il ou non impliquer le géant noir dans cette histoire ? Il pèse le pour et le contre. Avantage : Big Red roule sur l'or et peut sûrement acheter le kilo entier à lui tout seul si ça lui chante. Inconvénient : dès qu'il s'en mêlera, il voudra tirer les ficelles et Russell sera écarté.
— Quelle quantité, Russell ?
— J'en sais rien. Peut-être beaucoup.
— C'est-à-dire ?
De nouveau, Russell se tait. Il n'a pas envie de dire la vérité, sans vouloir mentir pour autant.
— Comprends-moi bien, Russell, je ne cherche pas à prendre ta place, déclare Big Red, comme s'il lisait dans les pensées de l'adolescent. Je veux qu'on travaille ensemble. Par exemple, c'est toi qui as le contact. Mais ça ne règle qu'une moitié du problème. Il faut aussi de l'argent. Et tu n'en as pas.
Sur ces mots, il s'arrête net et se tourne vers Russell. Une trentaine de centimètres au plus les sépare. Le jeune homme se sent obligé de répondre.
— C'est vrai.
— Moi, j'en ai, insiste Big Red d'une voix douce.
Russell voudrait réfléchir, mais son interlocuteur lui en impose tellement qu'il a toutes les peines du monde à rassembler ses idées.
— Et... ça se passerait comment ? finit-il par demander.
— Devine !
Big Red a un sourire.
— On serait associés ?
— Absolument. A toi ce qu'on appelle le « pourcentage

du découvreur ». Tu n'as qu'une chose à faire : me mettre en contact avec ton fournisseur. Je m'occupe du reste. L'argent, la main-d'œuvre, les risques, c'est pour moi. Quels que soient mes bénéfices, je te donne dix pour cent.

Russell hésite. Les pourcentages ne sont pas son fort. Big Red est peut-être en train de le rouler. Il n'est toutefois pas certain d'avoir le choix.

— Je peux avoir une idée du poids ?

Le sourire de Big Red a disparu : on passe aux choses sérieuses.

— Le type doit en avoir un kilo.

— De la même qualité que celle d'hier ?

— Je crois que oui.

— Alors on peut gagner beaucoup d'argent, Russell. On le paie environ trente mille dollars, et on en tire cent trente mille ! Tu peux empocher dix mille dollars dans l'affaire. Rien qu'en me présentant à ce type. Qui dit mieux pour une heure de boulot ?

— Personne, j'imagine.

Mais Russell a parlé sans lever les yeux de ses chaussures.

— Hé, mec, je veux que tu sois satisfait. Ecoute, je te propose quinze pour cent. Ça fait quinze mille dollars. C'est mieux ?

Russell relève la tête. A son tour, il a le sourire. En vérité, il était prêt à accepter les dix pour cent. Pourtant, rien qu'en prenant l'air réticent, il a réussi à obtenir davantage et s'en félicite.

Avec quelques années de plus et davantage d'expérience, Russell Bradford comprendrait certainement que tout a été trop facile, qu'un homme comme Big Red ne renonce pas à cinq mille dollars dans le seul but de faire plaisir à quelqu'un. Néanmoins, à cause de sa jeunesse et de sa naïveté, cette subtilité lui échappe.

A l'initiative de Big Red, ils échangent la poignée de main prolongée de rigueur dans le Bronx : le marché est conclu de manière aussi définitive que par le sceau d'un notaire.

Plus tard seulement, en rentrant chez lui à pied, Russell se demande s'il a si bien marchandé après tout : à la réflexion, même avec quinze pour cent, il n'est pas cher payé. Deux associés ne sont-ils pas censés partager les bénéfices ?

Il n'empêche, quinze mille dollars représentent une fortune.

Avant de partir travailler, Michael Goodman téléphone à sa belle-mère. Malgré son impatience d'avoir des nouvelles de Kelly, il a tardé à appeler, redoutant une attaque en règle à propos de ses difficultés financières. Pour une fois, cependant, il est agréablement surpris.

— Elle m'inquiète vraiment, se contente-t-elle de dire. Quand je lui pose la question, elle affirme ne pas avoir mal à la tête. Mais ensuite, au moment où elle croit que je ne la regarde pas, je la surprends en train de grimacer, comme si elle souffrait vraiment.

Goodman trouve insupportable l'idée que sa fille puisse grimacer de douleur.

— Vous avez retrouvé du travail ?
— Oui. A mi-temps seulement. Mais j'ai autre chose en vue, qui pourrait se révéler très intéressant.
— Je l'espère.
— Je peux lui parler ?
— Ne quittez pas.

Une minute plus tard, il entend la voix de sa fille. Elle lui paraît à peine audible.

— Bonjour papa.
— Bonjour mon ange. Comment vas-tu ?
— Très bien.

Il s'interdit de la questionner sur ses migraines, de peur d'en déclencher une.

— Quand est-ce que tu viendras me chercher ? Je n'aime pas habiter chez mamie.
— Dès que possible. Et nous nous verrons bientôt. Peut-être même demain. D'accord ?
— D'accord. Papa ?
— Oui mon ange ?
— Larus a mal à la tête.
— Ah bon ?
— Très, très mal.

Goodman sent sa gorge se nouer. Que répondre ? Est-ce ainsi que les enfants parlent de leurs maladies, en les attribuant à leurs peluches ? Il s'empresse de répéter à Kelly qu'il essaiera de la voir le lendemain, et réussit à raccrocher juste avant que les larmes ne lui montent aux yeux. Il prie le ciel de lui infliger dix fois les souffrances de sa fille pourvu qu'elle soit épargnée.

Puis il se prépare à partir pour son nouveau lieu de travail.

Avec trois autres membres de l'équipe chargée de couvrir l'agent en civil, Ray Abbruzzo se rend dans une Plymouth banalisée au carrefour de la 136e Rue et de Gerard Avenue. Là, ils attendent le premier message radio de leur collègue. Ray jette un coup d'œil à sa montre. Après sept ans de métier, il lit d'instinct l'heure à la manière des militaires, comme on se met à penser dans une langue étrangère qu'on parle couramment : douze heures vingt-deux minutes, au lieu de midi vingt-deux pour le reste de la population.

Après un bref grésillement dans le radio-téléphone, la voix de l'agent noir retentit :

— Bon, je m'apprête à quitter mon véhicule pour m'engager dans la 135e. Vous me recevez ?

Ray empoigne le micro.

— Cinq sur cinq.

— Dix-quatre, répond la voix.

— Dix-quatre, répète Ray.

Il s'agit du code marquant le début d'une nouvelle tentative de coup d'achat.

Goodman prend le métro jusqu'à la 161e Rue. Il est bien décidé à éviter la zone où a eu lieu sa première rencontre avec Russell... Cette fois, il se hâte de parcourir les quelques centaines de mètres qui le séparent de la 155e Rue, en prenant soin de regarder autour de lui. Il arrive dix minutes en avance : à treize heures, il est déjà assis au bureau que Manny a en partie dégagé à son intention.

Marlene — la comptable enceinte et grande consommatrice de chewing-gum qu'il remplace — a pris un congé de maladie pour son dernier jour, alors qu'elle devait le mettre au courant. Il se plonge donc dans les livres de comptes, chéquiers et déclarations fiscales, tenus par ladite Marlene selon une méthode totalement inconnue dans l'histoire de la comptabilité.

Au moins, il a un boulot...

Robbie McCray aperçoit Tito au milieu du pâté de maisons de la 138e Rue.

— Red m'a dit de m'adresser à toi.
— A quel sujet ?

Tito est presque édenté. Robbie a rarement vu quelqu'un à l'air aussi terrifiant.

— Du travail.

Tito le toise.

— Tu as déjà travaillé ?

Robbie ment avec aplomb.

— Sûr.

Tito paraît sceptique.

— D'accord, tu fais le guet, déclare-t-il pourtant. Traverse et ne bouge pas de là-bas.

Il désigne le coin de rue opposé.

— Dès que tu vois quelqu'un qui ressemble à un flic, tu cries « Five-0 » ! D'accord ?

Robbie acquiesce. Des années après, ces deux chiffres utilisés pour annoncer l'arrivée de la police sont la seule survivance de *Hawaï Five-0*, série policière autrefois célèbre.

Tito n'en a pas terminé avec ses explications.

— Je me fous qu'ils soient en uniforme ou en civil, à pied ou en voiture. Tu cries aussi fort que tu peux.

Robbie acquiesce de nouveau.

— Alors ne traîne pas.

L'adolescent traverse la rue. Il trouve une borne à incendie contre laquelle s'appuyer pour se donner une contenance. Il regarde à droite, puis à gauche. Personne qui ressemble à un flic. Ce job promet d'être foutrement ennuyeux.

Cependant, pour Robbie McCray comme pour Michael Goodman, c'est le premier jour de travail depuis des semaines, et après quelques minutes, lui aussi s'habitue.

Russell Bradford regagnait son appartement afin de sniffer encore un peu de l'héroïne contenue dans le sac à sandwich, lorsqu'il a changé d'avis. S'il veut réussir en affaires, il doit garder les idées claires. Par ailleurs, le mépris de Big Red envers Robbie le junkie ne lui a pas échappé.
Sans faire partie des grands esprits de ce monde, Russell est suffisamment lucide pour savoir que s'il rentre chez lui maintenant, il se retrouvera seul. Sa mère sera au travail, ses frères et sa sœur en classe. Il décide d'aller voir sa grand-mère à l'hôpital. Ça le tiendra occupé quelque temps, et ça fera plaisir à Nana, qui ne doit pas recevoir beaucoup de visites. De plus, Big Red étant au courant de son hospitalisation, peut-être a-t-il aussi appris que Russell n'est pas encore allé la voir.

A quinze heures dix, Ray Abbruzzo et les autres membres de l'équipe ont déjà procédé à trois séries d'interpellations : en tout, ils ont sept suspects enfermés à l'arrière d'une camionnette banalisée garée au coin de la 134e Rue. Il leur reste donc à effectuer une dernière tentative, et ce sera enfin au tour de Ray d'entrer en jeu, de passer les bracelets aux suspects appréhendés.
Comme précédemment, ils attendent à l'intérieur de la Plymouth banalisée. Ray tient le micro d'une main. L'agent en civil a déjà prévenu qu'il se dirigeait vers un pâté de maisons — dans la 138e Rue, cette fois — pour tenter un dernier achat de drogue.
Le résultat ne se fait pas attendre.
— Ici, Chico.
— J'écoute, dit Ray.
— Je viens d'acheter deux flacons à mi-hauteur du pâté de maisons, en direction du sud. A deux Noirs : JD Gueule Cassée, une brute édentée en chemise verte, et JD Piercing,

plus clair de peau, en jean et T-shirt, avec une boucle de nez en or.

— Dix-quatre, répond Ray.

Le conducteur démarre en trombe vers la 138ᵉ Rue. Après avoir grillé un feu rouge, il parcourt les quelques centaines de mètres en moins d'une minute et s'arrête dans un crissement de pneus. Ray descend de la voiture avant même qu'elle ne se soit immobilisée. Il empoigne un Noir vêtu d'une chemise verte. Derrière lui, un autre agent passe les menottes à un homme de petite taille, à la peau plus claire, avec une boucle de nez en or.

— J'ai rien sur moi, proteste le suspect à la chemise verte. Vous n'avez pas de preuves. C'est du harcèlement!

Chaque fois qu'il ouvre la bouche pour se plaindre, il découvre sa mâchoire édentée.

— Tu en veux un troisième, Ray?

C'est la voix de Daniel Riley, le collègue de Ray. Il tient par l'épaule un gosse noir décharné.

— On était à peine arrivés qu'il s'est mis à crier en nous désignant. Sûrement un guetteur.

Ray jette un coup d'œil au gosse. Il ne doit même pas avoir seize ans. Il porte un blouson orange délavé avec l'inscription SYRACUSE en lettres noires. Si l'agent en civil l'avait remarqué et mentionné dans son message radio, il l'aurait sans aucun doute surnommé JD Syracuse.

— Embarquez-le, déclare Ray Abbruzzo.

Dès qu'il entre dans la salle commune de l'hôpital, Russell est frappé de voir à quel point sa grand-mère a vieilli. Il y a douze lits dans la pièce, dont deux seulement sont vides. Elle est reliée à toutes sortes de tubes et d'appareils, mais reconnaît aussitôt son petit-fils.

— Bonjour Russell.

Elle parle la bouche en coin, comme si l'autre moitié ne fonctionnait plus.

— Bonjour Nana.

— T'en fais pas. Je vais mieux que j'en ai l'air.

— Tu m'as l'air en pleine forme.

A vrai dire, elle lui paraît plutôt avoir un pied dans la

tombe. Elle ne proteste pas, bien qu'elle ne soit pas plus dupe que lui.

— Qu'est-ce que tu deviens ?

— Pas grand-chose. J'essaie de trouver du travail.

— Tu as quelque chose en vue ?

Il pense à Big Red et au « pourcentage du découvreur ».

— Ouais, je suis sur un coup intéressant.

— Très bien, dit-elle avec un sourire. Je sais que tu nous surprendras tous un de ces jours, et qu'on sera fiers de toi.

— Je vais faire de mon mieux.

En la voyant fermer les yeux, Russell croit un instant qu'elle est morte. Mais elle les rouvre.

— T'en fais pas. Juste un coup de fatigue.

On dirait que tout le monde réussit à lire dans les pensées de Russell, ces temps-ci.

— Je comprends. Justement, il faut que je parte.

Il se penche pour l'embrasser. Difficile de trouver un endroit où poser les lèvres, avec tous ces tubes.

— Je t'aime, Nana.

— Moi aussi, petit.

Il ne la reverra pas.

Manny libère Goodman vers cinq heures moins le quart.

— Alors, dans quel état Marlene a laissé la comptabilité ?

Goodman voudrait se montrer à la fois honnête et diplomate. Après tout, Manny pourrait bien être le père de Marlene, ou celui de l'enfant qu'elle attend, ou les deux.

— Disons qu'elle avait une façon originale de procéder, finit-il par répondre.

— Aucun doute là-dessus, s'esclaffe Manny. *Originale* est le mot qui convient.

Goodman n'est pas plus avancé pour autant, mais il n'insiste pas. Manny sort de sa poche une énorme liasse, dont il commence à extraire des billets de vingt dollars, humectant son pouce à chaque fois. Il en tend cinq à Goodman.

— A lundi.

— A lundi, répond Goodman.

De retour au 40ᵉ, Ray Abbruzzo participe à la réunion qui suit le coup d'achat. Elle permet aux agents en civil et à ceux chargés de les couvrir de confronter leurs versions des faits, pour que les descriptions, les indications de temps et de lieu concordent au moment où ils prendront des notes et rédigeront leur rapport. On arrondit de quelques minutes l'heure de chaque achat de drogue (13 h 10 au lieu de 13 h 08, par exemple) ; chaque interpellation intervient précisément cinq minutes plus tard (13 h 15), et la séance d'identification « au volant » dix minutes plus tard (13 h 20). Toute transaction se fait de la main droite, l'argent et la drogue provenant de la poche droite. On laisse le moins de place possible à la mémoire.

Après la réunion, Abbruzzo entreprend d'interroger ses prisonniers l'un après l'autre afin d'obtenir leurs nom, adresse, date de naissance, profession éventuelle, et quantité d'informations du même ordre.

A cause de son grade d'inspecteur, Ray s'accorde quelques minutes après chaque entretien pour proposer un marché au suspect : si celui-ci accepte de coopérer en lui fournissant des renseignements sur d'autres dealers, Ray demandera au procureur de le remettre en liberté jusqu'au procès, au lieu de laisser le juge fixer une caution si élevée qu'il risque de rester en prison.

JD Gueule Cassée, le type édenté à la chemise verte, dit à Ray d'aller se faire foutre. JD Piercing, à la boucle de nez en or, voudrait bien collaborer, mais il explique qu'il est innocent et ne connaît aucun revendeur de drogue.

Avec le troisième suspect, en revanche, le gosse dont le blouson porte l'inscription « Syracuse », les choses se déroulent de manière un peu différente. Il a déjà affirmé à Abbruzzo qu'il s'agissait de sa première arrestation, et l'inspecteur sait par expérience que les novices parlent plus volontiers : la peur de la prison est plus forte la première fois, semble-t-il. Après y avoir passé quelques semaines et survécu, on devient moins impressionnable. De surcroît, le gosse a l'air d'être un junkie et présente déjà des symptômes de malaise — il commence à transpirer, à se plier en deux comme s'il souffrait de crampes d'estomac. Même s'il n'est pas encore vraiment en état de manque — son interpellation ne remonte qu'à deux heures — cette perspective suffit à le rendre malade.

— Tu risques la prison, mon gars, déclare Ray. Un à trois ans, sans remise de peine.

Ce n'est pas tout à fait exact, mais ça ira pour cette fois.

— Qu'est-ce que vous voulez ?
— Deux ou trois petites choses. Ou un bon tuyau.
— Quel genre ?
— Une piste vraiment valable.

Le gosse paraît réfléchir.

— Peut-être que je connais un type qui a de la pure.
— De l'héroïne pure ?
— De la bombe.

Son visage s'éclaire. C'est la première fois que Ray le voit sourire.

— Eh bien voilà !

Il a oublié le prénom du gosse, et doit le chercher dans sa déposition.

— Voilà ce que j'appelle un bon tuyau, Robbie.

Goodman quitte le Bronx sans encombre : pas d'agression en se rendant à la station de métro, pas de rencontre avec un Russell bis. Il s'arrête au supermarché situé au coin de la 96e Rue. Il ne lui restait presque rien à manger, et les cent dollars dans sa poche représentent son premier salaire depuis près de quatre semaines.

Goodman n'est pas encore totalement habitué à faire les courses pour lui seul. Il doit se surveiller, sous peine d'acheter machinalement des Tampax pour Shirley et des marshmallows pour Kelly. Il choisit des plats cuisinés du type macaronis au gratin, du thon (le moins cher, pas le thon blanc germon), du papier hygiénique de marque générique, et quelques tartelettes Pop-Tart supplémentaires. Ses achats remplissent deux sacs et se montent à quatorze dollars quatre-vingt-dix-sept. Encore trop pour sa modeste personne, songe-t-il.

Devant la porte de son immeuble, alors qu'il cherche ses clés dans sa poche, il perçoit un frôlement contre ses jambes. Il baisse les yeux et découvre un chat — un chaton, plus exactement. Noir, encore qu'à y regarder de près, il paraît plutôt gris, et très sale. L'animal l'observe en miaulant.

Du pied, Goodman tente de l'écarter sans lui faire de mal, mais le chaton semble décidé à s'enrouler autour de sa cheville. Goodman abandonne la partie et reporte son attention sur ses clés. Il trouve la bonne, l'introduit dans la serrure, réussit à ouvrir la porte d'un léger coup d'épaule. Cependant, alors qu'il se glisse à l'intérieur, le chaton lui passe d'un bond entre les pieds et se faufile par l'ouverture, juste avant que la porte ne se ferme.

— Tu n'as pas le droit d'entrer.

Goodman se sent ridicule de parler à un animal. Les seuls qu'il ait jamais élevés étaient des canaris, des poissons rouges et une tortue borgne appelée Max. Ensuite, Shirley s'étant révélée allergique aux poils de chat et de chien, Kelly a dû se contenter d'une peluche, Larus.

Le chaton émet un nouveau miaulement en continuant à se frotter contre lui. Lorsqu'il ouvre la porte pour le faire sortir, l'animal se réfugie derrière lui. Goodman capitule et laisse la porte se refermer.

— C'est bon, tu peux entrer. Mais juste une minute, pas plus.

Bien sûr, il oublie que si tous les chatons du monde comprennent la première partie du message, la seconde en revanche leur est parfaitement inintelligible.

En signe de reconnaissance, l'animal reste pratiquement collé aux chevilles de Goodman tandis qu'ils grimpent les quatre étages, et à peine ce dernier a-t-il ouvert sa porte que le chat le précède dans le studio.

Russell Bradford regagne l'appartement familial à peu près au même moment. Ses frères et sa sœur sont déjà là, sa mère ne devrait pas tarder.

Aussitôt, il oublie ses bonnes résolutions du début de la journée. Après avoir récupéré le sac à sandwich caché sous le canapé, il se dirige vers la salle de bains. Un snif ou deux ne peuvent pas lui faire de mal. D'ailleurs, il a entendu dire qu'il valait mieux éviter un sevrage brutal.

Il est presque minuit quand Robbie McCray rentre chez lui. Fidèle à sa parole, Ray Abbruzzo l'a relâché, lui épargnant une arrestation officielle et l'obligation d'affronter la machine judiciaire. Légalement, il n'en avait pas le droit : une fois qu'un suspect est arrêté, seul le procureur a le pouvoir de le libérer, en remplissant à l'intention du tribunal un formulaire dans lequel il déclare interrompre les poursuites.

Ray Abbruzzo a donc tout bonnement pris les choses en main : il a retiré les menottes à Robbie, et l'a laissé sortir discrètement du commissariat par une porte dérobée avant de faire disparaître son nom des différents rapports. Sauf les membres de son équipe, personne ne saura rien de sa décision et n'ira donc s'en plaindre.

Avant ce dénouement, bien sûr, Robbie a dû passer un petit moment avec Ray pour lui en dire plus long sur cet ami à lui qui se promène avec un sachet d'héroïne pure. Encore qu'il n'ait pas eu grand-chose à raconter. Rien d'intéressant en tout cas.

11

Le vendredi matin, Goodman est réveillé par de petites dents acérées qui lui mordillent les orteils à travers la couverture : la veille au soir, il s'est laissé attendrir et n'a pu se résoudre à mettre dehors le chaton. Ayant lu quelque part qu'on ne risquait rien avec les chats tant qu'on ne les nourrissait pas, il a ignoré les miaulements et refusé de partager ses macaronis au gratin. Offrir le gîte est une chose, et n'inclut pas nécessairement le couvert.

Ce matin, cependant, les miaulements se font plus insistants. Reposé, mais plus affamé que jamais, le chaton réussit à lui soutirer un morceau de tartelette, commence par lécher la pulpe de fruit, puis avale la croûte.

— Tu manges même une tartelette Pop-Tart ! s'exclame Goodman, impressionné par l'appétit de son invité. Il en sort une deuxième, dont il croque la moitié avant de diviser le reste en petits morceaux. Stupéfait, il regarde le chaton les engloutir avec l'efficacité d'un aspirateur.

— Pop-Tart, répète Goodman, ébahi.

Son nouvel ami lève la tête, comme s'il reconnaissait le nom dont son hôte vient spontanément de le gratifier.

Au cours de l'heure qui suit, Goodman fera un nouveau voyage au supermarché, d'où il reviendra les bras chargés d'aliments pour chats, de lait, d'un plateau en plastique et de deux kilos et demi de litière. Dépense totale : vingt-deux dollars cinquante-six.

Robbie McCray se réveille tôt, lui aussi. Il a quelque chose à faire aujourd'hui, quelque chose d'important, mais quoi ? Il passe en revue les événements de la veille, sa rencontre avec Big Red, son travail dans l'équipe de Tito, son interpellation, sa remise en liberté, et tout à coup il se souvient : il doit prévenir Russell.

Cependant, Robbie est fatigué. Rentré tard dans la nuit, il sait qu'aussitôt levé, il va devoir sortir trouver de quoi se défoncer.

Afin de reculer ce moment le plus longtemps possible, il se retourne et se rendort.

Goodman a une inspiration soudaine. Il appelle l'avocat qui l'a aidé à la mort de sa femme. Il se sent un peu gêné d'avoir recours à lui alors qu'il lui doit toujours de l'argent, mais à part un sermon, il ne risque pas grand-chose.

La secrétaire l'informe que M. Dubin a déjà un correspondant en ligne : veut-il laisser son nom et son numéro ? Goodman répond qu'il préfère patienter.

Il attend en musique. Quelques minutes de la chanson du film *Le Parrain*. Puis celle d'*Elvira Madigan*, il aime bien cette mélodie. Dommage qu'elle soit interrompue par la voix de Dubin.

— Bonjour Michael, comment allez-vous ? Que puis-je pour vous ?

— Bonjour, monsieur Dubin. D'abord j'aimerais que vous acceptiez mes excuses pour ne pas avoir fini de régler vos honoraires. Je viens de retrouver du travail et je ne vous oublie pas.

— Parfait.

— J'ai un service à vous demander.

— Je vous écoute.

— Ma fille est malade. Elle vient de subir un examen, une IRM je crois.

— Oui ?

— Et bien je ne suis apparemment plus couvert par mon assurance, à cause de mon changement d'emploi entre autres. Le laboratoire qui a pratiqué l'examen refuse de communiquer les résultats au médecin. L'ennui, c'est que

Kelly souffre sans cesse de maux de tête, et je suis terrifié à l'idée qu'elle puisse avoir…

La gorge nouée par l'émotion, Goodman ne termine pas sa phrase.

— Pourquoi ne pas me donner le numéro du laboratoire ? demande Dubin, dont le ton décidé donne l'impression qu'il sonne une charge de cavalerie.

Vingt minutes plus tard, l'avocat rappelle.

— Ils envoient les clichés à votre médecin en fin de matinée.

Goodman ose à peine y croire.

— Comment vous y êtes-vous pris ?

— Je leur ai rappelé qu'il pouvait y avoir une vie en jeu, et qu'en refusant de transmettre les résultats d'un examen médical, ils s'exposaient à des poursuites pour non-assistance à personne en danger.

— Merci, monsieur Dubin.

— Je vous en prie. Arrangez-vous tout de même pour payer ce que vous leur devez, d'accord ? Je leur ai promis que ce serait chose faite avant la fin de la semaine prochaine.

— Pas de problème.

Goodman raccroche. Mais quand il veut se lever du canapé, il se sent soudain les jambes en coton et doit se rasseoir. Pas à cause de l'engagement de payer la facture pris en son nom par l'avocat : c'est le cadet de ses soucis. Plutôt à cause des premiers mots de Dubin, qui résonnent encore à ses oreilles : « une vie en jeu », « non-assistance à personne en danger ». Hébété, incapable de bouger, il reste assis. Pop-Tart finit par le rejoindre, et bondit sur ses genoux.

Russell Bradford se lève vers dix heures. C'est aujourd'hui qu'il doit revoir le type blanc, et lui annoncer qu'il a un acheteur pour le kilo d'héroïne.

Il se douche en chantonnant doucement. Dans deux ou trois jours, si tout va bien, il devrait s'enrichir de quinze mille dollars. Dans son cas, bien sûr, cette formule signifie que les quinze mille dollars représenteront toute sa fortune. Une somme très inférieure à celle que touchera Big Red, et même le type blanc, à bien y réfléchir. Plutôt injuste, quand on considère le rôle capital joué par Russell. Sans lui, après tout, Big Red et le Blanc n'auraient aucune chance de se rencontrer; sans lui, jamais ils ne pourraient négocier la transaction.

Il s'habille et regarde un peu la télévision, surveillant la pendule du coin de l'œil jusqu'au moment de partir pour son rendez-vous. Juste avant de s'en aller, il sort le sac à sandwich et s'accorde deux ou trois snifs afin de se donner du courage. Ça ne peut pas lui faire de mal.

Goodman quitte son appartement à onze heures et demie. Il a beau savoir qu'il risque d'arriver en avance au parc, c'est plus fort que lui, il veut être ponctuel.

A peine dehors, il s'aperçoit que le ciel est couvert, ce qu'il ne pouvait deviner de son appartement. Il envisage de retourner chercher son parapluie, puis y renonce. Son père refusait toujours de revenir sur ses pas après avoir quitté un endroit, sous prétexte que ça portait malheur. Goodman sourit : à cause de cette petite superstition, il est arrivé au mariage de son fils sans dentier, obligeant celui-ci à retraverser la ville en catastrophe pour le lui rapporter. Son père lui manque; ses deux parents, en fait. Sa décision de ne pas retourner chercher son parapluie ne serait-elle pas une manière de leur rendre hommage?

Il prend son temps, persuadé que Russell sera de nouveau en retard. Il s'arrête pour regarder les vitrines des boutiques, même s'il n'y a rien de très intéressant sur sa route : un cordonnier, un vendeur de petits pains, une épicerie de quartier. Un instant, il remarque vaguement la présence de deux hommes sur le trottoir d'en face, qui semblent marcher à peine plus vite que lui. Voilà bien le genre de détails auxquels on s'arrête dès qu'on ralentit l'allure dans l'existence, se dit-il. Il ne s'en inquiète pas davantage.

Au bord de l'eau, il contemple les usines et les immeubles de brique rouge du Queens sur la rive opposée.

Le fleuve n'a pas le même aspect que la dernière fois. Ses eaux sont agitées, crêtées d'écume. Le vent a tourné à l'est, signe annonciateur de pluie. Goodman aime sentir son souffle sur son visage, même s'il a les yeux qui pleurent.

Un policier en uniforme passe juste derrière lui. Il se retourne légèrement et ils échangent un regard, un salut de la tête, un sourire poli. Comment ce flic réagirait-il en apprenant qu'il attend un gosse noir du Bronx pour négocier la vente d'un kilo d'héroïne ? A cette idée incongrue, il a du mal à garder son sérieux.

Ses pensées se tournent de nouveau vers Kelly : aussi criminels, aussi immoraux soient les actes qu'il s'apprête à commettre, il n'a d'autre but que de sauver la vie de sa fille. Et pourtant ce n'est pas si simple. Il en est venu à considérer qu'aux heures les plus sombres de son existence, au moment où sa situation paraissait totalement désespérée, où il se sentait prisonnier d'un manège infernal tournant sans fin, il a eu soudain une occasion unique d'attraper le pompon. Seulement, dans ce cas précis, c'est un pompon en or massif, d'une valeur de deux ou trois millions de dollars. Comment ne pas saisir une telle chance ?

Il s'efforce de mettre un terme à ces réflexions en s'absorbant dans la contemplation du fleuve. Le courant est très fort aujourd'hui, en direction de Battery Park puis de l'Atlantique. Goodman suit la trajectoire d'une bûche emportée par les flots. Il s'imagine dans l'eau, en train de nager vers l'autre rive. Il faudrait traverser en diagonale, se dit-il, et chercher à gagner la terre ferme très loin en aval, au-delà de Roosevelt Island, de Long Island City, jusqu'à Brooklyn.

En bon comptable, il traduit tout en chiffres. D'après ses estimations, six cents mètres environ séparent les deux rives. Distance qu'il faudrait essayer de franchir avant d'être entraîné vers le large, au-delà de l'avancée de Brooklyn. Il se trouve près de la 90e : à raison d'une douzaine de rues par kilomètre, il faut compter entre six et sept kilomètres avant d'arriver à la hauteur de Houston Street où la numérotation s'interrompt, après quoi il doit rester un kilomètre et demi. Ce qui fait à peu près huit kilomètres en tout. Pour chaque kilomètre vers le sud où le courant vous emporte, il faudrait réussir à se rapprocher d'un mètre de la rive opposée. Ça ne paraît pas insurmontable. A condition de ne pas tenir compte de la fatigue et de la température de l'eau. En octobre, elle ne doit pas dépasser quinze degrés. Une combinaison isotherme serait nécessaire; dans une simple combinaison de plongée, on serait paralysé par le froid avant de toucher terre. Et il y a les vagues : il suffirait de boire la tasse une bonne fois pour se retrouver au fond.

Il est vrai que Goodman — malgré ses trois ans dans la marine — n'a jamais été bon nageur, qu'il a du mal à parcourir deux longueurs dans un bassin olympique sans s'arrêter à mi-chemin pour faire la planche. Négligeant toutefois ce détail, il continue à s'imaginer en train de lutter contre le courant, de tenter l'impossible, d'essayer d'atteindre l'autre côté alors que le courant le précipite en aval.

— Salut, mec!

Il se retourne, et découvre Russell à côté de lui. Gêné de s'être laissé surprendre, il redoute que l'adolescent ne devine le tour pris par ses pensées. Il a peut-être même parlé à voix haute?

Quoi qu'il en soit, Russell ne laisse rien paraître, ce qui soulage Goodman.

— Bonjour Russell.
— Bonjour.

Ni l'un ni l'autre n'ajoute un mot. Russell prend place à côté de Goodman le long de la rambarde et, ensemble, ils contemplent le fleuve. Comme si aucun ne voulait être le premier à aborder le sujet qui les ramène en ce lieu.

Cinq bonnes minutes s'écoulent, et Goodman se dit qu'ils vont se contenter de rester là, à regarder la rive et les crêtes d'écume jusqu'au moment de partir, et qu'il verra s'envoler définitivement tout espoir de vendre la drogue.

Mais Russell rompt le silence.

— J'ai parlé à un type.
— Ah oui?

Grâce à ces deux syllabes prononcées avec une légère intonation interrogative, la conversation s'engage.

— Ouais. Ça l'intéresse vachement.
— Qui est-ce?

Russell semble réfléchir.

— Un type qui a de l'argent. Beaucoup d'argent.

— Cinquante mille dollars ?

Goodman trébuche sur le mot « mille ».

— Non. Je me suis trompé. Apparemment, un kilo vaut pas plus de vingt, vingt-cinq mille dollars.

Goodman encaisse l'information. Il se doutait que c'était trop beau pour être vrai. Nul besoin cependant de se montrer rapace : vingt mille dollars devraient largement suffire pour payer l'IRM de Kelly, ses autres frais médicaux, le solde des honoraires de Dubin...

— Je suis à peu près sûr qu'il ira jusqu'à vingt-cinq mille, déclare Russell.

... le découvert de sa carte Visa...

— Evidemment, si je t'obtiens vingt-cinq mille, il y en aura cinq mille pour moi. D'accord ?

— D'accord pour quoi ?

Goodman s'aperçoit qu'il n'écoutait pas.

— Eh, mec, faut faire attention à ce que je dis. On parle affaires.

— Excuse-moi.

— Le type va nous donner vingt-cinq mille dollars pour ton kilo d'héroïne. Il y en aura cinq mille pour moi — la prime du découvreur, ça s'appelle. Tu empoches vingt mille nets. Marché conclu ?

Le cerveau de Goodman ne fonctionne plus. Ce ne sont pas les chiffres qui le perturbent — il est parfaitement à l'aise avec eux, ils sont toute sa vie. Cependant, pour une raison mystérieuse, il ne parvient pas à rassembler ses idées. Enfin, de très, très loin, il entend une voix répondre :

— Marché conclu.

Il la reconnaît vaguement comme la sienne. La conversation se poursuit quelques minutes, mais alors qu'il rentre à pied, il ne se souvient plus de rien, sauf d'avoir convenu de retrouver Russell dans le parc à sept heures le lendemain soir. Il ne remarque pas davantage les deux hommes qui, à une cinquantaine de mètres de là sur le trottoir d'en face, le suivent jusqu'à son immeuble.

Russell regagne directement le Bronx. Il trouve Big Red dans la 140ᵉ Rue, comme toujours. Red l'aperçoit et lui fait signe de rester où il est. Russell s'immobilise pendant cinq minutes, puis dix, durant lesquelles il observe la ronde des junkies et des accros au crack autour du pâté de maisons. Les achats de drogue se font plutôt l'après-midi et la nuit ; le matin, on dort. Dans la 140ᵉ Rue, l'un des marchés les plus importants au sud du Bronx, les affaires reprennent tout juste, alors qu'il est déjà treize heures.

Lorsque Russell regarde de nouveau dans la direction de Big Red, il ne le voit plus. Il a été remplacé par Black Jimmy, qui doit son surnom à la noirceur inhabituelle de sa peau. Russell sait qu'il travaille pour Big Red.

Un coup de klaxon le fait sursauter et il découvre la Bentley de Red garée le long du trottoir. Son propriétaire est au volant. La peinture marron foncé du véhicule a été soigneusement lustrée et ses chromes étincellent. Russell l'a souvent vue dans le quartier ; tout le monde sait à qui elle appartient.

De la main, Big Red invite Russell à approcher et à monter. L'adolescent fait le tour pour gagner la place du passager. Il ouvre la portière et, après s'être glissé sur son siège, la referme derrière lui. On croirait entendre la porte d'une immense chambre forte.

A l'intérieur, il fait aussi chaud que chez les gens riches. Russell baigne dans une odeur de cuir neuf. Son corps s'enfonce dans des coussins si profonds et moelleux qu'il a l'impression d'être une balle nichée au creux d'un magnifique gant de baseball. Il est entouré de cuir fauve et de ronce de noyer. Des vitres teintées occultent le monde extérieur dans trois directions. Les Boys II Men chantent doucement à ses oreilles, leurs voix semblent sortir d'une douzaine de haut-parleurs invisibles. Voilà à quoi doit ressembler le paradis.

La voiture s'éloigne du trottoir, et part en silence vers l'ouest.

— Alors, Russell ?
— Du nouveau, Red.
— Tu as rencontré le type ?
— Ouais.

— Marché conclu ?
— Marché conclu.

De retour dans son studio, Goodman compose le numéro de sa belle-mère.
— J'ai une bonne nouvelle, annonce-t-il. Je me suis occupé du problème de l'IRM de Kelly. Ils envoient les résultats au docteur Saltz.
— Moi, j'en ai une mauvaise. Les résultats sont arrivés, et le cabinet du docteur a appelé : il veut que vous lui ameniez Kelly demain matin. Apparemment, il souhaite qu'elle voie un spécialiste.
Goodman sent son estomac se nouer. Il est incapable de prononcer une parole.
— Vous êtes toujours là ?
— Oui... je suis là.
Il attend qu'elle ajoute quelque chose, mais elle non plus n'est pas très loquace.
— Quel genre de spécialiste ? finit-il par demander.
— Je n'en sais rien. Je ne lui ai pas posé la question.
Pour une fois, il peut difficilement lui en vouloir.

Big Red dépose Russell au coin de la 144e Rue, et l'adolescent a l'impression de rentrer chez lui sur un nuage. Intérieurement, il dépense déjà son argent : les quinze mille dollars de Big Red et les cinq mille du Blanc. Vingt mille en tout ! Il se voit investir dans d'autres transactions, tandis que son compte en banque atteint cent mille dollars, deux cent mille...
Une portière de voiture s'ouvre juste devant lui, l'obligeant à s'écarter d'un bond. Un type blanc descend, un costaud qui a tout l'air d'un flic.
— Salut, Russell, lance-t-il.
Bouche bée, l'intéressé s'arrête net. La deuxième portière s'ouvre à son tour et, avant qu'il ait le temps de protester, il se retrouve assis à l'arrière, en train de contempler la nuque de deux inspecteurs. Dans un crissement de pneus, ils rejoignent le flot de véhicules.

Personne ne parle pendant un kilomètre environ. Ils se dirigent alors vers le nord, sur le Grand Concourse. La voiture n'a rien à voir avec la Bentley de Big Red. C'est une Chevrolet défoncée. Les sièges en skaï sont déchirés et pleins de bosses, le sol est jonché de détritus : journaux, gobelets vides ayant contenu du café, canettes de soda écrasées. Il règne une odeur de pain moisi. De temps à autre, arrive un message radio. A cause des nombreux parasites, Russell a du mal à comprendre ce que disent les voix.

Au moment où ils dépassent la 161e Rue, il repère le Yankee Stadium sur sa gauche, en contrebas.

— Vous voulez quoi, au juste ? finit-il par demander.

— Tu le sais aussi bien que moi, répond le conducteur sans se retourner.

C'est le plus grand des deux, celui qui est sorti de la voiture le premier. Un Italien, pense Russell, à cause de ses cheveux noirs et de son nez saillant. Tous les deux cents mètres environ, il jette un coup d'œil à l'adolescent dans le rétroviseur. L'autre type, plus mince, paraît aussi plus jeune. Il a les cheveux roux, coupés en brosse. Sans doute un Irlandais.

Tout en haut du Grand Concourse, ils tournent à gauche et passent sous la ligne de métro aérien à la hauteur de Jerome Avenue, avant de gagner les abords de Van Cortland Park. A l'autre extrémité du parc, l'Italien se gare et coupe le contact. Il se tourne de manière à faire face à Russell.

— Salut, Russell, répète-t-il.

— Salut.

— Je suis l'inspecteur Abbruzzo, et voici l'inspecteur Riley.

— Enchanté.

— J'ai un petit conseil à te donner, mon garçon, dit l'Italien. Ne fais pas le malin, d'accord ?

— D'accord. Vous m'arrêtez, ou je peux m'en aller ?

Dans un épisode de la série policière *Law and Order*, Russell a vu qu'on doit poser ce genre de question si on se croit détenu sans raison par la police.

— Tu te prends pour qui, un putain d'avocat ?

C'est la première fois que l'Irlandais intervient. Russell

se dit qu'il s'agit d'une de ces provocations auxquelles on n'est pas vraiment censé répondre.

— Russell, mon gars, reprend l'Italien, on m'a raconté que tu te promenais avec de la blanche pure.

— Tu rigoles, mec.

A peine Russell a-t-il ouvert la bouche qu'il sent le revers de la main de l'Italien s'abattre sur son oreille. La gifle est tombée si vite qu'il n'a même pas pu se protéger derrière son bras.

— Je t'avais bien dit de ne pas faire le malin, rappelle l'Italien.

Russell ne réagit pas. Son oreille le brûle, mais il ne veut pas la frotter : pas question de donner ce genre de satisfaction aux flics. Il s'efforce plutôt de découvrir qui a pu vendre la mèche.

— Le hic, continue l'Italien, c'est que ce n'est pas toi qui nous intéresses. Remarque bien, on t'enfermera s'il le faut. Mais on cherche quelqu'un d'autre.

— Sous quel prétexte vous allez me coffrer ?

Russell n'ignore pas totalement ses droits, en fin de compte.

C'est l'Irlandais qui lui répond.

— Complicité de trafic de substances illicites avec préméditation, et association de malfaiteurs. Pas mal comme début, non ?

— C'est-à-dire ?

— Dix mille dollars de caution pour ta libération, déclare l'Italien. Maman a de quoi payer ?

— Non.

— Je m'en doutais. Mais comme je te l'ai expliqué, ce n'est pas toi qui nous intéresses.

Russell tente de réléchir. Les flics bluffent, il en est sûr. Après avoir déjà eu deux ou trois fois affaire à la justice — pour avoir resquillé dans le métro et pour possession de stupéfiants — il sait que même un avocat commis d'office pourra le tirer de cette affaire de drogue sans drogue. L'ennui, c'est qu'il ne peut pas se permettre d'aller en prison : le temps qu'il réussisse à en sortir, la transaction entre Big Red et le type blanc sera tombée à l'eau.

— Qu'est-ce que vous attendez de moi ?

— C'est très simple. On veut le type qui t'a fourni la blanche. Si tu nous aides, on te relâche.
— Ça veut dire quoi, *si tu nous aides*?
— Tu nous donnes son nom, c'est tout. Son nom et son adresse, précise l'Irlandais.

Russell essaie de toutes ses forces de se souvenir. Il a toujours eu du mal avec les noms propres, à cause de son habitude de ne rien écouter quand on le présente à quelqu'un : moins un problème de mémoire que d'attention, en somme. Quant à l'adresse du type, aucune idée.

Aussi doit-il se contenter de dire :
— Mais je ne connais ni son nom, ni son adresse.
— Comment l'appelles-tu? demande l'Irlandais.
— Moi? Le type blanc.
— Voilà qui va beaucoup nous simplifier la tâche, ironise l'Italien.
— Tu n'as même pas un numéro de téléphone? insiste l'Irlandais.
— Non.
— Comment réussis-tu à le contacter?
— On se donne rendez-vous.
— Où ça?
— Au bord du fleuve, vers la 90ᵉ Rue.
— Lequel? L'Hudson?
— Non, l'autre.

Impossible de se rappeler son nom.
— Quand vous revoyez-vous?
— Demain soir. A sept heures.

Les deux flics semblent réfléchir. Ils ne disent rien, mais se concertent du regard, comme dans une conversation sans paroles. L'Italien se tourne alors de nouveau vers Russell.
— Tu vas aller à ce rendez-vous, Russell. Débrouille-toi pour y être, dans ton intérêt. C'est clair?
— Oui, inspecteur.
— Autre chose, Russell...

Il attend une réaction de l'adolescent.
— Quoi?
— N'essaie pas de nous avoir, ou tu le paieras cher.
— Oui, inspecteur, répète Russell.

— Maintenant va chez toi, ordonne l'Italien. Ou chez ceux qui t'attendent.

Donc ils ne le ramèneront pas en ville. Il va devoir descendre de voiture et les regarder s'éloigner dans leur Chevrolet. Puis regagner Jerome Avenue à pied, retrouver la station, sauter par-dessus le tourniquet et rentrer chez lui en métro.

Putains de flics. Ils se croient les maîtres du monde.

Vendredi soir, Jimmy Zelb et Frank Farrelli sont assis au comptoir du Peppy's Bar sur la 53e Ouest. La journée a été longue et, une fois de plus, sans résultat.

— Il faut décrocher une affaire la semaine prochaine par tous les moyens, déclare Zelb.

Farrelli vide sa bouteille de Corona avant d'opiner du chef.

— Sûr, Bugsy compte sur nous.

Bugsy est le surnom qu'ils ont donné à Lenny Siegel, leur chef de groupe.

— Dès lundi matin, reprend Zelb, on fait le tour de tous nos informateurs. Histoire de réveiller un peu cette bande de fumistes.

— Bonne idée, acquiesce Farrelli, en secouant sa bouteille de Corona pour essayer d'en faire sortir la rondelle de citron vert. On n'a qu'à commencer par Vinnie Ippolito. Voilà des mois qu'il nous a pas filé une seule info.

— Et Alfonso Gomez ? Il a souvent des tuyaux intéressants.

— Quand il n'est pas trop défoncé.

Farrelli enfonce son majeur dans le goulot de la bouteille.

— Tu te prends pour un gynécologue, ou quoi ?

— Je voudrais juste récupérer cette rondelle de citron vert...

— Tu vois quelqu'un d'autre ?

— Addison, Eddie Maple, DeSalvo...

— Quelle bande de ratés !

— Tu l'as dit, approuve Farrelli, renonçant à sa rondelle

de citron vert. Ah, j'allais oublier : il y a aussi Dwayne Reddington.

Zelb boit son J&B jusqu'à la dernière goutte avant de répondre.

— C'est vrai, ça, pourquoi pas lui ? Il est grand temps de mettre un peu la pression sur Big Red.

Plus tard dans la soirée, assis devant son téléviseur, Michael Goodman tente désespérément de se changer les idées. Quelques heures plus tôt, il a appelé sa fille, et alors même qu'elle lui assurait le contraire, il a senti qu'elle souffrait. Sa belle-mère a ensuite demandé à lui parler pour l'informer qu'il devait conduire Kelly chez le médecin le lendemain matin à onze heures.

Il zappe une fois encore, et choisit finalement de regarder un vieux film en noir et blanc avec Gregory Peck. Le titre ne lui dit rien, et il ne se souvient pas non plus s'il l'a déjà vu.

Chez quel genre de spécialiste peuvent-ils bien vouloir envoyer Kelly ? Quelle maladie redoutent-ils ? Les trois mêmes mots n'en finissent pas de résonner dans sa tête : tumeur au cerveau, tumeur au cerveau, tumeur au cerveau.

Presque instinctivement, Pop-Tart bondit de nouveau sur ses genoux, où il se blottit après avoir tourné deux fois sur lui-même pour trouver sa place. Goodman lui caresse machinalement le dos jusqu'à ce qu'il se mette à ronronner. Comment une si petite chose peut-elle abriter un moteur aussi puissant ?

12

Le samedi matin, à cause de la pluie verglaçante, Goodman met une vieille parka orange datant de ses années dans la marine, et le chapeau de pluie offert autrefois par Shirley. Il décide néanmoins de parcourir à pied les deux kilomètres qui le séparent de l'immeuble de sa belle-mère, non seulement pour économiser le prix du trajet en bus, mais aussi parce que les promenades sous la pluie font partie de ses plaisirs secrets.

En chemin, il se demande si la chance ne va pas finir par tourner et lui sourire pour de bon. Peut-être la journée qui commence lui réserve-t-elle enfin une bonne nouvelle, peut-être va-t-on lui annoncer qu'en fait sa fille n'a rien de grave ?

Malheureusement, personne ne lui tiendra ce genre de discours aujourd'hui. Une heure et demie plus tard, assis dans le cabinet du docteur avec Kelly en train de sucer son pouce sur ses genoux, ce sont de mauvaises nouvelles qu'il reçoit.

— Les clichés de l'IRM indiquent la présence d'une petite tache sur son cerveau. Très honnêtement, elle ne devrait pas être là, déclare le docteur Saltz.

Il lève une grande radio vers la lumière pour la montrer à Goodman. Elle comporte plusieurs clichés de ce qui ressemble à un cerveau.

— Il peut s'agir d'une tache tout à fait anodine, poursuit-il. Un simple défaut provenant de l'appareil lui-même.

Mais je suis suffisamment inquiet pour souhaiter prendre l'avis d'un spécialiste.

Goodman voudrait lui demander ce qui l'inquiète, mais il n'ose pas. Il préfère épargner la réponse à Kelly, cette réponse que lui-même ne tient pas à entendre.

Le docteur Saltz donne un coup de fil. Il fait pivoter son siège de manière à leur tourner le dos le temps de la conversation. Lorsqu'il leur fait face de nouveau, il les informe qu'il leur a obtenu un rendez-vous pour le début de l'après-midi. Il ouvre le premier tiroir de son bureau, dans lequel il cherche une carte de visite qu'il tend à Goodman.

— Il peut vous prendre à quatorze heures, dit-il.

C'est seulement une fois dehors, sous la pluie, que Goodman lit la carte.

Dr. Seymour Gendel
Neurologue
1195 Park Avenue
New York, NY 10028
(212) 555-1616
Sur rendez-vous

Un seul mot retient son attention : « neurologue ». Il a vu juste ; la tache sur le cerveau de sa fille est une tumeur, une tumeur qui va la tuer, lentement, mais sûrement. Le monde s'écroule autour de lui, sur lui, l'empêchant de respirer. Il emporte Kelly dans ses bras, son petit corps frêle à l'abri dans sa parka orange, et il bénit la pluie dont les gouttes se mêlent à ses larmes tièdes.

Ce même samedi, Russell est réveillé par les cris de ses frères qui se disputent pour savoir quels dessins animés regarder, *Power Rangers* ou *Superheroes*. Il tente d'enfouir la tête sous son oreiller, en pure perte.

Dans la salle de bains, sa promenade de la veille avec les inspecteurs lui revient en mémoire ; il se rappelle leur avoir parlé de son rendez-vous avec le Blanc ce soir. Il a envie de tout annuler, ou de changer l'horaire, mais impossible : il ne connaît ni le nom du type, ni son adresse, ni son numéro de téléphone. Et s'il n'est pas là à l'heure prévue, il n'aura aucun moyen de reprendre contact avec lui pour fixer un autre rendez-vous. L'alternative est donc la suivante : aller au parc ce soir, ou faire une croix sur les vingt mille dollars. Et ça, il n'en est pas question.

Il va devoir faire attention, voilà tout.

Il s'habille. L'heure est venue de retrouver Big Red, de lui dire de préparer l'argent. Mieux vaut liquider cette affaire au plus vite, avant que les flics ne réussissent à tout faire rater.

Le docteur Gendel, un homme presque chauve, se révèle être d'un contact agréable. Il parvient à convaincre Kelly de quitter les genoux de son père et de s'asseoir sur une chaise où il l'examine en lui parlant constamment, pour lui expliquer à l'avance chacun de ses gestes. La fillette se montre très coopérative, et se met à rire quand il lui chatouille la plante des pieds.

Il consacre beaucoup de temps à vérifier ses réflexes, à lui frapper les genoux à l'aide d'un petit marteau en caoutchouc, à lui piquer les orteils avec des épingles de nourrice. Il s'attache autour du front un appareil semblable à une antenne parabolique miniature, équipé d'une ampoule en son milieu. Il allume l'ampoule et examine pendant plusieurs minutes les yeux de Kelly, celui de droite en particulier. Il la questionne ensuite sur ses maux de tête, son école, son appétit.

— T'arrive-t-il de voir une tache dans ton œil ?
— Quelquefois.
— Dans les deux yeux, ou dans un seul ?
— Dans un seul.
— Lequel ?

Elle désigne son œil droit.

— De quelle couleur est cette tache ?
— Marron.

Après lui avoir caressé la tête pour la féliciter de son courage, il l'autorise à remettre ses chaussettes et ses chaussures.

Il saisit les clichés de l'IRM que Goodman lui a apportés de la part du docteur Saltz, et les fixe à une sorte d'écran lumineux. De nouveau, Goodman voit l'image du cerveau de sa fille en plusieurs exemplaires. Il ne quitte pas des yeux le docteur Gendel occupé à les étudier, à la recherche d'un indice quelconque.

Enfin, le médecin éteint l'écran et détache les clichés. Il parle dans son interphone. Goodman tente de comprendre la conversation, sans succès. Il a soudain l'impression qu'il fait une chaleur étouffante dans la pièce : il doit s'essuyer la paume des mains sur son pantalon. Il prend conscience d'un tintement aigu dans ses oreilles et se demande quand il est apparu.

Une infirmière entre dans la pièce, une sucette jaune à la main. Elle l'offre à Kelly, qui quête du regard l'approbation paternelle avant de l'accepter.

— Et si tu venais un peu avec moi pour que ton papa puisse discuter avec le docteur ? propose-t-elle à la fillette.

Après quelques encouragements de son père, celle-ci finit par laisser l'infirmière l'emmener par la main.

Le docteur attend que la porte se referme et qu'ils soient seuls.

— J'ai bien peur qu'il y ait une anomalie, commence-t-il. En plus de la zone sombre présente sur les clichés, votre fille voit une tache dans son œil droit. Ce qui pourrait indiquer une pression inhabituelle quelque part dans le cerveau. Il peut s'agir d'une simple excroissance. Mais comme l'IRM a été réalisée sans produit de contraste, il est difficile de se prononcer.

— Produit de contraste ?

— Oui, une substance opaque injectée dans le liquide céphalorachidien. Elle rend les clichés plus lisibles. Honnêtement, il aurait mieux valu procéder ainsi.

Goodman se force à prendre la parole.

— Cette excroissance... vous pensez à une tumeur ?

— C'est bien sûr une possibilité. Mais en aucun cas une certitude.

— Que suggérez-vous ?

— Et bien, d'abord une seconde IRM.

— Avec un produit de contraste ?

— En effet. Cela dit, elle peut très bien ne pas nous éclairer davantage. Je préférerais d'abord faire une ponction lombaire, pour voir ce que ça donne.

Il parle avec la désinvolture d'un mécanicien annonçant qu'il va plutôt commencer par vérifier l'antigel.

Goodman s'efforce de dissimuler le tremblement de sa voix.

— Qu'appelez-vous *ponction lombaire*?

— Vous en avez sans doute entendu parler sous le nom de prélèvement céphalorachidien. On prélève un peu de liquide à la base de la colonne vertébrale avec une seringue, et on analyse les cellules. C'est un bon outil de diagnostic. De surcroît, cette ponction pourrait diminuer en partie la pression anormale constatée dans le cerveau de Kelly.

— Ce doit être très douloureux.

— Nous pratiquons une anesthésie locale, ce qui rend l'examen moins éprouvant qu'on ne pourrait le croire. Votre fille risque d'avoir mal à la tête le lendemain, mais il semble que ce ne soit pas une nouveauté pour elle.

Le tintement dans les oreilles de Goodman est plus fort que jamais.

— A-t-elle une chance de s'en sortir? demande-t-il. Elle n'a que six ans.

Sa voix s'étrangle sur les derniers mots.

— Si ça ne dépend que de moi, elle s'en sortira.

Le docteur Gendel lui adresse un sourire qu'il veut chaleureux et rassurant.

Sur le chemin du retour, Kelly et son père trouvent un siège au fond du bus, dans un coin, et la fillette réclame la suite de l'histoire.

La Princesse Ballerine
(suite)

Un beau jour, la Princesse Ballerine tomba malade. En réalité, elle se mit à avoir mal à la tête. Et comme c'était une princesse très courageuse, elle faisait parfois semblant de ne pas souffrir. Mais sa grand-mère s'en rendait compte, car elle était assez vieille pour savoir si quelqu'un était malade. Son papa aussi s'en apercevait, car il était le Gardien des Nombres et finissait toujours par découvrir la vérité. Enfin, le brave et loyal

Prince Larus avait compris lui aussi, car on ne pouvait absolument rien lui cacher.

C'est ainsi qu'au bout de quelque temps, la Princesse Ballerine décida qu'elle ferait mieux de ne pas mentir quand elle avait mal à la tête, puisque ses trois meilleurs amis le savaient de toute façon. Et cela lui facilita un peu la vie, car elle n'avait plus besoin de faire autant d'efforts pour se montrer courageuse. Elle pouvait désormais consacrer presque tout son temps à être la plus belle princesse du pays, et la plus heureuse.

Cet après-midi-là, devant son téléviseur, Goodman regarde les agents d'entretien dérouler pour la troisième fois en deux reprises une bâche sur le champ intérieur d'un terrain de baseball.

Sa fille est peut-être en train de mourir d'une tumeur au cerveau. La semaine prochaine, on va essayer de savoir ce qu'il en est en lui plantant une seringue dans la colonne vertébrale. Les honoraires du docteur Gendel pour cet examen s'élèveront à cinq cents dollars. Qui viendront s'ajouter aux deux cent cinquante dollars de la consultation du début de l'après-midi. Il faudra également verser huit cent cinquante dollars, payables d'avance, à l'hôpital. La facture de l'IRM, toujours impayée, se monte à mille cent dollars, et Goodman doit encore cent quatre-vingt-quinze dollars au docteur Saltz. Donc, près de trois mille dollars de frais médicaux, sans compter d'éventuels traitements et examens complémentaires, qui ne sauraient tarder.

Il se souvient soudain du rendez-vous avec Russell, fixé à dix-neuf heures. Si jamais Kelly peut s'en sortir, il se promet de se débarrasser de l'héroïne. Il trouvera un autre moyen de se procurer de l'argent.

Il doit pourtant se rendre à l'évidence : il n'a pas d'autre moyen. Il ne bénéficie pas de l'assistance médicale gratuite. Il lui faudrait des semaines, voire des mois, pour que sa candidature soit acceptée, et le docteur Gendel a été on ne peut plus clair : Kelly ne peut pas attendre. Par ailleurs, il n'est pas dit qu'il y ait droit. En admettant que son dossier soit accepté, il devrait emmener sa fille dans un hôpital public, et la confier à un interne ou à un vacataire inconnu.

Plus Michael Goodman y réfléchit, plus il sait qu'il ne

peut pas se débarrasser de l'héroïne dans l'immédiat. Et qu'il doit aller retrouver Russell ce soir.

A la même heure, en regardant tomber la pluie, Jimmy Zelb se dit que si sa femme le voit désœuvré, elle va tôt ou tard revenir à la charge pour qu'il range le sous-sol. Alors il appelle son collègue et lui demande s'il n'aurait pas envie de faire des heures supplémentaires.
— Je croyais qu'on était samedi, réplique Farrelli.
— Bien sûr qu'on est samedi. Mais si je reste une heure de plus chez moi, ce sera un cas de divorce.
— Alors passe me prendre.

Une heure plus tard, les deux hommes roulent en direction du sud sur le Major Deegan Expressway, accompagnés par le ronronnement des essuie-glaces.
— Commençons par Vinnie, suggère Farrelli.
— Il est à l'autre bout de la ville, répond Zelb. Pourquoi ne pas s'arrêter en route et faire une petite visite à Big Red ?
— Bonne idée.
Ils sortent du Deegan Expressway à la hauteur de la 138e Rue et remontent jusqu'à la 140e. Comme prévu, ils repèrent Big Red dès qu'ils atteignent le pâté de maisons.
— Ce branleur ne s'arrête même pas les jours de pluie, marmonne Farrelli.
— Même mouillé, c'est toujours de l'argent, fait observer Zelb.
Remarque qui lui rappelle la période où il était inspecteur adjoint à Toledo — il ne travaillait pas encore pour la DEA. Avec ses collègues de l'époque, il appelait « argent mouillé » celui qu'ils confisquaient après la fouille corporelle des prostituées qu'ils venaient d'arrêter. Son jeu de mots involontaire le fait sourire.
Il se gare le long du trottoir, le plus près possible de Big Red. Farrelli jaillit de la voiture, empoigne Big Red, le fait pivoter et basculer sur le capot où il lui met les mains dans le dos et lui passe les menottes, avant de le pousser énergiquement sur le siège arrière. Ils démarrent aussitôt.

Dès qu'ils ont quitté le quartier, Farrelli retire les menottes à son prisonnier.

— Une chance que je t'aie reconnu, mec, lui déclare ce dernier qui, même assis à côté de lui, le dépasse d'une tête. Sinon, je t'aurais pulvérisé.

— Trop gentil de m'avoir épargné.

Zelb continue à rouler.

— Qu'est-ce qui se trame ? demande-t-il.

— Rien, mec.

— Ce n'est pas la réponse qu'on attend.

— Mais qu'est-ce que je peux vous dire de plus ?

Zelb freine brutalement. Big Red et Farrelli sont projetés contre les sièges avant. Zelb prend Big Red à la gorge.

— Tu as intérêt à parler, l'ami. J'ai un patron qui veut des résultats. Alors tu vas te bouger et nous donner une piste, sinon plus question de fermer les yeux sur tes petits trafics.

Big Red se dégage.

— Du calme, No Neck, du calme. J'étais justement en train de travailler pour vous. Je devrais en savoir plus dans une huitaine de jours.

— Et puis quoi encore ! rugit Zelb. On revient te voir dès lundi. Si tu n'as rien de mieux à nous proposer, ne compte pas sur mon collègue pour te retirer les menottes. Compris ?

— Je vais voir.

— On ne te demande pas de voir, mais d'agir.

La même pluie fine tombe toujours quand Goodman se dirige vers le parc pour son rendez-vous de dix-neuf heures avec Russell. À mi-chemin, il se demande soudain s'il n'était pas censé apporter l'héroïne avec lui afin que la transaction puisse avoir lieu sur place.

Il envisage de faire demi-tour lorsqu'il se rappelle la superstition de son père. Par ailleurs, si Russell vient accompagné de son acheteur, Goodman pourra toujours s'absenter un quart d'heure pour aller chercher la drogue.

Le voilà de nouveau debout au bord du fleuve, à attendre l'adolescent. Cette fois-ci, pas de policier en uniforme en train de faire sa ronde. La pluie semble avoir dissuadé presque tous les promeneurs. Seules personnes en vue, une vieille Noire occupée à chercher des boîtes de conserve dans les poubelles et deux pêcheurs blancs à une centaine de mètres en aval. Goodman frémit à l'idée de manger du poisson pêché dans ces eaux. Pourtant, les deux types n'ont pas l'air si misérables. Le premier, un grand costaud, porte une casquette de baseball; plus mince et tête nue, le second a des cheveux roux coupés très courts.

Le vent vient toujours de l'est, et rabat de temps à autre une petite bruine vers le visage de Goodman. La météo ayant annoncé que la pluie s'intensifierait dans la soirée, il espère que Russell ne sera pas trop en retard. Il aime bien marcher sous la pluie, mais l'idée de rester immobile sous des trombes d'eau le réjouit beaucoup moins.

Un bateau pour touristes de la Circle Line descend le fleuve. Il paraît presque vide; ses quelques passagers doivent être à l'intérieur. Goodman remarque alors un couple sur le pont, un homme et une femme blottis sous un poncho jaune. Ils agitent le bras lorsque le bateau passe à sa hauteur. A qui peuvent-ils bien faire signe? Il jette un coup d'œil par-dessus son épaule et, ne voyant personne, se retourne pour répondre à leur salut. Il écarquille les yeux à travers la bruine dans l'espoir de distinguer leur visage, de découvrir s'ils sont amants ou amis, mais leurs traits sont invisibles dans l'obscurité. Sûrement des amoureux qui se moquent des intempéries, conclut-il, et il envie leur intimité partagée.

Il est presque dix-neuf heures trente quand Russell arrive.

— Désolé, mec. Tous les trains ont du retard, explique-t-il.

— Pas de problème, répond Goodman, bien qu'il soit trempé jusqu'aux os et commence à frissonner. Quoi de neuf?

Russell regarde autour de lui avec une nervosité inhabituelle. Mais la vieille Noire est partie fouiller d'autres poubelles, et il ne reste que les deux pêcheurs.

— Aux dernières nouvelles, la transaction est pour ce soir.

— Ce soir ? Mais il va pleuvoir encore plus fort.

— Justement, explique Russell avec un petit sourire. Mon acheteur dit qu'un samedi soir où il pleut, pas un flic de la brigade des stups ne mettra le nez dehors.

— Vers quelle heure ?

— Minuit, répond l'adolescent, avec le même petit sourire. Mon acheteur dit que c'est l'heure du changement de patrouille. Les flics seront tous au commissariat, à émarger et à se passer les consignes.

Raisonnement convainquant aux yeux de Goodman, qui a plus ou moins oublié l'existence de la police depuis l'apparition de l'agent en uniforme la fois précédente.

— Où nous retrouvons-nous ?

— Ici. Tu apportes ton kilo de blanche, mon acheteur aura les vingt-cinq mille dollars. Un règlement comptant, on appelle ça.

— Tu seras là ?

Maintenant que la transaction devient réalité, Goodman éprouve une anxiété subite.

— Aucune idée, déclare Russell, en regardant de nouveau autour de lui. C'est mon acheteur qui décide. Même si je suis pas là, tu le reconnaîtras facilement. Un grand malabar. Il viendra vers toi et dira que c'est **moi** qui l'envoie.

— Comment s'appelle-t-il ?

— Il vaut mieux que tu connaisses pas son **nom**, et qu'il connaisse pas le tien. Question de sécurité.

Tout semble aller trop vite pour Goodman.

— Tu es sûr que ça va marcher ? demande-t-il.

— Hé, mec. Fais-moi confiance. Arrange-toi seulement pour penser à mes cinq mille dollars, d'accord ?

— D'accord, acquiesce Goodman. Où est-ce que je te vois pour te les donner ?

— On se retrouve ici demain, à une heure de l'après-midi, d'accord ?

— D'accord.

Goodman a l'impression d'avoir passé son temps à dire « D'accord », comme s'il était prisonnier d'un manège de fête foraine à bord duquel il aurait pris place, et dont il n'aurait plus le temps de descendre.

— Ils s'en vont, dit Daniel Riley à Ray Abbruzzo, et tous deux enroulent leur ligne.

Russell et Goodman se séparent à la hauteur de York Avenue : le premier oblique vers le nord-ouest et la station de métro, le second poursuit sa route jusqu'à son immeuble. Il marche avec son chapeau enfoncé sur les oreilles et son col de parka remonté, afin de se protéger des rafales de vent et de pluie. Il ne remarque absolument pas les deux hommes, l'un brun et l'autre roux, qui l'ont pris en filature.

Au coin de la Seconde Avenue, il s'arrête acheter le journal, un sachet de soupe instantanée, du pain, et une boîte de nourriture pour chats. Il fait presque nuit quand il pénètre dans son immeuble.

— *Home sweet home,* ironise Abbruzzo, tandis qu'avec Riley, il regarde la porte se fermer sur l'individu qui vient de rencontrer Russell.

— Allez, montre-nous maintenant quel appartement tu occupes, dit Riley.

Leur canne à pêche à la main, ils attendent sous la pluie sur le trottoir d'en face. Une minute passe, puis deux, puis trois.

— Peut-être que ce type est une foutue taupe, grogne Abbruzzo. Et qu'il vit dans l'obscurité.

Enfin, au dernier étage, une fenêtre s'éclaire à l'angle de l'immeuble. Quelques instants plus tard, les deux inspecteurs reconnaissent la silhouette de l'homme qu'ils viennent de suivre : il enlève sa parka humide et la secoue.

— Bingo ! s'exclame Ray Abbruzzo.

— Tirons-nous d'ici, dit Daniel Riley.

Engourdis par le froid, l'humidité et la fatigue, ils quittent les lieux. Stoïques, ils résistent malgré tout à la tentation de rentrer chez eux par cette soirée pluvieuse pour descendre en voiture jusqu'au 80, Centre Street. Leur objectif est simple : obtenir un mandat de perquisition pour l'appartement à gauche sur la façade, au quatrième étage de l'immeuble du type qu'ils ont déjà surnommé la Taupe.

Mais à cause de la précipitation et de l'épuisement, du froid et de l'humidité, ils n'ont pas pris le temps de se demander pourquoi il lui a fallu six bonnes minutes pour grimper quatre étages.

Michael Goodman n'a évidemment pas besoin de six minutes pour monter chez lui ; une seule lui suffit. Il a passé les cinq premières dans le sous-sol de l'immeuble à ouvrir son armoire métallique et son grand sac de voyage noir, puis à en sortir un paquet enveloppé de plastique bleu avant de tout remettre en place.

Russell Bradford lui aussi est gelé et trempé, pourtant il n'est pas près de rentrer chez lui. De la 96e Rue, il prend aussitôt la direction du Bronx et de la 140e. Il est attiré par l'odeur de l'argent : vingt mille dollars pour être précis.

Lorsqu'il arrive à l'endroit habituel, il ne voit pas Big Red, mais Tito. Celui-ci l'informe que Red l'attend au McDonald de Walton Avenue, trois cents mètres plus loin. Russell y va à pied. Dans l'obscurité, la lumière des lampadaires se reflète sur les trottoirs mouillés.

A l'intérieur du McDo, il cherche Big Red des yeux. Et l'aperçoit à une table du fond. A sa grande surprise, il n'est pas seul : un inconnu est assis avec lui.

Big Red fait signe à Russell de les rejoindre et désigne une place libre à leur table. L'adolescent s'installe, dévorant du regard les frites et les hamburgers entamés. Il meurt de faim, mais se garde bien de l'avouer.

Big Red prend la parole le premier.

— Ça va, Russell?
— Ça va.
— Je te présente Hammer.

Russell et Hammer se saluent de la tête. Hammer paraît

aussi grand que Big Red, même s'il est difficile de l'affirmer puisqu'ils sont assis. Barbu et moustachu, il n'est pas très noir de peau. Il a une horrible cicatrice au cou.

— Comment ça se présente ? demande Big Red à Russell.

— Bien, répond l'adolescent avec fierté. C'est pour ce soir minuit, comme tu souhaitais.

— Au bord du fleuve ?

— Au bord du fleuve.

— Parfait. Décris-moi ce type.

— C'est un Blanc. Pas très grand, ni très costaud. Ses cheveux ressemblent à un vieux tampon Jex.

— Il est jeune ?

Russell se trompe souvent sur l'âge des gens.

— Difficile à dire, surtout avec un Blanc. Peut-être trente-cinq ans.

Hammer intervient pour la première fois.

— Il est armé ?

— Lui, armé ? Il saurait même pas de quel côté sort la balle !

Hammer revient à la charge.

— Comment tu sais que c'est pas un flic ?

— Quand il sera devant toi, tu te marreras d'avoir posé la question.

— J'espère pour toi que c'est vrai, Blackie, sinon ce sera ta fête.

— Tu verras bien par toi-même.

Hammer se penche en avant pour faire face à Russell.

— Je ne veux pas voir par moi-même. C'est ton boulot, et tu as intérêt à savoir de quoi tu parles.

— On se calme, dit Big Red d'une voix tranquille, obligeant Hammer à se rasseoir au fond de sa chaise. Russell a fait du bon travail. Tout va aller comme sur des roulettes.

Il insiste sur ces derniers mots.

— Tu as besoin de moi pour les présentations ? demande Russell.

— Non, on prend le relais. On te contactera demain.

Russell comprend que sa présence n'est plus souhaitée. Il se lève et rentre chez lui. Il se console à l'idée que le lendemain, à la même heure, il sera riche.

Il aurait tout de même bien mangé un hamburger, ou au moins quelques frites...

Assis dans une vaste pièce en compagnie de Maggie Kennedy, le procureur adjoint, Ray Abbruzzo et Daniel Riley remplissent des formulaires pour l'obtention d'un mandat de perquisition. Abbruzzo est pratiquement seul à parler. Kennedy prend des notes en l'écoutant.

— On a reçu un appel anonyme d'un particulier accusant ce type de vendre de l'héroïne pure depuis son appartement. Il nous a donné l'adresse exacte. On a commencé la surveillance. Comme par hasard, on n'a pas tardé à voir entrer trois ou quatre clients.

— Avez-vous été témoins d'une transaction ?
— Sûr, deux ou trois fois.
— Avez-vous arrêté les acheteurs ?
— En fait... non.
— Pourquoi ?
— De peur de tout faire capoter. Ce type est très méfiant.
— Très, très méfiant, insiste Riley.
— Il doit être italien, reprend Abbruzzo. Dévoué à la cause, si vous voyez ce que je veux dire.
— Comment savez-vous qu'il garde l'héroïne dans son appartement ?
— Par l'auteur de l'appel anonyme.
— Ça remonte déjà à un certain temps. Autre chose ?
— Sûr. On le voit sortir de chez lui avec des paquets, rencontrer ses clients, assurer des transactions. Mais il revient toujours les mains vides. Tout doit être dans l'appartement.
— C'est la seule solution, approuve Riley.
— Vous connaissez son nom ? demande Kennedy.
— Comme je disais, ce type est très discret, répond Abbruzzo. Mais on sait comment il se fait appeler.

Il regarde autour de lui, comme s'il redoutait d'être entendu. Puis il se penche, et confie à voix basse :

— Il est surnommé la Taupe.
— La Taupe ?
— Chut ! C'est tout à fait confidentiel.

— Il voit rarement la lumière du jour, explique Riley.

Kennedy se redresse sur sa chaise et parcourt ses notes.

— Tout ça me paraît un peu mince. Malgré tout, il doit y avoir suffisamment de présomptions pour tenter le coup.

A vingt-deux heures, Goodman fait les cent pas dans son studio. Le manque d'espace l'oblige à tourner souvent et à avoir de bons réflexes : plus d'une fois, il réussit tout de même à se cogner les tibias sur la table basse, ou le coude dans la porte de la salle de bains.

Il sait qu'il a encore une chance de renoncer à la transaction. Ce serait d'une simplicité enfantine. Il lui suffirait de rester chez lui. Sans autre moyen de contacter Russell, le projet serait définitivement enterré, et sa carrière de dealer terminée avant même d'avoir commencé.

Pourtant, il ira bien au rendez-vous. Mais est-ce uniquement dans l'intérêt de Kelly ? N'assouvirait-il pas par la même occasion un désir peu avouable ?

Cette pensée le surprend un peu. Sauver sa fille est une chose. On peut même lui pardonner de saisir une occasion inespérée de faire fortune. Mais pourquoi a-t-il soudain le cœur battant à l'idée de commettre un acte hautement répréhensible ? L'heure de la grande aventure a-t-elle sonné pour Michael Goodman, celle de l'expérience qui peut changer le cours d'une vie et semble toujours n'arriver qu'aux autres ? Est-ce sa manière à lui d'échapper à la routine ?

Il s'imagine dans la scène d'un film où le héros (oui, le héros — il ne s'arrête pas une seconde au fait qu'il incarne plutôt le méchant) s'apprête à affronter l'heure de vérité.

Il va dans la salle de bains et se plante devant l'armoire de toilette. Le miroir lui renvoie l'image d'un comptable d'une quarantaine d'années, pas très grand, un peu ébouriffé, avec un début de calvitie et des lunettes. Les battements de son cœur ralentissent, le charme est rompu.

Provisoirement, du moins.

A vingt-trois heures trois, debout dans la salle AR-3 du palais de justice de Manhattan — plus connue sous le nom de « tribunal de nuit » —, l'inspecteur Raymond Abbruzzo lève la main droite.

— Inspecteur, déclare Carol Berkman, juge de la Cour suprême par intérim, jurez-vous que ce document dit la vérité ?

Abbruzzo regarde le juge droit dans les yeux.

— Je le jure.

Elle signe le mandat, où figure même une clause autorisant les officiers de police à entrer dans les lieux sans avoir à préciser l'objet de leur intervention, ni le nom de l'autorité qui les envoie.

Une fois sorti du tribunal, le mandat à la main, Abbruzzo se tourne vers son collègue.

— Maintenant, ou le plus tôt possible lundi matin ?

Riley semble réfléchir profondément.

— Je me demande si je n'ai pas un rendez-vous chez le dentiste lundi matin. Mes gencives...

— C'est bon. Alors on y va. On demandera des renforts en route.

Riley jette un coup d'œil à sa montre, et constate qu'ils ont déjà fait trois heures supplémentaires.

— Bonne nouvelle pour le bulletin de paie !

— Mauvaise nouvelle pour la Taupe, réplique Abbruzzo.

La pluie, devenue de la neige fondue, tombe plus dru au moment où Goodman repart vers le fleuve pour le dernier de ces étranges trajets qui durent depuis des semaines, lui semble-t-il. Toujours sans parapluie, les poings serrés dans les poches de sa parka, il brave les intempéries. En marchant, il sent le sac plastique bleu glissé dans la ceinture de son caleçon, à l'abri de la pluie, comme il a vu Russell le faire.

Il sait qu'il est en avance, mais ne prend pas la peine de vérifier l'heure. Il serait obligé de sortir sa main de sa poche et d'exposer sa montre aux éléments déchaînés. De toute façon, peu importe. Il attendra le temps qu'il faudra ; pour vingt mille dollars, il peut bien se faire mouiller.

Personne en vue lorsqu'il atteint le bord du fleuve. Russell — ou son acheteur — avait raison : aucun officier de police n'ira se promener sous une pluie battante un samedi à minuit. Au même instant, néanmoins, Goodman mesure à quel point il fait noir et froid, à quel point il est seul.

La seule source de lumière vient des lampadaires derrière lui, et les branches secouées par le vent dessinent sur le sol un ballet d'ombres folles. Cramponné à la rambarde glacée devant lui, il s'imagine capitaine d'un navire sur une mer démontée par une nuit sans lune. Il scrute les ténèbres au-delà des vagues, étudiant les lueurs d'un lointain rivage. D'une façon ou d'une autre, il doit réussir la traversée, mener à bon port son bateau secoué par la tempête. Il cligne des yeux pour chasser les gouttes de pluie, et s'efforce de repérer la lumière la plus brillante, le fanal qui le guidera.

— Bonsoir.

Il sursaute, et se retourne précipitamment pour découvrir un gigantesque Noir campé là.

— Tu vas attraper un rhume à rester comme ça sous la pluie.

— Ça ira, répond Goodman, dont le cœur se met à battre la chamade.

Il remarque un deuxième homme debout derrière le premier, un peu à l'écart. Noir, lui aussi, même s'il a la peau un peu plus claire. Presque de la même taille que l'autre, mais pas aussi imposant. Rien à voir avec Russell ; plus grands que lui, ils paraissent aussi plus âgés, plus sûrs d'eux.

— J'ai promis à Russell qu'on allait essayer de te donner un coup de main, déclare le premier.

C'est de toute évidence lui qui commande, celui que Russell appelait son « acheteur ».

— Parfait, dit Goodman.

— Tu es seul ?

Goodman acquiesce.

— Pas de flics cachés dans les buissons ?

— Non.

— Tu as la marchandise ?

Goodman se garde bien de répondre oui tout de suite. Il commence par demander :

— Vous avez l'argent ?

Avec un sourire aimable, l'acheteur de Russell plonge la main dans sa poche. Il en sort une liasse qui rappelle à Goodman celle de Manny chez Bronx Pneumatiques. A un détail près : celle-ci est deux fois plus épaisse. Et alors que celle de Manny comprenait des billets de vingt dollars au plus, celle-ci est entièrement en billets de cent dollars, à en juger par ceux du dessus.

— Le compte y est ? demande Goodman, étonné de si bien contrôler la situation.

Nouveau sourire du grand Noir.

— Vingt-cinq billets de cent dollars. Tu peux vérifier.

Il tend la liasse à Goodman. Celui-ci décide que sa méfiance trahirait son manque de professionnalisme.

— C'est bon, dit-il.

Il passe la main dans la ceinture de son pantalon pour récupérer le sac d'héroïne. Il le tend à son interlocuteur, tout en lui présentant son autre main, paume ouverte. Un échange simultané, pense-t-il — un règlement comptant, pour employer l'expression de Russell.

Malheureusement, tout ne se passe pas exactement comme prévu. Quelques secondes plus tard, il est assis au milieu de l'allée, les mains vides. Il sent une douleur lancinante sur le côté gauche de son crâne. Puis il se retrouve sur le dos, et la pluie ruisselle sur son visage. Quelqu'un le tire par les pieds. Incapable d'articuler un son, il tente à grand-peine de reprendre son souffle. Sa première pensée, c'est qu'on le traîne par les chevilles pour le jeter dans le fleuve ou cacher son cadavre dans un buisson. On lui enlève ses chaussures puis, à sa grande stupéfaction, son pantalon. Il entend une voix juste au-dessus de lui.

— Ecoute-moi bien, monsieur le dealer.

Il écarquille les yeux, mais la neige fondue l'empêche de distinguer autre chose qu'une silhouette massive qui enjambe son corps.

— Voilà le programme. Tu restes allongé ici pendant une heure. On reviendra voir si tu es toujours là. On emporte ton pantalon pour plus de sûreté. Si tu essaies de nous suivre, on sera moins gentils. On s'en prendra pas seulement à tes vêtements.

Big Red et Hammer sont assis dans la Bentley sur la 125ᵉ Rue, le chauffage poussé à fond. Big Red examine le sac plastique bleu posé sur ses genoux.

— Ça m'a l'air intéressant, dit-il.

Il sort la liasse de sa poche et compte dix billets de cent dollars qu'il plie avant de les tendre à Hammer. Les autres sont surtout des billets de un dollar, mélangés à quelques-uns de cinq ou de dix.

— Merci pour le coup de main.

— A ton service, répond Hammer, en descendant de la Bentley.

— A plus tard, mec.

— A plus tard.

Big Red ramasse sur le sol de la voiture des chaussures et un pantalon détrempés. Les chaussures, des mocassins bon marché, ont une étiquette Thom McAn ; après avoir appuyé sur le bouton qui déclenche l'ouverture de la vitre, il les jette sur la chaussée. Il est sur le point de faire la même chose avec le pantalon lorsqu'il sent une bosse dans la poche de derrière. Il en tire un portefeuille imitation cuir, l'ouvre et en vérifie le contenu : trois billets de un dollar et deux de vingt (qu'il empoche), une carte de sécurité sociale, une carte de téléphone (qu'il ignore), la photo d'une petite fille, et un permis de conduire avec une nouvelle adresse ajoutée à la main.

Le visage de Big Red s'éclaire. Il décroche son téléphone de voiture et compose un numéro. Il attend qu'une voix masculine lui réponde.

— Réveille-toi, No Neck. C'est Big Red.

— Merde, quelle heure est-il ?

— T'occupe pas de l'heure. Contente-toi de noter le nom et l'adresse que je vais te donner.

— Une seconde... C'est bon, je t'écoute.

Big Red lit le nom et l'adresse du permis de conduire.

— Et alors ?

— Ce type deale de la blanche au kilo. De la pure. Mais

tu ferais mieux de te dépêcher. J'ai entendu dire qu'il avait eu des ennuis et qu'il risquait de fermer boutique rapidement. Autre chose, No Neck...
— Quoi ?
— Si le coup réussit, n'oublie pas qui sont tes vrais amis.
Il raccroche. Lance le pantalon par la fenêtre et s'apprête à faire subir le même sort au portefeuille. Au dernier moment, il se ravise. Et glisse le bras sous le siège du passager pour le ranger dans une cachette spécialement aménagée entre les ressorts.

Toujours étendu sur le dos, sans défense dans l'obscurité et le froid humide, Goodman s'attend à voir les deux Noirs réapparaître pour le menacer, le bourrer de coups de pied, de coups de poing, ou lui infliger une nouvelle humiliation. Mais rien ne se passe. Il laisse s'écouler quelques minutes avant de s'asseoir. Il ne sent plus le côté gauche de son visage, du menton au cuir chevelu. Son pantalon et ses chaussures sont introuvables. Son caleçon est entortillé autour de ses mollets. Il s'accroupit pour le remonter et recouvrir au moins son intimité.

Il regarde autour de lui, au cas où ils auraient jeté ses vêtements à proximité, mais il voit trouble à cause de la pluie, ou du coup à la tête qui a dû rendre insensible la partie gauche de son crâne. Il a l'impression que son oreille gauche saigne — au moins elle fonctionne.

Il cherche à tâtons quelques instants avant d'abandonner tout espoir de retrouver son pantalon et ses chaussures. Ses chaussettes produisent un couinement à chaque pas et ses pieds sont très vite engourdis par le froid. Trempé, son caleçon lui colle à la peau. Il retire sa parka et se l'attache autour de la taille, à la manière des scouts, pour se cacher les fesses. Gelé, mouillé, épuisé et totalement humilié, il entreprend le long trajet à pied jusqu'à son immeuble. Pourquoi a-t-il fallu qu'il démonte la roue de secours de la Camry, qu'il rencontre ensuite Russell sur sa route ? Il se promet de sortir dès le lendemain matin tous les sacs plastique bleus de son armoire métallique, et d'aller les jeter dans le fleuve qu'il vient de quitter.

Ce projet devra attendre : la nuit n'est pas encore terminée pour Michael Goodman. Dès qu'il regagne son quartier, trempé et frissonnant mais heureux d'être arrivé à destination sans complications supplémentaires, il aperçoit une douzaine de véhicules garés en double file pas très loin de l'entrée de son immeuble. Parmi eux se trouve une voiture bleu et blanc du New York Police Department ; plusieurs autres ont de longues antennes radio et des gyrophares posés sur le tableau de bord. Goodman se demande dans quel immeuble on les a appelés, et pour quel problème.

Il se revoit enfant, étendu un soir sur son lit, en train d'essayer de s'endormir. Au loin, il avait reconnu le hurlement d'une sirène, suivi du pin-pon caractéristique d'un camion de pompiers. Il avait écouté les sons se rapprocher. Il s'attendait à ce que le camion passe en trombe, en route vers un incendie quelconque, au lieu de quoi il avait ralenti et s'était arrêté là, en bas de chez lui. Il avait alors senti la fumée et entendu des voix dans la rue. Son père était entré dans sa chambre, lui demandant de rester couché et l'assurant que tout allait bien. Allongé là, les couvertures bien remontées sous son menton et une vague odeur de fumée parvenant jusqu'à ses narines, il avait toutefois eu la certitude que d'un instant à l'autre, les flammes allaient traverser sa porte et le dévorer.

A présent, il a plus ou moins la sensation de revivre la même expérience, à l'envers cette fois. Au fur et à mesure qu'il s'approche, il comprend que la police s'intéresse à son immeuble. Et quand il lève la tête, se protégeant d'une main les yeux contre la pluie, il découvre son studio allumé, alors qu'il avait pris soin de tout éteindre en partant.

Il pressent une catastrophe. Au moment où il envisage de continuer son chemin comme un simple passant, une voix masculine l'interpelle.

— Tu habites ici, mon gars ?

Il regarde autour de lui sans voir personne. Une portière s'ouvre alors bruyamment, et un homme s'avance vers lui.

— Je t'ai demandé si tu habitais ici.

— Oui.

Goodman souffre trop du froid et de la fatigue pour mentir.

— Quel appartement ?

L'homme s'abrite de la pluie derrière un journal replié qui lui cache les yeux. Goodman désigne la fenêtre de son studio.

— Celui-là.

L'homme dirige son journal vers les jambes de Goodman.

— On peut savoir pourquoi tu te promènes dans cette tenue débile ?

Goodman ne peut que hausser les épaules. L'homme sort de sa poche arrière une sorte de talkie-walkie qu'il place contre son oreille.

— Ray ?

— Ouais, grogne une voix sur fond de parasites.

— On dirait que la Taupe est revenue au bercail. Je te l'amène ?

Un second « Ouais » lui répond.

Avant même d'atteindre le quatrième étage, Goodman constate que sa porte a été défoncée. Plusieurs policiers — certains en uniforme, d'autres en civil — vont et viennent dans le couloir. A l'intérieur de son studio, il en compte au moins huit. Ils ont installé des projecteurs et des câbles électriques à travers la pièce. Ses affaires sont sens dessus dessous : pire que le cambriolage. Le policier qui l'a accompagné jusque-là le conduit au dénommé Ray.

— Qu'est-ce que c'est que ce guguce ? demande Ray.

Hébété, Goodman cligne des yeux dans la lumière des projecteurs.

— Sûrement une espèce de dingue. Il se baladait dans le quartier. Il n'a même pas dû se rendre compte qu'il pleuvait.

— Formidable, soupire Ray, en secouant la tête d'un air las.

— Des découvertes intéressantes ? interroge le premier policier, après avoir inspecté la pièce du regard.

— Seulement une espèce de fauve qui m'a sauté à la gorge du haut du réfrigérateur.

Il montre sur son cou la trace de deux minuscules rangées de dents : il y a du sang séché là où elles ont transpercé la peau. Il se tourne ensuite vers Goodman.

— Tu habites ici?

Goodman acquiesce sans conviction.

— Ton nom?

— Michael. Michael Goodman.

Le dénommé Ray opine du chef, comme s'il le savait déjà et se contentait de vérifier.

— Tu as tes clés sur toi?

Goodman le dévisage. Auraient-ils déjà découvert le sac de voyage contenant le reste de l'héroïne?

— Ohé! fait Ray en agitant la main devant ses yeux pour attirer son attention. On peut voir tes clés?

A grand-peine, Goodman réussit à atteindre sa poche de veste. Il en sort son trousseau et le présente au policier.

— C'est tout? Il n'y en a que trois?

— Je crois que oui.

— Elles ouvrent quoi?

Goodman prend les clés une par une.

— Voici celle de l'immeuble. Celle-là ouvre... enfin, ouvrait... la porte de mon studio. Et voilà celle de ma boîte aux lettres au rez-de-chaussée.

— Pas de voiture?

— Non.

— Pas de clés de bureau? Ni de coffre-fort?

— Non.

Ray s'empare du trousseau et le lance à un policier en uniforme.

— Descends vérifier le contenu de sa boîte aux lettres, ordonne-t-il. Et après on se tire. On a assez vu ce cinglé.

Goodman récite intérieurement une prière à la gloire de l'inventeur du cadenas à combinaison. Ray contemple les jambes maigrichonnes et les chaussettes trempées de son interlocuteur, puis son sourire niais.

— Foutu barjo, marmonne-t-il avant de s'écrier, à l'intention des autres policiers : Fini pour cette nuit, les gars! On rentre!

Goodman les regarde éteindre les projecteurs, replier les trépieds qui les soutenaient. En cinq minutes, ils sont partis. Il examine la serrure de sa porte d'entrée, s'aperçoit qu'elle a été forcée et que la chaîne de sécurité est cassée. Il devrait se rendre à l'épicerie de quartier ouverte toute la nuit pour la remplacer, mais c'est au-dessus de ses forces. Il se dirige vers son canapé et s'assied. Son chat féroce réapparaît comme par enchantement sur ses genoux et lève la tête vers lui. Il a un œil fermé par un hématome et du sang séché sur le museau. Goodman lui caresse le dos.

— Gentil, Pop-Tart, gentil, répète-t-il inlassablement.

13

Le dimanche, les averses de pluie et de neige fondue ont cessé, et un soleil généreux a commencé à tout sécher.
Goodman consacre la plus grande partie de la matinée à ranger son studio et à aider Tony, le gardien, à réparer sa porte défoncée. La serrure neuve lui a coûté trente-cinq dollars soixante-seize. Il donne dix dollars de pourboire à Tony, et comprend à son expression qu'il espérait davantage. Il ne lui reste malheureusement que quelques dollars, dont il a besoin : le dimanche, il passe toujours la journée avec sa fille.

Il part la chercher un peu avant midi, en avance une fois de plus. Elle semble de bonne humeur et, d'après sa belle-mère, ne s'est pas plainte de maux de tête depuis vendredi soir. Pourtant, ils sont à peine sortis de l'immeuble qu'il la voit grimacer, comme éblouie par l'intensité soudaine de la lumière.

Ils marchent jusqu'au parc. Central Park, pas Carl Schurz Park, où Goodman a juré de ne jamais remettre les pieds. Alors qu'ils s'arrêtent à l'une des aires de jeux favorites de Kelly, elle refuse de monter sur les balançoires. Il ne lui pose aucune question, mais se surprend à guetter ses moindres signes de souffrance. A un moment précis, il a l'impression qu'elle secoue la tête d'avant en arrière à cause d'une gêne oculaire. S'agirait-il de la tache trouvée dans son œil droit par le docteur Gendel ? De nouveau, il garde ses interrogations pour lui.

Ils se promènent jusqu'à Sheep Meadow où l'herbe est humide et les allées boueuses après la pluie ; Goodman prend sa fille dans ses bras afin qu'elle ne salisse pas ses chaussures. Elle cale sa tête contre son cou et, au contact de ses cheveux soyeux, il ne souhaite qu'une chose : la garder contre lui, la protéger des taches dans son œil et des tumeurs au cerveau aussi longtemps que ses bras pourront la porter.

Ils s'asseyent au soleil sur les rochers, d'où ils regardent les enfants courir, les nurses pousser leur landau, les chiens poursuivre des ballons et des Frisbees. Ils parlent de l'école de Kelly, mais elle a si souvent manqué la classe ces derniers temps qu'elle n'a pas grand-chose à raconter. Quand il lui demande si elle veut déjeuner, elle répond qu'elle préférerait un des bretzels du marchand ambulant. Pour deux dollars cinquante, il achète deux bretzels et finit par manger le sien, plus la moitié de celui de sa fille lorsqu'elle se déclare rassasiée. Elle lui lance alors un regard plein d'espoir, comme pour dire qu'elle a assez attendu la suite de l'histoire.

La Princesse Ballerine
(suite)

Il arriva un jour où, à cause de ses maux de tête, la Princesse Ballerine fut obligée de consulter plusieurs médecins et de subir des examens. Or il faut reconnaître que ces examens n'avaient rien de drôle. Certains médecins mettaient la Princesse Ballerine dans une énorme machine magique capable de prendre des photos de sa tête ; d'autres lui frappaient les genoux avec des marteaux en caoutchouc et lui piquaient les doigts de pied avec des épingles de nourrice ; d'autres encore lui éclairaient les yeux avec une torche magique.

Et chaque fois, la Princesse Ballerine était très courageuse. Même quand elle en avait assez des examens — même quand on lui faisait des choses effrayantes, ou carrément méchantes — elle gardait le sourire, car elle savait que les médecins essayaient simplement de l'aider, de trouver un moyen de chasser ses maux de tête.

Sa grand-mère continuait à bien s'occuper d'elle, même si elle ne connaissait pas d'histoires intéressantes, et le brave et loyal Prince Larus ne la quittait jamais. Quant à son papa, qui l'aimait plus que tout au monde — plus que les châteaux, les oriflammes, les licornes et les chevaux ailés —, il lui promit de travailler aussi dur que possible avec ses nombres magiques, afin de l'aider lui aussi à chasser ses maux de tête pour toujours.

A quatorze heures, Kelly a du mal à garder les yeux ouverts, et malgré la douceur de l'air, Goodman lui trouve les doigts et le bout du nez froids. Il la reprend dans ses bras et la ramène chez sa grand-mère.

Plus tard dans l'après-midi, il rejoint chez Krulewich ses copains de la marine. Il n'y a pas de match de baseball à la télévision — le championnat s'est apparemment terminé à son insu — et les Giants ne jouent pas avant le lendemain soir, sur *Monday Night Football.* Lehigh Valley tient donc sa promesse de leur apprendre le jeu de cartes dont il leur a parlé.

Ils s'installent autour de la table pliante de Krulewich, presque identique à celle de Goodman. Lehigh distribue les cartes. Krulewich tient les siennes au ras de ses énormes verres de lunettes. La Baleine s'approche aussi près de la table que son ventre le lui permet. Goodman, que l'habitude de manier les chiffres rend assez redoutable (il jouait autrefois au bridge avec ses beaux-parents et Shirley), écoute Lehigh expliquer la règle du jeu.

— Chaque joueur reçoit treize cartes. Celui qui a le 2 de trèfle le pose sur la table. On joue dans le sens des aiguilles d'une montre. Ceux qui ont du trèfle doivent fournir. Sinon, on met ce qu'on veut. Chaque cœur vaut un point. Le problème (Lehigh agite l'index pour les mettre en garde), c'est que les points sont un handicap. Il y en a vingt-six en tout : les treize cœurs, plus la dame de pique qui vaut treize points elle aussi.

— A elle toute seule ? demande Goodman.

— A elle toute seule, répond Krulewich. Et celui qui termine avec le moins de points a gagné.

— Il suffit donc de se débarrasser de ses cœurs dès qu'on

en a l'occasion, déclare la Baleine. On va s'emmerder, si vous voulez mon avis.

— Ça pourrait être emmerdant, reconnaît Lehigh, s'il n'y avait un dernier détail.

— Lequel ? interroge Goodman.

— La possibilité de faire le grand chelem.

— C'est-à-dire ? demande la Baleine.

— Qu'on peut gagner en réunissant tous les points.

— Les vingt-six ?

— Tout juste, acquiesce Lehigh. Si on y arrive, ils ne comptent pas, et les autres joueurs se retrouvent avec cinquante points chacun.

— Et si on n'y arrive pas ? Si on est tout près, mais qu'on termine avec, disons, vingt-trois ou vingt-quatre points ? s'inquiète Goodman.

— Tant pis pour toi, répond Lehigh. Si tu n'as pas les vingt-six, ils comptent contre toi. Voilà pourquoi il vaut mieux être sûr de son coup avant de vouloir tenter le grand chelem.

Ils essaient de faire quelques parties. Au début, il y a beaucoup de récriminations. Krulewich a du mal à voir les cartes jouées par les autres, et ils doivent les lui annoncer à voix haute. La Baleine veut parier sur le score final. Goodman, qui se souvient de toutes les cartes jouées, se met très vite à gagner. Après quatre parties, il a une avance confortable.

KRULEWICH	36
LA BALEINE	29
GOODMAN	15
LEHIGH	24

Ils décident de faire une dernière partie avant de commander des hamburgers.

Goodman prend ses cartes et les étudie. Trois cœurs seulement : le 2, le 4, et le 9. Pas de dame de pique, ni de pique plus élevé. Il est tiré d'affaire, il lui suffit de se débarrasser de ses cœurs chaque fois que l'occasion se présente.

D'emblée, il est clair qu'ils ont tous la même stratégie. Krulewich et la Baleine se débarrassent eux aussi de leurs cœurs, mais Goodman est tellement loin devant eux qu'il se sait hors d'atteinte. Quant à Lehigh, qui semble subir un revers de fortune, il ne tarde pas à se lamenter d'être coincé avec des cœurs qu'il ne peut pas jouer.

— Tant pis pour toi, mec ! s'exclame la Baleine en riant, tandis qu'il abat son dernier cœur, le valet, sur le roi de Lehigh.

Ils doivent attendre les dernières levées pour comprendre ce qui s'est passé. Il est alors trop tard pour empêcher Lehigh de s'emparer des treize cœurs et de la dame de pique. Score final :

KRULEWICH	86
LA BALEINE	79
GOODMAN	65
LEHIGH	24

Le même soir, à l'abri derrière sa porte réparée et sa serrure neuve, alors qu'il prie pour la guérison de sa fille, Michael Goodman se rappelle son rendez-vous avec Russell à Carl Schurz Park plus tôt dans la journée. Dans un premier temps, il s'en veut de ne pas y être allé. Mais après tout, quelle preuve a-t-il que Russell n'a pas trempé dans le vol du kilo d'héroïne ? Faut-il qu'il soit naïf pour avoir fait confiance à quelqu'un qui voulait l'agresser quelques jours auparavant ! Il peut s'estimer heureux d'être encore en vie. Il jure de se débarrasser du reste de la drogue à la première occasion. Demain, c'est décidé.

14

Le lundi matin, Pop-Tart a l'œil moins enflé et il (Goodman a trouvé le temps de vérifier que le chaton était bien un mâle) peut même l'entrouvrir. Goodman tente de lui mettre un reste de pommade antibiotique, mais il refuse de se laisser faire.

Revenant à ses propres blessures, Goodman découvre dans le miroir que le côté gauche de son visage est un peu plus volumineux que le droit ; il faut cependant regarder attentivement pour s'en apercevoir. Si l'insensibilité a fait place à une douleur lancinante et si le sang séché a disparu, il n'est pas sûr d'entendre aussi bien de l'oreille gauche qu'avant.

La perte de son pantalon et de ses chaussures représente un souci supplémentaire. Certes, le pantalon était usé : il l'avait mis précisément pour éviter d'en porter un plus récent sous la pluie. Les chaussures, en revanche, étaient neuves, et il devra les remplacer tôt ou tard. Quant à son portefeuille, l'argent qu'il contenait lui fait défaut, mais sans voiture, il n'a pas vraiment l'usage de son permis de conduire. Il a laissé chez lui l'étui contenant ses cartes de crédit, inutilisables de toute façon. Et en revenant de Carl Schurz Park, il s'est félicité d'avoir mis ses clés dans sa poche de veste plutôt que dans celles de son pantalon ; à présent, il ne peut s'empêcher de rire à l'idée que finalement, il n'en a pas eu besoin pour rentrer chez lui.

A midi et quart, il dit au revoir à Pop-Tart, tourne la clé

dans sa serrure neuve et part au travail, heureux de pouvoir gagner cent dollars de plus.

Dès son réveil ce lundi matin, avant même de se lever, Jimmy Zelb se souvient du coup de fil de Big Red. Sans perdre une minute, il appuie sur la touche mémoire de son téléphone, qui compose le numéro de son collègue.
— Farrelli j'écoute, entend-il après une seule sonnerie. Il sait que Frank a pris cette formule dans un film ou une série dont il a oublié le titre.
— Salut, Frankie.
— Quoi de neuf, Jimmy ?
— Prêt pour le boulot ?
— Tout de suite ?
— Je te laisse le temps de te réveiller, si tu insistes.
— C'est bon, répond Farrelli, avec un manque d'enthousiasme évident.
— Notre ami Red m'a appelé, poursuit Zelb. Il a l'air d'avoir quelque chose d'intéressant pour nous, mais il va sans doute falloir qu'on se bouge. Je passe dans une demi-heure, d'accord ?
— Tu ne peux pas m'accorder un quart d'heure de plus ?
— Dix minutes, mon dernier prix. Et j'ai bien envie de prendre Cruz avec nous, alors surveille ton langage.
— Pas de problème.
Cruz, nouvelle recrue de la DEA, a quitté la police locale il y a moins d'un an, et n'a rejoint le groupe numéro 2 que depuis six semaines environ. Zelb et Farrelli n'ignorent pas qu'avec un nouvel agent, on s'arrange pour travailler de la manière la plus réglementaire possible. On n'est jamais trop prudent : il faut beaucoup de temps pour savoir à qui on a affaire et pouvoir lui faire confiance. De temps en temps, l'inspection place en douce un de ses collègues dans une équipe pour voir qui se laisse acheter.

Manny n'est pas au bureau ce lundi-là — peut-être son furoncle s'est-il réveillé — mais il a laissé une enveloppe à l'intention de Goodman. Elle contient la liste des tâches à effectuer cet après-midi : arrêter les comptes du mois, calculer le montant exact des retenues à la source pour deux employés, trouver un moyen d'obtenir une déduction fiscale en donnant des pneus usagés qu'on ne peut plus rechaper. Dans l'enveloppe, se trouvent aussi des formulaires que Goodman doit compléter afin de pouvoir signer des chèques en l'absence de Manny. Et cinq billets de vingt dollars.

Seul dans le bureau, il se laisse absorber par son travail. Il faut reconnaître qu'il est doué pour la comptabilité et qu'il aime les chiffres. Certains prennent plaisir à vaincre les difficultés d'une grille de mots croisés ou à deviner la fin d'un roman policier ; cette jubilation, Goodman l'éprouve en obtenant un total identique à la colonne crédit et à la colonne débit. Il dresse le bilan financier (non sans mal, car l'incomparable Marlene s'est appliquée à rendre les livres de comptes aussi illisibles que des hiéroglyphes), prépare les formulaires de retenue à la source, et découvre après quelques coups de fil une entreprise de recyclage de caoutchouc prête à se déplacer pour racheter au poids les pneus irrécupérables !

Son travail terminé, alors qu'il a encore une demi-heure devant lui, il téléphone à sa belle-mère. Kelly a l'air en forme, dit-elle. Et l'hôpital Mount Sinai a appelé : le rendez-vous pour la ponction lombaire est fixé au vendredi matin.

Pour la quatrième fois en deux jours, Russell Bradford part à la recherche de Big Red dans la 140ᵉ Rue. Lors de ses trois visites précédentes, il a rencontré soit Tito (libéré sous caution), soit un autre membre de l'entourage de Big Red. Chaque fois, on lui a dit que Red n'était pas là, et qu'on ignorait quand il reviendrait.

Russell sait que c'est peut-être bon signe : Big Red est sans doute occupé à couper la marchandise et à la mettre en sachets, ou même à la transporter ailleurs. En même temps, toutefois, il ne peut s'empêcher de penser que son associé l'évite délibérément pour retarder le paiement de ses quinze mille dollars.

Cette fois, au moment où il arrive devant le pâté de maisons, il repère Big Red à l'endroit habituel et ses soupçons s'envolent. Red ne remarque pas tout de suite sa présence, mais dès qu'il le voit, il lui fait signe d'approcher.

— Salut, Russell. Qu'est-ce que tu deviens?

— Je traîne un peu à droite et à gauche. On t'a pas dit que je te cherchais?

— Non, mec.

— Comment ça s'est passé?

— Bien. Vraiment bien.

— Et...

— Et tu viens réclamer ta part.

Russell sourit d'un air confus.

— Eh bien tu vas l'avoir. Trouve-toi demain soir à dix heures sur la 129e, au bord de l'Hudson.

L'adolescent fronce les sourcils.

— Tu préfères des petites coupures ou des grosses? demande Big Red.

Russell hausse les épaules. Il n'a pas réfléchi à cet aspect des choses.

— Tu ferais mieux de prendre des petites, continue Big Red. De vingt et de dix dollars. Plus difficiles à cacher, mais plus faciles à écouler.

— D'accord pour les petites.

Cette conversation le rassure. Il a presque l'impression de toucher les billets.

— Parfait. Apporte un sac avec toi, d'accord? Un sac plastique résistant. Et même un deuxième tant que tu y es, pour doubler le premier.

— D'accord.

Les choses ont l'air de bien se présenter.

A peine Russell a-t-il quitté le quartier que Big Red appelle Tito et lui demande de venir le remplacer. Ce détail réglé, il va s'installer dans sa Bentley et se dirige vers Manhattan. Il descend Lenox Avenue avant d'emprunter Central Park Drive à la hauteur de la 110e Rue. Là, il entreprend de brûler méthodiquement les feux rouges. Il réussit à atteindre la 72e Rue avant d'entendre une sirène et de voir un gyrophare se rapprocher dans son rétroviseur.

Les policiers qui l'obligent à s'arrêter paraissent enchantés d'avoir pincé un Noir au volant d'une voiture de cent mille dollars. A leur grande surprise, l'homme en question, un certain Dwayne Reddington à en croire son permis de conduire, accepte de les laisser fouiller le véhicule ; mais à leur grande déception, ils ne trouvent aucune marchandise de contrebande. En consultant l'ordinateur central, ils découvrent en revanche que ce M. Reddington est sous le coup d'un retrait de permis de conduire après deux contraventions impayées pour infraction au code de la route.

Ils lui dressent trois procès-verbaux pour les feux rouges. Pour la conduite sans permis, ils peuvent soit l'arrêter, soit lui remettre une citation à comparaître — enjoignant un contrevenant qui peut justifier de son identité à se présenter au tribunal à une date ultérieure. Dans ce cas précis, ils optent pour l'interpellation, et la mise en fourrière de la Bentley.

La pluie reprend dans la soirée et Goodman, qui en a eu son content pendant le week-end, reste assis devant la retransmission d'un match de basket à la télévision. Dans la cuisine — en fait un coin-cuisine équipé d'un fourneau, d'un évier et d'un réfrigérateur étroit —, les miaulements lamentables de Pop-Tart rappellent qu'il ne reste plus de nourriture pour chats. Mais le match est captivant : les Knicks et les Pacers sont à égalité 81 partout après le troisième quart de temps, et Goodman se dit qu'à la fin du dernier, la pluie aura peut-être cessé.

Russell Bradford atteint la 129e Rue Ouest à vingt-deux heures précises — la première fois de sa vie qu'il est à l'heure quelque part. Il s'aperçoit tout de suite que Big Red a bien choisi l'emplacement. Il y a de la circulation en contrebas, dans la 125e Rue, mais ici, à moins de cinq cents mètres, tout est désert. Il ramène la capuche de son sweatshirt sur sa tête et attend l'arrivée de Big Red avec l'argent. Dans la poche arrière de son jean, il a glissé un double sac plastique.

Au bout d'une dizaine de minutes, une voiture s'arrête : une vieille Mazda, pas la Bentley de Big Red. Un homme en descend, et aussitôt Russell reconnaît Hammer, qui accompagnait Red l'autre nuit. Il porte un sac apparemment rempli de billets. Il s'avance avant de commencer à parler.

— Salut, Russell.

— Salut, Hammer.

— Red te salue. Il m'a demandé de te dire qu'il avait été retenu, qu'il pouvait pas venir. Mais il m'a chargé de te remettre ça.

Sous les yeux de l'adolescent, Hammer plonge la main au fond du sac. Même si la perspective d'être riche a endormi sa vigilance, Russell soupçonne subitement que le sac ne contient pas d'argent. Il lance un rapide coup d'œil à gauche, puis à droite. Il voit le sourire de Hammer, sa main qui réapparaît lentement. Bien trop tard, Russell recule de quelques pas. Il pivote sur lui-même et s'élance dans l'obscurité. Il réussit à parcourir plusieurs mètres quand soudain il dérape, vacille, tombe sur un genou. Les pas de Hammer se rapprochent à toute vitesse. Russell se redresse, tente de se remettre à courir. Il y a un éclair, une explosion assourdissante, dernière vision et dernier son qu'il emporte en devenant la seconde victime des vingt kilos d'héroïne.

Reggie Miller marque quatorze points au cours du dernier quart de temps et les Pacers battent les Knicks 104 à 99. Pop-Tart paraît comprendre que le match étant terminé, Goodman n'a plus d'excuse pour retarder le moment d'aller au ravitaillement. Il se frotte contre les jambes de son maître, puis — comme ces démonstrations restent sans effet — il se met à lui mordiller les chevilles. Goodman reçoit le message. Avant de quitter son studio, toutefois, il prend son parapluie : les promenades sous la pluie ont perdu de leur attrait.

Dans le supermarché, il sélectionne trois boîtes de nourriture pour chats de la marque Cadillac, écartant les produits génériques qu'il achète habituellement. Son nouvel ami mérite bien quelques égards. Il lui choisit trois variétés différentes : thon, poulet aux légumes et ragoût de bœuf, cette dernière avec la mention « plus riche en viande ». Il ajoute une boîte de lait en poudre, et une pizza surgelée pour lui-même. Ses achats se montent à douze dollars trente-trois.

De retour devant son immeuble, il déverrouille la porte d'entrée et s'apprête à la pousser lorsqu'il croit entendre une plainte.

— Plus de chats, par pitié, soupire-t-il.

Surpris par le son de sa voix, il se demande si les policiers n'avaient pas raison, s'il n'est pas bel et bien en train de perdre la tête.

Une seconde plainte retentit alors, plus forte que la première, rappelant celle d'un humain. Elle semble provenir du local sous l'escalier de secours, là où Tony le gardien entrepose les poubelles les soirs où il n'y a pas de ramassage. Goodman écarquille les yeux dans les ténèbres sans rien voir. C'est plus fort que lui, il ne parvient pas tourner les talons et à entrer dans l'immeuble. Il se sent attiré, tel un aimant, par l'endroit d'où vient le gémissement.

— Ohé ! chuchote-t-il, prêt à affronter n'importe quelle créature, policier ou panthère. Il y a quelqu'un ?

Cette fois, un sanglot étouffé lui répond, celui d'un être humain, il n'y a plus de doute. Il pose le sac contenant ses achats et ferme son parapluie. Il se fraie un chemin parmi les poubelles, les bousculant au passage. Au fur et à mesure que ses yeux s'habituent à l'obscurité, il distingue une silhouette en position assise, adossée au mur de brique, les mains refermées sur ses genoux repliés contre sa poitrine. A cause du manque de lumière, il ne voit pas s'il s'agit d'un homme ou d'une femme, d'un adulte ou d'un enfant.

— Ça va ? demande-t-il.

— Je n'en sais rien.

Il croit reconnaître la voix d'une jeune femme et une seule question lui vient aux lèvres :

— Vous avez besoin d'aide ?

— Je vous en prie, ne me faites pas de mal.
— Je n'ai aucune intention de vous faire du mal. Voulez-vous que j'appelle une ambulance ?
— Non, surtout pas, je vous en supplie...
— D'accord, d'accord.

Il découvre qu'elle est jeune, en effet — elle doit avoir une vingtaine d'années. Ses cheveux mouillés sont en désordre, son visage couvert de traînées sales semble tuméfié.

— Je peux faire quelque chose ? insiste-t-il.

Pas de réponse, seulement une plainte sourde, pareille à celle qui a attiré son attention.

— Ecoutez, vous ne pouvez pas rester ici. Vous allez mourir de froid.

Toujours pas de réponse. Il essaie de trouver un moyen de la convaincre.

— Si vous ne bougez pas (il ne va tout de même pas compter jusqu'à trois !), je vais devoir appeler la police.

— Non, répète-t-elle en sanglotant.

— Alors sortez, ordonne-t-il.

Au bout d'un certain temps, elle ramène les bras le long du corps, se met à genoux en prenant appui sur ses mains, puis s'accroupit. Goodman lui offre son aide, mais elle préfère se débrouiller seule pour ramper hors de sa cachette.

Lorsqu'elle tente de se relever, il doit la soutenir tant elle tient mal sur ses jambes. Elle lui paraît aussi grande que lui, sans qu'il puisse l'affirmer, car elle reste légèrement penchée en avant comme si elle n'arrivait pas à se redresser.

— Combien de temps avez-vous passé là-dedans ?
— Je n'en sais rien. Plusieurs heures.
— Que vous est-il arrivé ?
— Trois fois rien. On m'a violée, tabassée, et laissée pour morte.

L'espace d'un instant, il croit qu'elle plaisante, avant de se rendre compte qu'il n'en est rien.

— Il faut absolument prévenir la police, déclare-t-il.
— Non. Je suis sortie uniquement parce que vous avez promis de ne pas le faire.

Goodman ne voit pas tout à fait les choses de la même façon, mais ne relève pas. Il comprend sa réaction.

— Et l'hôpital? suggère-t-il.

Elle secoue la tête. On dirait que les institutions municipales ne lui inspirent aucune confiance.

— Voulez-vous monter vous laver chez moi?

Alors qu'il s'attend à ce qu'elle refuse aussi cette proposition, elle ne répond pas. Devant ce mutisme ambigu, il la prend par le coude.

— Allez, venez au moins vous abriter de la pluie. Vous avez eu assez d'épreuves pour aujourd'hui; pas besoin d'attraper une pneumonie en prime.

Elle produit un son étrange, qui tient à la fois du sanglot et de l'éclat de rire. Pourtant, lorsqu'il la tire doucement par le coude, elle le suit.

A cause de sa souffrance évidente, ils doivent monter l'escalier très lentement. Goodman tourne la clé dans la serrure, allume, et la fait entrer. Il se félicite d'avoir remis de l'ordre dans son studio, même si son «invitée» n'est pas en état de remarquer ce genre de détail.

Aussitôt, Pop-Tart accourt pour examiner la jeune femme, qui se laisse glisser au pied du mur dans la position où Goodman l'a trouvée.

— Je vous présente Pop-Tart, annonce-t-il, regrettant de ne pas avoir donné un nom plus classique au chaton. Moi je m'appelle Michael.

— Et moi Carmen.

A la lumière, il découvre ses cernes noirâtres. Son visage couvert de bleus est maculé de sang séché, que Pop-Tart entreprend de lécher.

— Dis donc, toi! Laisse-la tranquille.

Goodman soulève le chat et le chasse, avant de se tourner de nouveau vers Carmen.

— Qu'est-ce que je peux vous offrir?

— Où sont les toilettes? Je crois que je vais vomir.

Cette fois, elle accepte son aide pour se relever. Il la conduit jusqu'à la salle de bains et referme la porte derrière elle. Il secoue ses vêtements humides et s'assied au bord du canapé.

Il n'entend plus rien dans la salle de bains et se demande s'il est raisonnable de la laisser seule : après ce qu'elle vient de subir, elle pourrait avoir des envies de suicide. Mais quel mal peut-elle se faire avec un de ses rasoirs jetables ?

Au bout de quelques minutes, des bruits révélateurs lui parviennent, suivis par ceux de la chasse d'eau. Paradoxalement, ils le rassurent sur l'état de la jeune femme. Quand le silence revient, il frappe doucement à la porte.

— Ça va ?

Il reçoit une réponse affirmative.

— Voulez-vous prendre un bain, ou une douche ?

Enfin, elle ouvre la porte. Elle a le visage très pâle, et les yeux rougis.

— Un bain, ce serait parfait, dit-elle, se forçant à sourire.

Il va chercher quelques serviettes propres et son unique peignoir, puis met l'eau à couler.

— Merci, Michael. C'est vraiment gentil.

Elle retourne dans la salle de bains et ferme la porte derrière elle, laissant Goodman en tête à tête avec son chaton dans le séjour.

— Pop-Tart, j'ai comme l'impression que ce soir, on va tous les deux dormir sur la moquette.

Bien sûr, les événements ne lui donneront qu'en partie raison. Quelques heures plus tard, coincé entre l'arrière du canapé et le radiateur, il cherchera désespérément une position confortable sur la moquette tandis que Pop-Tart et Carmen, pelotonnés l'un contre l'autre sur le lit, dormiront d'un sommeil de plomb.

15

La pluie qui est tombée pendant presque toute la nuit de lundi s'est transformée à l'aube du mardi en une petite bruine. Les officiers de police Charlie Walsh et Eddie Johnson sont de patrouille radio depuis minuit — très exactement depuis vingt-trois heures trente-cinq le lundi soir, heure à laquelle l'équipe de nuit prend en principe son service. Les deux officiers ont pour tâche de se relayer au volant d'une voiture de police bleu et blanc équipée d'une radio, de surveiller le secteur qu'on leur a attribué, et d'assurer les interventions communiquées par le standard.

A cause du temps pluvieux, leur ronde s'est déroulée sans incident. En général, la nuit du lundi est plutôt calme : les membres des gangs locaux rattrapent le sommeil en retard et récupèrent du week-end. De plus, la pluie contribue à maintenir les éléments perturbateurs chez eux, où les possibilités d'affrontements et de vandalisme sont relativement limitées.

Cependant, les nuits sans histoire sont aussi les plus longues : Walsh et Johnson ont déjà consommé huit gobelets de café, quatre parts de pizza, deux beignets, et fumé un paquet et demi de cigarettes. A présent, munis de quelques viennoiseries et de deux cartons d'un demi-litre de jus d'orange Tropicana, ils s'arrêtent sous la portion surélevée du West Side Highway, à la hauteur de la 125e Rue. Johnson éteint les phares.

— Continue sur la droite, dit Walsh, assis sur le siège du

passager. Pas question que quelqu'un nous voie ici et appelle l'Inspection. Le maire se croirait obligé de nommer une nouvelle commission d'enquête.

— Entendu. Dieu nous préserve de prendre notre petit déjeuner pendant le service.

Il tourne et continue lentement vers le nord. A leur gauche, les usines et les immeubles d'habitation du New Jersey ne sont encore que des ombres sur la rive opposée de l'Hudson ; à l'est, les premières lueurs du jour sont presque cachées par la voie express au-dessus de leur tête.

— Gare-toi ici, tout au bout, indique Walsh.

Johnson s'exécute. Au moment où il avance la voiture jusqu'au mur de soutènement, quelque chose bouge brusquement à droite, et un aboiement retentit.

— Va te faire voir ailleurs, Fido ! s'exclame Johnson, soulagé.

— Un jour, je suis sorti avec une femme qui avait donné ce nom à son chien, dit Walsh. Seulement elle l'épelait P-H-I-D-E-A-U-X. Elle prétendait l'avoir lu quelque part, et avoir trouvé ça joli.

— Et le chien ? Il en pensait quoi ?

— Comment veux-tu que je le sache ? La pauvre bête ne devait pas connaître l'orthographe.

Il y a un nouvel aboiement et, cette fois, ils distinguent la silhouette non pas d'un chien, mais de deux, en train de tirer sur quelque chose de lourd au pied du mur.

Walsh et Johnson échangent un de ces regards qui se passent de commentaires. Walsh pose sur le tableau de bord le sac en papier contenant les viennoiseries et le jus d'orange. Les deux hommes portent la main à leur arme et prennent leur torche électrique. D'un même mouvement, ils ouvrent leur portière et descendent de voiture.

Dès que les torches sont braquées sur eux, les chiens se détournent de la créature sur laquelle ils s'acharnaient.

— Fichez-moi le camp ! crie Walsh, et ils reculent. Johnson doit faire mine de donner un coup de pied pour qu'ils disparaissent.

Lentement, les deux policiers s'approchent. Ils tiennent

chacun leur torche de la main gauche, tandis que la droite est posée sur leur pistolet, encore dans son étui. Pourtant, avant même d'aller plus loin, ils savent qu'ils n'auront pas besoin de leur arme. La lumière de l'aube leur suffit pour voir ce que se disputaient les chiens.

Walsh et Johnson viennent bien sûr de découvrir le cadavre de Russell Bradford.

Vers six heures du matin, Goodman renonce à trouver le sommeil. Il se met péniblement debout. Il a mal aux côtes et aux hanches, meurtries pendant la nuit par le sol dur et froid. Il a dû dormir deux heures en tout.

Il jette un coup d'œil au canapé transformé en lit où Carmen est étendue sur le dos, les bras en croix. Elle semble aussi rafraîchie par le repos qu'il est épuisé par sa nuit blanche. Son visage reste tuméfié par endroits, mais ses cernes se sont estompés. Ses cheveux, sales et emmêlés quand il l'a ramenée dans son studio, ont à présent l'air propre et soyeux. D'un noir de jais, ils ressortent sur la blancheur de son unique paire de draps. Blotti au creux de la taille de la jeune femme, Pop-Tart dort du même sommeil profond qu'elle.

Goodman va se doucher. Il s'interroge : comment s'est-il débrouillé, lui qui vivait seul, pour se retrouver en moins d'une semaine avec deux occupants supplémentaires dans son studio ?

Au 520 de la Première Avenue, dans les locaux de l'Institut médico-légal, on relève les empreintes digitales d'un jeune Noir avant de procéder à son autopsie. On les analyse pour en identifier les principales caractéristiques, transcrites sous la forme d'une série de onze chiffres et lettres. Ce code est alors faxé à la brigade criminelle d'Albany d'où arrive, une heure plus tard, un second fax identifiant l'individu, grâce aux informations obtenues lors d'une arrestation pour fraude dans les transports en commun.

BRADFORD,	Russell Dwayne
N° d'identification :	31577890F
Date de naissance :	1-12-80
Lieu de naissance :	Bronx, N.Y.
Taille :	1,80 m
Poids :	75 kg
Yeux :	Marron

C'est le docteur Karen Swiddy qui pratique l'autopsie. Elle en a entre cinq cents et mille à son actif — il y a belle lurette qu'elle ne les compte plus.

Certains cadavres résistent longtemps avant de livrer la cause du décès ; quelques-uns s'y refusent absolument, et le mystère entourant les circonstances du drame reste entier pour l'éternité. Rien de tel dans le cas de Russell Bradford. Les deux impacts de balle dans le haut de son dos ne laissent aucun doute sur l'origine de sa mort. En insérant une sonde dans le premier des deux trous, le docteur Swiddy réussit à suivre la trajectoire de la balle à travers la peau et les muscles, jusque dans le ventricule gauche du cœur, d'où elle ramène une petite sphère de plomb déformée. Elle lui attribue les initiales S-1. Elle la pose ensuite sur une balance et note son poids dérisoire : 2,7 grammes, qui ont pourtant suffi à interrompre prématurément la vie d'un être humain.

Ses compagnons d'infortune enfin réveillés, Goodman est aux fourneaux, occupé à préparer un petit déjeuner aussi complet que ses maigres provisions le lui permettent : du porridge cuit dans un mélange d'eau et de lait en poudre, des toasts à la confiture — il ne possède pas de grille-pain, mais en suivant de près les opérations, il obtient des tartines bien dorées sous le grill du four — et du Tang au pamplemousse avec des glaçons. Pour Pop-Tart, il ajoute un peu de porridge au ragoût de bœuf « riche en viande ».

C'est seulement lorsque Carmen s'assied en face de lui à la table pliante qu'il s'aperçoit combien elle est jolie. Son visage n'est plus tuméfié, et les traces de sang séché ont disparu. Les bleus qui restent paraissent superficiels.

— Vous avez meilleure mine, dit-il.
— Merci.
Tout son visage semble sourire, sa bouche, mais aussi ses yeux, son menton, et même ses joues.
— Vous avez eu de la chance... commence-t-il, avant de réaliser l'énormité de la remarque et de laisser sa phrase en suspens.
— Bien sûr que j'ai eu de la chance. Ça aurait pu être pire. Au moins, je sais désormais à quoi m'en tenir.
— A quel sujet ?
— Mon vieux et moi : tout est fini entre nous.
— C'est votre père qui vous a fait ça ?
La bouche pleine de porridge, Carmen éclate de rire. Goodman songe soudain que le Tang au pamplemousse n'était sans doute pas une bonne idée : son acidité risque de faire cailler le lait du porridge. Il s'abstient toutefois de changer de sujet alors qu'il est question de viol et d'inceste.
— Non. Un « vieux » est un petit ami.
Goodman se demande depuis quand le mot a changé de sens, mais il garde le silence.
— Ça me fait une belle jambe, poursuit-elle. Je vivais avec lui depuis près de six mois. Drôle de choix, non ?
— Tout le monde peut se tromper.
— Oui, mais moi je ne fais pas les choses à moitié !
— Qu'allez-vous devenir ?
— Ce qui est sûr, c'est qu'à partir de maintenant je vis seule.
— Où ça ?
— Je n'en sais rien. Je vais devoir me trouver un appartement.
La perspective qu'elle puisse partir aussi vite qu'elle est arrivée prend Goodman au dépourvu.
— Vous pouvez rester ici jusqu'à ce que...
De nouveau, le visage de Carmen s'illumine.
— Mais vous n'avez pas de place pour moi.
Elle désigne d'un geste circulaire l'unique pièce qui fait à la fois office de salle de séjour, de salle à manger, de bibliothèque, de chambre et de cuisine.
— Ne dites pas de bêtises. J'ai des problèmes de dos et je dors souvent par terre.

— Tu me racontes des histoires, Pinocchio…
— Je le vois à ton nez qui s'allonge, termine-t-il.
Ce n'est pas pour rien qu'il a une fille de six ans. Carmen secoue la tête.
— C'est impossible.
— Pourquoi?
— Je ne vous connais même pas.
— Vous savez au moins que je ne suis pas violent.

Annise Bradford arrive au carrefour de la Première Avenue et de la 30ᵉ Rue peu après treize heures. Très pâle, elle frissonne. Avant même le coup de téléphone, elle savait que Russell avait eu des ennuis. Elle s'en est douté en ne le voyant pas rentrer la veille au soir, ni ce matin. Une voisine lui a conseillé d'appeler Central Booking, expliquant qu'elle utilisait ce numéro pour vérifier si son mari s'était fait arrêter. Mais Central Booking n'avait aucun Russell Bradford dans ses fichiers.

Après avoir prévenu son employeur qu'elle était malade, elle est restée toute la matinée près de son téléphone. Lorsqu'il a fini par sonner, juste avant midi, elle a hésité quelques secondes avant de décrocher et de porter le combiné à son oreille.
— Allô?
— Madame Bradford?
— Oui.
— Je suis l'inspecteur Morgan.

Elle a alors prié le ciel pour qu'on lui apprenne l'arrestation de Russell — quel qu'en soit le motif, même un meurtre. Malheureusement, elle n'a pas été exaucée. L'inspecteur s'est contenté de dire que son fils avait été impliqué dans une altercation, avant de lui demander si elle pouvait le retrouver une heure plus tard au carrefour de la Première Avenue et de la 30ᵉ Rue.

Ce n'est pas la première visite d'Annise Bradford à cette adresse. Neuf ans plus tôt, elle était déjà venue. On l'avait conduite dans une pièce dont les murs disparaissaient derrière des rangées de tiroirs carrés. Un endroit tellement glacial qu'elle grelottait. Un homme en blouse blanche avait alors ouvert l'un des tiroirs. A l'intérieur se trouvait le cadavre de William, son mari. Sa peau semblait couverte d'une fine poudre. Il avait la moitié du crâne enfoncée, et une étiquette jaune attachée au gros orteil.

— Madame Bradford ?

Elle se retourne et voit un Noir en costume de ville. Malgré sa carrure de footballeur professionnel, il a les épaules tombantes et le visage profondément marqué par trop de journées semblables à celle-ci.

— Je suis Stanley Morgan, dit-il d'une voix douce, et si Annise Bradford nourrissait encore le moindre espoir de revoir son fils vivant — simplement arrêté pour Dieu sait quel crime —, il s'évanouit sur-le-champ.

Elle suit l'inspecteur à l'intérieur de l'Institut médico-légal. Ils s'arrêtent à la réception où il signe le registre pour elle.

Les efforts pour améliorer l'accueil du public ont imprimé leur marque sur la bureaucratie, et l'homme qui les reçoit porte un costume marron et une cravate à rayures. Au lieu de la conduire dans une pièce glaciale remplie de tiroirs, on l'emmène dans un bureau agréable, où on la fait asseoir devant un bureau métallique gris. L'homme en costume marron place une photo devant elle. Bien sûr celle de Russell, son fils aîné. Il a les yeux fermés, comme s'il dormait. Tandis qu'elle contemple son visage, ses traits commencent à s'estomper sous d'énormes gouttes d'eau, donnant l'impression qu'il s'enfonce lentement dans les eaux d'une mare profonde.

Il faut plusieurs minutes à Annise Bradford pour comprendre que ces gouttes d'eau sont ses larmes.

— Si je dois rester ici, même pour quelques jours, il est normal que je paie ma part du loyer quand je toucherai un peu d'argent, explique Carmen à Goodman le mardi après-midi.

— Ne vous inquiétez pas pour ça. Je paie le loyer de toute façon, que vous soyez là ou non.

Il n'ajoute pas qu'il a déjà deux semaines de retard.

— Alors laissez-moi vous aider en achetant une partie de la nourriture, par exemple.

— Aidez-moi comme vous voulez. Mais ça n'a rien d'obligatoire.

— Si, j'insiste.

Malgré cette apparente sincérité, elle n'a pas l'air pressée de s'aventurer à l'extérieur. Elle doit rester traumatisée par son expérience avec celui qu'elle appelle son « vieux », aussi Goodman décide-t-il de ne pas aborder le sujet, de lui laisser encore un peu de temps. A dix-sept heures, cependant, lorsqu'il annonce qu'il descend acheter deux ou trois choses pour le dîner, Carmen — toujours en peignoir bien qu'il lui ait proposé quelques vêtements à lui — ne manifeste aucun désir de l'accompagner.

Au supermarché, il choisit un paquet de spaghettis, un pot de sauce, de quoi faire une salade, et une baguette. Six dollars soixante-neuf. En rentrant, il passe devant une boutique de vins et spiritueux, s'arrête une bonne centaine de mètres plus loin, et revient sur ses pas pour acheter une bouteille de chianti. Cinq dollars quarante-trois.

Il se souvient d'un jeu appelé « pierre, papier, ciseaux » que son frère Alan et lui aimaient bien dans leur enfance. Après avoir compté jusqu'à trois, les deux joueurs imitaient de la main l'un des trois objets : le poing représentait la pierre, la paume tendue le papier, deux doigts écartés une paire de ciseaux. La règle précisait quel objet l'emportait sur l'autre : la pierre écrasait les ciseaux, les ciseaux coupaient le papier, le papier recouvrait la pierre. Le gagnant de chaque manche pouvait décocher dans l'avant-bras du perdant un coup de poing brutal et étonnamment douloureux.

Goodman a l'impression de sortir d'une partie de « pierre, papier, ciseaux », mais où les trois objets auraient été remplacés par un affrontement entre la cigale et la fourmi. Laquelle, contre toute attente, aurait été définitivement mise à mal par la cigale. Il cale ses achats et sa bouteille de vin contre son bras gauche, puis, de la main droite, décoche un bon coup de poing dans le vide.

A son retour, Carmen le décharge de ses achats et lui ordonne d'aller s'asseoir devant la télévision. Il s'exécute, et se laisse absorber par les informations. A peine prend-il conscience des bruits et des odeurs de cuisine qui lui parviennent de l'autre extrémité de la pièce.

A l'annonce que le dîner est prêt, il découvre un petit chef-d'œuvre baptisé par Carmen « pâtes *con tono* » : des spaghettis accompagnés d'un mélange alléchant composé de la sauce achetée au supermarché, de dés de tomates fraîches, de rondelles d'oignon et de miettes de thon. Il y a aussi une salade verte assaisonnée de vinaigrette. Carmen a passé le pain au four avant de l'envelopper dans le bandana rouge qu'il utilise pour saisir les plats chauds. Elle a versé le chianti dans deux verres à vin dont il avait oublié l'existence, et transformé en nappe un drap de bain à rayures rouges et blanches.

— Grands dieux ! s'exclame-t-il, interloqué.

La spontanéité de sa réaction en compense la brièveté et Carmen part d'un rire joyeux. Goodman s'installe à ce qu'il considérait jusque-là comme une simple table pliante. Lui qui n'a jamais traversé l'Atlantique s'imagine à présent en train de dîner dans une trattoria romaine ou un café parisien. Levant son verre, il tente de porter un toast approprié, mais ne trouve pas les mots.

— A mon sauveur, finit par dire Carmen.

— A la Princesse Ballerine, murmure Michael Goodman.

A huit heures et quart le mardi soir, dans la salle AR-4 du palais de justice de Manhattan, le prévenu numéro 96N047335 comparaît pour la lecture de l'acte d'accusation.

— Reddington ! appelle le greffier.

Un géant noir se lève du banc qui jouxte le box des accusés, rejoint le bureau du greffier, et prend place à côté de son avocat.

— Affaire 96N047335, annonce le greffier. *Ministère public contre Dwayne Reddington.* Le prévenu est accusé d'une infraction à l'article 57 du code de la route. Maître, présentez-vous.

— Morton Wieselheimer, 401, Broadway, New York. Avocat du prévenu.

— Acceptez-vous de surseoir à la lecture des droits du prévenu, mais pas aux droits eux-mêmes ?

— Oui.

Il n'a jamais compris le sens de cette phrase.

— Des précisions à apporter, monsieur le procureur adjoint ?

Celui-ci consulte la déposition qu'il a sous les yeux avant de répondre, avec le plus grand sérieux :

— Un commentaire du prévenu. Au moment de son arrestation, il a déclaré à l'officier de police : « Les faits sont contre moi. » Rien d'autre à signaler.

— Réclamez-vous une caution ? demande le juge William Mogulescu, ancien avocat connu pour ses idées d'extrême gauche.

— Oui. Le prévenu a un casier chargé, avec trois condamnations. Plusieurs fois par le passé, il a utilisé une fausse identité, falsifié sa date de naissance et son numéro de sécurité sociale. Nous réclamons une caution de sept mille cinq cents dollars.

— Votre Honneur... proteste Wieselheimer, mais le juge le fait taire d'un geste, avant de s'écrier d'une voix de stentor :

— Comment ! Vous réclamez sept mille cinq cents dollars pour une malheureuse affaire de conduite sans permis ?

— Eh bien... oui, Votre Honneur. Le prévenu a déjà été arrêté dix-sept fois...

— J'entends bien. Vous avez mentionné son casier chargé. Y a-t-il eu des mandats d'arrêt ?

Le procureur adjoint étudie un listing informatique avant de répondre.

— Pas que je sache.

— A qui appartient la Bentley conduite par M. Reddington ?

— Au prévenu lui-même, semble-t-il.

— Où est le véhicule ?

— A la fourrière. Nous y cherchons des preuves éventuelles.

— Je vois. Sans doute espérez-vous trouver une confession écrite dans la boîte à gants, ou un exemplaire du code de la route dans le coffre ?

Sans attendre la réponse du procureur adjoint, ni la réaction de Wieselheimer, le juge statue sur la demande de caution.

— L'affaire sera jugée le 11 novembre. Le prévenu est libéré sur parole. Affaire suivante.

Le sourire aux lèvres, Dwayne Reddington tourne les talons et quitte le tribunal. Dans vingt-quatre heures, il aura récupéré sa Bentley. Il réglera ses contraventions impayées, et lorsqu'il repassera devant la cour le mois suivant, il s'en tirera sûrement avec une simple amende de cinquante dollars pour infraction au code de la route. Wieselheimer touchera trois cents dollars pour une soirée de travail. Mais quelle importance ? L'essentiel, c'est que Big Red dispose désormais d'un alibi en béton pour le meurtre de Russell Bradford.

Le dîner tient toutes ses promesses, et après ses trois verres de chianti, Goodman se sent gagné par une agréable euphorie. Carmen insiste pour s'occuper de la vaisselle.

— Tant que je ne peux pas aider financièrement, c'est le moins que je puisse faire.

Plus tard, assis sur le canapé, ils finissent le vin. Pop-Tart les rejoint, s'installe entre eux et fait semblant de dormir.

— Si vous me parliez un peu de vous, Michael ? suggère Carmen.

— Il n'y a pas grand-chose à raconter. Je suis comptable, mais je travaille actuellement à temps partiel. J'ai une fille de six ans. Elle vit avec sa grand-mère dans l'immédiat.

— Et votre femme ?

— Morte dans un accident de voiture.

— Vous êtes veuf... Quel malheur ! Je suis navrée.

— Ce n'est rien.

— Et votre fille ? Comment s'appelle-t-elle ?

— Kelly.

En entendant sa voix étranglée, Carmen lève un sourcil.
— Elle est malade, explique-t-il, aidé par le chianti. C'est du moins ce que semblent penser les médecins.
— Une maladie grave ?
Elle paraît sincèrement peinée.
— Ils parlent d'une éventuelle tumeur au cerveau. Ils veulent faire des examens supplémentaires.
— Je suis désolée. Je l'ignorais.
— C'est normal. Comment auriez-vous pu le savoir ?
— C'est elle que vous appelez la Princesse Ballerine ?
— Oui, répond-il avec un sourire. C'est elle.

Ils se taisent un long moment, mais Goodman n'y voit pas l'un de ces silences gênés qu'il a si souvent subis au cours de son existence. Plutôt une pause opportune, durant laquelle on n'éprouve tout simplement pas le besoin de parler. Il s'interroge sur cette personne entrée du jour au lendemain dans sa vie, et qui semble pourtant capable de lui faire oublier ses soucis. Il voudrait l'imiter, se tourner vers elle et lui dire : « Si vous me parliez un peu de vous, Carmen ? » Il a cependant peur de rompre le charme. Elle lui racontera son histoire en temps et en heure, se dit-il.

Ce soir-là, il dort de nouveau sur la moquette, mais pas avant que Carmen ait étendu plusieurs serviettes éponge en guise de matelas. Ce lit de fortune, plus chaud et confortable que celui de la nuit précédente, ne l'est toutefois pas assez pour Pop-Tart, qui choisit une nouvelle fois de se blottir contre la jeune femme sur le canapé. Il lance à Goodman un regard où le mépris le dispute à la pitié avant de s'installer pour la nuit.

Deux mille cinq cents kilomètres plus au sud, Gustavo Fuentes se couche lui aussi, sur un matelas grande largeur dans sa suite au dernier étage de l'hôtel Fontainbleu de Miami Beach. Pourtant, le sommeil tarde à venir. Mister Fuentes (comme il préfère se faire appeler) a un problème. A défaut de pouvoir mettre un nom dessus, il a déjà quelques éléments : il s'agit d'un homme de petite taille qui habite un immeuble de l'East Side de Manhattan, à New

York. Tout semble prouver qu'il a en sa possession quelque chose appartenant à Mister Fuentes, et valant *mucho dinero*. Il va bien sûr falloir y mettre bon ordre.

Mister Fuentes est un grand douillet. Il supporte mal les panaris, les coupures de rasoir, les ampoules. Et il a une sainte horreur des problèmes qui lui donnent mal à la tête. Il décide donc d'employer les grands moyens pour éliminer le dernier en date.

16

Michael Goodman se lève de bonne heure le mercredi matin, payant par une légère migraine ses trois verres de vin de la veille. Il se douche, se rase, et se glisse hors de l'appartement où Carmen et Pop-Tart dorment encore. Il revient avec le journal et un carton de beignets au sucre.

Carmen est réveillée, et ils prennent ensemble un petit déjeuner à base de beignets et de thé. Goodman annonce qu'il va passer la journée avec sa fille. Cette fois, Carmen lui demande s'il peut lui prêter quelques vêtements, ce qu'il fait volontiers. Cette envie de s'habiller, peut-être même de sortir, lui paraît bon signe.

Pendant qu'elle se douche, il lit le *New York Times*. Il voit un court article sur une femme originaire du Connecticut qui prétend avoir été violée à Central Park pendant son sommeil, un entrefilet sur un cycliste blessé dans l'East Village par un chauffard, et un autre sur les mauvais traitements infligés à son animal par un propriétaire de voiture à cheval devant Central Park, sous les yeux horrifiés des passants.

Rien sur Russell Bradford, abattu sur la 129e Rue Ouest, à l'ombre du West Side Highway, juste avant son dix-septième anniversaire. Cette omission aurait-elle un rapport avec le fait qu'à la différence de la femme du Connecticut, du cycliste et même du cheval, l'adolescent n'était pas blanc ?

Sans doute une supposition gratuite...

Carmen sort de la salle de bains dans la tenue choisie

pour elle par Goodman : le jean neuf acheté en Floride et une chemise blanche. Ses pieds flottent dans une paire de tennis trop grands. Bien que de la même taille de lui, elle a un corps d'adolescente et, dans ses vêtements, elle ressemble à une enfant qui aurait dévalisé la penderie de ses parents. Les bleus qu'elle avait au visage sont presque invisibles, et l'éclat de sa chevelure aurait paru inimaginable trente-six heures plus tôt. Elle est tout simplement superbe.

Il ne dit rien, tout en sachant très bien que son regard l'a trahi. Il se tourne vers le téléphone, et appelle sa belle-mère qui répond dès la première sonnerie.

— Bonjour. C'est moi, Michael.
— Oui, bonjour Michael.
— Comment va Kelly ?
— Bien, on dirait. Elle vous réclame. Ça devient trop difficile pour moi, Michael. Je suis trop vieille pour recommencer à assumer un rôle de mère.

Peu après la mort de Shirley, Goodman, sa fille et sa belle-mère s'étaient rendus tous les trois dans un centre de conseil familial et conjugal. La conseillère avait suggéré que Kelly s'installe quelque temps chez sa grand-mère, jusqu'à ce que Goodman retrouve un emploi et un revenu stables. A l'époque, il s'était demandé si cette suggestion n'était pas motivée par l'inquiétude de la conseillère pour sa belle-mère, par son sentiment qu'à ce moment précis, elle avait encore plus besoin que lui de la fillette. Comme Kelly, Shirley était fille unique, et sa mort avait anéanti sa mère, elle-même veuve depuis plusieurs années. Confier la fillette à sa grand-mère après la mort de Shirley avait donc paru la solution la plus humaine pour toutes les deux, aussi Goodman s'était-il incliné. L'heure lui semble cependant venue de reprendre sa fille.

— Laissez-moi lui parler, dit-il.

Quelques instants plus tard, il entend sa petite voix douce.

— Bonjour papa.
— Bonjour, mon ange. Tu as envie de t'amuser ?
— A quoi ?
— Oh, je ne sais pas. On trouvera bien une idée. Je passe te prendre tout à l'heure, d'accord ?

— D'accord. Papa ?
— Oui ? demande-t-il, inquiet à l'idée qu'il soit question de ses maux de tête.
— Est-ce que Larus peut venir ?
— Absolument.

Carmen déclare qu'elle sort elle aussi : elle veut aller voir une amie et essayer de se trouver des vêtements plus adaptés.

— Vous refusez ma garde-robe ? dit-il, l'air faussement vexé.
— De vous, je ne refuse rien, répond-elle, en lui déposant un baiser sur le bout du nez.

Il lui donne le second trousseau de clés fourni avec la serrure neuve. Ils mettent la main sur Tony le gardien, qui leur déniche une clé de la porte d'entrée, mais seulement après avoir examiné Carmen de la tête aux pieds et adressé à Goodman un clin d'œil entendu.

A la hauteur de Lexington Avenue, Goodman et Carmen partent chacun de leur côté, lui vers l'ouest, elle vers le sud. Dès qu'elle a disparu, il touche de l'index le bout de son nez. Comme s'il sentait un picotement agréable.

Le soleil a réchauffé l'atmosphère, et Goodman réussit à convaincre Kelly d'entrer dans Central Park avec Larus. Un peu plus tard, pourtant, bien qu'elle ne se plaigne pas, il la voit plisser les yeux comme si la lumière la gênait. Il aurait dû penser à emporter une casquette ou une paire de lunettes noires.

— As-tu envie d'aller au Muséum ? lui demande-t-il.
— On pourra y déjeuner ?
— Bien sûr que oui !

L'American Museum of Natural History est leur musée de prédilection, celui où ils vont toujours. Ils le connaissent presque par cœur, des dinosaures à la grande baleine de l'exposition permanente des mammifères d'Amérique du Nord. Ils ont leurs préférences : l'exposition sur les pêcheurs de perles, la rencontre de Peter Stuyvesant avec les Indiens à sa descente de bateau, les cristaux, et tous les endroits où l'on peut déclencher une animation en appuyant sur un bouton.

Aujourd'hui, ils se dirigent vers la pénombre et la fraîcheur de la section océanographie. Ils circulent parmi les collections, faisant leur parcours habituel. Ils s'arrêtent devant les orques, les requins, les pêcheurs de perles dans leurs grottes sous-marines, et regardent pour la centième fois le petit film où l'on voit une baudroie attraper sa proie.

A la cafétéria du Muséum, assis à une longue table en bois, ils déjeunent de sandwichs au fromage gratiné et de thé glacé. Kelly découpe son sandwich en minuscules carrés, que Goodman doit de temps à autre lui rappeler de manger.

— Je suis prête, déclare-t-elle entre deux bouchées.
— Prête pour quoi ?
— Un autre chapitre de l'histoire.

En fait, il était précisément en train de préparer l'épisode suivant, et a aussitôt compris le sens de sa question.

— Ah oui... La Princesse Ballerine. Où en était-elle quand nous l'avons quittée ?
— Elle avait beaucoup de courage, même si on n'arrêtait pas de lui faire des examens. Est-ce que c'étaient les derniers ?

La Princesse Ballerine
(suite)

La Princesse Ballerine s'était bel et bien montrée très courageuse pendant les examens. Elle avait gentiment donné un coup de pied quand le médecin lui avait frappé le genou de son marteau en caoutchouc ; elle avait ri quand il l'avait chatouillée sous le pied ; elle s'était écriée « Aïe ! » quand il lui avait planté des épingles de nourrice dans les orteils, exactement comme il le fallait. Et durant tout ce temps, elle ne s'était pas plainte une seule fois. Il aurait donc été juste qu'il n'y ait plus d'examens.

Hélas, trois fois hélas ! Même dans le royaume magique de Yew Nork, tout n'était pas toujours juste. Et l'on décida que la Princesse avait finalement besoin d'un nouvel examen.

— Un examen qui fait mal ? demande Kelly.
— J'en ai peur. Un petit peu mal, en tout cas.

Mais n'oubliez pas le courage de la Princesse Ballerine. De plus, le jour de l'examen, elle n'était pas seule. A sa droite, se trouvait son père, le Gardien des Nombres. A sa gauche, le brave et loyal Prince Larus.

— Elle a pleuré ?

Un petit peu, ce qui n'était pas grave, car en fait, la Princesse Ballerine se sentait parfois mieux après avoir pleuré un peu. C'était cependant un examen très important, car il devait aider les médecins à découvrir sa maladie et les moyens de la guérir.

— Tu peux m'emmener dans ton studio, papa ? demande soudain Kelly.
— Ça te ferait plaisir ?
— Si mamie est d'accord.
— On peut l'appeler. Je suis sûre qu'elle acceptera.
— Je pourrai dormir chez toi ?
— Bien sûr.

Ce même mercredi, Annise Bradford profite de la pause de midi pour faire trois kilomètres aller-retour en métro et passer une vingtaine de minutes dans la chambre de sa mère à Jacoby Hospital.
— Bonjour, Nana, dit-elle, employant le surnom sous lequel, aussi loin que remontent ses souvenirs, tout le monde connaît sa mère.
— Bonjour, Ni.
Nana prononce *Niii*. Elle continue à parler du coin de la bouche. Et elle a toujours une moitié du corps pratiquement paralysée. Les médecins ont reconnu avoir espéré une amélioration plus sensible à ce stade.
— Comment te sens-tu, Nana ?
— Que se passe-t-il ? demande sa mère, ignorant sa question.

— Rien, répond Annise Bradford, avant de fondre en larmes.

Nana réfléchit une minute.

— C'est Russell, n'est-ce pas ?

— Oui.

Annise Bradford tombe à genoux devant le lit et pose le front sur le matelas, les épaules secouées par des sanglots incontrôlables. Sa mère lui entoure la tête de son seul bras valide et la berce doucement au son d'une vieille chanson sans paroles.

Nana mourra dans son sommeil moins de quarante-huit heures plus tard. Suite à des complications liées à son hémiplégie, déclareront les médecins. Son certificat de décès mentionnera une crise cardiaque comme cause officielle de sa mort.

Mais d'un certain point de vue, on est en droit de dire que les vingt kilos d'héroïne auront fait une troisième victime.

En cette fin de mercredi après-midi, Ray Abbruzzo et Daniel Riley s'apprêtent à pénétrer dans un immeuble abandonné du South Bronx, sur la 144e Rue. Avec l'intention d'utiliser un appartement inoccupé du dernier étage comme poste d'observation, en vue d'une opération qui est une variante du coup d'achat habituel. Au lieu de faire acheter de la drogue par un agent en civil avant d'appeler des renforts pour procéder aux interpellations, les agents installés dans le poste d'observation surveillent la rue en contrebas — parfois à l'aide de jumelles, parfois à l'œil nu — à l'affût d'une vente de drogue. Lorsqu'ils en repèrent une, ils envoient par radio la description de l'acheteur aux renforts. Dès que ce dernier disparaît au coin de la rue, il est appréhendé. Après deux ou trois transactions, les revendeurs eux-mêmes sont arrêtés et leur stock saisi — si les agents du poste d'observation ont pu en découvrir l'emplacement. On permet souvent aux acheteurs, accusés au départ de possession de stupéfiants, de s'en tirer en plaidant coupable d'atteinte à l'ordre public. Les revendeurs, eux, doivent répondre de divers délits de droit commun —

de « vente avérée » plutôt que « directe », entre autres — aussi graves que s'ils avaient été surpris en train de vendre de la drogue à un agent en civil.

Abbruzzo aperçoit un adolescent noir dégingandé qu'il croit reconnaître, ce qui n'est pas la première fois.

— Dis donc, ce ne serait pas Bobby le Guetteur ?

Riley jette un coup d'œil.

— Oui, c'est notre ami Syracuse, répond-il, bien que le jeune garçon ne porte plus le même blouson.

— Ohé ! s'écrie Abbruzzo, assez fort pour que l'intéressé tourne la tête.

Dès qu'il a réussi à attirer son attention, il lui fait signe de les suivre à l'intérieur de l'immeuble.

— Salut, p'tit gars. Comment ça va ? interroge Abbruzzo en entrant dans le bâtiment.

— Pas mal.

— Tu t'appelles comment, déjà ? Bobby ?

— Robbie.

— Ah oui, Robbie McCray.

— J'ai rien fait. Je suis innocent.

Abbruzzo se met à rire.

— On le sait, Robbie. On n'a rien à te reprocher. C'est ton copain Russell qu'on cherche.

— Ouais, on pense qu'on s'est fait baiser, ajoute Riley, illustrant son propos d'un geste évocateur.

— Aucune trace d'héroïne à l'endroit indiqué, poursuit Abbruzzo. Le type s'est révélé être un putain de comptable.

Robbie dévisage les deux inspecteurs l'un après l'autre, comme s'il les soupçonnait de vouloir le mener en bateau.

— Vous n'êtes pas au courant ?

— De quoi ? demande Riley.

— Russell s'est fait descendre dans le centre-ville. Il s'est pris deux balles.

Tous les habitants du Bronx appellent Manhattan le « centre-ville », même si l'île est passablement excentrée.

— Quand ça ?

— Lundi soir.

Donc n'importe quand entre la tombée de la nuit et neuf heures du matin le lendemain mardi.

— A quel endroit ?

— Tout là-bas dans le West Side, au bord du fleuve. Vers la 25ᵉ.

C'est-à-dire la 125ᵉ Rue.

— Sans blague! s'exclame Abbruzzo.

Plus tard, dans le poste d'observation, une pensée lui vient à l'esprit. En essuyant une goutte de café sur son menton, il la partage avec Riley.

— Si ça se trouve, il y avait bel et bien quelque chose.
— Où ça?
— Chez la Taupe. Mais je peux me tromper. Il peut avoir planqué son stock ailleurs. Quoi qu'il en soit, quelqu'un en voulait à Russell de nous avoir donné ce tuyau.
— A moins qu'il se soit fait liquider pour une affaire sans aucun rapport. Pour s'être mis quelqu'un d'autre à dos. Ou parce qu'il devait cent balles à un connard qui en avait assez d'attendre.
— Peut-être. Rappelle-moi de vérifier auprès du commissariat du 26ᵉ. Pour savoir qui a découvert le corps, et ce que dit la rumeur.

Il boit lentement son café, ignorant les gouttes qui dégoulinent de nouveau sur son menton.

— Dans l'intervalle, reprend-il, on ferait mieux de rendre une seconde visite à notre ami la Taupe.

Une goutte de café tombe sur sa chemise.

A mi-parcours, Goodman s'aperçoit qu'il n'a parlé à sa fille ni de Carmen, ni de Pop-Tart. Or elle n'a pas besoin d'une dose supplémentaire d'imprévu.

— A propos, mon ange, j'ai deux invités en ce moment. Ils sont tous les deux très impatients de faire ta connaissance.

Il a parlé fort, car elle est perchée sur ses épaules et se tient à sa tête.

— Quel genre d'invités?

Il choisit la lâcheté.

— Eh bien, il y en a un petit à moustaches...
— A moustaches?

Elle éclate de rire.
— Parfaitement.
— Il a combien de pattes ?
— Voyons voir... dit Goodman, faisant mine de chercher dans ses souvenirs. Une... deux... trois... quatre !
— Est-ce que par hasard il fait « mraaou » ?
— Peut-être quand il sera un peu plus grand. Pour l'instant, il se contente plutôt de « miaou ».
— Tu as vraiment un petit chat, papa ?
— Comment fais-tu pour être aussi maligne ?
— C'est parce que tu m'as donné plein d'indices.
Il change Larus de côté.
— Qui est l'autre invité, alors ? Est-ce qu'il aboie ?
— Non, et c'est une invitée.
Elle se tait, mais seulement quelques minutes.
— Est-ce qu'elle parle, cette invitée ?
— Oh, elle sait dire « Bonjour », « Comment ça va ? », « Enchantée de faire votre connaissance ».
— Alors ce doit être un perroquet, déclare Kelly.

Une fois devant son immeuble, Goodman ouvre la porte d'entrée après avoir appuyé sur l'interphone pour annoncer leur arrivée. Lorsqu'ils atteignent le quatrième étage — Kelly, redescendue sur la terre ferme, ouvre la marche, tandis que son père et Larus s'efforcent de ne pas se laisser distancer —, Carmen attend à la porte. Goodman fait les présentations.
— C'est Carmen, et c'est...
— La Princesse Ballerine, j'imagine, dit la jeune femme, avec un sourire ravi.
Elle s'est accoupie pour se mettre à la hauteur de la fillette.
— Voici Larus, annonce Kelly, rattrapant sa peluche avant que son père puisse la poser par terre.
— Enchantée de faire ta connaissance, Larus.
Un « miaou » retentissant, suivi de l'apparition d'une boule de poils noirs sur le dossier du canapé, les informe qu'ils ont oublié quelqu'un.

— Et voilà Pop-Tart, dit Goodman, respectant jusqu'au bout les règles de la bienséance.

Kelly se dirige aussitôt vers le chaton, sans s'étonner davantage de son nom que de celui de Carmen. Pop-Tart se laisse gratter la tête et caresser le dos tout en surveillant Larus, qui semble appartenir à une espèce inconnue.

En levant la tête, Goodman retient son souffle. Il a déjà remarqué la tenue de Carmen : un jean noir moulant et un T-shirt assorti ont remplacé les vêtements trop grands prêtés ce matin. De plus, elle a dû se faire couper les cheveux ou changer de coiffure, ce qui lui donne l'air plus jeune et encore plus séduisant qu'avant. Puis il découvre l'intérieur de son studio. Son canapé a été mis légèrement en diagonale ; sa table basse, poussée dans un coin, laisse de la place pour circuler. La bouteille de chianti vide bue la veille, miraculeusement garnie d'un bouquet de marguerites, a trouvé place sur le radiateur, et la pièce tout entière lui paraît plus propre et lumineuse qu'avant.

Du coin de l'œil, il surprend le regard de Carmen posé sur lui.

— Très réussi, dit-il avec le sourire.

Une pointe de fierté transparaît dans celui qu'elle lui adresse en retour, peut-être même un certain soulagement devant son air approbateur. Son séjour prévu pour quelques jours ne comporterait-il pas une clause de renouvellement en petits caractères, se demande-t-il soudain. A cette idée, une euphorie indéniable l'envahit.

Il ne lui reste qu'une vingtaine de dollars, mais rendu prodigue par la perspective d'être payé le lendemain, il décide de commander une pizza. Avec le reste de la laitue, Carmen réussit à préparer la même salade que la veille. A la manière d'une famille, ils prennent place autour de la table. Malgré son appétit d'oiseau, Kelly mange deux parts de pizza et en partage une troisième avec Pop-Tart : l'espace d'un instant, Goodman se prend à espérer que, depuis le début, elle avait simplement besoin de venir vivre avec lui. Ses yeux s'emplissent de larmes qu'il essuie aussitôt avec sa serviette en papier, se mouchant en même temps pour cacher son émotion. Pourtant, lorsqu'il remet la serviette sur ses genoux, persuadé d'être parvenu à donner le change, il sent de nouveau le regard de Carmen posé sur lui. Décidément, rien ne lui échappe.

Ils regardent un vieil épisode de *Taxi* à la télévision. A l'heure du coucher, la jeune femme le supplie de la laisser dormir à son tour sur la moquette, mais Kelly fait remarquer qu'il y a plus de filles que de garçons, et que c'est donc à elles d'avoir le lit.

— J'ai comme l'impression que ce soir, on va bel et bien dormir tous les deux sur la moquette, lance Goodman à Pop-Tart.

Une fois encore, il se trompe. Une heure plus tard, alors qu'il tente toujours de trouver une position confortable pour sa hanche, le chaton est confortablement endormi sur le canapé avec Carmen, Kelly, et Larus.

— Ils m'ont tout l'air de dormir sur leurs deux oreilles, dit Daniel Riley à Ray Abbruzzo.

Postés dans l'entrée d'un immeuble de la 92e Rue Est, grelottants, ils surveillent tous les deux la fenêtre du quatrième étage depuis deux heures et demie. Ils ont dû demander à leur supérieur de les dispenser du coup d'achat prévu dans la soirée pour pouvoir assurer cette surveillance. Seul résultat tangible : des orteils gelés et deux torticolis. Ils sortent de leur cachette et se dirigent à pied vers l'est.

— Je n'arrive pas à comprendre ce type, déclare Abbruzzo. C'est avec lui que le petit Bradford avait rendez-vous, aucun doute là-dessus. On sait aussi que Bradford se promenait avec un sachet rempli de blanche pure dans les poches. Il nous a même affirmé que l'homme avec lequel il avait rendez-vous était son contact. Pourtant, ce type ne se retourne jamais pour vérifier s'il est suivi, et quand on retourne tout chez lui, il n'y a aucune trace de came.

— Et voilà maintenant qu'il joue les pères de famille.

Riley se masse la nuque en parlant.

— On peut très bien passer encore deux semaines ici à se les geler sans rien apprendre de plus, reprend Abbruzzo. Il est peut-être temps de faire appel à l'Organized Crime

Control Bureau pour voir s'ils nous accordent une mise sur écoute.

Peu après minuit, Big Red entre à l'Uptown Lounge dans la 125ᵉ Rue. Les habitués du bar le reconnaissent et il échange avec eux de grandes démonstrations d'amitié.
— Salut Red! Comment va?
— Quoi de neuf, mec?
— On a entendu dire que tu avais passé une nuit au Hilton de Centre Street.
— Ouais, c'est vrai. Sacrée surprise, hein!
Red a le sourire. Il aperçoit l'homme qu'il cherchait, attablé dans un coin, et se dirige vers lui. Celui-ci veut se lever, mais Big Red lui fait signe de rester assis, avant de s'installer sur un siège libre.
— Tu as l'air en forme, Red. Ils t'ont bien traité?
— Ils ont déroulé le tapis rouge pour Big Red.
— La classe. Ça fait du bien de te revoir.
Le géant noir se penche en avant.
— Alors, ça s'est passé comment?
— Une vraie partie de plaisir.
Hilare, Big Red se renverse en arrière.
— Toujours le mot pour rire, Hammer.
— Et quand est-ce que tu coupes cette came, Red?
— J'ai convoqué les filles pour dix heures demain soir. On doit utiliser l'appartement de Gun Hill Road.
— Super. Tu as besoin de moi?
— Ouais, je veux que tu sois là. Avec le vieux Buster Brown.
Hammer sourit d'un air entendu. Dans leur jargon, un Buster Brown est un fusil à canon scié.

17

Le jeudi matin, Goodman explique à Kelly qu'il doit aller travailler dans l'après-midi, et qu'il la déposera donc chez sa grand-mère.
— Je veux rester avec Carmen.
— Il n'en est pas question.
— Pourquoi ? demande-t-elle avec une moue boudeuse.
— Parce que c'est comme ça.
Puis, se rappelant qu'il s'était promis d'éviter ce genre de réponse arbitraire, il ajoute :
— Ici, tu n'as aucun vêtement de rechange. Et je suis sûr que ta grand-mère serait contente de te voir.
Impossible, en revanche, de lui avouer que partager le canapé avec Carmen est une chose — après tout, il était là, à moins de deux mètres — mais qu'il n'a aucune intention de la confier toute une journée à une inconnue, ou presque.
Kelly continue à bouder.
— Je pourrai revenir dormir ici ce soir ?
Il se laisse attendrir.
— Bien sûr que oui.
Le visage de la fillette s'illumine aussitôt. Oh, six ans, se dit Goodman, l'âge où le monde paraît si simple. Mais les maux de tête, l'IRM et la ponction lombaire du lendemain lui reviennent alors en mémoire, et il est parcouru par un frisson.

Peu après onze heures, Ray Abbruzzo et Daniel Riley ont de nouveau rendez-vous avec Maggie Kennedy, le procureur adjoint qui les a aidés à constituer le dossier pour l'obtention du mandat de perquisition.

— Qu'attendez-vous de moi ? leur demande-t-elle.

Abbruzzo lui répond par une autre question.

— Vous vous souvenez de ce type chez qui on a perquisitionné dans la nuit de samedi ?

— La Taupe ? Difficile de l'oublier.

Abbruzzo approuve de la tête.

— Qu'est-ce que ça a donné ?

— Pas grand-chose finalement. Mais depuis, il y a eu du nouveau.

— C'est-à-dire ?

— Pour commencer, le gosse qui nous avait donné des informations sur lui s'est fait tuer. Il s'est pris deux balles dans le dos.

Kennedy plisse légèrement les yeux.

— Je croyais que vous teniez votre tuyau d'un correspondant anonyme ?

— Tout à fait. Mais grâce à un travail d'investigation efficace, nous avons identifié ce correspondant.

— On ne néglige aucun détail, assure Riley.

— Pouvez-vous prouver que la Taupe... comment s'appelle-t-il, déjà ?

— Goodman.

— Ah oui, Goodman. Pouvez-vous prouver qu'il est impliqué dans ce meurtre ?

Abbruzzo réalise soudain qu'il n'a toujours pas appelé la brigade criminelle.

— Pas encore, concède-t-il. Mais à ce qu'on raconte, il avait tout de suite soupçonné le gosse de l'avoir balancé, et avait juré de se venger.

— Par ailleurs, si le stock de Goodman ne se trouve pas dans son studio, où est-il ?

Goodman pointe l'index vers elle avec un clin d'œil, comme pour indiquer que c'est bien là le hic.

— Il a pu le planquer n'importe où.

— Ce type n'a pas été surnommé la Taupe pour rien,

rappelle Riley. Il peut très bien avoir enterré la marchandise quelque part.

— La situation est sans issue, déclare Abbruzzo d'un ton découragé. A moins que...

— A moins que je ne vous obtienne une mise sur écoute, déclare Kennedy.

Abbruzzo lui adresse un sourire radieux.

— Mais c'est une excellente idée ! s'exclame-t-il, comme si elle ne l'avait jamais effleuré.

Chez Bronx Pneumatiques, Goodman découvre que sa remise en ordre de la comptabilité lui simplifie grandement la tâche. Manny est de retour après son absence de lundi, et Goodman lui suggère d'ouvrir un deuxième compte en banque pour séparer plus facilement les dépenses déductibles des autres.

— Ça vous paraît utile ? demande Manny.

— Je crois que oui. Vous voyez...

— Alors ouvrez-le. Pas besoin de grands discours ni d'explications. Faites pour le mieux. Si vous trouvez que c'est utile, je suis d'accord.

Rassuré par cette marque de confiance, Goodman retourne à ses livres de comptes. Il continuera à travailler jusqu'à cinq heures moins le quart ; Manny passera alors le voir, tirera cinq billets de vingt dollars de sa liasse et lui souhaitera un bon week-end.

Une autorisation de mise sur écoute — un « mandat de mise sur table d'écoute, conformément à l'article 700 du code de procédure pénale », pour reprendre la terminologie officielle — ne s'obtient pas aussi facilement qu'un mandat de perquisition. Maggie Kennedy consacre sa pause de midi à rassembler, en compagnie des inspecteurs Abbruzzo et Riley, les informations nécessaires à la constitution de trois dossiers : un pour Abbruzzo, un pour elle, un pour son patron Robert Silbering, procureur chargé des problèmes de stupéfiants à New York. Ces dossiers doivent contenir des preuves établissant que Michael Goodman dispose d'une ligne téléphonique à son domicile; qu'il est impliqué dans le trafic de substances illicites; qu'il utilise sa ligne téléphonique pour contacter ses fournisseurs, ses clients et ses associés, ainsi que pour recevoir leurs appels; que les méthodes d'investigation habituelles ont été utilisées sans permettre d'identifier ces fournisseurs, clients et associés, ni de découvrir l'endroit où Michael Goodman cache son stock de drogue.

Cette dernière clause — parfois qualifiée de «dernier recours» — a été ajoutée par le législateur dans le but de protéger les citoyens contre une intrusion sans équivalent dans leur vie privée lorsque des mesures moins radicales prévues par la loi (telles que l'infiltration par des agents en civil ou les techniques traditionnelles de surveillance) permettraient d'atteindre les mêmes objectifs. La bonne foi du législateur lorsqu'il a placé cet obstacle dissuasif sur la route des fonctionnaires trop zélés n'est pas en cause; malheureusement, policiers et procureurs n'ont pas tardé à découvrir les mots magiques permettant de faire jouer cette clause, et les juges, à la vue de ces mots magiques, sont tout aussi prompts à donner leur aval.

Voilà comment, se fiant aux assurances des inspecteurs Abbruzzo et Riley selon lesquelles Michael Goodman, dit la Taupe, utilise son studio de la 92e Rue Est pour un trafic d'héroïne (malgré le résultat négatif d'une première perquisition) et sa ligne téléphonique pour communiquer avec ses fournisseurs, ses clients et ses associés, Maggie Kennedy se tourne vers la clause du «dernier recours».

— Comment allons-nous prouver que les méthodes conventionnelles d'investigation risquent de ne pas suffire? demande-t-elle, stylo en main.

— On a pratiquement tout essayé, soupire Abbruzzo. Toute surveillance paraît impossible, car le nombre des allées et venues dans l'immeuble empêche de savoir qui va dans quel appartement.

Argument imparable de la catégorie «à tous les coups on gagne» : si le suspect avait vécu dans une maison individuelle, la surveillance aurait été tout aussi impossible, à cause de la présence trop visible des agents...

— Quoi d'autre?

— Ce type est vraiment trop méfiant. Dès qu'on veut le filer, il passe son temps à essayer de nous semer. Il revient sur ses pas, fait le tour du pâté de maisons, disparaît dans un immeuble, la panoplie habituelle. Il est très fort.

— Aucun doute là-dessus, insiste Riley.

— Prenez le mandat de perquisition, poursuit Abbruzzo. On a entendu dire qu'il avait été prévenu, et qu'il avait transféré son stock ailleurs juste avant notre arrivée.

— Pourquoi ne pas essayer de lui acheter de la drogue ?

— Trop dangereux, réplique Abbruzzo, citant à la lettre le code de procédure. Il a déjà tué, ou fait tuer, celui qu'il soupçonne d'avoir vendu la mèche. On ne peut pas risquer la vie d'un agent.

— Ce type est un vrai ennemi public, ajoute Riley.

— Je préférerais qu'il existe une autre solution, croyez-le bien, déclare Abbruzzo avec un geste d'impuissance.

Kennedy parcourt ses notes.

— Bon, nous devons avoir suffisamment d'éléments. Nous pouvons aussi utiliser le fait qu'il s'agit d'un individu dangereux. Je vais commencer à remplir les formulaires. Voulez-vous revenir demain matin, vers neuf heures ?

— Pas de problème.

— Une dernière chose...

— Oui ?

— Surveillez-le encore une fois ce soir.

Abbruzzo attend qu'ils aient quitté le bureau et qu'ils soient seuls dans l'ascenseur pour s'écrier :

— Sa surveillance, elle peut se la mettre où je pense !

Les deux hommes éclatent de rire, partageant un de ces rares moments de complicité qui vous rendent heureux d'être flic.

Avant de quitter son travail, Goodman appelle sa belle-mère pour la prévenir qu'il va passer prendre Kelly.

— Je ne sais pas si elle est en état. Elle n'a parlé que de ça tout l'après-midi, du chaton et de votre nouvelle amie, Carmine.

— Carmen.

— Oui, Carmen. Vous ne croyez pas qu'il est un peu tôt ? La mort de Shirley ne remonte qu'à trois mois.

— Je vous assure, ce n'est pas ce que vous croyez.

— Je ne veux pas me mêler de votre vie privée, Michael. Mais vous risquez de perturber Kelly. Et d'où sort ce prénom Carmine ? Il n'est sûrement pas juif.

— Dites-moi plutôt comment va Kelly.

— Elle fait de son mieux pour ne pas se plaindre, mais on voit bien qu'elle recommence à avoir mal. Et puis elle n'arrête pas de cligner des yeux, comme si la lumière était trop vive. Il fait si sombre ici que j'y vois à peine. Vous voulez lui parler ?

— Oui.

— Ne quittez pas.

Il attend patiemment, et une minute plus tard, il entend la voix de sa fille, très lointaine, à peine audible.

— Bonsoir papa.

— Bonsoir mon ange. Comment vas-tu ?

— Ça va.

Il est obligé d'appuyer le combiné contre son oreille pour la comprendre.

— Veux-tu que je vienne te chercher maintenant, ou préfères-tu attendre demain, quand tu te sentiras mieux ?

Après un court silence, sa voix lui parvient de nouveau.

— Ça ne te dérange pas d'attendre demain ?

— Bien sûr que non.

— Tu n'es pas fâché contre moi ?

Il a subitement l'impression de recevoir un coup de poing en pleine figure, et se réjouit qu'elle ne soit pas là pour voir ses yeux se remplir de larmes.

— Mon ange, je ne suis jamais, jamais, jamais fâché contre toi. C'est bien compris ?

— Oui.

— Je t'aime.

— Moi aussi, papa.

Avant même d'atteindre la porte de son studio, Goodman reconnaît l'odeur alléchante d'un plat fait maison. S'il ne réussit pas à identifier lequel — c'est entre le pot-au-feu et la soupe de légumes — il se sent déjà moins abattu.

Quand il entre, l'odeur lui fait venir l'eau à la bouche. Il est attiré comme par un aimant vers le coin-cuisine, où Carmen lui sourit par-dessus son épaule. Elle porte un short minuscule — pareil à ceux que se font les adolescents en découpant un jean —, un T-shirt, et elle est pieds nus. Il voudrait la complimenter sur son apparence, mais redoute de ne pas trouver les mots justes.

— Ça sent drôlement bon, se contente-t-il de dire.

Elle soulève le couvercle d'une casserole et lui montre sa création : des morceaux de viande en train de mijoter dans une sauce brune.

— J'espère que vous aimez le ragoût de veau.

En réalité, il n'achète jamais de veau, pas seulement à cause du prix. Un jour qu'il traversait le Connecticut en voiture du nord au sud, il a vu des veaux attachés à des sortes de niches pour les empêcher, a-t-il appris plus tard, de développer leurs muscles avant d'être conduits à l'abattoir. Il avait trouvé insupportable qu'un animal puisse passer sa brève existence dans de telles conditions. Maintenant que Carmen s'est donné tant de mal et a dépensé tant d'argent, il ne peut toutefois pas évoquer cet aspect du problème.

— Ça m'a l'air absolument délicieux, affirme-t-il.

Il va dans la salle de bains se laver les mains et se débarbouiller. Le miroir lui renvoie l'image du visage qu'il a contemplé durant toute sa vie d'adulte. Les traits un peu plus tirés peut-être, et les cheveux un peu plus clairsemés, avec les tempes qui commencent à blanchir.

Il retire ses lunettes et les pose sur le rebord du lavabo. Il se penche, se passe de l'eau sur la figure, frotte, et attrape une serviette derrière lui. Il se sèche soigneusement, et s'essuie les mains. Dans le miroir, son visage paraît soudain plus jeune, moins sévère — sans doute moins conforme à l'idée qu'on se fait d'un comptable. Il laisse ses lunettes sur le lavabo et éteint avant de sortir.

— Vous êtes bien mieux sans lunettes, déclare Carmen avec un sourire ravi lorsqu'il la rejoint près de la cuisinière, où il remarque la présence d'une bouteille de vin rouge. Vous y voyez quand même ?

— Presque normalement. Je me suis mis à en porter il y a des années, parce que je trouvais qu'elles me donnaient l'air plus vieux, plus sérieux.

— Pourquoi diable vouliez-vous avoir l'air vieux et sérieux ?

— A cause des entretiens d'embauche, explique-t-il, en cassant le croûton du pain au levain qu'elle a acheté. Les employeurs veulent quelqu'un qui ressemble à un comptable.

Le pain a une mie moelleuse, un peu caoutchouteuse.

— Vous préférez du riz ou des pâtes ? demande la jeune femme.

— Peu importe. C'est vous qui décidez.

Il se dirige vers le canapé, sort le *New York Times* de son attaché-case et s'assied, heureux de la laisser se débrouiller. Quelque chose le préoccupe tout de même.

— Carmen ?

— Oui ?

— D'où vient ce festin ? Il y a deux jours, vous m'avez dit que vous n'aviez pas un sou. Et voilà que vous rapportez du veau.

Elle quitte la cuisinière pour rejoindre le canapé, et se plante devant lui.

— Qu'avez-vous fait cet après-midi, Michael ?

Il hausse les épaules avant de répondre :

— Je suis allé travailler.

— Moi aussi, dit-elle avec un petit sourire.

— Quel genre de travail ?

— Du travail. Et si vous voulez me faire subir un interrogatoire, pouvez-vous au moins attendre la fin du dîner ?

— Pardonnez-moi. Je suis ravi que vous ayez un emploi. C'était simplement de la curiosité.

— Je sais. Je n'aurais pas dû mal le prendre.

Elle se penche pour lui effleurer le front de ses lèvres avant de retourner devant la cuisinière.

Goodman a beau tenter de s'absorber dans la lecture de la page des sports, il est incapable de penser à autre chose qu'aux lèvres de Carmen sur son front. Ce n'est pas lui qui remettra la question de son travail sur le tapis.

En faisant abstraction de la cruauté envers les veaux, le

ragoût se révèle aussi réussi que Goodman pouvait s'y attendre. Carmen y a mis des petits oignons, des carottes nouvelles, plusieurs autres légumes dont il ignore le nom, et elle l'a servi avec du riz. Le pain au levain est encore meilleur passé au four, et le vin délicieusement fruité.

— Bravo! lance Goodman, à qui le second verre monte un peu à la tête. Qui vous a appris à si bien cuisiner?

— Ma mère et ma grand-mère. La cuisine tenait une grande place dans ma famille.

Elle tend le bras vers la bouteille de vin et, en bon chevalier servant, il veut la devancer pour la servir lui-même. Mais son geste manque de précision et il renverse la bouteille, qui se vide de son contenu sur la serviette de toilette transformée en nappe.

— *Marron!* s'exclame Carmen en riant et en s'écartant d'un bond.

— Ce n'est rien, je vous assure.

Ensemble, ils débarrassent la table, et Goodman va mettre la nappe de fortune dans le panier à linge sale de la salle de bains.

Elle fait la vaisselle et il essuie, puis ils s'installent sur le canapé pendant que le café infuse dans une cafetière improvisée, avec une serviette en papier dédoublée par Carmen en guise de filtre.

— Comment se fait-il qu'une jeune femme prénommée Carmen emploie l'expression *marron*?

Depuis le début, il la croyait d'origine hispanique.

— Ne vous fiez pas à mon prénom, répond-elle avec un sourire amusé. Mon père était très mélomane, et il m'a appelée Carmen en l'honneur de son héroïne d'opéra préférée. Que dites-vous de Pacelli, mon nom de famille? Assez italien, non?

— Je suppose que oui.

— Et le nom de ma mère, Ormento?

— Tout ce qu'il y a de plus italien, convient-il.

— On raconte que John Ormento, mon grand-père, était un parrain de la Mafia. Mon frère aîné tente de se montrer digne de son ancêtre en jouant les apprentis gangsters. Il traîne sur Pleasant Avenue, prend des paris, vend de la drogue — une grande réussite.

Goodman fait semblant de n'avoir pas entendu cette référence à un frère qui vend de la drogue, et se promet de ne jamais aborder le sujet. Au cours des deux derniers jours, il a pratiquement oublié la présence du sac de voyage noir dans l'armoire métallique au sous-sol, mais sa situation financière ne s'est pas améliorée et ses dettes atteignent un montant critique. Il sait pourtant que la dernière chose à faire serait d'entraîner Carmen dans cette aventure.

Contre toute attente, le café est excellent et ils le dégustent sur le canapé, avec des tartelettes aux fruits achetées par Carmen et qu'elle avait cachées dans un coin de la pièce. Pop-Tart, rassasié par le ragoût de veau, s'endort entre eux.

— Bon, déclare la jeune femme, repliant sous elle ses jambes aux pieds nus. Vous voulez toujours que je vous parle de mon métier ?

— Seulement si vous le souhaitez.

Il apprend vite.

— C'est une réponse affirmative ou négative ?

— A vous de décider.

— Ce n'est pas juste ! J'ai déjà choisi entre le riz et les pâtes.

— Ah oui, le débat du siècle... Bien sûr que vous pouvez me parler de votre métier.

Elle hésite quelques minutes, comme si elle cherchait le meilleur moyen de décrire ce qu'elle fait.

— Je suis une gagneuse qui travaille, vous savez.

— Ce détail ne m'avait pas échappé. J'espérais quelques précisions supplémentaires.

Cette remarque la fait rire, de ce rire profond, très personnel, qu'il a appris à aimer.

— En fait, je peux difficilement être plus précise. Je suis call-girl.

Goodman en reste coi.

— Pute, si vous préférez. Prostituée.

De la main, il l'interrompt.

— J'ai compris.

— Désolée.

Ils se taisent. Seul le ronronnement de Pop-Tart vient

rompre le silence chaque fois que Carmen lui caresse le dos. Goodman sent une immense tristesse l'envahir, mêlée de pitié pour la jeune femme assise à côté de lui.

— Voilà donc ce que vous avez fait cet après-midi.

— Non, répond-elle, les yeux dans le vague, perdus dans un univers dont il est exclu. Cet après-midi, je suis allée chercher l'argent qu'on me devait encore.

Il est incapable de réagir, de poser la moindre question. Seulement accablé par la tristesse et la pitié.

— Ce genre d'histoire vous intéresse ?

De nouveau, il se réfugie dans le silence, de peur que le son de sa voix ne trahisse son désarroi. Elle plonge alors son regard dans le sien — sans lui laisser le temps de se détourner —, découvre son air consterné et ses yeux remplis de larmes. Du même geste, lui semble-t-il, elle installe le chaton à l'autre extrémité du canapé, se rapproche de lui, et le prend dans ses bras. Ce témoignage d'affection — le fait qu'à cet instant précis elle se préoccupe avant tout de lui — représente le coup de grâce pour Michael Goodman, et il donne libre cours à son chagrin : des larmes brûlantes ruissellent sur ses joues tandis qu'il sanglote sans pouvoir s'arrêter — à cause de Carmen, de sa fille, de la mort de sa femme, de sa propre situation et du malheur des temps.

Peu après dix heures ce soir-là, une camionnette s'arrête devant un immeuble de Gun Hill Road dans le Bronx. Le conducteur, un Noir décharné surnommé Fox, en descend et va ouvrir la porte coulissante du côté passager. L'une derrière l'autre, six femmes noires quittent le véhicule. Fox les emmène jusqu'à l'ascenseur de l'immeuble où un autre Noir les prend en charge. Sa mission accomplie, Fox retourne à la camionnette et repart. Pour une heure de travail et l'utilisation de son véhicule, il touchera mille dollars.

L'homme monte dans l'ascenseur avec les six femmes. Au huitième étage, il les conduit à la porte d'un appartement. Il frappe un coup, puis trois, puis encore un. Après un bruit de verrous, la porte s'ouvre. Un grand Noir armé d'un fusil à deux coups, scié à chaque extrémité afin de pouvoir être caché dans la manche d'un blouson, fait entrer les six femmes. L'homme qui les amenées jusque-là s'en va. Pour une heure de travail, il touchera sept cent cinquante dollars.

A l'intérieur, l'appartement ressemble à tous ceux du Bronx. Le mobilier du séjour est agréable, quoique bon marché. Les rideaux sont tirés et les volets fermés. La cuisine est équipée de plans de travail en formica et d'un sol en PVC. Une chaîne stéréo diffuse un vieil enregistrement de Smokey Robinson.

Les six femmes ne sont toutefois pas là pour se prélasser dans le séjour ou faire la cuisine. L'homme au fusil les conduit dans la chambre principale. Quelques-unes sont déjà venues et connaissent le chemin. Là, un autre Noir les attend.

En réalité, la pièce n'a rien d'une chambre. Elle est vaste, presque autant que le séjour, et sans ouverture : l'unique fenêtre a disparu lorsqu'on a recouvert le mur du fond de panneaux de contreplaqué. Elle est meublée en tout et pour tout d'une table — de celles qu'on imagine plutôt dans une salle à manger, à ceci près qu'une immense feuille de papier kraft tient lieu de nappe — entourée de six chaises droites. Il y a un plafonnier. Deux radiateurs électriques complètent le chauffage collectif.

Spontanément, les six femmes commencent à se dévêtir, jusqu'à ce qu'elles soient entièrement nues. Leurs gestes n'ont rien de suggestif, ni d'érotique. Chacune à leur tour, elles tendent leurs vêtements au Noir présent dans la pièce à leur arrivée ; il les emporte dans le séjour, où il les pose soigneusement par terre.

Si l'homme au fusil ne reste pas indifférent à la vue de toutes ces femmes nues, il ne le montre pas. Alors qu'elles prennent place autour de la table, il se contente d'ouvrir une valise et d'en sortir différents objets qu'il dispose devant elles : trois pèse-lettres, un assortiment de passoires, de cuillers et de couteaux, des timbres de caoutchouc et des tampons encreurs, une demi-douzaine de rouleaux de scotch, une grosse boîte d'élastiques, six masques anti-poussière semblables à ceux portés par les peintres et les maçons, deux grands pots de lactose — communément appelé sucre de lait — et cinq cartons remplis de petites enveloppes de papier cristal. Ensuite, d'une poche de son blouson, il tire un sac plastique bleu, à peu près de la même taille et de la même forme qu'une brique. Il le lâche au milieu de la table. Il prend un couteau dans son autre poche, et appuie sur le bouton pour faire sortir la lame. Aussi inspiré qu'un matador visant la nuque vulnérable du taureau, il abat le couteau d'un geste vif, presque invisible, transperçant le centre du sac. Une volute blanchâtre s'élève, et quand l'homme retire la lame, elle est toute blanche. Il découpe alors avec soin le plastique jusqu'à ce qu'il ne reste plus sur la table qu'un tas de poudre blanche.

Tandis qu'il s'acquitte de ce rituel, les femmes enfilent les masques anti-poussière qui leur cachent la bouche et la nez. Elles doivent inhaler le moins de poudre possible afin d'éviter somnolence et nausées, voire une overdose, tant la drogue qu'elles vont manipuler est puissante. On leur a fait retirer leurs vêtements pour leur éviter toute tentation de voler cette précieuse substance. Leur tâche consiste à mélanger l'héroïne pure au lactose de manière à obtenir une consistance homogène ; à mettre une dose de ce mélange dans chaque enveloppe de papier cristal, après y avoir imprimé un nom de marque ou un logo reconnaissable ; à refermer l'enveloppe à l'aide d'un morceau de scotch ; à former des lots de vingt-cinq enveloppes chacune, et à les entourer d'un élastique. Pour sa soirée de travail, d'une durée de trois heures environ, chaque femme touchera cinq cents dollars. Hammer, l'homme au fusil, en recevra deux mille cinq cents. Son collègue qui s'est occupé des vêtements, mille.

On appelle ce type d'opération une « fabrique ». Celle-ci est l'une des nombreuses fabriques de Big Red. Dans trois heures, au terme de cette soirée, il disposera de mille deux cents lots supplémentaires, soit trente mille sachets d'héroïne qu'il pourra vendre dans la rue cinq dollars pièce. Même après avoir payé Hammer, les six femmes et ses trois autres associés, même une fois réglé le loyer de l'appartement plus quelques dépenses diverses, Big Red peut espérer tirer près de cent quarante mille dollars de bénéfice du kilo d'héroïne volé à Michael Goodman.

— Je suis partie de chez moi à seize ans, raconte Carmen à Goodman. Encore qu'en réalité, je n'aie pas eu grand-chose à quitter : un père chômeur saoul un soir sur deux, qui battait alternativement sa femme et ses gosses. J'ai pris le bus pour New York. Grâce à quelques économies, j'ai pu verser deux mois de loyer d'avance pour un appartement du Lower East Side. Le propriétaire m'a dit que jolie comme j'étais, je pourrais travailler comme mannequin.
— Il avait raison.
— C'est ce que j'ai pensé moi aussi, dit-elle en riant. Alors j'ai commencé à faire la tournée des agences. Là, j'ai vu ce qu'on entend par « jolie » : des filles blondes d'un mètre quatre-vingt-cinq pour cinquante kilos, aux lèvres pulpeuses et aux pommettes saillantes. J'avais l'impression d'être le vilain petit canard. Ma carrière de mannequin s'est arrêtée là.
« Je suis alors devenue serveuse, comme toutes celles qui se disent actrices ou top models. Cinq dollars de l'heure, plus les pourboires si on se donne la peine de sourire et de flirter. Vous avez déjà essayé de payer un loyer dans cette ville avec un salaire aussi dérisoire ?

Goodman y voit une question purement rhétorique. Il pourrait répondre que lui même n'y arrive pas à vingt-cinq dollars de l'heure, mais il préfère garder cette remarque pour lui.

— Et puis je suis allée à une soirée pas très loin du centre avec une autre serveuse, et j'ai rencontré Paulie Mancuso. Un type vraiment séduisant, élégant, qui a une façon irrésistible de plonger son regard dans le vôtre en vous faisant la conversation. Désormais, je sais qu'il procède de la même manière à chaque nouvelle rencontre. Mais à l'époque, c'était moi qu'il regardait dans les yeux, et j'ai eu la bêtise de croire que mon charme y était pour quelque chose.

« Une semaine plus tard, j'ai abandonné mon appartement pour aller m'installer chez Paulie. Sans savoir d'où il venait, ni comment il gagnait sa vie. J'avais seulement remarqué qu'il téléphonait sans arrêt et qu'il sortait en plein milieu de la nuit.

« Un jour, il m'annonce qu'il a de graves ennuis, qu'il doit une grosse somme à des individus peu fréquentables qui veulent le démolir. Si je l'aime, je dois l'aider, il me dit. Et je l'aime. Alors je lui demande ce que je dois faire. "Passer une heure avec un type, qu'il me répond. Il ne te fera aucun mal. Contente-toi de lui obéir, et il te donnera cinq cents dollars."

« Je m'écrie qu'il n'en est pas question. Je pleure pendant deux jours. Je menace de le quitter, alors que je n'ai bien sûr aucun endroit où aller. Le lendemain soir, il rentre avec le visage en sang. Il me raconte qu'ils l'ont attrapé, mais qu'il a réussi à s'enfuir. Que la prochaine fois, ils le tueront. Et je le crois. Alors j'accepte.

« Je retrouve le type dans sa chambre d'hôtel. Il m'oblige à me déshabiller, à me coucher à plat ventre sur une pile d'oreillers au milieu de la pièce, et debout derrière moi, il se masturbe. Je m'attends à avoir mal. Mais il ne me touche pas. Il se débrouille tout seul, referme sa braguette, et me tend cinq billets de cent dollars.

« J'ai l'impression d'une plaisanterie : une somme pareille rien que pour avoir laissé un cinglé se branler. Alors je recommence le lendemain soir, mais le second client est un peu plus entreprenant. Après, il y a eu d'autres chambres d'hôtel, d'autres clients. Avant d'avoir le temps d'y voir clair, j'étais une pute haut de gamme. Paulie me prenait tout que je rapportais, jusqu'au dernier dollar. Moi, ça me faisait plaisir. Je croyais lui sauver la vie, et de toute façon, je n'avais aucune intention de garder cet argent.

« Je vous épargne les détails, mais j'ai fini par m'apercevoir que je n'étais pas la seule à tenter de sauver la vie de Paulie. On a eu une dispute épouvantable. Il s'est moqué de moi, m'a avoué qu'il s'était taillé le visage lui-même, qu'il n'y avait ni dettes, ni brutes décidées à le tuer ou à le démolir, que j'étais une des six filles qui travaillaient pour lui et qu'il pouvait faire de moi ce qu'il voulait. Pour le prouver, il m'a attachée, m'a enfoncé un gant de toilette dans la bouche et m'a violée. Ensuite, il m'a assuré que si j'allais me plaindre à la police, il aurait ma peau. Lorsqu'il s'est endormi, j'ai défait mes liens, je suis sortie par la fenêtre à quatre pattes, et je suis descendue par l'escalier de secours. Comme il pleuvait, j'ai cherché un endroit où m'abriter. C'est là que vous m'avez trouvée.

Le silence s'installe. Goodman voudrait dire quelque chose, la réconforter, mais une fois de plus, il ne trouve pas les mots justes.

— Je suis navré, se contente-t-il de murmurer, ce qui ne paraît pas si bête puisque Carmen esquisse un sourire — pas aussi rayonnant que d'habitude, toutefois.

Ils se versent une nouvelle tasse de café et, toujours assis, ils parlent à peine. Puis la jeune femme prend la main droite de Goodman dans la sienne et tous deux restent immobiles.

Cette nuit-là, il abandonne son lit de fortune sur la moquette pour s'allonger sur le canapé à côté de Carmen. Ils sont en sous-vêtements : lui dans son caleçon fripé et son maillot de corps, elle en soutien-gorge rose et slip assorti. Une bonne cinquantaine de centimètres les séparent, et — pour être sûr qu'il ne se passera rien — Pop-Tart s'installe confortablement entre eux.

Goodman a néanmoins toutes les peines du monde à s'endormir. Etendu dans l'obscurité, il sent son cœur battre la chamade et tout son corps en éveil, même son pénis. Il se dit que c'est la caféine, sans être dupe.

Vers trois heures du matin, alors que le sommeil le gagne, une main effleure la sienne. Elle lui vaudra une heure d'insomnie supplémentaire.

18

Le vendredi matin, Goodman est réveillé par l'odeur du café. Il regarde le réveil, 7 : 33. Il a dû dormir quatre heures au maximum.

En revanche, lorsque Carmen lui apporte une tasse fumante, elle arbore un visage reposé et une mine superbe. Elle a mis une chemise en jean. Il aperçoit son slip rose, et détourne précipitamment le regard. Il accepte le café avec gratitude.

— Je dois emmener Kelly à l'hôpital ce matin, annonce-t-il. Je serai sans doute absent toute la journée.

— Veux-tu que j'aille m'installer ailleurs ? J'ai des amis…

— Il n'en est pas question, répond-il, avec toute la fermeté dont il est capable à une heure aussi matinale après une nuit trop courte.

Elle se penche pour lui déposer un baiser sur le front. Son nez va finir par être jaloux, se dit-il.

A neuf heures et quart, Ray Abbruzzo et Daniel Riley sont de retour dans le bureau de Maggie Kennedy, au sixième étage des services du procureur chargé des affaires de stupéfiants. Les dossiers pour l'obtention d'une mise sur table d'écoute, fin prêts, n'attendent plus que la signature d'Abbruzzo.

A dix heures moins le quart, le procureur adjoint et les deux inspecteurs ont rejoint la salle 70 de la Cour suprême, dans l'immeuble d'en face. Alors que la séance devait commencer à neuf heures et demie, il n'y a aucun juge en vue.

Quelques minutes après dix heures, une femme de petite taille aux lunettes perchées sur le bout du nez fait son entrée par une porte latérale, et gagne l'estrade où siège normalement le juge. D'une voix qui, pour un auditeur indulgent, tient à la fois du grincement et du gémissement, elle demande si les premières affaires de la matinée sont prêtes.

— Pas encore, répond Tommy, le greffier.

— Il y a une demande de mise sur écoute, si vous voulez vous en charger, dit Dennis, le policier de service.

— Entendu, acquiesce le juge Arlene Silverman. Approchez.

Dossiers en main, Maggie Kennedy s'avance avec l'inspecteur Abbruzzo. Elle tend les documents au juge qui, tout en les parcourant, pose à Abbruzzo la question rituelle : jure-t-il avoir dit la vérité dans sa déposition ?

— Je le jure, affirme l'inspecteur, en levant la main droite.

— Parfait, déclare un instant plus tard le juge Silverman.

Elle signe les trois dossiers avant de les passer à Tommy, qui y ajoute un cachet. Après un détour rapide par le greffe au dixième étage pour faire apposer un timbre sec sur les signatures du juge, Ray Abbruzzo et Daniel Riley ont leur autorisation.

Goodman va chercher Kelly à neuf heures ; accompagnés de Larus, ils rejoignent Madison Avenue à pied, puis continuent vers le nord jusqu'au Mount Sinai Medical Center. Kelly semble décidée à affronter avec courage les épreuves que lui réserve cette journée. Elle ne demande qu'une seule fois si l'examen lui fera mal.

— J'ai peur que oui. Mais le docteur m'a assuré que je pourrais rester te tenir la main.

— Promis ?

— Promis.

À ce moment précis, il n'a qu'une envie : prendre sa place, subir ses maux de tête, être lui-même atteint de cette tumeur apparemment logée à l'intérieur de son crâne minuscule, recevoir lui-même la piqûre terrifiante qu'on s'apprête à lui faire dans la colonne vertébrale.

Comme si elle pouvait lire dans ses pensées, Kelly serre ses doigts dans sa petite main et lève les yeux vers lui.

— Ne t'inquiète pas, tout ira bien, dit-elle.

Ils entrent par une porte à tambour — que la fillette appelle « portail magique », surprenant une nouvelle fois Goodman par l'étendue de son vocabulaire — et suivent des flèches de couleur le long de couloirs interminables. Ils ont l'impression de passer presque autant de temps à marcher sous l'hôpital qu'il leur en fallu pour le rejoindre. Enfin, ils atteignent un ascenseur qui doit les emmener dans l'aile des hospitalisations de très courte durée.

Ensemble, ils remplissent les formulaires d'admission, Kelly inscrivant son nom, sa date de naissance et son adresse. Au sujet de ses allergies potentielles, elle déclare :

— J'ai horreur des sardines. J'ai cru que j'allais vomir quand j'y ai goûté. Ça compte ?

— Pourquoi pas ?

Ainsi Goodman fait-il figurer le mot « Sardines » à la rubrique « Allergies ». Celle intitulée « Couverture médicale » lui donne davantage de mal. Il est tenté d'indiquer le nom de la compagnie d'assurances de son ancien emploi, mais redoute d'être accusé de fraude ou de falsification à cause du temps écoulé depuis son licenciement. Il se contente d'écrire « Aucune ».

Cette réponse ne semble pas satisfaire la réceptionniste, qui l'envoie à la caisse. Là, on l'informe que l'examen lui coûtera huit cent vingt-cinq dollars, dont cinq cents payables d'avance en l'absence d'une attestation d'assurance.

— Les honoraires du médecin sont-ils compris ?

— Ah non, c'est en plus.

— Combien prend-il ?

— D'habitude, entre mille et mille cinq cents dollars.

Goodman sort son porte-cartes de crédit. Il l'utilise depuis qu'il a perdu son portefeuille — en même temps que son pantalon, ses chaussures et son kilo d'héroïne — en voulant jouer les dealers. Sous les cinq billets de vingt dollars, les cartes de crédit inutilisables et la carte de bibliothèque périmée, il trouve ce qu'il cherchait : un chèque du compte de Bronx Pneumatiques. Sa main tremble un peu au moment de le remplir et de le signer. En revenant sur ses pas pour rejoindre sa fille, il fait une promesse solennelle ; quoi qu'il arrive, quoi qu'il doive lui en coûter, il remboursera Manny, qui l'a embauché et lui a accordé sa confiance.

Peu après midi, un camion blanc avec le nom de la compagnie de téléphone locale, NYNEX, peint en lettres jaunes et bleues, se gare en double file dans la 92ᵉ Rue Est. Deux techniciens en uniforme en descendent, rassemblent leur matériel à l'arrière du véhicule et se dirigent vers l'immeuble indiqué sur leur planning. Après avoir sonné, ils attendent quelques minutes l'arrivée du gardien. Celui-ci les conduit au sous-sol, où il leur montre la boîte de dérivation qui raccorde chaque appartement au réseau téléphonique.

— Si vous avez besoin d'autre chose, n'hésitez pas. Je m'appelle Tony.

Ils n'auront plus besoin de ses services. L'un deux compose un numéro à sept chiffres sur un téléphone portable rouge fixé à sa ceinture. L'autre raccorde un fil électrique à l'une des lignes à l'aide d'une pince crocodile. Puis il essaie chacune des autres lignes avec une seconde pince, elle aussi prolongée par un fil électrique. A la quatrième tentative, il entend la tonalité.

— En plein dans le mille, dit-il, en reliant les deux fils.

Ces quelques manipulations simples et rapides auront suffi pour mettre la ligne téléphonique de Michael Goodman sur écoute.

Alors qu'ils rangent leur matériel et s'apprêtent à partir, le premier technicien jette un coup d'œil autour de lui.

— Belle installation, déclare-t-il. J'aimerais bien avoir ce genre d'armoires métalliques dans mon immeuble.

Une infirmière emmène Goodman et Kelly dans une petite pièce où se trouvent une table d'examen, deux

chaises, un chariot à tiroirs et deux poubelles — dont l'une porte la mention RISQUE DE CONTAMINATION. Il n'y a pas de fenêtre. Goodman installe Larus sur l'une des chaises.
L'infirmière lui tend deux blouses blanches.
— Votre fille doit retirer tous ses vêtements et en mettre une. Si vous souhaitez rester, vous devez enfiler l'autre par-dessus vos vêtements, et porter ceci.
Elle lui donne un masque chirurgical, proche de ceux distribués par Hammer pour le coupage de l'héroïne.
Goodman déplie les blouses, qui se révèlent être de la même taille. Il aide Kelly à passer la sienne : elle est si grande que ses mains disparaissent et qu'il doit en remonter les manches. Les liens qui la ferment dans le dos font le tour de sa taille, et encore peut-on les nouer sur le devant avec une magnifique boucle.
— J'espère qu'on ne voit pas mon derrière.
— On ne devine même pas que tu en as un.
Il enfile la seconde blouse par-dessus ses vêtements et Kelly attache les liens.
Une deuxième infirmière vient demander à la fillette de s'allonger à plat ventre sur la table d'examen. Elle défait les liens de la blouse, dénudant le minuscule postérieur de Kelly.
— Hé là !
— Désolée, dit l'infirmière, avant de replacer les pans de la blouse de manière plus présentable. Elle entreprend ensuite de laver le bas du dos de la fillette, d'abord à l'eau et au savon, puis à l'alcool, et finalement avec un désinfectant qui lui colore la peau en jaune.
— Ne bouge pas, dit-elle avant de quitter la pièce.
Une demi-heure environ s'écoule. Kelly se plaint d'avoir froid. Goodman y voit plutôt un effet de l'appréhension ou de la gêne, ou des deux. Il lui masse le haut du dos, évitant soigneusement la zone colorée en jaune.
Le docteur Gendel arrive enfin, accompagné d'une troisième infirmière.
— Alors, comment va-t-on ?
— On a froid, répond Kelly.
— Ah, mais c'est tout à fait inadmissible, déclare-t-il, et

il ressort de la pièce aussi vite qu'il y était entré. Il revient un instant plus tard et affirme : Ça devrait aller mieux.

En quelques secondes, la température remonte déjà. Un homme aussi efficace doit pouvoir guérir ma petite fille, songe Goodman.

Tandis que le docteur et l'infirmière disposent des instruments sur une serviette, Goodman met son masque chirurgical, puis il prend place à la tête de la table d'examen. Il caresse les cheveux de Kelly, lui répète combien il l'aime.

Le docteur ouvre la blouse de la fillette, dénudant à son tour le minuscule postérieur qu'elle protège si jalousement; cette fois, cependant, elle ne proteste pas. Il nettoie de nouveau à l'alcool le centre de la zone jaune. Du doigt, il tâte ses vertèbres lombaires jusqu'à ce qu'il trouve l'endroit qu'il cherche; il l'entoure d'un cercle, à l'aide d'un stylo qui ressemble aux « feutres magiques » de Kelly.

L'infirmière lui tend une petite seringue avec une aiguille très fine, et Goodman est rassuré : il sait que sa fille sera à la hauteur.

— Ça va piquer, annonce le docteur.

Goodman regarde l'aiguille pénétrer à l'intérieur du cercle et sent Kelly se contracter.

— Ouille, murmure-t-elle. Ça brûle.

Très vite, elle commence à se détendre. Il s'apprête à lui dire que ce n'était pas si terrible lorsqu'il voit l'infirmière tendre une seconde seringue au docteur. Enorme, celle-là, et munie d'une aiguille capable de transpercer un bloc-moteur. Goodman a soudain la tête qui tourne, au point de devoir prendre appui d'une main à la table d'examen. De l'autre, il continue à caresser la tête de Kelly.

Il ferme les yeux quand la seconde aiguille s'enfonce dans la peau de sa fille, percevant néanmoins l'instant exact à ses muscles crispés et à ses gémissements. Il serre les dents et retient son souffle pendant que l'aiguille traverse la chair, les muscles, jusqu'à la colonne vertébrale. Il s'appuie de tout son poids sur la table et caresse inlassablement la tête de Kelly de son autre main, dont il finit par avoir la sensation qu'elle ne lui appartient plus.

Ray Abbruzzo, Daniel Riley et un troisième inspecteur — un dénommé Harry Weems — sont assis dans un studio en sous-sol, presque en face de l'immeuble de Michael Goodman. Harry Weems a été désigné, avec un quatrième inspecteur, par l'Organized Crime Control Bureau (OCCB) pour aider Abbruzzo et Riley dans leur enquête.

Hier encore, cette pièce humide, équipée en tout et pour tout d'un évier, d'une plaque électrique et d'un réfrigérateur aussi petit que ceux des motels — sans parler des toilettes au fond du couloir — était inoccupée. La propriétaire des lieux se résignait depuis longtemps à l'idée d'avoir un studio impossible à louer, phénomène rarissime à Manhattan. Jusqu'à l'apparition de deux hommes en costume-cravate venus demander s'il était libre. Elle les a examinés de pied en cap avant de hocher la tête.

— Croyez-moi, jamais vous ne vous plairez ici !

Ils ont porté la main à leur poche, et l'espace d'un instant, elle a cru qu'ils allaient la tuer. Mais l'un d'eux a sorti son insigne doré, et l'autre son chéquier.

Avant de comprendre ce qui lui arrivait, elle avait entre les mains un chèque de trois mille dollars, soit le montant de deux mois de loyer.

— Dire que ce fichu studio ne vaut pas plus de mille dollars ! devait-elle jubiler plus tard.

En une nuit, l'endroit est devenu une planque. Sur une table pliante en aluminium recouverte de matériel électronique, trône un gros magnétophone pouvant enregistrer jusqu'à six communications à la fois. Des écouteurs y sont reliés, ainsi qu'un dispositif de déclenchement automatique des enregistrements qui réagit mille fois plus vite que l'oreille humaine à la moindre sonnerie ou tonalité. Une imprimante capable de déchiffrer les signaux électroniques sort en permanence un listing où figure chaque appel, accompagné de l'indicatif, du numéro de poste éventuel, des heures de début et de fin de communication.

Il y aussi des téléphones, des fiches d'écoute, des boîtes de cassettes, des stylos, des crayons, un radiateur électrique et — car c'est le lieu de travail des inspecteurs — des journaux, des pistolets, des gobelets de café, des menottes, des beignets à la confiture, des blocs-notes et des comprimés pour faciliter la digestion. Dans deux jours, viendront s'y ajouter des emballages de hamburgers, des cartons de pizzas et de nourriture chinoise, des boîtes de soda, des sachets de ketchup, des os de poulet, et des dizaines de gobelets de café supplémentaires.

— Quelque chose à signaler ? demande Weems, arrivé depuis dix minutes à peine.

— Pas encore, répond Abbruzzo. Il a dû sortir.

— Il est sans doute sur un coup, précise Riley.

Weems acquiesce d'un air pensif. On l'a averti lors d'un briefing que cette Taupe était un gros calibre, qu'il avait déjà la mort d'un civil sur la conscience, et devait être considéré comme un individu retors et extrêmement dangereux.

— Qui va chercher du café ? s'enquiert Abbruzzo.

Goodman monte les quatre étages jusqu'à son studio avec sa fille et Larus dans les bras. Alertée par le bruit de la clé dans la serrure, Carmen lui ouvre la porte et, sans dire un mot, lui prend Kelly des bras. Pour quelqu'un d'aussi mince, elle fait preuve d'une force étonnante.

Goodman déplie le canapé et Carmen y dépose la fillette, plaçant sa peluche près d'elle. Kelly est réveillée, mais on lui a recommandé de bouger la tête le moins possible. C'est le liquide contenu à l'intérieur du crâne qui protège le cerveau chaque fois qu'on tourne la tête ; la ponction lombaire en a prélevé une grande partie et, tant que l'organisme ne l'a pas remplacée, le cerveau risque à chaque mouvement brusque de heurter l'intérieur du crâne, provoquant un choc douloureux, voire un traumatisme grave.

Epuisé d'avoir porté sa fille et rongé par l'angoisse, Goodman se laisse tomber sur une chaise. Carmen s'occupe de Kelly, lui retire ses chaussures, desserre ses vêtements, lui demande si elle a besoin de quelque chose.

— Je peux avoir un verre d'eau ?

Carmen lance un regard interrogateur à Goodman, qui acquiesce. Kelly doit beaucoup boire, lui a-t-on expliqué, de manière à accélérer le remplacement du liquide céphalorachidien. Il regarde la jeune femme remplir un verre d'eau et dénicher une paille — dont il ignorait l'existence — afin que Kelly puisse boire sans avoir à lever la tête. Bouleversé par cette marque de tendresse, il doit détourner les yeux pour cacher ses larmes.

Plus tard dans la soirée, assis sur le canapé, ils finissent le reste de ragoût de veau, avec des pâtes cette fois. Kelly mange du bout des lèvres, mais Goodman essaie de ne pas s'inquiéter, de se convaincre que c'était prévisible. Pop-Tart, lui, se régale.

Après le dîner, Goodman prévient Kelly qu'il va baisser la lumière pour qu'elle puisse dormir. L'air plus pâle que jamais, elle ébauche pourtant un sourire.

— Pas tout de suite, papa.
— Pourquoi ?
— Je voudrais la suite de l'histoire.

La Princesse Ballerine
(suite)

Le jour arriva donc où la Princesse Ballerine dut subir le Terrible et Cruel Examen, celui qui faisait vraiment mal. Mais avec le brave et loyal Prince Larus à côté d'elle et le Gardien des Nombres qui lui caressait la tête, la Princesse se montra formidable. Elle se contenta de dire « Ouille ! » et de verser une petite larme, ce qui était une bonne chose, sinon le docteur n'aurait peut-être pas su qu'elle était toujours éveillée.

Lorsque l'examen fut terminé, la Princesse Ballerine laissa le Gardien des Nombres la porter jusqu'au sommet de son château, et la déposer sur son lit princier...

— Ce n'est pas toi qui m'a déposée sur le lit, c'est Carmen, lui rappelle Kelly.

... avec l'aide de son amie Lady Carmen...

— La très belle Lady Carmen, corrige de nouveau Kelly.

... la très belle Lady Carmen, en fait.

Durant toute la soirée, la Princesse Ballerine dut faire bien attention de garder la tête immobile, de peur que sa couronne de cristal ne tombe et ne se brise en mille morceaux, ce qui lui aurait valu sept ans de malheur. Aussi décida-t-elle qu'elle ferait mieux de s'endormir aussitôt après le dîner, pour éviter de tourner brusquement la tête dans un moment d'inattention. Quelques minutes plus tard, elle dormait profondément.

Dès que les yeux de Kelly se ferment, Goodman lui cale la tête avec Larus d'un côté, et un oreiller de l'autre. Il l'embrasse délicatement sur la joue.

— Bonne nuit, papa.
— Bonne nuit, mon ange.

Il appelle sa belle-mère pour l'informer que l'examen a eu lieu et qu'ils sont de retour à son studio.

— Comment va notre petite Kelly? demande-t-elle.
— Bien, on dirait. Je viens de la mettre au lit.
— Vous êtes sûr qu'elle ne risque rien?
— Tout à fait sûr.
— Bon, mais veillez bien sur elle. On n'est jamais trop prudent, vous savez.
— Vous pouvez compter sur moi.

A quelques dizaines de mètres de là, de l'autre côté de la rue, Daniel Riley se redresse sur sa chaise.

— Tu as entendu?
— Quoi? demande Ray Abbruzzo.
— «Je viens de mettre notre petite Kelly au lit, où elle ne risque rien.» Ils font référence à une cargaison de came, aussi vrai que ma mère est irlandaise.
— Tu as peut-être raison.
— Je suis sûr d'avoir raison. Tu peux me croire, Ray, cette foutue Taupe reprend du service.

Dans le sud du Bronx, ce soir-là, le bruit court qu'il y a eu un nouvel arrivage de blanche, intercepté par Big Red et ses hommes. On peut l'acheter sous forme de nick, à la pièce ou par lots de vingt-cinq. On la trouve sous la marque «Red Menace» dans la 141e Rue, «Red Devil» dans la 125e. On raconte aussi qu'à Manhattan, elle est vendue sous le nom de « Red Dawn », et de « Spanish Red » plus au nord, près du pont.

A vingt et une heures, plus de vingt mille sachets ont déjà changé de mains. A minuit, à quelques rares exceptions près, tout aura disparu des rues du South Bronx, de Harlem et de Washington Heights, dans les veines et les narines de tous les morts vivants de la ville.

19

Fidèle à son habitude, Goodman passe le dimanche après-midi avec Krulewich, la Baleine et Lehigh Valley. Les Giants jouent contre les Cowboys à Dallas, et le match ne commence donc pas avant seize heures, heure de New York. Par égard pour la mauvaise vue de Krulewich, ils éteignent le son de la télévision et écoutent la retransmission à la radio. Compromis qui ne satisfait pas la Baleine, grand admirateur de John Madden, l'un des présentateurs de la télévision. Pourtant, les journalistes de la radio décrivent le jeu beaucoup plus en détail et, en bons supporters des Giants, ils ne manquent pas de souligner les occasions où un arbitre favorise les Cowboys.

Ce jour-là, cependant, les Giants ne font le poids ni face aux Cowboys ni face aux arbitres, et à la mi-temps, l'issue du match ne fait guère de doute.

GIANTS	6
COWBOYS	20

La Baleine voudrait malgré tout regarder la fin, pour savoir si le score final des deux équipes dépassera ou non les quarante et un points annoncés par les bookmakers. Mais par trois voix contre une, les autres optent pour le nouveau jeu que Lehigh leur a appris le dimanche précédent.

Goodman joue de nouveau la prudence, oubliant presque de guetter les occasions de tenter le grand chelem. Comme personne d'autre ne s'y risque, le résultat final après cinq manches est beaucoup plus serré que la dernière fois.

KRULEWICH	41
LA BALEINE	39
GOODMAN	31
LEHIGH	19

— Vous commencez à vous débrouiller, les gars, leur dit Lehigh. Mais vous ne m'arrivez pas encore à la cheville !

Ils remettent la télévision juste à temps pour que Goodman découvre qu'au moins, il s'en est mieux tiré que les Giants.

GIANTS	9
COWBOYS	34

— Je savais qu'on dépasserait les quarante et un points, se lamente la Baleine. J'aurais pu gagner ! Ça m'aurait rapporté une fortune !

20

— Le liquide céphalorachidien comporte quelques cellules suspectes, explique le docteur Gendel à Goodman par téléphone le lundi matin.
— Qu'entendez-vous par là ?
— Difficile à dire, en vérité. Elle peut souffrir d'une inflammation bénigne des méninges, les membranes qui entourent le cerveau. Nous allons la mettre sous antibiotiques pour voir ce que ça donne. J'aimerais cependant refaire une IRM, mais avec un produit de contraste.

Goodman est parcouru par un frisson.
— C'est-à-dire que vous lui injecteriez une substance opaque ?
— En effet. On obtient des clichés beaucoup plus lisibles.

Goodman n'ose pas demander à quel endroit on injecte cette substance. Il pense à l'énorme seringue avec son aiguille terrifiante ; il la voit, remplie cette fois d'un liquide violet foncé, de nouveau dirigée vers les vertèbres lombaires de sa fille, à moins que ce ne soit sa nuque, sa tempe, ou même entre les deux yeux.

— Ça vous paraît vraiment nécessaire ?
— Je ne le suggérerais pas autrement.

Goodman croit déceler une pointe d'agressivité dans la voix du médecin.

— Nous avons toutefois un petit problème à régler avant de prendre une décision, reprend ce dernier.

— Que voulez-vous dire ? demande Goodman, inquiet à l'idée de recevoir encore de mauvaises nouvelles.

— Ma secrétaire m'a informé que vous n'aviez effectué aucun remboursement. Après vérification, même son de cloche au laboratoire qui a pratiqué la première IRM. Vous n'êtes pas assuré, semble-t-il ? En tout cas, ils refusent d'en pratiquer une seconde si vous ne la payez pas d'avance, et si vous ne réglez pas intégralement la première.

— J'ai eu des difficultés... commence Goodman, sans parvenir à terminer sa phrase.

— Pour ma part, reprend le docteur Gendel, je serais navré de devoir établir un diagnostic sans disposer des éléments nécessaires. Quelle est déjà votre profession ?

— Je suis comptable.

— Très bien. Vous n'aimeriez pas vous attaquer à un problème particulièrement ardu sans... votre calculatrice, j'imagine ?

— Non.

Goodman a l'impression qu'on lui parle comme à un enfant. A vrai dire, il fait souvent ses calculs lui-même à cause d'une certaine méfiance envers les machines, mais aussi par amour des chiffres — il prend plaisir à jongler avec eux. Persuadé d'avoir du mal à convaincre le docteur, il garde ses réflexions pour lui.

— Je vais voir ce que je peux faire, se contente-t-il de dire.

Il ne parle pas de cette conversation téléphonique à Kelly. Elle a passé le week-end à récupérer. Elle a eu la migraine presque toute la journée du samedi, mais il n'est pas certain que la ponction lombaire en soit responsable. En revanche, la douleur provoquée par la piqûre n'a pas disparu.

— Habille-toi, mon ange. Je vais te déposer chez ta mamie en allant travailler.

— Je ne peux pas plutôt rester avec Carmen ?

— Je suis sûr qu'elle a des choses à faire.

— Rien que Kelly ne puisse faire avec moi, déclare la jeune femme.

— S'il te plaît, papa...

— Vraiment, je ne sais pas...

— Je t'en prie...
— Au travail, papa, décrète Carmen. Les femmes de ta vie se débrouilleront très bien toutes seules.
Et l'affaire est entendue.

Chez Bronx Pneumatiques, Goodman utilise une comptabilité à double entrée pour dissimuler le chèque qu'il a rédigé au Mount Sinai Hospital. Aux yeux de toute personne consultant le livre de comptes, la somme en question apparaîtra comme une dépense de fonctionnement parfaitement légitime. Il faudra au moins trois semaines avant que le chèque refusé ne revienne avec le relevé bancaire du mois suivant.

Manny, bien que présent, ne s'intéresse pas plus que d'habitude à Goodman et à son travail. Il est scandalisé par le prix des nouveaux Goodyear et préoccupé par un bac de rechapage qui s'est mis à fuir, inondant le fond du garage.

Vers quinze heures trente, Goodman appelle chez lui pour prendre des nouvelles des « femmes de sa vie ».

— On a fabriqué du pain ! annonce Kelly d'une voix triomphale. Je ne croyais pas que c'était possible, et toi ?

— Moi non plus.

— Et on va aussi faire des rideaux ! Carmen va m'apprendre à coudre.

— Formidable, répond-il, se demandant où est passé le féminisme. Tu veux bien me passer Carmen ?

Au moment où elle dit « Allô ? », il entend un déclic.

— Qu'est-ce que c'est ? s'étonne-t-il.

— Je l'ignore. On dirait que ta ligne a été mise sur écoute. Tu m'as caché quelque chose ?

— Tout juste. C'est pourquoi je ne sais plus que faire de mon argent, tu ne t'en étais pas rendu compte ?

— Ah, je comprends ! dit-elle dans un éclat de rire.

— Ça se passe bien ?

— Très bien. Mais dépêche-toi de rentrer. Tu nous manques.

Après avoir raccroché, il essaie de se rappeler si on lui a déjà dit ça.

— Arrête de jouer avec ces boutons ! hurle Ray Abbruzzo à Daniel Riley.

Riley retire ses mains.

— Tu as entendu ? interroge-t-il.

— Oui, j'ai entendu, répond Abbruzzo. Le moment où ils remarquent un bruit et se demandent si leur ligne n'est pas sur écoute...

— Rien de grave, le rassure Riley. Seul quelqu'un ayant quelque chose à se reprocher craint d'être mis sur écoute. Tu as déjà vu un innocent s'inquiéter de ce genre de chose ? Tu as aussi entendu le passage où il est question d'argent dans le studio ?

— Ça m'a plutôt paru être du second degré.

— Pas à moi. Ce type s'est réveillé ce week-end. A tous les coups, il a reçu un colis et on n'y a vu que du feu.

— Tu n'aurais pas faim ? dit Abbruzzo, en bâillant.

Ce soir-là, tandis que Kelly dort sur le canapé, Goodman et Carmen finissent leur café, assis l'un en face de l'autre à la table pliante. La nappe est parsemée de miettes de pain fait maison.

Goodman a confié à Carmen sa conversation avec le docteur Gendel, l'impossibilité dans laquelle il se trouve de payer les examens de sa fille, et sa montagne de dettes. Elle a posé la main sur la sienne, et la caresse aussi doucement qu'il l'a vu faire avec le chaton quelques jours plus tôt.

— Je pourrais retourner travailler, murmure-t-elle.

— Dans la rue ?

Il retire sa main.

— Non, pas dans la rue. J'étais call-girl, je ne faisais pas le trottoir.

— Pas question. Je préfère attaquer une banque.

— Je pourrais retrouver un emploi de serveuse.

— Et tes cinq dollars de l'heure s'ajouteraient à mes deux après-midi par semaine... dit-il avec un petit rire.

Elle reprend sa main dans les siennes. Une sacrée femme quand même, capable de proposer de vendre son corps à des étrangers pour l'aider à payer ses factures ! Immobile, il écoute le ronronnement du réfrigérateur jusqu'à ce qu'il s'interrompe brusquement, et qu'on n'entende plus dans la pièce que la respiration régulière de Kelly endormie. Curieusement, Goodman se souvient de l'indignation de sa fille à l'hôpital, à l'idée que son postérieur soit exposé à la vue de tous. Il est frappé par sa vulnérabilité, sa fragilité. Il sait qu'il fera tout ce qui est en son pouvoir pour la protéger.

C'est alors qu'il se surprend lui-même. Il se tourne lentement vers Carmen et, la regardant droit dans les yeux, il rompt la promesse qu'il s'était faite.

— Parle-moi de ton frère, dit-il.

21

Le mardi matin, Goodman emmène Kelly, bien emmitouflée, à pied jusqu'à Central Park. Ils passent par l'entrée de la 90ᵉ Rue et font le tour du lac artificiel. La pluie tombée récemment semble l'avoir rempli. Il y a de la glace au bord.

— Les gens boivent vraiment cette eau ? demande Kelly.
— Je crois bien que oui, répond Goodman, sans en être totalement sûr.

Il a entendu dire que les réserves d'eau douce de la ville se trouvaient dans le nord de l'Etat de New York.

— Elle a l'air dégoûtante, avec toutes ces feuilles et ces allergies.
— Ces algues, corrige-t-il.
— Je préfère dire allergies. Pourquoi Carmen n'a pas pu venir ?
— Elle a quelque chose à faire.

Carmen doit appeler son frère. La veille au soir, lorsque Goodman l'a interrogée à son sujet, elle a bien sûr voulu savoir pourquoi. Il lui a donc raconté toute l'histoire depuis le début : la découverte des sacs plastique bleus dans la roue de secours à Fort Lauderdale, ses tentatives pour remettre la drogue à la police, sa décision de la rapporter à New York, sa rencontre avec Russell et l'épisode désastreux de Carl Schurz Park. Il a mentionné le cambriolage de son studio, ainsi que la perquisition de la police plus tard. En revanche, il n'est pas allé jusqu'à préciser quelle quantité d'héroïne il détient, ni l'endroit où il l'a cachée, et elle n'a pas insisté pour obtenir des détails. Ce dont il lui a été reconnaissant — moins elle en sait à ce sujet, mieux ça vaut pour elle.

Oui, a-t-elle alors confirmé, son frère Vincent — Vinnie pour tout le monde, sauf elle — s'est vanté plusieurs fois d'avoir participé à des transactions importantes de cocaïne et d'héroïne. Elle ignore s'il lui a dit la vérité, mais elle a appris avec le temps à ne rien exclure le concernant.

— Tu sais à quel point c'est dangereux, Michael? a-t-elle ajouté. Tu as la moindre idée de ce que nous risquons si nous nous faisons prendre?

— Il ne s'agit pas de nous, Visage pâle. Je te demande seulement de me présenter à ton frère. Le reste, je m'en occupe. Il n'est pas question de te mêler à tout ça.

— Entendu. Et tu te débrouilleras aussi bien que la fois où tu t'es retrouvé en caleçon.

— Je ferai plus attention. Et si je me plante une nouvelle fois, tant pis pour moi. Au moins, je serai le seul à en pâtir. Il n'y a aucune raison pour que je détruise ton existence en prime.

Elle a alors plongé son regard dans le sien.

— Tu m'as sauvé la vie, Michael. Si tu décides de te lancer dans cette aventure, je veux t'aider.

— La réponse est non. Par ailleurs, je t'ai simplement offert un toit.

— Pas du tout, a-t-elle protesté, avant de répéter, en détachant chaque mot, qu'il lui avait sauvé la vie.

Ils se sont couchés peu après, elle sur le canapé avec Kelly, Larus et Pop-Tart, lui sur la moquette, réconforté par la promesse de la jeune femme de téléphoner à son frère le lendemain matin. Se disant de plus en plus persuadée que la ligne de Goodman était écoutée, elle a toutefois précisé qu'elle appellerait d'une cabine. Juste au cas où.

— Il y a des poissons dans les lacs artificiels? demande Kelly.

— Je suppose que oui, répond Goodman.

— Pourquoi ils ne gèlent pas ?
— Parce que ce sont des poissons new-yorkais. Ils sont plus résistants.
— Mais pourquoi ils ne sont pas aspirés par les tuyaux qui amènent l'eau jusqu'au robinet ?
— Parce qu'ils sont trop gros.
— Et les bébés ?
— Il doit y avoir un filtre pour les retenir.
— Et leurs crottes ? Elles ne réussissent pas à passer à travers le filtre ?
— Ça doit arriver. Mais on traite l'eau avec du chlore et d'autres produits chimiques avant qu'elle arrive au robinet.
— Ça me dégoûte toujours autant.

Dans la soirée, une fois Kelly endormie, Carmen informe Goodman qu'elle a pu entrer en contact avec son frère. Dans l'attente de précisions supplémentaires, il se sent partagé, espérant à la fois que Vinnie sera intéressé et qu'il refusera catégoriquement.

En fait, il y a un peu des deux.

— Ça l'intéresse, mais il a peur de te rencontrer. Il redoute que tu sois un agent des stups. Il a raison, Michael ?

— Je crois pouvoir affirmer que je n'en suis pas un.

— C'est ce que je me suis permis de lui dire. Mais tu dois comprendre que Vincent est un peu parano. Quand il a découvert de quoi je parlais, il m'a obligée à lui donner le numéro d'où j'appelais, afin de pouvoir me rappeler à son tour d'une cabine. Je t'assure, j'ai eu l'impression de travailler pour la CIA. Ensuite, il a voulu savoir si j'avais des raisons de lui en vouloir. Il a fini par avouer qu'il craignait que je lui tende un piège.

— Et alors…

— Alors il a quand même dit qu'il était d'accord, mais à condition de pouvoir envoyer quelqu'un d'autre discuter avec toi.

Goodman digère ces informations.

— Qu'en penses-tu ?

— Je n'en sais rien, Michael. Tu m'as demandé de l'appeler, je l'ai fait. Il s'est déclaré intéressé. A toi de décider, à présent.

— Qui est ce type qu'il veut m'envoyer ?

— Tout le monde l'appelle TM. Je l'ai rencontré il y a un an ou deux. C'était un copain de classe de Vincent, il lui a appris à voler des voitures.

— Hé, à quoi serviraient les amis, autrement ?

Carmen se déride, mais son rire sonne faux. Il est clair que cette affaire ne lui dit rien qui vaille. Si seulement il avait le choix, s'il pouvait se procurer de l'argent par un autre moyen...

— Bon, admettons que je veuille rencontrer le copain de Vincent, T...

— TM.

— Oui, TM. Je procède comment ?

— Vincent doit appeler ma cabine de la sienne demain à midi pile. Si tu es toujours décidé, viens avec moi. Sinon, tu laisses tomber. Une chose, encore...

— Quoi ?

— Appelle-le Vinnie, d'accord ? Il risque de flipper en entendant quelqu'un d'autre que moi l'appeler Vincent. On lui a dit un jour que c'était un prénom de pédé.

— Dans ce cas, d'accord pour Vinnie.

Le même soir, Abbruzzo et Riley ayant fini leur service, Weems et Sheridan, les deux inspecteurs de la brigade de répression du banditisme, ont pris la relève dans la planque. Depuis près de sept heures qu'ils assurent la permanence, ils ont à peine un malheureux appel à signaler sur la fiche d'écoute.

— Ce calme ne me dit rien qui vaille, lance Sheridan. Quelque chose se prépare.

— Penses-tu ! Ils doivent être au lit, à jouer à mettre la saucisse au chaud.

— Ce branleur ? Il n'a même pas l'air de savoir s'en servir.

— Ne te fie pas aux apparences. Ces petits mecs réservent parfois des surprises.

A l'heure où les deux inspecteurs tiennent ces propos, cependant, Michael Goodman ne surprend personne d'autre que lui-même. Etendu sur son coin de moquette désormais familier, il se demande comment il a pu céder aussi vite à la tentation, moins d'une semaine après avoir été échaudé.

Car il sait déjà qu'à midi le lendemain, il accompagnera Carmen à la cabine téléphonique. Il n'essaie même pas de faire semblant d'attendre la dernière minute pour se décider. Non, il ira bel et bien, et tentera de nouveau sa chance, quel que soit le prix à payer.

Occupé à contempler le plafond dans la pénombre du studio, il espère seulement que, cette fois, il saura se montrer un peu moins naïf.

22

Il est déjà midi dix le mercredi, quand Goodman se tourne vers Carmen.
— Ce TM, il ne serait pas noir, par hasard ?
Ils patientent dans le froid devant une cabine téléphonique au coin de la 86ᵉ Rue et de la Troisième Avenue — celle d'où la jeune femme a appelé son frère la veille. Kelly est avec eux, en train de grignoter un bretzel acheté à un vendeur de marrons chauds. Qui avaient l'air dégoûtant, a-t-elle affirmé.
— Les cabines n'appellent jamais, tente-t-elle d'expliquer patiemment aux deux adultes. Elles servent à appeler quelqu'un.
Tandis que Carmen se retient pour ne pas rire, Goodman s'efforce de justifier leur présence.
— Le quelqu'un en question connaît le numéro de cette cabine, et il a prévu de nous appeler vers midi, car il sait que nous serons là.
— A quel sujet ?
— Pour parler travail. D'un nouvel emploi, peut-être.
— Bizarre, bizarre, déclare la fillette.
— Je peux goûter ? demande Goodman.
Il s'apprête à prendre le bretzel lorsqu'une sonnerie stridente les fait sursauter.
— Là. Tu vois ? triomphe-t-il.
Carmen décroche. Un instant plus tard, elle tend le combiné à Goodman, en chuchotant les initiales TM. Goodman

sort un bout de papier et un stylo de sa poche. Il attend que Carmen ait suffisamment éloigné Kelly.

— Allô ?

— Salut. C'est toi l'ami de Carmen ? demande une voix rauque.

— Oui.

— J'ai appris que tu avais quelque chose d'intéressant.

— En effet.

— Mes partenaires aimeraient vérifier par eux-mêmes. Tu veux combien pour un cardonse ?

Goodman ne sait que dire. Il ne comprend pas la question de TM. Il griffonne ce qu'il vient d'entendre, sans oser répondre.

— Deux jets, ça irait ?

De nouveau perplexe, il se sent pourtant obligé de réagir.

— Oui, bien sûr.

— Tu connais la grande librairie sur Lexington Avenue ? Barney Noble ?

— Oui.

— On s'y retrouve demain à la même heure — au rayon guides de voyage. Tu porteras un bouquet de fleurs enveloppé de papier blanc. Glisse l'objet en question dans le papier. Mais arrange-toi pour qu'il soit au sec. C'est très important. D'accord ?

— D'accord. Je vous reconnaîtrai comment ?

— Tu ne me reconnaîtras pas. Je te rejoindrai. C'est moi qui prends le plus de risques dans cette affaire, ne l'oublie pas.

— Quel nom je donne à la fille dans mon rapport ? demande Riley à Abbruzzo.

Assis dans leur planque, grelottants, ils s'efforcent de se réchauffer à la chaleur du radiateur. La ligne téléphonique qu'ils écoutent est restée silencieuse toute la matinée. Riley, penché sur les trois feuillets de son rapport, a rempli environ la moitié des blancs. Heureusement, la plupart des rapports de police se présentent sous forme de questionnaires à choix multiple ; au pire, des réponses brèves suffisent. Il est rarement nécessaire de faire de la littérature.

— Je n'en sais rien, répond Abbruzzo. Dans l'immédiat, on n'est pas obligés de la nommer.
— Je ne te parle pas de son nom de famille. Je veux savoir si je dois mettre «fiancée», ou «compagne»...
— «Compagne» ou «compagnon» c'est plutôt pour les homosexuels. Pourquoi pas «concubine»?
— Ça fait trop britannique.
— Et «amante»?
— Trop romantique. Je te rappelle que ce type doit apparaître comme un gros bonnet de la drogue, pas comme une foutue star de cinéma.
— J'ai trouvé! *Paramore.*
— Ah, beaucoup mieux! On se croirait à la Mafia, déclare Riley, avant de relever la tête. P-A-R-A...?
— ... M-O-R-E.
— Parfait.

Ce soir-là, lorsque Kelly finit par s'endormir, Goodman récupère le bout de papier dans sa poche et l'aplatit sur la table pour que Carmen l'aide à le déchiffrer. Ils contemplent ce qui est écrit.

Cardonse?
                              Deux jets
Barnes & Noble Lex
    même heure demain
Guides de voyage
                    Fleurs — papier blanc
        Garder au sec!

— Qu'est-ce que ça veut dire? s'interroge Carmen.
— A partir de Barnes & Noble, je comprends, répond Goodman. C'est là que nous avons rendez-vous demain. A midi et quart, je pense. Je suis censé me trouver au rayon des guides de voyage, avec la marchandise dans un bouquet de fleurs. En revanche, le début est assez énigmatique. TM voulait sans doute m'indiquer quelle quantité apporter.
— C'est alors qu'il a dit «card...»
— Cardonse.

— On dirait un quart de quelque chose.
— Mais oui !
— Quoi ?
— *Car...* signifie bel et bien un quart, annonce Goodman, avec la fierté d'un espion qui vient de décrypter le langage codé de l'ennemi. Et *onse* est en fait une once.
— En somme, ils veulent le quart d'une once. C'est-à-dire un échantillon de sept ou huit grammes. Vous avez discuté du prix ?
— Je crois que oui. C'est à ce moment-là qu'il a dû mentionner les « deux jets ».
— Le voilà, le prix.
— Où ça ?
— Deux G.
— Deux jets de quoi ? demande Goodman, qui commence à avoir l'impression d'un sketch.
— Deux G représentent deux mille dollars, explique Carmen. Paulie s'exprimait toujours de cette manière. « Deux C » pour deux cents dollars, « deux G » pour deux mille dollars — il ne pouvait jamais parler comme tout le monde.

Mais Goodman n'écoute plus. Son cerveau de comptable s'est remis au travail. Si le quart d'une once vaut deux mille dollars, alors une once en vaut huit mille. Une livre, près de cent quarante-cinq mille dollars. Et un kilo deux cent quatre-vingt-six mille. Vingt kilos rapporteraient donc un peu plus de cinq millions sept cent mille dollars.

— Ces types sont beaucoup plus généreux que les Noirs, murmure-t-il.
— Si je me souviens bien, les Noirs sont même partis sans payer. En emportant ton pantalon par-dessus le marché, non ?
— Parfaitement. Et ceux-là, que vont-ils essayer de me prendre, à ton avis ?
— Oh, peu de chose. Ton foie, ou ton cœur.
— Trois fois rien.
— Voilà pourquoi tu vas accepter mon aide, déclare Carmen, en posant sa main sur la sienne.
— Oui, dit-il en riant. Ce n'est pas toi qui te laisserais déshabiller de force.

La jeune femme retire sa main comme si une flamme l'avait brûlée.

— Ça c'est fin !

— Excuse-moi. Ce n'est pas ce que je voulais dire.

Quand il tente de reprendre sa main dans la sienne, elle le laisse faire à contrecœur. Pourtant, ce bref échange a au moins appris quelque chose à Goodman : tout au fond de lui, il avait envie de blesser Carmen, il lui en veut terriblement d'avoir cédé à Paulie, de lui avoir abandonné… quoi au juste ? Son corps ? Son amour ? Ne se sentant pas encore tout à fait capable d'exprimer ces sentiments, il se tait. Il se contente de serrer un peu plus fort la main de la jeune femme.

Plus tard dans la nuit, étendu sur la moquette, il écoute dans l'obscurité les sons qui lui parviennent du canapé. Au bout de quelques minutes, il reconnaît le souffle à peine audible de sa fille. A son retour de la maternité, elle respirait déjà par la bouche. Il se revoit, les premières semaines après sa naissance, debout près de son berceau en train d'écouter le rythme régulier de sa respiration, émerveillé par cette minuscule créature douée d'une vie autonome. Au cours des mois suivants, ses pas le conduisaient souvent dans le couloir menant à sa chambre d'enfant pour vérifier que tout allait bien, pour entendre encore une fois l'air s'échapper de ses lèvres par petites bouffées. Comme ce soir, où il les identifie aussi sûrement qu'une maman phoque retrouve à son odeur, parmi des milliers d'autres, son bébé sur une plage.

Il perçoit ensuite le ronronnement discontinu de Pop-Tart, ce moteur miniature au ralenti si discret qu'il faut tendre une oreille attentive pour le distinguer.

Enfin, il détecte ce qu'il cherchait : un troisième son, si ténu qu'il se fie non pas à son volume, mais à sa fréquence. Vingt ans plus tôt, Michael Goodman était enseigne de vaisseau sur un navire-école qui longeait la côte entre New London, Connecticut, et Norfolk, Virginia. Un soir où le mal de mer l'empêchait de dormir, il avait grimpé sur le pont et s'était agrippé à la rambarde, partagé entre la peur et l'envie de mourir. Il avait repéré le fanal d'un phare éloigné non pas à son éclat — sous le ciel constellé d'étoiles, des centaines de lumières plus vives scintillaient sur le rivage — mais aux quelques secondes séparant chacun de ses signaux.

Il s'efforce à présent d'ignorer la respiration de sa fille et le ronronnement du chaton, de manière à isoler ce troisième son et à lui accorder toute son attention. Il calcule qu'il revient à intervalles de six secondes, ce qui, sur une carte marine, pourrait donner « BR 6 sec » — bruit de respiration toutes les six secondes. Une fois certain que cette régularité ne peut indiquer qu'un sommeil profond, il se lève en catimini et va dans l'entrée sur la pointe des pieds. Il se faufile à l'extérieur, puis retire une de ses chaussettes avec laquelle il cale la porte pour éviter le déclic de la serrure.

Au sous-sol, il dirige sa lampe-torche sur le cadenas et forme la combinaison. Il ouvre le sac de voyage noir et en sort le même sac plastique bleu que les fois précédentes. Avec soin, il fait glisser un peu de poudre blanche dans un sachet, s'arrêtant quand il pense en avoir sept ou huit grammes. Il remet tout en place, remonte, et regagne son coin de moquette. Lorsque son cœur bat moins fort dans sa poitrine, il peut de nouveau distinguer le souffle léger de sa fille, le ronronnement discontinu du chaton, et, toutes les six secondes, cette respiration qui ne peut appartenir qu'à Carmen.

Dans la planque, Abbruzzo et Riley partagent une pizza et six canettes de Pepsi tiède. Ils travaillent par périodes de douze heures à présent, et ce soir ils ont pris leur service un peu avant minuit. Ils seront de garde toute la nuit, et jusqu'à midi le lendemain jeudi.

— On dirait que M. et Mme Boute-en-train sont allés se coucher, ironise Abbruzzo.

— Aucun doute là-dessus, approuve Riley.

Il inscrit sur la fiche d'écoute :

> 23 h 15 Cible & *paramore* endormis. Plus d'appels, ni d'activités suspectes.

23

Au rayon guides de voyage de Barnes & Noble, Michael Goodman fait de son mieux pour avoir l'air intéressé par les livres qui l'entourent. Tâche délicate, à cause de l'énorme bouquet de marguerites enveloppé de papier blanc qu'il tient dans la main droite.

Bien qu'il ait suivi assez fidèlement les instructions données la veille au téléphone par le dénommé TM, il s'en est tout de même écarté sur un point précis : le sachet en plastique contenant la poudre blanche ne se trouve pas à l'intérieur du papier qui entoure les fleurs. Cette initiative est due en partie aux inquiétudes de Carmen, en partie à la facilité avec laquelle Goodman s'est rendu à ses arguments, malgré ses propres réticences à l'idée de l'impliquer dans cette affaire.

Après avoir appelé Bronx Pneumatiques pour demander à Manny la permission de reporter sa venue au lendemain après-midi, il est allé avec Carmen déposer Kelly chez sa grand-mère. Ils se sont ensuite arrêtés chez un fleuriste.

— Je voudrais un bouquet de fleurs, mais enveloppé dans du papier blanc, a expliqué Goodman au vendeur.

Ce dernier a vérifié ses stocks.

— J'ai du bleu et du mauve, a-t-il annoncé. J'en ai un à motif rose et vert sur fond blanc, et un à rayures rouges, blanches et bleues qui me reste de la fête nationale de l'Indépendance. J'en ai également un argenté et un doré...

— C'est du blanc uni qu'il me faut.

— Dans ce cas, je ne peux rien pour vous.

Tout paraissait compromis jusqu'à ce que Carmen vienne à la rescousse, faisant remarquer qu'il suffisait de retourner le papier à motif rose et vert sur fond blanc pour obtenir en un tournemain le blanc uni recherché.

Ensuite, alors qu'ils se dirigeaient vers Barnes & Noble, elle a repris la parole :

— En mettant ton sachet avec les fleurs, tu cherches les ennuis. S'ils te voient dans les rayons avec ton bouquet enveloppé dans du papier blanc, rien de plus facile pour eux que de te l'arracher et de se précipiter vers la sortie. Fin de l'histoire.

Goodman a bien dû admettre qu'elle avait raison.

— Que faut-il faire ?

— Nous trouver tous les deux dans le magasin. Mais pas au même endroit. Comme si nous ne nous connaissions pas. Tu tiendras les fleurs, et je me charge du sachet. Si TM arrive avec l'argent, arrange-toi pour qu'il te le donne. C'est moi qui lui remettrai l'échantillon.

— Pas question. Je t'ai déjà dit que je ne voulais pas te voir mêlée à cette affaire, et je n'ai pas changé d'avis. Il doit exister un moyen te permettant de rester en dehors de tout ça.

— Très bien. Je te propose une variante : dès que TM te montre l'argent, tu lui demandes d'attendre un instant. Tu viens vers moi, et je te donne le sachet. De cette manière, c'est toi qui le lui remets, sans que j'aie à intervenir.

Ils sont tombés d'accord sur cette seconde solution.

Voilà donc Goodman en train d'examiner successivement le guide Fodor de Paris, *Londres pour 50 $ par jour*, *Trekking dans l'Himalaya*, et le guide Street des croisières dans les Caraïbes. Il est stupéfait de trouver autant de guides de voyage. Il se baisse et se plonge dans la contemplation d'une étagère remplie d'ouvrages sur les Antilles. Pour déchiffrer les titres, il doit cligner légèrement des yeux car il n'a pas ses lunettes. Carmen l'a convaincu de les laisser chez lui. Par-dessus le marché, c'est elle aussi qui lui a choisi ses vêtements. Elle lui a fait remplacer son jean par un pantalon en toile noire. Plus branché, a-t-elle déclaré, sans qu'il comprenne vraiment ce qu'elle entendait par là. Elle a découvert dans un tiroir une fausse Lacoste noire dont elle a retiré à grand-peine le crocodile à l'aide d'une lame de rasoir. Une veste de costume gris foncé, une paire de chaussures noires et des chaussettes assorties ont complété l'ensemble. Commentaire de Kelly :

— Tu ressembles à Batman, papa.

Enfin, après avoir insisté pour lui mouiller les cheveux, Carmen a tenté de les lui ramener en arrière, ne réussissant qu'à leur donner l'apparence d'un tampon Jex humide.

— Alors, on se choisit une destination agréable où dépenser tout l'argent qu'on va gagner?

Goodman reconnaît la voix rauque avant même de voir son interlocuteur. Il se redresse, et doit lever la tête pour découvrir un visage massif où dominent des sourcils noirs broussailleux se rejoignant presque. Tout chez cet homme suggère la force, voire la violence — sauf le bouquet enveloppé de papier blanc qu'il a calé sous son bras, tel un ballon de football américain.

— Tiens, on a dû aller chez le même fleuriste, dit-il désignant du menton le bouquet de Goodman.

— Sans doute.

Goodman constate que l'homme n'a pas cherché à lui arracher ses fleurs, alors qu'il n'aurait guère pu l'en empêcher. Pour la première fois, il entrevoit la possibilité que la transaction réussisse, au lieu de déboucher sur une nouvelle arnaque comme Carmen et lui le craignaient.

— Celui-là paraît intéressant.

L'homme désigne un livre sur l'étagère du bas. Il met un genou à terre, prend son bouquet à la main et le pose sur le sol moquetté.

Goodman doit se baisser pour lire le titre du guide en question. « *Le Nord-Ouest des Etats-Unis* », articule-t-il en silence, lorsqu'il entend l'homme lui suggérer de poser son bouquet.

Soudain, tout s'éclaire. Il est censé placer ses fleurs contre l'autre bouquet. Ensuite, au moment de se relever, il y aura un échange : il se retrouvera avec le bouquet contenant l'argent, et l'homme avec celui contenant la drogue. Comme au cinéma.

Seul problème : la drogue n'est pas dans son bouquet.

— Pose tes fleurs, répète l'homme.
Cette fois, ses paroles ressemblent davantage à un ordre qu'à une simple suggestion. Goodman s'exécute.
Un instant plus tard, l'homme referme en effet une main musclée sur les fleurs de Goodman et se relève. Ce dernier, qui n'a pas le choix, l'imite. Il s'aperçoit aussitôt que le nouveau bouquet pèse bien plus lourd que le premier.
— Tu as un numéro de téléphone où je peux te rappeler ?
Sans réfléchir, Goodman donne celui de son domicile.
— Ecoutez... dit-il à l'homme, conscient de la nécessité de l'avertir que la drogue ne se trouve pas dans le bouquet comme prévu. Mais sans lui laisser le temps d'expliquer qu'il doit aller la chercher, Carmen surgit entre eux.
— Excusez-moi, lance-t-elle en saisissant d'une main un exemplaire du guide Frommer de la Nouvelle-Angleterre tandis qu'elle glisse l'autre dans le bouquet tenu par l'homme. Son geste n'a rien de furtif et elle fait un clin d'œil à chacun de ses interlocuteurs avant de quitter le rayon, le nez dans son livre, en quête d'informations sur Cape Cod, ou Martha's Vineyard.
Sur le visage de l'homme, la stupéfaction fait place à l'embarras. Goodman se sent obligé de dire quelque chose.
— Vous savez ce que c'est. Dans ce genre d'affaire, on n'est jamais trop prudent.
Dans le sillage de Carmen, il gagne alors la porte du magasin et sort sur Lexington Avenue.

Sur le trottoir d'en face, Weems et Sheridan ont rejoint Abbruzzo et Riley. Les quatre inspecteurs sont là à cause d'un appel intercepté par Abbruzzo juste avant dix heures vingt : Goodman y prévenait une femme non identifiée qu'il déposerait sa fille peu après afin de pouvoir régler « une affaire urgente ».
— Il doit être sur un coup, a convenu Riley.
Un peu plus tard, vers onze heures, ils ont assisté à la sortie de la Taupe accompagné de sa fille et de sa *paramore*.
— Il va se passer quelque chose, a annoncé Abbruzzo.
Ils les ont suivis à pied, contactant Weems et Sheridan

pour les informer des derniers développements. Ils ont vu Goodman entrer avec sa fille dans un immeuble de la 72ᵉ Rue, et attendu qu'il ressorte. Leur carnet de bord rapporte chacun de ses faits et gestes, comme suit :

>   11 h 29   La cible quitte les lieux sans sa fille et rejoint sa *paramore*.
>   11 h 36   La cible et sa *paramore* entrent chez un fleuriste de la 83ᵉ Rue.
>   11 h 42   Ils quittent le magasin ensemble. La cible a un bouquet de fleurs à la main.
>   11 h 53   Ils entrent dans une librairie de la 86ᵉ Rue.
>   12 h 09   Ils quittent la librairie. La cible a toujours son bouquet.

Les quatre inspecteurs — Abbruzzo et Riley devraient avoir fini leur service, Weems et Sheridan viennent de prendre le leur — emboîtent aussitôt le pas au couple afin de continuer la filature. Cependant, ils ne remarquent pas l'homme robuste, aux sourcils noirs et au cou massif, qui sort de la librairie quelques instants plus tard, porteur d'un bouquet presque identique. Lorsqu'il traverse la 85ᵉ Rue pour retrouver un autre homme, les quatre policiers remontent déjà vers le nord, à la suite du suspect et de sa compagne. Riley ajoute une dernière précision avant de tendre le carnet de bord à Sheridan.

>   12 h 27   La cible et sa *paramore* rentrent à pied et pénètrent dans leur immeuble. Toujours avec le bouquet.

— En fait, il n'a rien dû se passer, dit Riley, avec un haussement d'épaules.
— Ouais, approuve Abbruzzo. Nos deux amoureux doivent tout simplement adorer les fleurs.

Si tel est le cas, ils le prouvent d'une étrange façon. Aussitôt arrivés dans le studio, ils referment la porte à clé derrière eux et s'attaquent à leur nouvelle acquisition. Ils ne prêtent aucune attention au papier blanc des deux côtés — TM n'est bien sûr pas allé chez le même fleuriste qu'eux.

Pas plus qu'ils ne prennent le temps d'admirer les fleurs, des roses rouges joliment garnies de gypsophile. Ils défont le bouquet, attirés par l'enveloppe blanche coincée entre les tiges. Malgré les épines qui la retiennent, Goodman la récupère avec adresse et l'ouvre sur-le-champ. Il s'attend à tout : billets de Monopoly, coupures de journaux, même un message plié en quatre disant qu'ils se sont fait rouler.

Au lieu de quoi il découvre vingt-cinq billets de cent dollars.

Dans le studio ce soir-là, assis à la table pliante, Carmen et Michael Goodman se font face. Entre eux, deux tasses de café, deux serviettes en papier, une cuiller et une liasse de billets de cent dollars. Goodman réfléchit à voix haute.

— Me voilà devenu dealer.

— Tout dépend de quel point de vue on se place, dit Carmen.

— C'est le mien, en tout cas. Mais pourquoi avoir modifié à la dernière minute ce qui était décidé ? Tu devais me donner le sachet à moi, pas à TM.

— Tu avais l'air un peu perdu, répond-elle, la main sur l'avant-bras de Goodman pour bien lui montrer que ce n'est pas une critique. Et puis je crois t'avoir déjà dit que si tu te lançais dans cette aventure, je m'y lançais aussi. Rappelle-toi le vieux dicton : « On est à jamais redevable à celui qui vous a sauvé la vie. On doit le suivre jusqu'en enfer. »

— Jamais entendu dire.

— C'est pourtant ça, à peu de chose près.

Goodman ne relève pas.

— Que faisons-nous de l'argent ? demande-t-il, comme s'il n'était pas sûr de vouloir s'en servir.

— A mon avis, la première chose à faire est de le porter dans une banque où tu n'es jamais allé, où personne ne te connaît. Echange tout contre des petites coupures. Les gens remarquent les billets de cent dollars — inutile d'éveiller les soupçons si on peut l'éviter. Ensuite, tu pourras le dépenser.

— De quelle manière ?

— Sous forme de mandats. Commence par les frais médicaux de Kelly les plus urgents.

Goodman s'efforce de visualiser ce qu'elle suggère. Fidèle à son habitude, il convertit tout en chiffres.

— Je pourrais rembourser d'abord la première IRM et une partie des honoraires du neurologue : il me resterait de quoi payer d'avance la seconde IRM.

Il comprend qu'il se réfugie derrière les chiffres pour éluder un problème plus délicat, en l'occurrence le fait d'utiliser de l'argent gagné en vendant de la drogue. Au même instant, il revoit le petit visage livide de sa fille et l'imagine déformé par la douleur, ravagé par une tumeur au cerveau qui aurait pu être traitée si seulement il avait pu payer les médecins et les examens nécessaires. Sans plus d'états d'âme, il sait que dès le lendemain matin, Dieu aidant, il dépensera cet argent.

L'argent est également au premier rang des préoccupations de Big Red lorsque, bien après minuit, il rentre chez lui dans sa Bentley. Il a en poche plus de seize mille dollars en liquide, et même s'il lui arrive souvent de manier des sommes bien plus importantes, il n'aime pas l'idée de les avoir sur lui quand il conduit. Un flic trop zélé, offusqué à la vue d'un Noir au volant d'une voiture de luxe, peut à tout moment l'obliger à se garer et le fouiller. Par précaution, au feu rouge suivant, Big Red sort les billets de sa poche et les fourre dans la cachette spécialement aménagée sous le siège du passager.

Cependant, sa main bute sur un objet plat et lisse. Soudain, il se souvient : c'est le portefeuille trouvé dans le pantalon du Blanc auquel il a volé le kilo d'héroïne avec Hammer. Il le récupère et met l'argent à sa place.

Le feu passe au vert. Big Red glisse le portefeuille dans sa poche et poursuit sa route jusque chez lui.

24

GOODMAN se lève tôt le vendredi matin et, dès neuf heures, il est à l'agence de la Chemical Bank située sur la 86ᵉ Rue. Il n'y a pas mis les pieds depuis trente ans, et ne devrait pas y courir plus de risques qu'ailleurs.

L'employée lui lance un regard surpris quand il lui demande pour deux mille cinq cents dollars de mandats, sans doute à cause du travail que ça représente. A un moment, il croit la voir chuchoter à l'oreille d'un supérieur, mais elle revient avec les mandats : quatre de cinq cents dollars, trois de cent dollars, trois de cinquante dollars. Les cinquante dollars restants servent à régler la commission prélevée par la banque.

Il quitte l'agence et repart vers son immeuble, où il répartira les mandats entre les différentes factures et enveloppes, avant d'indiquer le nom des bénéficiaires.

Il ne remarque pas les deux hommes qui le prennent en filature lorsqu'il traverse Lexington Avenue.

— Il doit être en train de blanchir son argent, dit Sheridan à Weems. L'un de nous devrait retourner à la banque et parler à l'employée qui s'est occupée de lui.

— Je ne m'y risquerais pas. D'après Abbruzzo, ce type n'est pas né de la dernière pluie. Il y a de fortes chances pour qu'il vienne régulièrement dans cette agence. Il doit être en cheville avec l'employée à laquelle il s'est adressé.

Et la payer pour qu'elle blanchisse son fric liquide sans laisser de traces. Si on l'approche, elle le préviendra aussitôt. Ça pourrait tout faire rater.

— Bien vu, Harry. Tu es dans le vrai, aucun doute là-dessus.

— Bah, après douze ans de service, j'ai appris deux ou trois petites choses, répond Weems, avec un sourire satisfait.

— Cette Taupe a plus d'un tour dans son sac, on dirait.

— Là, pas d'erreur.

En allant prendre le métro pour se rendre dans le Bronx, Goodman met trois enveloppes dans une boîte aux lettres. Chacune contient plusieurs mandats. Il s'assure qu'elles sont bien tombées à l'intérieur de la boîte. Aussi loin que remontent ses souvenirs, il a toujours eu ce réflexe, comme s'il s'attendait à découvrir un jour une lettre suspendue dans les airs, défiant les lois de la gravité.

De même vérifie-t-il dans les cabines téléphoniques si personne n'a oublié de pièces de monnaie, bien qu'il n'en ait jamais trouvé. Mais les manies ont la vie dure, et indépendamment de la perspective d'une récompense plus tangible, semble tirer un certain plaisir du rituel lui-même.

Chez Bronx Pneumatiques, personne ne reproche à Goodman d'être venu le vendredi plutôt que le jeudi. Manny n'a pas changé d'attitude : peu lui importe quand et comment le travail est fait, pourvu qu'il soit fait. Du temps de Marlene, il devait être obligé de surveiller la comptabilité de plus près. D'où sa satisfaction évidente d'avoir quelqu'un sur qui se reposer.

A seize heures, Goodman a pratiquement terminé ses tâches habituelles. Il compose le numéro de sa belle-mère, qui décroche à la seconde sonnerie.

— Bonjour, c'est Michael.

— Bonjour Michael.

— Quelles nouvelles ?

— Des bonnes et des moins bonnes. Kelly a toujours des maux de tête. En revanche, elle m'a affirmé que la tache dans son œil la gênait moins qu'avant.

— C'est déjà ça. Je peux lui parler?
— Bien sûr. Ne quittez pas.
Quelques minutes plus tard, il entend la voix de sa fille.
— Bonjour papa.
— Bonjour mon ange. Comment vas-tu?
— Très bien. Quand est-ce que tu viens me chercher?
— En revenant du travail, d'accord?
— D'accord. Papa?
— Oui?
— Tu me dois deux chapitres!
— Rien que ça! s'exclame-t-il en riant. Eh bien, entendu pour deux chapitres! A plus, ma puce.
— A tout à l'heure, raton-laveur.
— Sans tarder, mon poulet.
— Prends garde à toi, mon petit papa.

Longtemps après avoir raccroché, il s'émerveille de la capacité de Kelly à retenir dans les moindres détails tout ce qu'il lui apprend.

Manny réapparaît dans le bureau peu avant dix-sept heures et, comme chaque semaine, il retire de sa liasse les cinq billets de vingt dollars. Somme qui paraît cette fois presque dérisoire à Goodman.

— Merci, dit-il.
— Je vous en prie, répond Manny. Bon week-end.

En partant vers la station de métro de la 161e Rue, Goodman fait un nouvel arrêt devant une boîte aux lettres. L'enveloppe qu'il y dépose contient un bulletin de versement à l'ordre de Bronx Pneumatiques, accompagné de son dernier mandat de cinq cents dollars : ainsi aura-t-il remboursé le chèque fait une semaine plus tôt à l'ordre du Mount Sinai Hospital pour la ponction lombaire de Kelly.

Comme toujours, il soulève le rabat de la boîte aux lettres et vérifie à l'intérieur. On n'est jamais trop prudent.

— Quoi de neuf sur Michael Goodman?

Maggie Kennedy, procureur adjoint, s'adresse à Ray Abbruzzo et Daniel Riley, qu'elle a convoqués dans son bureau ce vendredi après-midi.

— Il est très fort, répond Riley.

— Fort ou pas, je dois faire à mon patron un rapport provisoire sur les résultats de la mise sur écoute. Alors je vous conseille de me fournir des informations convaincantes.

— On sait qu'il a repris ses activités, déclare Abbruzzo. On a la preuve qu'il négocie des transactions, va à des rendez-vous, prépare des coups.

— On l'a même vu blanchir de l'argent, ajoute Riley. Weems et Sheridan l'ont surpris à sa banque habituelle. Il s'adresse toujours à la même employée, qu'il paie en liquide. Il refuse d'être servi par quelqu'un d'autre.

— Avez-vous découvert qui sont ses complices ?

— Dans une certaine mesure, dit Abbruzzo. Une mystérieuse femme semble impliquée. Il l'appelle parfois «Mamie», jamais par son vrai nom. Il y a aussi un type du Bronx, une sorte de M. Muscle dont il doit se servir comme garde du corps.

— Tu oublies sa *paramore*, lui rappelle Riley.

— Oui, il vit à la colle avec une gonzesse...

Maggie Kennedy l'interrompt.

— Je vous demande pardon ?

— Il a une concubine, si vous préférez. Et on est à peu près sûrs qu'elle est mêlée à tout ça.

— La Taupe numéro deux, explique Riley.

— Bon, conclut Maggie Kennedy, vous avez intérêt à découvrir rapidement de nouveaux éléments si vous voulez continuer à vous occuper de cette affaire.

— J'ai dans l'idée qu'il nous prépare quelque chose pour ce week-end.

— Je vous le souhaite. Sinon, on nous supprimera l'autorisation de mise sur écoute dès que les trente jours réglementaires seront écoulés.

Goodman passe prendre sa fille chez sa belle-mère. Dès qu'il la voit, il sait qu'elle a mal à la tête. Elle ne se plaint pas, et a même appris à détourner plus discrètement les yeux de la lumière. Toutefois, il ne s'y trompe pas. Elle a le visage très pâle, presque diaphane, et la peau un peu moite. Bien qu'elle se déride à sa vue, qu'elle éclate de rire quand il la serre dans ses bras et lui chatouille les côtes, sa gaieté a quelque chose de forcé.

— Je suis prête à partir en week-end.

Elle désigne un petit sac de voyage rouge posé sur la moquette, devant la porte d'entrée. Il a l'air minuscule à côté de Larus, apparemment du voyage lui aussi.

Avant leur départ, Goodman remercie sa belle-mère de s'être occupée de Kelly. Il lit ses propres angoisses dans le regard inquiet qu'elle lui lance.

En chemin, Goodman s'arrête acheter une pizza, laquelle s'ajoute à son attaché-case et à Larus, l'obligeant à se transformer en équilibriste pour les dernières centaines de mètres du trajet. Kelly, elle, porte son petit sac. A chaque carrefour, de sa main libre, elle tient docilement son père par le coude avant de descendre du trottoir. Non qu'elle ait peur : à six ans, elle a déjà annoncé qu'elle était assez grande pour traverser seule. En revanche, il la sait capable d'avoir perçu sa propre appréhension dans ces moments-là, et de vouloir le rassurer, lui, en se plaçant sous sa protection.

Carmen les accueille très chaleureusement, et il se dit que tous les trois s'habituent plutôt bien à la vie de famille. Il assiste aux retrouvailles de la jeune femme et de sa fille sans pouvoir s'empêcher de s'interroger : combien de temps faudra-t-il à Carmen pour décider de reprendre sa vie là où elle l'a laissée ? Comment Kelly réagira-t-elle en perdant une nouvelle figure maternelle ? Comment lui-même prendra-t-il ce départ ? Il va jusqu'à l'évier, se lave les mains, déplace quelques objets pour se donner une contenance.

Kelly partage une part de pizza avec Pop-Tart, mais touche à peine à la salade préparée par Carmen, avant de finir par reconnaître qu'elle a mal à la tête.

— Pourtant, mamie m'a dit que la tache dans ton œil semblait diminuer un peu, déclare Goodman.

— C'est vrai, répond la fillette avec un sourire, heureuse de pouvoir donner une bonne nouvelle. Je la remarque surtout le soir, ou quand je suis vraiment fatiguée.

— Comme maintenant ? suggère Carmen.

— Oui, un peu.

— Pas trop fatiguée pour une histoire, quand même? demande Goodman.
— Jamais de la vie!

Pendant qu'elle se met en pyjama et que Carmen débarrasse la table, Goodman déplie le canapé. De nouveau, il est frappé par la manière dont ils se sont réparti les rôles, et par le vide que le départ de la jeune femme laissera bientôt dans sa vie et celle de sa fille. Il remet les oreillers en place et se concentre sur la suite de l'histoire.

La Princesse Ballerine
(suite)

Peut-être vous souvenez-vous qu'au moment où nous avons quitté la Princesse Ballerine, elle venait de s'endormir après avoir subi le Terrible et Cruel Examen, celui qui faisait vraiment mal.

— Il ne faisait pas si mal que ça, papa.
— Parce que tu veux te montrer courageuse. Il ne faut pas avoir honte de dire qu'on a mal quand c'est vrai.
— Ce n'était pas si terrible, papa, je t'assure.

Quoi qu'il en soit, le Terrible et Cruel Examen ne fut pas totalement inutile pour les médecins princiers. Il sembla aussi soulager un peu la Princesse. La tache qu'elle voyait dans son œil parut diminuer, et parfois même disparaître complètement.

La Princesse Ballerine posa alors au Gardien des Nombres une question très naturelle : y avait-il une chance pour que ce soit le dernier examen? Le Gardien des Nombres alla donc se renseigner auprès du Très Honorable Médecin du Royaume. Et que croyez-vous qu'il répondit?

— Qu'il fallait d'autres examens, déclare Kelly.

— Il faut un dernier examen, annonça le Très Honorable Médecin du Royaume.
— Quel genre d'examen? demandèrent la Princesse Ballerine et le Gardien des Nombres. Celui où on vous met à l'intérieur d'une énorme machine qui fait peur, ou bien celui où on vous plante une aiguille dans le dos?

— En réalité, expliqua le Très Honorable Médecin, puisqu'il doit s'agir du dernier examen, la Princesse aura peur et mal à la fois ! D'abord, nous lui planterons une aiguille dans le dos, après quoi nous la mettrons dans une énorme machine.
— Par le Royaume de Yew Nork, pourquoi faut-il faire ces deux choses terribles en même temps ? s'étonnèrent-ils.
— Parce qu'ensemble, elles nous permettront de voir exactement d'où viennent les maux de tête. Alors peut-être — je dis bien peut-être — pourrons-nous enfin les faire disparaître une fois pour toutes.

— Comme par magie ? interroge Kelly.
Elle s'est retournée et a déjà les yeux fermés.
— Comme par magie.
— Tu crois à la magie, papa ?
— Oui, beaucoup. Sinon, comment un drôle de type comme moi aurait-il pu devenir le père d'une petite fille aussi adorable, aussi belle, aussi courageuse et intelligente que toi ?
En guise de réponse, le son familier de la respiration de Kelly l'informe qu'elle dort déjà.

En quittant le bureau de Maggie Kennedy au 80, Centre Street, Ray Abbruzzo et Daniel Riley sont allés au Dominick's Clam Bar dans Little Italy. Là, Riley a consciencieusement noté dans son carnet de bord qu'ils avaient « pris un repas ». Pour l'homme de la rue, le jargon de la police est une source constante d'émerveillement. Pourquoi, par exemple, se contenter de « descendre de voiture » alors qu'on peut « quitter son véhicule de service », formule autrement plus élégante ? Ainsi un « pistolet » devient-il une « arme officiellement autorisée », un « flic » un « membre des forces de l'ordre », et — comme ici — on ne « déjeune » pas, on « prend un repas ».
Au menu du repas en question : deux doubles rations de clams frits, servis avec la septième, et la plus épicée, des rouilles de Dominick — baptisée Armageddon sur le menu affiché au mur. (Un peu moins redoutables, ses six cousines vont de la Mort lente et de la Mort subite aux Flammes de

l'Enfer ou du Purgatoire, en passant par L'au-delà et Les affres de la mort.)

Les clams étaient accompagnés de généreuses portions de linguini pour absorber la sauce, et de pain croustillant au cas où il en resterait encore. Une bouteille et demie de Barolo, offerte par la maison, a égayé ces agapes, sans parler de la dose d'alcool — 0,8 gramme — que les deux hommes avaient dans le sang lorsqu'ils sont repartis en voiture vers le nord de Manhattan prendre leur service de nuit à la planque. S'ils n'étaient pas tout à fait «en état d'ivresse» aux termes de la loi, leurs facultés étaient néanmoins «altérées» — rien, bien sûr, qui puisse inquiéter deux inspecteurs expérimentés.

Arrivés à la planque à vingt heures, ils ont plaisanté pendant une demi-heure avec Weems et Sheridan. Principal sujet de conversation : laquelle des deux équipes était la mieux lotie? Weems et Sheridan, obligés d'aller retrouver femme et enfants à Long Island? Ou Abbruzzo et Riley qui n'avaient pas à rentrer chez eux?

A vingt-deux heures, confortablement installés, ces deux derniers avalent comprimé sur comprimé, espérant en vain calmer renvois et brûlures d'estomac, seul souvenir du «repas pris» au Dominick's Clam Bar.

A vingt-deux heures seize, ils interceptent l'appel qu'ils attendaient.

Goodman décroche dès la première sonnerie afin de ne pas réveiller Kelly. Il commence par jeter un coup d'œil au réveil, surpris qu'on l'appelle le soir à dix heures passées.

— Allô?

— Bonsoir, lance une voix masculine qu'il ne reconnaît pas. C'est bien Mikey?

Goodman se demande quand on l'a appelé Mikey pour la dernière fois. Rares sont ceux qui ont le réflexe de l'appeler Mike, et à plus forte raison Mikey. On associe plus volontiers ce genre de prénom aux amateurs de chemises canadiennes et de chaussures de bûcheron. Avec ses livres de comptes, son attaché-case et son étui à stylos, Goodman

s'est toujours perçu comme « Michael ». Il s'entend pourtant répondre :
— Oui, c'est Mikey.
A peine a-t-il ouvert la bouche qu'il regrette de ne pas avoir dit « Ouais » plutôt que « Oui ».
— Je suis Vinnie, le frère de Carmen.
Il prononce *Cah'men*.
— Comment ça va ?
— Très bien.
Goodman s'étonne que Vinnie, soi-disant paranoïaque, se mette soudain à utiliser le téléphone, en donnant son identité par-dessus le marché. Peut-être des ennuis en perspective.
— Un problème ?
— Non, pas du tout.
— Tout s'est bien passé ?
Goodman se félicite de sa présence d'esprit, qui lui a permis de rester dans le vague. Si quelqu'un les écoute, il n'a aucun moyen de savoir de quoi il est question.
— Merveilleusement bien. Le livre était formidable. C'est pour ça que j'appelle.
Après quelques instants, Goodman comprend que « livre » est le nom de code utilisé par Vinnie pour désigner l'échantillon. Sans doute parce que l'échange a eu lieu à la librairie Barnes & Noble.
— Content qu'il vous ait plu.
— Ouais, et j'en lirais bien un autre sans tarder. Je pourrais savoir combien il y en a dans la collection ?
Goodman a un temps d'hésitation. Vinnie ne se montrerait-il pas un peu trop explicite ? Mais après tout, inutile de se montrer plus paranoïaque que lui.
— Ce livre était le premier d'une série de quatre tomes, comme le souhaitait votre ami. Chaque... collection en comporte trente-cinq.
— Combien il y a de collections en tout ?
— Si j'ai bien compris, l'éditeur en a encore dix-neuf. Moins le livre que je vous ai remis, bien sûr.
Vinnie laisse échapper un petit sifflement.
— Aussi passionnants que celui que je viens de lire ?
— Tous des classiques.

— Et si on se retrouvait demain après-midi pour en discuter, Mikey Boy ? Sans témoins ?
— Bonne idée, déclare Goodman, moins confiant qu'il n'y paraît.
— Pourquoi pas devant la bibliothèque ? La plus importante, celle avec les deux gros lions et le grand escalier.
— Entendu.
Vinnie file un peu trop la métaphore à son goût, mais il ne doit pas exister beaucoup de lieux plus sûrs et anonymes que la bibliothèque de la 42e Rue.
— A trois heures, ça irait ?
— Je préférerais deux heures, dit Goodman, juste pour donner l'impression que la situation ne lui échappe pas totalement.

— Bon Dieu de merde ! s'exclame Daniel Riley, aussitôt la conversation terminée. Tu as entendu ça ?
— J'ai bien entendu, répond Abbruzzo, encore que le dernier mot, sorti en même temps qu'un rot, soit difficilement reconnaissable.
— Dire que ce type est assis sur dix-neuf kilos de blanche pure !
— Et qu'il a maintenant un petit malin prêt à lui acheter tout son stock !
— Putain, je rêve !
Riley a toutes les peines du monde à reprendre ses esprits.
— Il nous faut des renforts pour couvrir le rendez-vous de demain, déclare Abbruzzo. A quelle heure, déjà ? Trois heures ?
— Ouais, approuve Riley, le cerveau encore embrumé par les soixante-quinze centilitres de Barolo.

— Alors ? demande Carmen, dès que Goodman a raccroché.
— Notre ami Vinnie voulait savoir de combien de marchandise je dispose. Mon échantillon a l'air d'avoir eu du succès.

— Vous avez évoqué ce genre de détails au téléphone ?
— Pas ouvertement. En langage top secret. Une vraie conversation de bibliophiles.
— Au téléphone, il n'y a pas de secret, Michael.
— Nous nous sommes contentés de fixer un malheureux rendez-vous.
— Quand ?
— Demain. A deux heures de l'après-midi.
— Où le retrouvons-nous ?
— Il n'est pas question de *nous*.
— Je te demande pardon ?
— Vinnie a été on ne peut plus clair. « Sans témoins, Mikey Boy » pour reprendre ses propres termes.
— Mikey Boy ?

Goodman se sent rougir.

— Ce bon vieux Vincent, dit-elle avec un hochement de tête. Dans le monde de mon frère, chacun doit avoir un surnom. Il traînait toujours avec des « Jimmy Yeux Bleus », « Frankie Amygdales » et autres « Bobby le Débile ». Et maintenant, Mikey Boy !
— Apparemment, j'aurais pu tomber plus mal. En fait, ça sonne plutôt bien.
— Mais tu n'iras pas seul à ce rendez-vous.
— Ecoute...
— Pas de sermons. Vincent est mon frère. Je n'ai aucun ordre à recevoir de lui.

Carmen dévoile une facette de sa personnalité que Goodman n'a encore jamais vue : une opiniâtreté inattendue. En son for intérieur, il se réjouit pourtant de sa présence à son côté le lendemain, sur le grand escalier aux lions.

Cette nuit-là, allongé comme d'habitude sur la moquette, il perçoit au bout d'un moment la respiration de sa fille et le ronronnement de Pop-Tart. Le troisième son, en revanche, n'a pas la même régularité.

— Tu ne dors pas ? chuchote-t-il dans l'obscurité.
— Non, répond Carmen.
— Moi non plus.

Un bruissement de draps, et la voilà tout près de lui sur la moquette. Enhardi par la pénombre, il lui entoure la taille de son bras et l'attire à lui. Il sent son tee-shirt contre sa peau, essaie de se souvenir s'il a aperçu la couleur de son slip avant d'éteindre la lumière. Il doit se contenter de l'imaginer rouge. Ils restent étendus côte à côte, pendant une éternité lui semble-t-il. Il sait qu'elle est descendue le rejoindre pour lui exprimer son affection et sa tendresse. Intellectuellement, il comprend que son geste n'a rien de sexuel, mais voilà des mois qu'il n'a pu approcher une femme de si près. Même s'il ne se méprend aucunement sur les intentions de Carmen, il est humain après tout, et ne parvient à maîtriser ni son cœur qui bat à tout rompre, ni le retour de son désir. Etendu là, en proie à un mélange insupportable de plaisir et d'effroi, il se demande par laquelle de ces manifestations gênantes il sera trahi en premier : les battements de son cœur ou son érection ?

25

Au lever du jour, Goodman découvre qu'il a survécu à la nuit écoulée. Son pouls a dû finir par retrouver un rythme normal et son désir refluer. Il se rappelle vaguement avoir été embrassé par Carmen alors qu'il faisait encore noir, avant qu'elle ne regagne sa place sur le lit avec Kelly et Pop-Tart. Il voudrait se convaincre que ce baiser portait en lui la promesse de plaisirs merveilleux. Mais force est de reconnaître que Carmen n'a pas pressé avec passion ses lèvres contre les siennes ; elle s'est contentée de lui effleurer la joue, plus à la manière d'une sœur que d'une femme amoureuse.

A l'heure du petit déjeuner, Kelly réclame des crêpes spéciales, celles qu'il fait en versant la pâte dans la poêle de manière à leur donner la forme d'animaux, d'étoiles, de flocons et autres créations personnelles. Chaque crêpe va à la première personne capable d'identifier ce qu'elle représente. Carmen s'arrange pour laisser la fillette donner presque toutes les bonnes réponses, mais curieusement, c'est Pop-Tart qui a l'assiette la plus remplie.

Vient ensuite l'heure de la lessive : tous les trois — Pop-Tart, repu, est excusé — descendent en chœur au sous-sol, les bras chargés de vêtements, de lessive, d'eau de Javel et de cintres. Lave-linge et sèche-linge sont installés à côté du local à poubelles, dont la porte est ouverte au moment où ils passent devant. Si Carmen remarque la présence des poubelles, elle n'en souffle mot.

La lessive est suivie d'un épisode au supermarché, où

Goodman, dans un accès de prodigalité, permet à Kelly de choisir ce qui lui plaît. Les années passées au contact d'un père économe ont cependant laissé des traces, et il faut toute la persuasion des adultes pour qu'elle consente à prendre des marshmallows, des raisins secs, un sorbet à l'orange et des céréales au chocolat. Elle se fait beaucoup moins prier en arrivant au rayon animaux : là, seules les plus alléchantes des spécialités pour chats font l'affaire, et il n'est pas question de repartir sans deux sacs de dix kilos de litière biodégradable, à cause de l'offre « Deux sacs pour le prix d'un » proposée par le magasin. Avec les achats de Goodman et Carmen, le total se monte à cinquante-trois dollars soixante-sept. Goodman règle avec trois des cinq billets de vingt dollars de Manny, ce qui leur laisse un peu plus de quarante dollars pour tenir jusqu'à sa prochaine paie.

Le temps de rentrer et de poser ce qu'ils ont acheté, il est presque midi. Kelly n'a pas l'air d'avoir mal à la tête, mais elle semble un peu abattue et Goodman la trouve pâle. Il l'aide à s'installer devant la télévision en compagnie de Pop-Tart et de Larus, et tous les trois paraissent bientôt captivés par une émission sur les grizzlis.

— N'oublie pas notre rendez-vous avec Vincent à deux heures, rappelle Carmen alors qu'ils rangent leurs achats.

— Je n'oublie rien du tout. Mais je préférerais que tu restes ici avec Kelly. Elle n'a pas besoin d'assister à ce genre d'entrevue.

Ce n'est pas l'avis de Carmen.

— Je ne fais aucune confiance à mon frère. En ma présence, il risque moins de chercher à te rouler. De plus, il s'agit d'une simple conversation. Je tiendrai Kelly à l'écart. Elle n'entendra rien.

— Elle est fatiguée.
— Elle est en train de se reposer.
— Il fait froid dehors.

— Tu sais, Michael, par amour pour ta fille, tu vas finir par l'élever dans du coton. Quand on traite quelqu'un comme un grand malade, il est vite convaincu d'en être un. Tu devrais te demander si tu ne lui fais pas plus de mal que de bien en la couvant de cette manière.

Il s'est déjà posé la question, et sait qu'elle a sans doute raison. Mais il se sent incapable de se comporter différemment. Il se souvient d'un livre lu quelques années auparavant, au sujet d'un père si inquiet pour son jeune fils qu'il passait son temps à imaginer le pire. Un jour qu'ils avaient été victimes d'un accident de voiture, il prit son fils blessé et le serra désespérement contre lui, croyant retenir la vie qui s'échappait du petit corps. Alors que les jours de l'enfant n'étaient pas en danger, le père, sous le coup de la panique et du chagrin, referma si fort ses bras sur lui qu'il l'étouffa, accomplissant ce que l'accident n'avait pas réussi.

Carmen a-t-elle vu juste ? Est-il devenu ce genre de père qui empêche son enfant de vivre à force de surestimer les risques qu'il court ?

Une main sur son bras le ramène à la réalité.

— Kelly s'en sortira, Michael, dit Carmen.

Il la dévisage, attendant quelque chose de plus, une promesse — une garantie absolue, sans conditions, imprimée à l'encre indélébile. Elle soutient son regard quelques minutes, avant de détourner les yeux et de chercher par-dessus son épaule une place dans le minuscule placard pour l'énorme boîte de céréales au chocolat qu'elle tient de l'autre main. A ce détail apparemment insignifiant, il prend conscience que même si elle en meurt d'envie, elle ne lui fera aucune promesse : ce n'est pas en son pouvoir.

Michael Goodman n'est plus un enfant. Il sait que la vie n'offre jamais la moindre garantie, que l'encre indélébile appartient à l'époque lointaine où il apprenait la calligraphie. Mais au cours des jours suivants, il sera irrésistiblement attiré par le souvenir de cet instant, dans l'espoir de comprendre cette hésitation de Carmen au moment où il avait le plus besoin de réconfort, où elle aurait dû souhaiter le rassurer avant tout.

Ce qu'il ne remarque pas — ce qu'il ne peut pas voir quand Carmen tend le bras pour loger la boîte de céréales dans un espace à peine assez grand —, c'est qu'elle se mord la lèvre inférieure jusqu'au sang.

— On doit couvrir un rendez-vous à quinze heures précises, aboie Ray Abbruzzo au téléphone, à l'intention de son supérieur. La Taupe prépare une transaction qui pourrait porter sur dix-neuf kilos d'héroïne. Il nous faut un véhicule de surveillance banalisé, du matériel vidéo, un micro sans fil...

— Du calme, interrompt le lieutenant Spangler. On est samedi. Vous savez bien que vous devez réquisitionner ce matériel le vendredi à midi au plus tard si vous en avez besoin pendant le week-end.

— Depuis quand ?

— Tout simplement depuis que Salvaggi et Wilcocki s'en sont servi pour aller enregistrer le match des Giants contre les Eagles à Philadelphie !

— Mais il y a dix-neuf kilos en jeu, Lou !

— Il y en aurait cent fois plus que je m'en ficherais tout autant ! Je n'ai aucune envie de me faire sucrer mon insigne. Allez-y à pied.

— Il fait un froid de chien.

— Mettez des gants. Vous avez des jumelles ?

— Oui.

— Utilisez-les. Si vous voulez de la haute technologie, emportez un appareil photo. Vous savez vous en servir ?

— Oui.

— Vérifiez qu'il est chargé. Un jour, cet abruti de Jensen a fait trente-six photos à l'enterrement d'un caïd de la Mafia. Il avait juste oublié de mettre une pellicule.

— Je m'en occupe, dit Abbruzzo. Je ne peux pas avoir au moins quelques hommes en renfort ?

— Vous vous payez ma tête, ou quoi ? J'ai deux mille chauffeurs de taxi en train de converger vers la mairie pour protester contre le fait qu'on les oblige à apprendre l'anglais. La femme du Président passe le week-end ici à défendre les droits des handicapés mentaux. Il est question d'une contre-manifestation en faveur des gens normaux. Le grand chef n'arrête pas de rappeler des gars en congé pour assurer la sécurité avec la police fédérale. Et vous voulez que je vous trouve des renforts ! Redescendez un peu sur terre, nom de Dieu !

— Je posais juste la question.

— Eh bien c'est fait. Maintenant allez à ce foutu rendez-vous, et arrangez-vous pour ne pas vous faire repérer.

Abbruzzo raccroche.
— Ça s'est passé comment ?
— Pas mal. Il nous autorise à couvrir le rendez-vous.

— Tu as un drôle d'air, papa, déclare Kelly, tandis que Goodman s'efforce de plaquer ses cheveux en arrière. Il est tout en noir dans son déguisement de dealer, mais ils ont oublié d'acheter du gel ce matin et ses cheveux refusent une nouvelle fois de coopérer.
— La petite classe peut garder ses commentaires.
Il ignore le regard perplexe de sa fille. Si lui-même ne se souvient pas d'où vient l'expression, comment peut-il s'attendre à ce qu'elle comprenne ?
— Où on va ? interroge-t-elle.
— A la bibliothèque. Je dois y retrouver quelqu'un, alors tu devras peut-être attendre quelques minutes avec Carmen.
— Pas de problème.
Goodman ferme la porte à clé derrière eux et ils descendent, Kelly en tête, suivie de Carmen, et de Goodman qui ferme la marche. A voir la fillette sauter de marche en marche, il se demande si finalement Carmen n'avait pas raison. Cesse de traiter ta fille comme une invalide, se dit-il.
Ils se dirigent vers l'ouest et la Cinquième Avenue.

A la planque, il est treize heures dix. Abbruzzo est seul. Il y a un quart d'heure, il a envoyé Riley acheter une pellicule. Ni l'un ni l'autre ne sachant laquelle choisir, Riley a emporté l'appareil avec lui.
Le téléphone du studio de Goodman est resté silencieux toute la matinée. D'après Abbruzzo, pour un rendez-vous fixé à quinze heures, la Taupe ne se montrera pas avant une heure environ. Weems et Sheridan ont reçu l'ordre de se rendre directement à la bibliothèque de la 42e Rue, et de se poster au pied de l'escalier dès quatorze heures vingt. En d'autres termes, tout est sous contrôle. Aussi s'autorise-t-il à se caler dans son fauteuil et à fermer les yeux quelques minutes. Il n'y a pas de mal à ça.

Arrivés sur la Cinquième Avenue, Goodman, Carmen et Kelly prennent le bus numéro 3. La fillette insiste pour qu'ils s'installent tout au fond, où on profite de la chaleur du moteur et où il y a suffisamment de place pour qu'elle puisse s'asseoir entre son père et Carmen.

— Pourquoi tu as rendez-vous avec un monsieur, papa ? demande-t-elle.

— Pour affaires.

— Quelles sorte d'affaires ?

— Un investissement intéressant. Un peu trop compliqué pour que je t'explique.

— Drôle de combine !

— Tu n'es pas très loin de la vérité, lui répond Carmen en riant.

Goodman foudroie la jeune femme du regard, mais soit elle ne s'en rend pas compte, soit elle choisit de ne pas relever.

Détends-toi un peu, se dit-il. Après tout, il ne risque jamais que cinq cents années de prison. Si toutefois il ne se fait pas descendre avant.

Riley revient à la planque avec la pellicule.

— Tu voulais du Kodacolor ou du Kodachrome ?

— Comment veux-tu que je le sache ? Pourquoi ne pas avoir posé la question au vendeur ?

— C'est ce que j'ai fait. Mais tu connais les Coréens : ils parlent à peine trois mots d'anglais. Figure-toi qu'il voulait savoir quelle vitesse il me fallait. Si c'était pour un tirage papier, des diapositives ou une planche-contact.

— Planche quoi ?

— Planche-contact. Ne me demande pas ce que c'est.

Il faut vingt minutes aux deux hommes pour charger l'appareil ; encore ne sont-ils pas sûrs d'avoir procédé correctement.

— Du nouveau dans la taupinière ? interroge Riley.

— Non. Je te parie qu'il ne quittera pas son repaire avant

une demi-heure. Je commence à bien le connaître. A l'heure qu'il est, il n'a pas encore décollé de sa télé.

En fait, à cet instant précis, Goodman décolle de son siège au fond du bus numéro 3 et gagne la sortie.

Dans la rue, il met ses fausses Ray-Ban pour compléter sa tenue. Sa fille lui lance un regard appuyé, l'air de dire « Je ne te connais plus ». Et elle prend la main de Carmen lorsqu'ils se dirigent vers l'escalier de la bibliothèque.

— A quoi ressemble Vincent? demande-t-il à la jeune femme.

— Vinnie.

— D'accord, Vinnie.

— A un apprenti gangster, répond-elle avant de l'examiner des pieds à la tête avec un sourire. Comme toi.

— Eh là! N'oublie pas que c'était ton idée!

— Je n'oublie pas. Si tu t'étais présenté avec ton étui à stylos, mon frère aurait flippé. De cette manière, il pensera au moins que vous appartenez tous les deux au même monde.

— Papa, je peux avoir un hot-dog?

Kelly désigne un petit étranger à la peau sombre derrière une voiture ambulante.

— Non...

— Bien sûr que oui, l'interrompt Carmen, entraînant Kelly vers le marchand.

— Vous n'avez pas idée de ce qu'ils mettent là-dedans! s'écrie-t-il à leur intention.

— Ils en vendent un million par jour dans toute la ville, réplique Carmen. C'est sûrement moins dangereux que l'air qu'elle respire.

Goodman capitule. Après six ans passés à s'inquiéter pour sa fille, il subit un cours accéléré de relaxation. Même s'il a du mal, il fait de son mieux. Il s'élance vers elles.

— J'en veux un à la moutarde et à l'oignon, annonce-t-il, tâchant de les rattraper, dans tous les sens du terme.

Ils mangent leurs hot-dogs au soleil, assis sur les marches, adossés au socle d'un des lions. Goodman doit admettre que ce n'est pas si mauvais, mais quelques minutes plus

tard, il a un renvoi de viande mêlée de moutarde et d'oignons.
— Voilà Vincent, souffle Carmen.
— Vinnie, corrige Goodman, tournant la tête dans la même direction qu'elle.
Deux hommes montent l'escalier. Il reconnaît TM, avec qui il a échangé un bouquet de fleurs chez Barnes & Noble. Plus petit, brun, le second paraît plus inquiétant. Ses lunettes d'aviateur réfléchissantes empêchent de voir ses yeux. Il faut qu'il arrive à un mètre ou deux de l'endroit où ils sont assis pour que Goodman remarque une longue cicatrice mince sur sa joue. Ignorant Goodman, Vinnie s'adresse à Carmen.
— Qu'est-ce que tu fais là ?
— Et lui ?
Elle désigne TM. Puis, sans attendre sa réponse, elle commence les présentations.
— Michael, je te présente mon frère Vinnie.
— Enchanté.
Vinnie pousse un grognement inintelligible. Pas de poignée de main en vue.
Carmen se lève et entraîne Kelly avec elle.
— Si nous allions faire un tour, petite demoiselle ?
— Pas de problème.
Goodman les regarde descendre les marches. « Pas de problème » serait-il en passe de devenir le nouveau tic de langage de sa fille ?
Il fixe TM d'un œil insistant, jusqu'à ce que Vinnie comprenne le message.
— Laisse-nous seuls une minute, dit-il à TM.
Avec un haussement d'épaules, le géant rejoint le second lion de l'autre côté de l'escalier. Là, il s'installe de manière à leur faire face, bras croisés, jambes légèrement écartées à la manière d'une sentinelle, bien en vue même s'il ne les entend pas.
Vinnie sort un paquet vert et blanc de cigarettes mentholées. Il en offre une à Goodman, qui refuse de la tête. Puis il cherche un briquet dans sa poche. Son blouson beige, probablement d'origine italienne, a dû coûter une petite fortune ; le briquet, long et mince, est plaqué or. Il

allume sa cigarette et chasse longuement la fumée par les narines. Goodman se demande s'il ne va pas essayer de faire des ronds.

— C'était de la belle qualité, l'autre jour, déclare Vinnie.

Il doit faire référence à l'échantillon, mais dans l'incertitude, Goodman préfère donner une réponse aussi vague que possible.

— C'est ce qu'on m'a dit.
— Si j'ai bien compris, tu en as encore dix-neuf kils.
— C'est bien ça, répond Goodman, amusé par ce jargon de gangster.
— Des amis à moi sont intéressés par la totalité du stock.
— Des amis riches, j'espère.

Goodman s'efforce d'imiter Al Pacino.

— Très riches. Mais très prudents. Ils veulent s'assurer que la marchandise sera d'aussi bonne qualité que l'échantillon.
— Je comprends ça.
— C'est ta fille?

Vinnie se tourne vers Carmen et Kelly. Goodman acquiesce.

— Très jolie. Ce serait dommage qu'il lui arrive quelque chose.

Il sent un frisson lui remonter la colonne vertébrale. Il n'avait pas prévu d'éventuelles menaces contre sa fille.

— S'il doit lui arriver quelque chose, dit-il lentement, je préfère mourir avant.
— Ne t'en fais pas. Ce serait le cas. Mais je suis sûr qu'il n'y aura aucun problème.
— Pas en ce qui me concerne.
— Parfait.

Il lâche sa cigarette à moitié fumée et l'écrase du bout de sa botte pointue en peau de serpent, de lézard, ou d'une autre espèce en voie de disparition.

— Mes amis sont prêts à aller jusqu'à deux millions.

Goodman a fait et refait tant de calculs dans sa tête qu'il éclate de rire aussitôt. Le quart d'once de l'échantillon valait deux mille dollars. Une once en vaut donc huit mille. A raison de trente-cinq onces par kilo, on obtient deux cent quatre-vingt mille dollars. En multipliant par dix-neuf, on arrive à cinq millions trois cent vingt mille.

— Tu peux prévenir tes amis qu'ils n'ont pas la moindre chance, déclare-t-il.

— Eh, il faut bien commencer quelque part.

— Pas si tu es venu me faire perdre mon temps.

Goodman s'aperçoit qu'à présent il singe plutôt Robert De Niro.

— Pourquoi ne pas me dire combien tu veux ?

— Moi ? Cinq millions.

Il a arrondi. Inutile de se montrer trop gourmand.

— Soyons sérieux, s'esclaffe Vinnie. Je ne peux pas dépasser deux millions cinq.

— Alors n'y pense plus.

Goodman n'en revient pas de rester imperturbable alors qu'il vient de refuser deux millions et demi de dollars. Mais c'est devenu un jeu pour lui, et, contre toute attente, il s'en tire plutôt bien. Sans doute parce que tout cela n'a aucune réalité pour lui. Il pourrait aussi bien jouer au Monopoly.

— Deux millions sept cent cinquante mille, lance Vinnie. Mon dernier prix.

— Dommage, réplique Goodman, en commençant à descendre l'escalier. Dire que pour quatre millions, tu aurais peut-être pu...

— Trois, annonce Vinnie, qui lui emboîte le pas.

— Pourquoi ne pas aller expliquer à tes amis que tu as fait ton possible ? Ils comprendront sûrement.

— Trois millions deux, supplie Vinnie. Il faut tout de même qu'il me reste quelque chose.

— Pas question.

— Trois millions trois ?

Goodman garde un instant le silence afin de prolonger le suspense. Ce petit jeu a assez duré et il s'apprête à accepter. Cependant, Vinnie le devance.

— Trois millions cinq ?

— Marché conclu.

Vinnie laisse échapper un profond soupir.

— Tu es dur en affaires.

— Je ne suis pas précisément nouveau dans le métier.

— Mes amis vont avoir besoin de quelques jours pour

réunir tout ce blé. J'appellerai ma sœur quand on sera prêts. Ça te va ?

— Pas de problème.

Après Al Pacino et Robert De Niro, voilà qu'il se surprend à imiter Kelly Goodman. A l'initiative de Vinnie, ils échangent une poignée de main.

— Au revoir, dit Goodman.

Vinnie lui fait un clin d'œil, et marmonne quelque chose qui ressemble à « Tchao ». Goodman a déjà entendu ça, sans trop savoir ce que ça signifie. En descendant les marches pour rejoindre Kelly et Carmen, il regarde machinalement sa montre. Deux heures quinze. L'avantage de traiter avec des Blancs, c'est qu'ils sont à l'heure.

Les inspecteurs Weems et Sheridan sont eux aussi à l'heure devant l'escalier de la bibliothèque, alors que Weems, lui, est tout sauf blanc. Malheureusement, à deux heures vingt, le marché est déjà conclu depuis cinq minutes. Goodman, Carmen et Kelly s'étant un peu attardés au pied de l'escalier avant de traverser la Cinquième Avenue et de partir à pied vers Madison Avenue à l'est, Weems et Sheridan les ratent en réalité de quelques secondes. Mais une opération de surveillance ne souffre pas l'à-peu-près : quelques secondes suffisent à tout faire rater.

Les deux inspecteurs prennent néanmoins des postes d'observation distincts sur les marches, s'efforçant de se fondre dans la foule. Tâche moins aisée qu'il n'y paraît. D'abord à cause de leur poids : cent kilos environ. Leur ventre proéminent, conséquence directe et impressionnante d'une consommation excessive de beignets à la confiture, de viennoiseries et de pizzas, n'arrange rien à l'affaire. Enfin, le fait que l'un soit noir et l'autre blanc suffit à convaincre un observateur attentif de leur appartenance à la police.

Toutefois, il n'y a pas d'observateur attentif. Ils vont surveiller les lieux pendant une heure et demie, jusqu'à ce que Sheridan ait l'idée d'appeler la planque pour savoir ce qui se passe. Ou, plus exactement, pourquoi il ne se passe rien.

Debout à la fenêtre de la planque, Abbruzzo observe à travers ses jumelles la porte de l'immeuble de Goodman. Il vérifie une nouvelle fois sa montre. Presque trois heures quarante-cinq.

— Je ne comprends pas, grogne-t-il. Ce type a rendez-vous à trois heures et il a une demi-heure de trajet. Il aurait dû quitter le nid à deux heures et quart, deux heures et demie, deux heures quarante au grand maximum. Il est quatre heures moins le quart, nom de Dieu, et il n'a toujours pas bougé !

— Il n'a pas non plus appelé pour prévenir qu'il serait en retard ou qu'il ne viendrait pas, ajoute Riley, en jouant avec la lanière de l'appareil photo. Et personne ne l'a appelé pour lui demander où il était passé.

— Je ne comprends pas, répète Abbruzzo, qui abaisse ses jumelles tout en continuant à fixer la porte de l'autre côté de la rue.

Soudain, pourtant, tout s'éclaire. Non qu'il ait retrouvé un détail négligé jusque-là, abordé le problème sous un autre angle, ou eu une intuition géniale. Il comprend parce qu'il voit apparaître dans son champ de vision Michael Goodman, sa fille et sa *paramore*. Mais au lieu de sortir de l'immeuble comme on pouvait s'y attendre, ils y entrent.

— L'enfoiré ! rugit-il.

Au même moment, le téléphone se met à sonner. Il décroche.

— Quoi encore ?
— Ray ?
— Ouais ?
— Ray, c'est moi, Sheridan. Tout va bien ?
— Pas vraiment.

Sheridan ne se laisse pas démonter.

— Harry et moi, on se gèle ici depuis une heure et demie. Ce type va finir par se montrer ou quoi ?
— Non, il ne se montrera pas. Vous pouvez revenir.

Il raccroche et se tourne vers Riley.

— On a affaire à un petit malin.
— C'est ce que j'essaie de te dire depuis le début, lui rappelle Riley.

Aussitôt arrivé chez lui, le petit malin se laisse tomber sur le canapé avec Kelly et Carmen. Pop-Tart les rejoint d'un bond, prêt à manger ou à jouer, dans l'ordre qui leur convient. Hélas pour lui, tous les trois sont épuisés par leur long trajet de retour à pied. Les cinq étages ont représenté le coup de grâce.

— On va bien dormir cette nuit! fait remarquer Carmen.
— Pas moi, gémit Kelly. Je vais mourir de fatigue!

Michael Goodman sent son cœur faire un bond dans sa poitrine. Il ne dit rien, pourtant il surprend le regard de Carmen posé sur lui et, à son expression, il sait qu'il a blêmi.

— Je vais me payer ce type, annonce Abbruzzo.

Weems et Sheridan sont de retour à la planque.

— Dès demain matin, on retourne faire une visite à Maggie-O.

« Maggie-O » est le surnom qu'ils ont donné à Maggie Kennedy. Les flics, comme les membres de la Mafia et les athlètes, sont les champions du monde de la création de surnoms.

— Pour quoi faire? demande Sheridan. Obtenir un second mandat de perquisition?
— Non. Réclamer une nouvelle autorisation de mise sur écoute. Mais cette fois, on va jouer à la Taupe un petit tour à notre façon et poser un micro chez lui.

Kelly étant chargée de choisir le menu, le dîner se compose de sandwichs au fromage gratiné et de soupe à la tomate, deux plats particulièrement appréciés de Pop-Tart, qui se gave avant de s'endormir pour la nuit contre la fillette. Ainsi Goodman et Carmen peuvent-ils enfin évoquer la rencontre avec Vinnie.

— Tout s'est bien passé? interroge la jeune femme, en essuyant la vaisselle.
— Je crois que oui. Il a commencé par menacer ma fille, et après nous avons joué cartes sur table.

— Cartes sur table ?
— Nous avons marchandé, si tu préfères. Il m'a proposé deux millions, j'en ai demandé cinq.
— Et alors ?
— Nous avons plus ou moins coupé la poire en deux. J'ai pensé que c'était ce qui se faisait habituellement.
— Trois millions de dollars ?
— Trois et demi, en fait.

Même s'il feint un certain détachement, il est ravi de l'incrédulité de Carmen, dans laquelle il voit un hommage à ses talents de négociateur.

— Quand la transaction doit-elle avoir lieu ? Sous quelle forme ?
— Il va nous appeler. Il faut soi-disant quelques jours à ses amis pour tout préparer.
— Et toi, Michael ? demande-t-elle, plongeant son regard dans le sien. Tu es sûr d'être prêt ?
— Tout à fait. Du moment que je n'y pense pas trop.
— Tu sais que je pourrais retourner travailler quelque temps.

Bien qu'elle ne précise pas ce qu'elle entend par là, il comprend qu'elle n'envisage pas de redevenir serveuse.

— Pas question.
— Réfléchis un peu. Si je me fais prendre, je risque une nuit de prison. Toi, c'est ta vie entière que tu passeras derrière les barreaux.
— Je n'ai pas l'intention de laisser mourir ma fille sous prétexte que je ne peux pas payer ses frais médicaux, pas plus que je ne te laisserai retourner... « travailler ». Je ne suis pas sûr de grand-chose en ce bas monde, mais j'ai au moins ces deux certitudes.

Il jette un coup d'œil dans sa direction, espérant un témoignage de gratitude envers la magnanimité dont il vient de faire preuve. Au lieu de quoi il découvre une expression à mi-chemin entre l'inquiétude et la panique. Sans qu'ils aient besoin d'en dire plus, les choses sont claires : Michael Goodman est désormais prisonnier d'un jeu qui le dépasse tellement que la situation serait risible si elle n'était aussi grave.

26

GOODMAN se retrouve une fois de plus à passer le dimanche après-midi avec Krulewich, Lehigh Valley et la Baleine, ses copains de la marine. La télévision retransmet un nouveau match des Giants : comme ils jouent cette fois sur leur terrain, la rencontre a commencé à treize heures et elle est presque terminée à l'arrivée de Goodman. Un bref coup d'œil au score final lui suffit pour comprendre qu'une saison longue et difficile attend son équipe préférée.

EAGLES 28
GIANTS 12

Les quatre hommes s'efforcent ensuite en vain de retrouver les règles de « Oh, hell », jeu auquel ils jouaient autrefois sur leur bateau. La Baleine suggère une partie de poker — pas pour de l'argent, affirme-t-il, juste des pièces de vingt-cinq cents — mais il n'y a pas d'amateurs. Ils finissent par se rabattre sur le jeu de Lehigh.

Fidèle à son habitude, Goodman reste sur ses gardes. Il a pourtant légèrement modifié sa tactique. Tout en se débarrassant de ses cœurs, il veille à ce que personne d'autre — Lehigh en particulier — ne tente le grand chelem. Il décide que pour se prémunir contre ce genre d'éventualité, mieux vaut réussir au moins une levée à cœur ou, à défaut, garder une ou deux cartes de cette couleur parmi les plus fortes. Cette stratégie semble payer et, après quatre manches, il se retrouve en seconde position, à quatre points de Lehigh.

KRULEWICH	30
LA BALEINE	34
GOODMAN	22
LEHIGH	18

Lehigh distribue les cartes pour la dernière manche et Goodman classe les siennes.

CŒUR	As, roi, valet, 7, 5, 2
PIQUE	As, dame, 9
CARREAU	As, 10, 8
TRÈFLE	2

Il comprend aussitôt que si les conditions s'y prêtent, son jeu peut lui permettre de remporter le grand chelem. Cependant, il n'a encore jamais essayé — il a vu Lehigh à l'œuvre une seule fois, et celui-ci est arrivé à ses fins uniquement en prenant les autres par surprise.

Il joue le 2 de trèfle. Les autres fournissent, donc personne ne joue de cœur durant ce tour. La Baleine, qui a gagné grâce à sa dame, abat ensuite le 5 de trèfle. Krulewich joue le 7, Lehigh le 10. Goodman se rend compte qu'il est à un tournant. Puisqu'il n'a plus de trèfle, il peut choisir n'importe quelle carte de son jeu. Il peut se débarrasser sans attendre de sa dame de pique et Lehigh (en position de réussir la levée grâce à son 10 de trèfle) sera coincé avec treize points. Il peut aussi jouer des cartes moins fortes, un pique ou un carreau, révélant immédiatement son intention de tenter le grand chelem.

Il étudie son jeu, conscient que cette simple hésitation peut le trahir.

— Qu'est-ce qu'il a joué? demande Krulewich, incapable de voir si Goodman a jeté une carte sur la table.

— Rien du tout, vieux bigleux, répond la Baleine.

— A mon avis, notre ami a envie de tenter le grand chelem, déclare Lehigh, qui a très vite vu clair dans ces manœuvres.

Goodman recule et choisit la prudence. Il joue la dame de pique. Lehigh la prend et pose le 3 de carreau.

Goodman ne parviendra à se défaire que de deux cartes sur ses six cœurs. Il termine avec dix points — ses quatre cœurs, plus six autres joués par ses adversaires lors de levées qu'il était seul à pouvoir gagner.

KRULEWICH	32
LA BALEINE	35
GOODMAN	32
LEHIGH	31

Sur le chemin du retour, Goodman rejoue inlassablement cette dernière manche dans sa tête, furieux de son manque d'audace. Son jeu lui offrait des possibilités évidentes. Il avait les cartes sous les yeux, véritable incitation à tenter sa chance. Il lui aurait suffi d'un peu de cran. Pourtant, au lieu de saisir l'occasion quand elle s'est présentée, il a comme toujours écouté la voix de la raison. Qui lui a coûté la victoire, le reléguant dans le camp des perdants.

Michael Goodman se résigne au fait que dans la vie, il y a ceux qui prennent des risques et ceux qui préfèrent la sagesse. Il sait qu'il sera toujours un pilier du second groupe. Il se félicite d'être lucide envers lui-même, de connaître ses limites, d'accepter que certaines qualités lui fassent défaut — la décontraction, la dose nécessaire d'inconscience sans laquelle on ne peut pas risquer le tout pour le tout et, en l'occurrence, tenter le grand chelem.

27

Tôt le lundi matin — ce qui, en langage juridique, signifie n'importe quand après neuf heures —, Maggie Kennedy reçoit la visite surprise des inspecteurs Ray Abbruzzo et Daniel Riley. Ils lui ont même apporté un gobelet de café.

— Qu'est-ce qui vous amène de si bon matin, messieurs ? Michael Goodman aurait-il revendiqué par téléphone les attentats de Unabomber ?

— Non, mais il s'apprête à écouler la totalité de son stock, répond Abbruzzo.

— Et de quoi s'agit-il au juste ? D'une once de poudre de perlimpinpin ?

— Que diriez-vous de dix-neuf kilos d'héroïne ? demande Riley.

— Pure, d'après nos informations, ne l'oubliez pas, ajoute Abbruzzo.

— Je vois, déclare Kennedy. Celles que vous tenez de votre jeune informateur anonyme mort et identifié, si je me souviens bien...

Abbruzzo sort une cassette audio de sa poche de blouson.

— Rendez-vous compte par vous-même, dit-il en la lançant sur le bureau de Kennedy.

L'intéressée soulève le couvercle de son gobelet de café et s'assied. Par habitude, elle souffle sur la boisson pour la refroidir avant de boire la première gorgée. Cette précaution se révèle inutile.

— Mettez cette cassette, déclare-t-elle, désignant un magnétophone près de la fenêtre.

Quelques minutes plus tard, installés avec leur gobelet de café à la main, tous les trois écoutent la voix de Michael Goodman, dit la Taupe, en grande conversation avec un correspondant qui se fait appeler Vinnie.

GOODMAN : Allô ?
VINNIE : Bonsoir. C'est bien Mikey ?
GOODMAN : Oui, c'est Mikey.
VINNIE : Je suis Vinnie, le frère de Carmen.
GOODMAN : Comment ça va ?
VINNIE : Très bien.
GOODMAN : Un problème ?
VINNIE : Non, pas du tout.
GOODMAN : Tout s'est bien passé ?
VINNIE : Merveilleusement bien. Le livre était formidable. C'est pour ça que j'appelle.
GOODMAN : Content qu'il vous ait plu.
VINNIE : Ouais, et j'en lirais bien un autre sans tarder. Je pourrais savoir combien il y en a dans la collection ?
GOODMAN : Ce livre était le premier d'une série de quatre tomes, comme le souhaitait votre ami. Chaque... collection en comporte trente-cinq.
VINNIE : Combien il y a de collections en tout ?
GOODMAN : Si j'ai bien compris, l'éditeur en a encore dix-neuf. Moins le livre que je vous ai remis, bien sûr.
VINNIE : [Sifflement] Aussi passionnants que celui que je viens de lire ?
GOODMAN : Tous des classiques.
VINNIE : Et si on se retrouvait demain après-midi pour en discuter, Mikey Boy ? Sans témoins ?
GOODMAN : Bonne idée.
VINNIE : Pourquoi pas devant la bibliothèque ? La plus importante, celle avec les deux gros lions et le grand escalier.
GOODMAN : Entendu.
VINNIE : A trois heures, ça irait ?
GOODMAN : Je préférerais deux heures.

— Qu'est-ce qu'il a dit à la fin ? demande Riley.
— Rien, répond Abbruzzo.

Il vient pour la première fois de comprendre pourquoi ils ont raté le rendez-vous de samedi, mais préfère ne pas aborder le sujet dans l'immédiat.

Malheureusement, Riley ne saisit pas tout de suite.

— Il a bien dit « deux heures » ? Il faut toujours qu'il marmonne. Repasse la dernière partie, Ray.

— Plus tard.

Si Riley est un peu lent ce matin, ce n'est pas le cas de Kennedy.

— Vous avez raté le rendez-vous, dit-elle, sur un ton mi-interrogatif, mi-catégorique.

Abbruzzo acquiesce de la tête.

— Ce type est tellement sournois, explique Riley. Vous l'avez entendu changer l'heure à la dernière minute, rien que pour nous embrouiller ?

Kennedy et Abbruzzo échangent un regard lourd de sous-entendus.

— Bien, qu'attendez-vous de moi, à présent ?

— J'espérais obtenir l'autorisation de poser un micro à son domicile.

— Voilà donc pourquoi j'ai eu droit à un café, lance-t-elle avec un petit sourire.

Les mandats postés le vendredi matin devant être arrivés à destination, Michael Goodman profite de ce que Kelly est occupée à lire l'histoire de *Stuart Little* à Carmen pour appeler le laboratoire et fixer la date de la seconde IRM.

— Demain à quinze heures ? lui propose-t-on.

— Parfait, répond-il, quoique l'expression ne se prête pas à la situation.

Il décide d'attendre le lendemain pour annoncer la nouvelle à Kelly. Inutile qu'elle y pense toute la journée, avant de se ronger d'inquiétude pendant la moitié de la nuit.

Il la regarde. Assise sur les genoux de Carmen, elle écoute à présent son passage préféré lu par la jeune femme.

— « Un jour, dans la plus charmante des villes, où les ormes verts poussaient encore plus haut que les maisons blanches aux immenses parterres fleuris, où il y avait toujours quelque chose à découvrir dans les jardins bourdonnants d'activité, où les rues descendaient vers une rivière coulant paisiblement sous un pont, où les pelouses donnaient sur des vergers qui faisaient place à des champs, qui se transformaient à leur tour en prairies, qui montaient jusqu'au sommet de la colline avant de disparaître dans l'immensité du ciel, dans cette ville si charmante, donc, Stuart s'arrêta pour boire une infusion de salsepareille. »

— C'est quoi, la « salsepareille » ? demande Kelly, alors que Goodman le lui a déjà expliqué chaque fois qu'ils ont lu l'histoire.

— Quelque chose que les gens buvaient autrefois, répond Carmen. Il y a très longtemps, avant l'invention des jus de fruits.

La constitution du dossier en vue de la pose de micros s'avère plus difficile que prévu. Pour pouvoir installer un micro chez un suspect, il faut le même type d'autorisation que pour une mise sur table d'écoute. La première demande devait établir, entre autres choses, que les méthodes traditionnelles d'investigation n'avaient rien donné et qu'*a priori*, elles continueraient à ne rien donner. Cette seconde demande doit démontrer que c'est toujours le cas, malgré l'autorisation de mise sur écoute.

— Comment surmonter cet obstacle ? se demande Kennedy. Surtout maintenant que vous m'avez apporté une cassette prouvant que notre ami est bavard au téléphone.

— Il ne se sert plus de son téléphone ? suggère Abbruzzo.

— C'est ça, approuve Riley. La Taupe est devenue muette.

Kennedy ignore cette dernière remarque.

— Comment pouvez-vous l'affirmer ?

— Il l'a dit lui-même, déclare Abbruzzo. On l'a entendu. « Plus de conversations téléphoniques », pour reprendre ses propres termes.

— Vous avez un enregistrement de ces propos ?

— Non, répond-il, en la regardant droit dans les yeux.

On était en train de changer de cassette au moment où il a dit ça. On l'a raté.

Ray Abbruzzo tire une immense fierté de sa capacité à soutenir le regard d'autrui en toutes circonstances. Un jour, il a même convaincu un individu soupçonné de meurtre qu'il était à la fois inspecteur et prêtre catholique. Ce qui lui a permis de recueillir ses aveux. Plus tard, lors d'un contre-interrogatoire au tribunal, il a nié énergiquement avoir prétendu une chose pareille. Sous serment. Sans jamais baisser les yeux devant l'avocat de la défense.

Le dossier est prêt à midi, approuvé et signé à midi et demi.

— Avons-nous une chance de passer devant un juge quelconque avant la pause de treize heures? demande Abbruzzo.

— A condition de se dépêcher, répond Kennedy.

En fait de «juge quelconque», il s'agit de Son Honneur Leslie Crocker Snyder, qui siège dans la salle 88 et statue sur les affaires de stupéfiants les plus graves auxquelles soit confrontée la justice, ainsi que sur les meurtres, agressions et détentions d'armes afférents.

Le juge Snyder est une femme séduisante aux cheveux longs, dont la blondeur doit peut-être quelque chose aux talents de son coiffeur depuis qu'elle a atteint la cinquantaine. Elle allie une grande capacité de travail à une vive intelligence. Ancien procureur — certains de ses adversaires déclareraient l'épithète superflue —, elle n'a jamais caché son ambition de devenir commissaire divisionnaire ou procureur général, et participe à tous les débats dès lors qu'il y a des caméras et un micro à sa portée. Dans le civil, elle se montre aimable et chaleureuse, capable d'un humour allant jusqu'à l'autodérision. Mais qu'elle revête sa robe noire et l'amabilité disparaît, la chaleur se dissipe, l'humour se fait caustique : elle devient le cauchemar des accusés. Elle est donc l'alliée objective de l'accusation, et le juge idéal pour qui veut faire signer une autorisation de mise sur écoute. Même à une heure moins le quart.

Maggie Kennedy, adjointe expérimentée du procureur chargé des affaires de stupéfiants, ne l'ignore pas, et c'est à dessein qu'elle a conduit Ray Abbruzzo à la salle 88.

Le juge Snyder lit attentivement le dossier. Elle veut s'assurer que les différentes allégations suffisent à incriminer le suspect et démontrent l'échec de toutes les méthodes traditionnelles d'investigation. En effet, au cas où la pose d'un micro conduirait à une importante saisie de drogue, elle ne souhaite pas voir un avocat plus habile que les autres obtenir un non-lieu faute de preuves suffisantes.

En revanche, elle ne vérifie pas la véracité des allégations elles-mêmes. Il faut dire à sa décharge que sa vision de New York est à des années-lumière du ventre mou où se côtoient ceux qui consomment, revendent, ou saisissent les drogues dures ; difficile pour elle, donc, d'imaginer que des officiers de police puissent déformer la vérité à l'occasion. De toute façon, si Leslie Snyder s'en tient à son interprétation assez étroite de la loi, elle n'a pas à se poser ce genre de questions. Les textes lui permettent de se reposer sur l'honnêteté des policiers et elle est ravie de pouvoir se retrancher derrière cette permission.

Ainsi finit-elle par signer le mandat autorisant la pose de micros cachés.

— Bonne chance, inspecteur, dit-elle à Abbruzzo avec le sourire.

— Je peux la déposer chez sa grand-mère, suggère Goodman à Carmen, alors qu'il se prépare à partir travailler.

— Essaie un peu pour voir.

— C'est ça, essaie un peu, approuve Kelly.

— A la réflexion, je préfère m'abstenir.

— J'adore Carmen, annonce la fillette, entourant la jeune femme de ses bras.

— Moi aussi, je t'adore, mon cœur, lui dit Carmen, la serrant à son tour si fort qu'elle pousse un petit cri.

Toutes les deux tournent la tête vers Goodman.

— Quand apprendrez-vous à contrôler un peu vos émotions, soupire-t-il. Bon, et pour le dîner, vous voulez quoi ?

— De la pizza ! s'écrie Kelly.

— Oui, de la pizza ! répète Carmen, hilare.

— On m'y reprendra, à laisser deux gamines faire la loi, grommelle Goodman.

Il ouvre la porte et part pour le Bronx.

A la planque, Weems et Sheridan ont été rejoints par DeSimone et Kwon, deux techniciens de l'Organized Crime Control Bureau envoyés à la demande de l'inspecteur Abbruzzo. Il a appelé ce matin du bureau de Maggie Kennedy, dès qu'elle eut accepté de solliciter l'autorisation de poser des micros chez Goodman.

— Tiens, voilà la Taupe, annonce Sheridan, abaissant ses jumelles.

Weems jette un coup d'œil à sa montre.

— Il est midi vingt-cinq. Il va travailler et ne reviendra pas avant dix-sept heures quarante-cinq. Si seulement on pouvait trouver un moyen de faire sortir les filles.

— Il vous faut combien de temps ? demande Sheridan.

— Pour un studio ? Une demi-heure en tout, répond DeSimone.

— A condition de ne pas avoir de problème avec la serrure, ajoute Kwon.

— Je me souviens de la fois où on voulait poser des micros chez un gars de la Mafia à Staten Island, raconte DeSimone. Pas moyen de se débarrasser de sa femme. Leur couple devait battre de l'aile et elle avait peur de sortir : elle devait croire qu'il changerait les serrures en son absence et la laisserait à la porte. Finalement, on a dû aller en douce au sous-sol mettre le feu à une pile de journaux pour les enfumer. On a attendu l'arrivée des pompiers et on est entrés avec eux. Heureusement qu'ils ont fait vite, car les foutus lambris avaient pris feu. On a failli faire brûler toute la baraque !

Eclat de rire général.

Chez Bronx Pneumatiques, chacun vaque à ses occupations habituelles. Goodman, venu travailler vendredi dernier au lieu de jeudi, a moins à faire que d'ordinaire. Il commence par mettre les comptes à jour. Ensuite, Manny lui ayant donné carte blanche, il ouvre un nouveau compte bancaire au nom de Larus International, avec vingt-cinq dollars prélevés sur le compte spécial de Bronx Pneumatiques. Une somme dérisoire, mais il faut bien commencer quelque part. Il appelle la banque : comme Manny est un bon client, ils promettent de faire imprimer des chéquiers et des bulletins de versement dès le lendemain et de les envoyer au tarif rapide.

— Qu'est-ce que tu choisis, ma puce ? demande Carmen à Kelly. Le parc ? Le zoo ? Le Muséum ?
— Il fait froid aujourd'hui. Tu es déjà allée au Planétarium ?
— Jamais, reconnaît Carmen. Et toi ?
— Moi non plus. Jamais.
— Eh bien chausse tes bottes spatiales, ma jolie, nous partons là où aucune femme n'est encore allée !
Kelly va chercher ses tennis et commence à les lacer.
— Ça fait peur ?
— Je ne sais pas, répond Carmen. Si c'est le cas, nous crierons jusqu'à ce qu'ils nous mettent dehors et que nous puissions nous échapper. D'accord ?
— D'accord.

— Regardez ça ! s'exclame Sheridan sans lâcher les jumelles, si bien que personne d'autre ne peut voir.
— Quoi ?
— La fille et la gosse sont sorties du nid.
— Parfait, dit Weems. Tu les suis. Quand elles sont à plus d'une demi-heure d'ici, tu appelles pour prévenir et on entrera dans le studio.
— Pourquoi j'écope toujours des corvées ?
— Parce que tu as six ans et cinquante points de QI de moins que moi, voilà pourquoi.
— Formidable. Pendant que vous irez explorer la taupinière, je vais me les geler tout l'après-midi pour suivre deux gonzesses.

Les deux « gonzesses » prennent le bus de Lexington Avenue jusqu'à la 79e Rue, puis la ligne transversale jusqu'à Central Park Ouest. De l'intérieur du bus, Kelly aperçoit le dôme du Planétarium.

— Le voilà ! s'écrie-t-elle.

Par chance, il ne semble pas y avoir de file d'attente devant l'entrée. Mais elles ne tardent pas à déchanter en découvrant une petite pancarte sur la porte du milieu.

FERMÉ POUR CAUSE DE RÉPARATIONS

— Ils exagèrent ! s'indigne Carmen.

— Ils auraient au moins pu ajouter qu'ils étaient désolés, fait remarquer Kelly.

— Tant pis pour notre voyage dans l'espace, ma puce. Quel est ton second choix ?

— Pourquoi pas le Muséum ? Il est à deux pas.

— Alors en route pour le Muséum.

Tandis qu'elles remontent l'allée, un homme vêtu d'un manteau camel vient en sens inverse. Apparemment, elles ne sont pas les seules à être venues pour rien.

— Pas la peine, lui dit Kelly. C'est fermé.

— Ah bon. Merci beaucoup.

Le Muséum est ouvert, et Kelly — qui le connaît comme sa poche — entraîne Carmen par la main pour lui montrer ses animations favorites.

— Je me demande quel film ils passent, s'interroge la fillette.

— Un film ?

— Oui. Il y a un écran géant, et en s'asseyant tout près, on a l'impression d'entrer dans le film. Comme si on était dans un avion, ou sous l'eau. C'est super.

— Allons voir ça de plus près.

— On est dans un putain de musée.

Sheridan appelle de la cabine à l'extérieur du cinéma IMAX.

— Elles regardent un film. Vous avez tout le temps que vous voulez.

— Quel musée ? demande Weems.
— Celui de... comment il s'appelle déjà... de l'histoire nationale.
— Dans le West Side ? Ce ne serait pas plutôt le Muséum d'histoire naturelle ?
— C'est ça, répond Sheridan. Même que ça m'a coûté quatre dollars cinquante de taxi. Si tu avais vu la tête de l'Arabe quand je me suis engouffré dans sa bagnole en lui ordonnant de suivre le bus !
— D'accord. On y va. Reste avec les filles. S'il leur prend l'envie de rentrer, arrange-toi pour les ralentir.
— Pas de problème. Je peux toujours me jeter sous les roues de leur bus.
— Bonne idée.
— Va te faire voir, Blackie. J'espère qu'un pitbull vous attend dans le studio et qu'il te bouffera le cul.

Un film consacré à l'Antarctique passe sur l'écran géant. Kelly et Carmen arrivent dans la salle vingt-cinq minutes avant le début de la séance de trois heures pour pouvoir se précipiter au premier rang et avoir une place juste au milieu.
— On va ressortir aveugles, proteste Carmen. Si on ne meurt pas d'abord de torticolis.
— C'est le meilleur endroit, insiste Kelly. Tu peux me faire confiance.
Carmen se met à rire.
— Rappelle-moi de ne jamais monter sur les montagnes russes avec toi.
La salle se remplit. Presque tous les sièges sont occupés par des familles ou des enfants accompagnés d'adultes. Seule exception, un homme en manteau camel qui s'installe au dernier rang. De toute évidence, il lui manque un enfant pour lui indiquer les meilleures places.
À trois heures, la bande-son démarre et l'obscurité se fait progressivement. Un manchot empereur envahit l'écran géant. Dans son plumage noir et blanc, sa ressemblance avec un homme en smoking est frappante et des « Oooh ! » émerveillés fusent dans le public.

— Comme il est beau ! chuchote Kelly.

Une trentaine de rangées derrière elles, l'homme en manteau camel se manifeste.

— Foutu pingouin ! grogne-t-il, avant que les spectateurs assis à côté de lui ne le fassent taire.

A la porte du studio de Michael Goodman, Harry Weems jette un coup d'œil nerveux à sa montre, 14 : 52. Ils ont réussi à pénétrer dans l'immeuble en déclenchant l'ouverture de la porte d'entrée à l'aide d'une carte de crédit, mais la serrure du studio est trop sophistiquée pour une technique aussi primitive. Néanmoins, elle ne résiste pas longtemps à l'adresse de David Kwon et à ses crochets.

A l'intérieur, les trois inspecteurs se déchaussent. Même si leur visite, consécutive à une décision de justice, est parfaitement légale, ils ne veulent surtout pas éveiller les soupçons du voisin du dessous, qui pourrait les entendre et informer le suspect de leur passage.

Kwon ouvre une mallette, dont il commence à sortir tout un matériel miniaturisé.

— Inutile de s'occuper du téléphone, fait remarquer Weems. Il est déjà sur écoute.

Kwon transporte une chaise au centre de la pièce et l'installe juste sous le plafonnier.

— Pourquoi ne pas commencer par là ?

— Vas-y, approuve Weems.

Une fois Kwon debout sur la chaise, DeSimone lui tend un minuscule micro parasite — ainsi baptisé car il sera alimenté par le fil électrique du plafonnier. Ensuite il change l'ampoule : il en met une neuve de même puissance, mais longue durée. Cette précaution doit éviter qu'elle grille trop vite et qu'il faille la remplacer, ce qui pourrait conduire à la découverte du micro.

— Où est-ce qu'ils s'installent pour discuter ? s'interroge Kwon à voix haute, inspectant successivement le canapé, le mur de la cuisine, et la table pliante.

— On peut éliminer le canapé, déclare DeSimone. Apparemment, il est convertible.

Ils optent pour la table. Kwon prend un micro émetteur

à pile de la taille d'un sucre et le fixe du côté adhésif sous la table pliante.

— La salle de bains aussi ? demande DeSimone.

— Pourquoi pas ? répond Kwon.

Il trouve un micro miniature aimanté qu'il cache derrière le conduit d'arrivée d'eau des WC.

— Chaque fois que ce type lâchera un pet, vous serez au courant, dit DeSimone à Weems.

De retour dans la pièce principale, ils vérifient que les trois micros émettent sur la même fréquence, que les parasites sont réduits au minimum, et qu'il n'y a pas de larsen.

— Allez, on se tire, déclare Kwon, en refermant sa mallette. Ils remettent leurs chaussures et referment la porte à clé en partant. Weems regarde sa montre, 15 : 11. Même en comptant les quatre minutes qu'il leur a fallu pour entrer, l'opération a duré moins de vingt minutes.

Big Red se réveille à midi passé. Les dealers sont des oiseaux de nuit, et il dort souvent jusqu'à trois ou quatre heures de l'après-midi. Aujourd'hui pourtant, quelque chose l'a tiré du sommeil plus tôt que d'habitude.

Rien qui le préoccupe vraiment d'ailleurs. La chance lui sourit ces derniers temps. Il n'a pas été inquiété au sujet de l'accident malheureux qui a coûté la vie à Russell Bradford. Une journée entre les mains de la justice après son arrestation, ce n'était pas cher payé pour avoir un alibi. Hammer, Tito et les autres membres de son entourage se conduisent bien. Pour autant qu'il puisse en juger, personne ne le roule ostensiblement.

Non, la cause de son réveil prématuré ce lundi entre plutôt dans la catégorie des « affaires à suivre ». Il a découvert au fil des années — dans un milieu où deux ou trois ans suffisent généralement à faire ses preuves — que pour continuer à contrôler la situation, il faut guetter la moindre occasion de développer et d'étendre ses activités.

Le kilo d'héroïne pure volée avec Hammer au petit homme blanc en est un bon exemple. Sans avoir rien investi, Big Red a réalisé un bénéfice de près de cent quarante mille dollars, pratiquement du jour au lendemain. Il se rend compte à présent — à la façon dont les sachets et les lots se sont arrachés, et au nombre de clients venus lui redemander la même chose — qu'il aurait sans doute pu faire subir à la marchandise un coupage supplémentaire. Il l'a fait couper à un sixième ; il sait désormais qu'il aurait pu aller jusqu'à un septième, voire un huitième. Il essaie de se rappeler la dernière fois où il a eu de la blanche aussi pure entre les mains. Il faudrait remonter au début des années quatre-vingt, lorsqu'il se fournissait directement auprès des Italiens de Pleasant Avenue. Et même à cette époque, la came qu'ils appelaient de la « pure » avait déjà été frelatée par un Latino quelconque.

Big Red s'inquiète à l'idée d'avoir tué un peu trop vite la poule aux œufs d'or. Cependant, il n'a aucun moyen de savoir si le Blanc avait plus d'un kilo. Par ailleurs, il s'est couvert en donnant à Zelb et Farrelli, ses copains de la DEA, le nom et l'adresse trouvés dans le portefeuille. De cette manière, s'ils perquisitionnent au domicile du type et découvrent autre chose, ils en saisiront une partie et lui feront parvenir le reste, afin qu'il le mette en vente pour leur plus grand profit à tous.

Le problème, c'est qu'après plus de deux semaines, il est sans nouvelles de Zelb. L'heure ne serait-elle pas venue de mener sa propre enquête ? Il se lève, va à sa penderie et commence à fouiller les poches de ses vêtements. Il cherche un portefeuille : celui récupéré dans le pantalon du type au kilo de blanche pure.

Il le retrouve dans la poche intérieure d'un blouson de daim rouge. Il l'emporte sur son lit où il le secoue, éparpillant le contenu sur ses draps de satin. Il sourit à la vue du permis de conduire sur lequel une nouvelle adresse a été ajoutée à la main. Qu'il soit tombé à l'endroit est à coup sûr un bon présage.

Big Red s'assied sur le lit et allume sa première cigarette de la journée, dont il avale goulûment la fumée. Ensuite, il se penche vers le téléphone placé à son chevet, où il compose lentement le numéro du récepteur d'appel de Hammer.

Son travail terminé, Goodman se dirige vers la station de métro. Il se félicite d'avoir cet emploi qui l'oblige à sortir de chez lui deux fois par semaine et lui fournit un peu d'argent. Rien de plus que de l'argent de poche, malheureusement. Même en économisant jusqu'au dernier dollar, jamais il ne pourrait espérer rembourser les frais médicaux de Kelly, sans parler de toutes ses autres factures.

Il se demande quand Vinnie le contactera au sujet de la transaction. Ses amis et lui réussiront-ils vraiment à réunir trois millions et demi de dollars ? La somme est tellement astronomique qu'elle n'a aucune réalité pour lui. Aussi tente-t-il de la chasser de son esprit pour ne plus penser qu'aux cinq billets de vingt dollars rangés dans la poche arrière de son pantalon. Eux, au moins, sont bien réels.

Kelly, enthousiasmée par le film sur l'Antarctique, en parle encore lorsqu'elle remonte avec Carmen les quatre étages jusqu'au studio.

— Hein que les ours avaient l'air de bondir sur nous ?

Carmen ne peut s'empêcher de rire. Sans s'en apercevoir, elle s'est terriblement attachée à la fillette.

— Ils m'ont un peu fait penser à Larus, répond-elle.

— Après la mort de ma maman, j'emmenais Larus partout avec moi. C'était comme un doudou, si tu vois ce que je veux dire.

— Je vois tout à fait, dit Carmen, s'efforçant d'adopter le ton soudain grave de Kelly.

La jeune femme tourne la clé dans la serrure. A peine entrée, Kelly va droit au réfrigérateur. Après un bref inventaire, son verdict tombe :

— Il faudrait davantage de friandises pour enfants, ici.

— Je ne manquerai pas de transmettre cette suggestion à la direction, déclare Carmen.

Au bruit de la clé dans la serrure de Goodman, la planque s'anime. Abbruzzo et Riley ont rejoint Weems qui attend Sheridan, occupé à « raccompagner » la fille et la petite amie de Goodman. DeSimone et Kwon, les deux techniciens, se sont attardés pour vérifier que les micros fonctionnent correctement. Soudain, une voix retentit :

— Hein que les ours avaient l'air de bondir sur nous ?

Elle a presque la même netteté que si sa propriétaire se trouvait dans la pièce.

— Magnifique, déclare Abbruzzo, avec un sourire satisfait.

— Qu'est-ce que tu crois ? On n'est pas des amateurs, lui répond Kwon.

— Ils m'ont un peu fait penser à Larus, entendent-ils ensuite.

— Ça, c'est la gonzesse, annonce Weems.

— Sans blague !

Ils restent assis autour du récepteur-radio à suivre la conversation. Malgré les instructions dactylographiées dont ils disposent tous, concernant ce que les textes officiels appellent la « limitation des atteintes à la vie privée ». La loi spécifie en effet quelles conversations ils ont le droit d'écouter : uniquement celles auxquelles participe le suspect — ou toute personne présumée complice de ses activités criminelles — et, restriction supplémentaire, seuls les passages en rapport avec le délit. Le reste du temps, les inspecteurs sont censés exercer une « surveillance sélective » des occupants du studio en allumant régulièrement le récepteur pour s'assurer qu'il n'y a rien d'anormal. Si tel est le cas, ils doivent éteindre aussitôt.

En théorie, tout au moins.

Dans la pratique, les policiers laissent en permanence le récepteur allumé. Plusieurs bonnes raisons à cela, selon eux. En premier lieu, la complicité de Carmen leur paraît acquise. Quand Goodman et elle discutent ensemble, la conversation risque donc à tout moment de prendre un tour intéressant. Et même en l'absence de Goodman, lorsque la jeune femme et la fillette sont seules, l'une d'elles peut très bien faire une remarque sur les activités paternelles, indiquant du même coup l'imminence d'une transaction. Dans ces conditions, le moindre détail peut s'avérer pertinent.

Par ailleurs, ce travail d'écoute se révèle mortellement ennuyeux. Les gens regardent la télévision, lisent, racontent tout ce qui leur passe par la tête. Quand ils ne parlent pas, ils chantent faux, sifflotent, font des rots ou des pets. Les micros enregistrent tout. Les inspecteurs sont par conséquent à l'affût de deux types de conversation : celles ayant trait au délit (c'est leur métier) et celles où il est question de sexe (avec les précédentes, ce sont les seules dignes d'intérêt).

Bien que personne n'aborde le sujet dans l'immédiat, chacun des policiers présents dans la pièce pourrait le confirmer : ce soir, une fois Goodman de retour dans son studio, une fois sa fille couchée, n'importe laquelle des deux équipes assurant le service de nuit retiendra son souffle. Penchés sur le récepteur, les deux inspecteurs monteront le son dans l'espoir de surprendre des bruits révélateurs, preuve que la Taupe et sa compagne, eux, ne s'ennuient pas. Des hommes adultes, mariés, retrouveront une mentalité de collégien, ou le comportement qu'ils avaient à vingt ans avec leurs copains de chambrée. Ils seront en proie à la même curiosité malsaine.

Ça peut paraître idiot, mais une école policière a souvent ce genre d'effet sur les individus.

Goodman arrive chez lui vers dix-huit heures, chargé de la pizza demandée et d'un pack de boissons gazeuses.

— Bravo papa! s'écrie Kelly.

— Vive notre héros! renchérit Carmen.

Goodman ignore si elle partage le goût de Kelly pour la pizza, ou si elle fait seulement contre mauvaise fortune bon cœur. Il se rappelle toutefois ses origines italiennes.

— Je suis invitée à une fête vendredi soir, annonce la fillette. Je pourrai y aller?

— Où ça?

— Très loin, répond-elle, l'air solennel. Au numéro 200, sur la 10ᵉ Rue Ouest.

— Bien sûr que oui.

Si tu t'en sens capable, pense-t-il sans le dire. Il a décidé de se montrer optimiste.

L'avantage de la pizza, c'est une vaisselle réduite à sa plus simple expression. Kelly a droit à une demi-heure de télévision avant de se préparer pour la nuit.

— Tu n'oublierais pas quelque chose ? demande-t-elle à son père.

Goodman n'a rien oublié. Tout l'après-midi et toute la soirée, il a pensé à l'IRM du lendemain, cherchant comment utiliser son histoire pour aider sa fille à surmonter ses angoisses. Mais l'inspiration n'est pas venue et il doit improviser.

La Princesse Ballerine
(suite)

Arriva donc le soir précédant le dernier examen, celui où l'on devait à la fois faire une piqûre à la Princesse Ballerine et la mettre dans la machine terrifiante. La Princesse était assise à discuter avec son père, le Gardien des Nombres, et la très belle Lady Carmen. Ils venaient de manger avec appétit leur pizza royale.

— Je ne veux plus d'examen après celui-ci, déclara la Princesse Ballerine. Est-ce vraiment le dernier ?

— Absolument, répondit le Gardien des Nombres. Il n'y en aura plus ensuite.

— Promis ?

— Promis.

— Et s'ils disent que je dois en subir d'autres ? S'ils veulent me forcer ?

— Alors, répondit le Gardien des Nombres, nous nous enfuirons d'ici. Nous nous cacherons, et jamais le Très Honorable Médecin du Royaume ne pourra nous retrouver.

— Mais le brave et loyal Prince Larus ? Nous ne pouvons pas l'abandonner, n'est-ce pas ? demanda alors la Princesse Ballerine.

— Bien sûr que non. Il nous accompagnera.

— Que deviendra notre chat ?

— Comment ai-je pu oublier l'incomparable Chat d'Iran ? Impossible de partir sans lui. Il sera du voyage.

— Et la très belle Lady Carmen ? demande Kelly. On ne peut pas l'abandonner, elle non plus.

Elle prend la main de la jeune femme.

— Ce ne serait pas très gentil, en effet, doit reconnaître Goodman.
— Pas gentil du tout.
— Eh bien, si nous sommes vraiment obligés de partir, il faudra laisser le choix à Lady Carmen, non ?

La fillette acquiesce, puis se tourne vers Carmen.
— Dis, tu viendras avec nous ?

Ce à quoi l'intéressée se contente de répondre :
— Je ne sais pas, mon cœur. On verra.

— Ecoute-moi ça! s'exclame Riley. Ils en sont à préparer leur départ!
— Possible, déclare Abbruzzo.

Les deux inspecteurs sont seuls dans la planque. Weems et Sheridan ont terminé leur service à dix-huit heures; DeSimone et Kwon sont partis aussitôt après s'être assurés que les micros fonctionnaient.
— Mais peut-être s'agit-il tout simplement d'une histoire, ajoute-t-il après réflexion.
— Foutaises! Tu peux me croire, Ray. A peine sa transaction effectuée, la Taupe va disparaître dans la nature. Le hic, c'est qu'on aura un pied sur sa queue.
— Du calme, réplique Abbruzzo. Je ne sais même pas si les taupes ont une queue.

Plus tard, assis à la table pliante, Goodman et Carmen finissent la bouteille de vin.
— Toujours pas de nouvelles de Vinnie ? demande Goodman.
— Non... Michael ?
— Oui ?
— Vous partirez vraiment, après la transaction ?

Il réfléchit.
— Je crois que nous n'aurons pas le choix. Je ne me vois pas rester ici, à attendre qu'on vienne nous arrêter.
— Et moi ?
— Tu as entendu l'histoire.
— Ce n'est qu'un conte de fées.

— Les contes de fées peuvent devenir réalité.

Il essaie de le dire en chantant, mais il n'a jamais eu beaucoup de voix et tous les deux éclatent de rire. En se levant, Goodman — qui tient aussi mal l'alcool que les notes d'une mélodie — trébuche et se cogne bruyamment contre la table.

Dans la planque, Abbruzzo et Riley se bouchent précipitamment les oreilles.

Big Red passe chercher Hammer juste après minuit. Il gèle, et la vapeur qui sort des bouches d'égout se mêle à la fumée des pots d'échappement. A l'intérieur de la Bentley, en revanche, il fait chaud et tout est silencieux. Ils se dirigent vers le sud et entrent dans Manhattan par le Madison Bridge, avant de descendre la Seconde Avenue. A la hauteur de la 96e Rue, ils rejoignent Lexington Avenue, puis continuent jusqu'à la 92e Rue où ils tournent à gauche.

— L'immeuble est là-bas, indique Big Red, en se garant à quelques centaines de mètres du domicile de Michael Goodman. Va voir s'il y a son nom sur l'interphone.

Hammer est de retour en moins d'une minute. Il grelotte, mais arbore un large sourire.

— M. Goodman, annonce-t-il. Appartement 4 F. On lui rend visite ?

— Pas encore, répond Big Red, qui a déjà enclenché la première pour démarrer. Mais ça ne saurait tarder.

28

Peu après neuf heures le mardi matin, le téléphone sonne alors que Goodman, Carmen et Kelly sont en train de faire le ménage. Goodman s'essuie les mains sur sa chemise avant de décrocher.
— Allô ?
— Salut, Mikey Boy.
— Salut Vinnie.
— Envie de faire un tour, Mikey ?
— Seulement si c'est important.
— De la plus haute importance.
— D'accord.
— Note-moi ce numéro... 5-5-5-3-3-1-8.
Goodman griffonne à la hâte.
— Fais-le d'une cabine, reprend Vinnie.
— Quand ?
— Immédiatement. J'appelle moi aussi d'une cabine et il fait un froid de canard.
Dès qu'il a raccroché, Goodman annonce qu'il doit sortir acheter de l'eau de Javel. Kelly ne se rend compte de rien ; Carmen, elle, lui lance un regard entendu.
— Sois prudent, Michael, dit-elle.

— Et merde ! s'écrie Harry Weems.
Sheridan et lui sont de service à la planque depuis huit heures du matin. Ils ont entendu Goodman répondre à un certain Vinnie, qui a insisté sur la nécessité d'une rencontre.

Aussitôt, les deux hommes se sont arrangés pour avoir une conversation confidentielle — chacun dans une cabine téléphonique — que les inspecteurs seront condamnés à surveiller de loin, sans aucun moyen de savoir ce qui se dit.

— Suis-le, ordonne Weems à Sheridan. Et repère quelle cabine il utilise.

— Encore moi?

Weems ignore cette protestation. Il est déjà en train d'essayer de joindre Telephone Security, le service de renseignements téléphoniques de la police. Il lui faut deux minutes pour avoir la communication.

— Ici, l'inspecteur Weems de l'OCCB. J'ai besoin de l'adresse d'une cabine de la ville. C'est très urgent.

— Quel numéro? demande la voix.

— Le 5-5-5-3-3-1-8.

— L'indicatif est bien le 212?

— Oui.

— Ne quittez pas.

Weems tapote nerveusement le combiné en attendant. Il n'a que quelques minutes pour localiser la cabine et appeler le standard, afin que le commissariat le plus proche envoie une voiture banalisée sur place. Avec un peu de chance, ses collègues arriveront à temps pour découvrir à quoi ressemble le dénommé Vinnie. Avec beaucoup de chance, ils pourront relever son numéro minéralogique, le prendre en filature jusqu'à son domicile, peut-être même découvrir sa véritable identité.

— Ce numéro est sur liste rouge. Il va me falloir quelques minutes de plus.

— Je patiente, répond Weems.

Sa première réaction est de jurer intérieurement. La seconde témoigne d'un effort de réflexion. Pourquoi une cabine téléphonique serait-elle sur liste rouge? Une réponse s'impose rapidement à lui : parce qu'elle doit se trouver dans un lieu où les gens ne souhaitent pas être rappelés ni dérangés, ni voir quelqu'un monopoliser le téléphone sans payer.

— Je ne réussis pas à localiser cette cabine, inspecteur.

— Merde! répète Weems. Trois fois merde!

— Bonne journée, dit la voix à l'autre bout du fil.

A cause du froid plus vif que prévu, Goodman entre dans la première cabine qu'il rencontre — l'une des deux situées au coin de la 93ᵉ Rue et de Lexington. Il glisse une pièce de vingt-cinq cents dans la fente et compose le numéro donné par Vinnie. Celui-ci lui répond avant la fin de la première sonnerie.

— Mikey Boy ?
— Oui ?
— Tu en as mis du temps !
— Je n'allais quand même pas sortir en chaussettes dans la rue...
— Très drôle.
— Quoi de neuf ?

Il fait si froid que Goodman produit de la buée en respirant.

— Mes amis ont réuni ce qu'il fallait. Ils sont prêts.

Il attend que son cœur recommence à battre normalement.

— On peut conclure ce soir, si ça te va, continue Vinnie. Sinon, il faudra attendre vendredi soir.

Goodman se rappelle l'existence de l'IRM.

— Ce soir, ce n'est pas possible. Je dois m'occuper de ma fille.

— Ta fille ? Tu es sûr de ne pas avoir oublié la somme en jeu, Mikey ?

— Désolé. Il y a des priorités dans la vie.

En réalité, tout est allé trop vite. Goodman se réjouit presque d'avoir le prétexte de l'IRM pour remettre les choses à plus tard.

— Entendu, dit Vinnie, apparemment déçu. Je te rappelle dans un jour ou deux. On se parlera de la même manière, d'accord ?

— D'accord.

Goodman raccroche. Il s'arrête acheter le *New York Times* au coin de la 92ᵉ Rue. En sortant du magasin, il évite de peu un homme en manteau camel. Il a l'impression de l'avoir déjà vu, mais où ?

— Je crois que je suis grillé. Il s'est arrêté chez un marchand de journaux pour vérifier que personne ne le suivait, et on a failli se rentrer dedans. A partir de maintenant, tu ferais mieux de me remplacer, déclare Sheridan, à peine arrivé à la planque.
— Où est-il allé téléphoner ?
— Au coin de la 93ᵉ.
— Et alors ?
— Comment ça, *et alors* ? Il a donné son putain de coup de fil pendant que je me gelais le cul, voilà tout !
— Il faut s'occuper de cette cabine, décrète Weems.

A un moment où Kelly ne risque pas d'entendre, Carmen interroge Goodman sur sa conversation avec Vinnie.
— Il dit qu'ils sont prêts, répond Goodman. Je l'ai fait patienter jusqu'à vendredi soir. Il doit rappeler.
— Tu es sûr de vouloir aller jusqu'au bout, Michael ?
— Bien sûr que non.
La conversation tourne court. Elle n'a duré que quelques minutes, et ils ont parlé à voix basse. Mais ils se trouvaient au milieu du studio, juste sous le plafonnier...

— Bingo ! s'écrie Harry Weems. C'est pour vendredi soir. Il nous faut cette ligne téléphonique !
En d'autres termes, il veut faire mettre sur écoute la cabine de laquelle Goodman a rappelé Vinnie. Il contacte Ray Abbruzzo chez lui, et le met au courant des événements de la matinée.
— Il nous faut cette cabine, Ray, conclut-il. Tu crois qu'on peut compter sur Maggie-O ?
— J'en doute. On a déjà trop tiré sur la ficelle. On a obtenu le mandat de perquisition, l'autorisation de mise sur écoute, la pose des micros. Et on n'a toujours pas le début d'une preuve.
— On y est presque.
— C'est pas un jeu de quilles, Harry.

— Alors tu proposes quoi ?
— De faire appel à Fu Man.

Pour la police de New York, Fu Man Feldman est ce qui se rapproche le plus d'un spécialiste au noir. Ancien inspecteur, il a dû prendre une retraite anticipée lorsqu'une enquête a révélé qu'en plus de ses responsabilités officielles, il détenait le tiers des actions d'une société chargée du ramassage des déchets toxiques. Personne n'en aurait sans doute jamais rien su, si deux employés de la société n'avaient accidentellement déclenché un incendie en déchargeant des produits chimiques inflammables sous une passerelle d'autoroute du New Jersey.

Physiquement, on a comparé Feldman à une bouche d'incendie, une balle de bowling, un crapaud, une souche, et sans doute à bien d'autres choses encore. Massives de préférence, car il pèse près de cent dix kilos pour un mètre cinquante-cinq. Et carrément repoussantes pour certaines, à cause de sa grossièreté et de son mauvais caractère.

Cela dit, Fu Man Feldman (dont le prénom, Isadore, a depuis longtemps fait place au surnom inspiré par sa moustache tombante et sa barbichette) a toujours été très sollicité, aussi bien du temps où il appartenait encore à la police que depuis sa retraite forcée. La raison en est simple : il peut mettre une ligne téléphonique sur écoute, poser des micros espions, faire démarrer une voiture en bricolant les fils de contact, ouvrir un coffre-fort et accomplir quantité d'autres tâches de même nature. Le tout rapidement, et avec son propre matériel. De surcroît, à la différence des inspecteurs DeSimone et Kwon des services techniques, il n'a pas besoin d'être mandaté par la justice pour intervenir.

Il se fait rémunérer en argent liquide, et beaucoup d'inspecteurs sont prêts à payer ses services de leur poche afin de s'épargner toute la paperasserie, les tracasseries judiciaires et les complications qui surgissent dès qu'on suit la procédure normale. Ses exigences restent par ailleurs assez raisonnables : cent dollars par-ci, cinquante par-là. Au fond, en dehors de l'appât du gain, Feldman aime à se rendre utile. Il apprécie la compagnie des flics — ce qu'on ne croirait pas à voir la manière dont il les traite. Il est content de ne pas perdre la main. Et surtout de faire admirer ses talents.

A une heure de l'après-midi, il arrive au carrefour de la 93e Rue et de Lexington Avenue. Pour l'occasion, il porte le casque et la ceinture des techniciens NYNEX avec tout l'équipement nécessaire, les rouleaux de fil électrique, sans oublier le téléphone portable. Une boîte à outils métallique, d'apparence réglementaire, complète cette panoplie.

Il repère deux cabines à l'angle nord-est du carrefour. Bien qu'il ait de quoi les mettre toutes les deux sur écoute, il sait que ce ne sera pas nécessaire.

Aux yeux du profane, Feldman a consacré les deux minutes et demie passées dans l'une des cabines à la maintenance du matériel, à vérifier que les circuits électriques et le cordon métallique étaient intacts.

Pourtant, il n'en est rien. En fait, il a desserré le couvercle de l'appareil et glissé la main à l'intérieur pour isoler les deux fils correspondant au numéro à sept chiffres de la cabine, sur lesquels il a fixé un émetteur miniature. Il en aligne alors la fréquence sur celle d'un second émetteur, capable de relayer les signaux et de les transmettre à un récepteur situé dans un rayon de quatre cents mètres environ.

Seul inconvénient du second émetteur : il lui faut une alimentation électrique indépendante. Feldman résout le problème à l'aide d'un lampadaire du carrefour, au pied duquel il dévisse une plaque métallique afin de connecter l'émetteur aux fils qui passent à l'intérieur. Une lumière verte clignote trois fois, indiquant que le système est opérationnel.

Feldman se rend ensuite dans la seconde cabine téléphonique. Sortant une étiquette adhésive de sa boîte à outils, il la colle sur l'appareil, par-dessus la fente dans laquelle on glisse les pièces de monnaie. D'expérience, il sait que cette petite manœuvre suffit à envoyer un utilisateur éventuel dans la cabine voisine, désormais sur écoute. On peut lire sur l'étiquette un message bref et sans ambiguïté : « En dérangement ».

A quatorze heures, Goodman et Kelly doivent partir au laboratoire pour l'IRM. La fillette demande à Carmen si elle aussi peut venir. Devant l'hésitation de la jeune femme, Goodman répond à sa place.

— Je suis sûr que Carmen a beaucoup de choses à faire.

— Non, dit l'intéressée. Je serais très contente de vous accompagner.

Ravie, Kelly décide de laisser Larus dans le studio.

— Il tiendra compagnie à Pop-Tart, explique-t-elle.

En chemin, alors qu'avec Carmen ils tiennent tous les deux Kelly par la main, Goodman se demande quand sa fille s'est plainte de maux de tête pour la dernière fois. Il est tenté de lui poser la question, mais redoute les pouvoirs de l'autosuggestion. Il se contente d'espérer que son état est en train de s'améliorer, qu'elle n'a finalement aucune tumeur.

Il y a affluence au laboratoire. L'employée répète néanmoins toutes les formalités d'enregistrement, questionnant de nouveau Goodman sur son absence d'assurance. Elle accepte son chèque du compte spécial de Bronx Pneumatiques, d'un montant de cinq cent cinquante dollars. On les conduit tous les trois dans la même salle de soins que la fois précédente, où Kelly échange ses vêtements contre une blouse.

— Je crois qu'un seul parent est autorisé à assister à l'examen lui-même, annonce une aide-soignante.

Alors que Carmen se dirige vers la porte, Kelly lui demande de rester. Goodman se penche pour embrasser sa fille avant de sortir.

— J'ai peur qu'elle se vexe, tu comprends, papa ? lui chuchote-t-elle à l'oreille.

Et elle n'a que six ans...

Il regagne la salle d'attente et s'installe sur l'unique siège libre, en face d'un vieillard hispanique avec un pansement sur l'œil. Ils échangent un sourire. Quelle maladie amène cet homme ici ? Aurait-il perdu un œil à cause des ravages d'une tumeur maligne au cerveau ?

Goodman trouve un numéro du magazine *Time* datant

de décembre de l'année passée ; apparemment le plus récent de la pile. Il parcourt un article sur la fragilité du processus de paix en Bosnie, ignore une analyse sur la campagne présidentielle qui semble se réduire à un face-à-face Clinton/Dole, et survole un éditorial sur la boulimie de la princesse Diana. Le titre de la page suivante arrête son regard : « Retour en force de l'héroïne ». L'article explique que le nombre d'admissions aux urgences, les statistiques de la police et les interviews de prisonniers au cours de l'année écoulée indiquent toutes une « évolution préoccupante ». La consommation d'héroïne — en déclin constant depuis près d'une décennie — augmente de nouveau. Les toxicomanes, jusque-là dissuadés par la peur du virus du sida transmis par les seringues souillées, ou séduits par le crack, moins cher et plus facile à se procurer, reviennent à l'héroïne, attirés par l'amélioration de la qualité et l'abondance de l'offre. Un responsable du ministère de la Santé se serait réjoui du fait que les utilisateurs d'héroïne étaient moins violents que les consommateurs de crack. Le commissaire Bratton, en revanche, s'inquiète du nombre croissant des règlements de comptes entre revendeurs rivaux. Quant à Guy Molinari, membre de la Chambre des représentants, il accuse les programmes d'échange de seringues, réclamant leur réduction immédiate, ainsi que la peine de mort pour tous les trafiquants de drogue.

Goodman pose le magazine. Est-il sur le point de contribuer à cette « évolution préoccupante » ? Combien de nouveaux toxicomanes y aura-t-il à cause de l'héroïne qu'il va vendre à Vinnie et à ses amis ? Combien d'overdoses ? Et surtout, combien de morts ? Dans son combat pour sauver la vie de sa fille, combien d'autres vies seront détruites ?

Il ferme les yeux et se masse l'arête du nez entre le pouce et l'index. Est-il trop tard pour faire machine arrière ? N'y aurait-il pas un autre moyen ?...

— Monsieur Goodman ?

Il ouvre les yeux, conscient de s'être endormi. L'espace d'un instant, il se demande où il est, à qui appartient ce visage penché sur lui.

— Êtes-vous le père de Kelly ?

Le visage est celui d'une Noire souriante.

— Oui, répond Goodman, confus de n'avoir pu résister au sommeil.

— Tout est terminé. Votre médecin recevra les résultats demain matin.

— Merci, dit Goodman en se levant.

— Veuillez m'accompagner, nous allons retrouver votre femme et votre fille.

Il s'apprête à rectifier, mais en commençant à marcher, il sent que son pied est ankylosé. Tandis qu'il avance dans le couloir clopin-clopant, l'infirmière finit par se retourner.

— Vous savez, nous ne faisons pas de tarif de groupe, plaisante-t-elle.

Les effets secondaires d'une IRM avec produit de contraste sont à mi-chemin entre ceux d'une ponction lombaire et ceux d'une simple IRM. Si Kelly n'a pas besoin de garder la tête immobile, elle a la migraine, mal au dos, et les jambes en coton.

À la vue de Goodman qui entre dans la pièce en clopinant, Carmen s'écrie :

— Si je comprends bien, je vais être obligée de vous porter tous les deux pour rentrer !

En réalité, ils appellent un taxi et, à dix-huit heures, Kelly est endormie sur le canapé, entre Larus et Pop-Tart. À cause de la fatigue, elle n'a même pas pensé à demander un nouveau chapitre de l'histoire.

— Merci, dit Goodman à Carmen.

— Merci à toi de m'avoir laissée partager votre vie de famille pendant quelque temps.

Il ne répond pas, mais les trois derniers mots de Carmen restent gravés dans son esprit. Est-elle donc sur le point de partir, cette jeune femme entrée dans sa vie de manière si soudaine, si imprévue ? Disparaîtra-t-elle aussitôt que l'affaire avec son frère Vinnie sera conclue ? Il ne peut se résoudre à lui poser la question, tant il a peur d'une réponse affirmative.

Ray Abbruzzo est assis dans la planque, seul. Tout étant en ordre, il a laissé Daniel Riley prendre sa soirée pour aller voir son fils jouer au basket dans la catégorie poussins, bien qu'il ait des doutes sur la capacité de gosses si jeunes à marquer des paniers. Quel pourra être le score final, quatre à deux ?

Abbruzzo et son équipe savent désormais que la transaction avec le dénommé Vinnie est fixée à vendredi soir. Ils surveillent sans relâche l'entrée de l'immeuble de la Taupe ; ils ont caché des micros dans son studio et mis sa ligne téléphonique sur écoute, ainsi que la cabine au coin de la rue. Difficile de faire plus.

Abbruzzo en est convaincu : ils ont mis toutes les chances de leur côté.

Big Red, lui, est convaincu de s'être montré trop patient avec No Neck.

— Tu te souviens de l'appartement qu'on a repéré hier soir ? demande-t-il à Hammer, alors qu'ils prennent un verre au Homeboy Lounge, sur la 127e Rue.

Hammer acquiesce.

— Eh bien le moment est venu de faire une visite d'amitié à notre petit camarade.

— Ce soir ?

Hammer est toujours prêt : une des raisons pour lesquelles Big Red sait qu'il peut compter sur lui. Il réfléchit quelques minutes.

— Non, répond-il. On va attendre que les flics soient rentrés passer le week-end en banlieue. On ira vendredi soir.

29

Tôt le mercredi matin, Goodman appelle le cabinet du docteur Gendel pour connaître le résultat de l'IRM.

— Le docteur n'est pas encore arrivé, lui répond la secrétaire, du ton dont elle parlerait à un enfant. Mais il a laissé un message vous demandant de venir le voir ce matin à onze heures, si vous pouvez.

— Souhaite-t-il voir ma fille ?

— C'est bien elle la patiente, non ?

Goodman remercie et raccroche, les mains moites. Voilà qui ne laisse rien présager de bon. Si les clichés étaient normaux, on le lui aurait sûrement précisé au téléphone. Ce message lui demandant de se déplacer ne lui dit vraiment rien qui vaille : les nouvelles sont si mauvaises qu'elles doivent lui être révélées en personne, un peu comme on apprendrait à quelqu'un la mort d'un proche. Il entend déjà le docteur Gendel : « Nous avons prévu de trépaner votre fille dès cet après-midi pour enlever la tumeur. »

Il tente d'éviter le regard de Carmen, en vain.

— Le docteur veut nous voir à onze heures, annonce-t-il, du ton le plus dégagé possible.

Il ne trompe personne. Bien qu'il n'ajoute rien, Carmen baisse les yeux en se mordillant la lèvre inférieure. Kelly va chercher Larus dans un coin de la pièce. Même Pop-Tart a l'air maussade.

A cause du froid et de la grisaille, ils se rendent au cabinet du docteur Gendel en taxi. Cette fois, la présence de

Carmen avec eux semble aller de soi. A une ou deux reprises durant le trajet, Goodman essaie de parler de tout et de rien, mais il capitule vite. Tous les trois regardent par la vitre du taxi, comme si les rues de la ville présentaient soudain un intérêt tel qu'il réclame toute leur attention. Goodman se rappelle avoir quasiment promis à Kelly qu'elle ne subirait plus d'examen. Comment lui avouer à présent qu'il a eu tort, qu'il lui a menti ? Une enfant de six ans ne se contentera sans doute pas éternellement de l'argument selon lequel « la vie réserve parfois des injustices ».

— Le docteur n'est toujours pas là, les informe-t-on à leur arrivée.

Ils vont s'asseoir dans la salle d'attente. Ils sont seuls. Goodman installe Kelly sur ses genoux, et ils feuillettent ensemble un numéro du *National Geographic*. Il est déterminé à l'occuper de son mieux, de peur qu'elle ne lui réclame un nouveau chapitre de l'histoire pour passer le temps. S'il ne sait pas au juste ce que l'avenir réserve à la Princesse Ballerine, il le voit tellement sombre qu'il préfère ne pas y penser.

Carmen, qui n'a même pas pris un magazine pour faire semblant de lire, fixe vaguement le motif du papier peint.

Goodman est en train d'expliquer à Kelly les caractéristiques des marsupiaux lorsque la secrétaire passe la tête à l'intérieur de la pièce.

— Le docteur va vous recevoir.

Ils la suivent tous les trois. Goodman se demande à quel moment il est arrivé, et par quelle porte dérobée. A moins qu'il n'ait été là depuis le début, reculant l'échéance, cherchant les mots justes pour leur apprendre la vérité ?

La secrétaire les fait entrer dans le bureau vide du médecin, où ils prennent place. Goodman récite une de ses prières, offrant sa vie en échange de celle de sa fille.

— Bonjour tout le monde.

Le docteur fait son entrée en blouse blanche. Avec difficulté, Goodman s'efforce d'interpréter son air décontracté. Est-il vraiment détendu, ou s'agit-il seulement d'une apparence destinée à cacher son inquiétude ? En faculté de médecine, enseigne-t-on aux étudiants l'art de dissimuler leurs émotions ? Visage impassible, 10/20, juste moyen...

— Je suis le docteur Gendel, déclare le médecin à Carmen.

Goodman se sent obligé de marmonner des excuses pour avoir oublié de faire les présentations.

— Alors, jeune fille, comment va-t-on aujourd'hui?

D'un geste, le docteur indique à Kelly de le rejoindre.

— Ça va, répond-elle d'une toute petite voix.

Elle fait le tour du bureau et se retrouve devant lui. Il prend ses mains dans les siennes.

— Ça va, mais froidement! Regardez-moi ces mains glacées et ces lèvres violettes. Ton papa ne te couvre donc pas assez?

— Je m'habille toute seule. Et mon papa s'occupe très bien de moi.

Son sérieux et son ton protecteur emplissent la poitrine de Goodman d'un amour si intense, si douloureux, qu'il a du mal à reprendre son souffle. La main de Carmen sur son bras le réconforte.

Le docteur Gendel ouvre un tiroir, d'où il sort un appareil semblable à celui avec lequel il a examiné les yeux de Kelly la fois précédente. Il le fixe autour de sa tête et allume l'ampoule. Ensuite, il attire Kelly vers lui, calant son petit corps entre ses genoux.

— Tu vois mon drôle de nez? demande-t-il à la fillette.

— Oui.

— Bon, alors je voudrais que tu le fixes de toutes tes forces, d'accord?

— D'accord.

Il observe attentivement un œil, puis l'autre, s'interrompant pour prendre des notes sur un petit bloc. Enfin, il éteint l'ampoule et enlève l'appareil.

— Tu vois toujours la tache?

— De temps en temps seulement.

— Dans quel œil?

Kelly porte la main à son œil droit.

— Est-elle toujours de la même taille?

— Non, quand je la vois, elle est plus petite.

— Et de quelle couleur?

— Une couleur dégoûtante.

— C'est-à-dire?

— Marron jaunasse.
— Assez dégoûtant en effet. La tache était-elle déjà de cette couleur avant ?
— J'ai oublié.
Il consulte des notes dans son dossier.
— La dernière fois, tu m'as dit qu'elle était marron. La couleur a-t-elle changé ?
— Je crois que oui.
Il desserre les genoux et libère Kelly. Apparemment contente de lui échapper, elle contourne de nouveau le bureau pour retrouver Goodman et Carmen.

Le docteur Gendel fait pivoter sa chaise de manière à leur faire face. Goodman se prépare au pire. Pourtant, n'est-ce pas bon signe que la tache ait diminué ? Qu'elle soit désormais plus claire ? Ça ne compte donc pas ?

— Je dois avouer que je reste perplexe, commence le médecin. Les clichés de l'IRM ne laissent aucun doute : il n'y a pas de tumeur visible. Et Kelly a tout à fait raison, la tache sur l'œil a un peu diminué. La seule explication me paraît la présence d'une pseudo-tumeur cérébrale atypique. Ce phénomène se produit en cas d'excès de liquide céphalorachidien, et les symptômes rappellent ceux qu'on associe d'ordinaire à une tumeur : maux de tête, taches devant les yeux, etc. Mais à dire vrai, ce genre de troubles survient plutôt chez les adolescents, et l'obésité est souvent un facteur aggravant.

« Ce diagnostic, ou plus précisément, cette absence de diagnostic, expliquerait l'amélioration constatée après la ponction lombaire. Le fait de prélever une partie du liquide céphalorachidien réduit la pression exercée dans le cerveau.

— Donc elle va mieux ? interroge Goodman.

Sa voix lui paraît lointaine, méconnaissable.

— En tout cas, elle se défend bien. Et les clichés de l'IRM ne montrent rien de suspect, même avec le produit de contraste. Ce dont il faut se réjouir.

— En effet, approuve Goodman.

— Que va-t-il se passer maintenant ? intervient Carmen.

— Une surveillance régulière est nécessaire. Quelqu'un doit suivre l'évolution de cette tache. C'est un excellent baromètre pour connaître la pression à l'intérieur du cerveau. Plus la tache s'agrandit et s'assombrit, plus la pression augmente. Il serait alors temps de refaire une ponction lombaire, de prélever un peu de liquide céphalorachidien. Si les symptômes s'aggravent vraiment, il peut devenir nécessaire de poser un drain. En revanche, plus la tache diminue et s'éclaircit — plus sa couleur devient «dégoûtante», pour reprendre le terme technique — moins il y a lieu de s'inquiéter. L'important est que quelqu'un continue à surveiller cette tache.

— Quelqu'un?

Goodman se rend compte que par deux fois, le docteur Gendel a pris ses distances au sujet de Kelly.

Le médecin se lève.

— Si vous le souhaitez, nous pouvons à présent aborder cette question.

Il regarde Carmen et Kelly avec insistance, comme pour leur faire comprendre qu'elles doivent quitter la pièce, qu'il s'agit à présent d'une conversation entre hommes. Encore quelque chose qu'on doit apprendre à la faculté de médecine, se dit Goodman.

Carmen saisit le message et prend congé avec Kelly, avant de regagner la salle d'attente. Le docteur Gendel ferme la porte.

— Est-ce un problème d'argent? demande Goodman.

— En partie. Mon assistante m'a informé que vous n'étiez couvert par aucune assurance.

— Je pourrai payer vos honoraires.

— Voilà un engagement qui va vous coûter cher. Malgré quelques aménagements, vous me devez déjà plusieurs milliers de dollars. Votre fille a besoin d'une surveillance régulière. Il faudra sans doute de nouveaux examens, peut-être beaucoup...

Avec un haussement d'épaules, il ajoute :

— Vous savez, les hôpitaux publics existent. Je ne refuse pas de soigner votre fille. Mais ce serait injuste pour mes autres patients.

Le terme «hôpitaux publics» pique Goodman au vif. Il n'a aucune intention de confier sa fille à un simple étudiant, ou à un interne de première année.

— Je paierai vos honoraires, répète-t-il obstinément. Quoi qu'il doive m'en coûter.
— Ne le prenez pas mal... Je sais que vous avez les meilleures intentions du monde...
— Tout à l'heure, vous m'avez répondu « en partie », lui rappelle Goodman. Y a-t-il un autre problème ?
— Pas un problème, une suggestion.
— Laquelle ?
— Votre fille a froid, monsieur Goodman. Elle fait pratiquement de l'hypothermie chronique !
— Ses problèmes de santé l'angoissent.
— Non, elle est tout simplement gelée !
— Et alors ?
— Alors vous devriez l'emmener en vacances. Dans un endroit où il fait chaud. Donnez à cette gosse une chance de s'épanouir au soleil, bon sang !

Daniel Riley s'épanouirait bien au soleil, lui aussi. Il grelotte à l'entrée d'un immeuble en face du cabinet du docteur Gendel, en attendant la réapparition de Michael Goodman, de sa fille et de sa petite amie. Déjà une quarantaine de minutes qu'ils sont à l'intérieur. Riley, lui, est dehors en plein vent, alors que le thermomètre approche de zéro.

Il a repris son service après une soirée en famille mémorable. Il a vu l'équipe de basket poussins de son fils perdre face à des joueurs aussi grands que des lycéens. Il y en avait au moins un avec du poil au menton. Facile pour eux d'atteindre le panier. Score final : vingt-trois à neuf. Le fils de Riley n'a marqué aucun point, ratant même à la dernière minute de jeu deux coups francs tirés au maximum à un mètre et demi du panier.

Pendant toute la durée de leur mission, Riley reçoit ses ordres de Ray Abbruzzo. Ce dernier, pourtant convaincu que la transaction aura lieu vendredi soir, a néanmoins décidé de surveiller la Taupe vingt-quatre heures sur vingt-quatre d'ici là, au cas où il s'éclipserait d'une sortie en famille afin de rencontrer ses clients. Abbruzzo assure cette surveillance à plein temps assis dans la planque, près du radiateur. Tandis que Riley passe des heures debout dans le froid, au risque d'attraper une pneumonie.

On ne plaisante pas avec l'ancienneté dans le New York Police Department, même entre inspecteurs. Surtout en hiver.

Très occupé à essayer de se réchauffer, Riley a juste le temps de voir Goodman héler un taxi sur le trottoir d'en face. Il en arrête un à son tour et s'engouffre à l'intérieur. Il y fait presque aussi froid que dehors. Riley doit montrer au chauffeur son insigne d'inspecteur pour obtenir qu'il fasse un demi-tour sur route strictement interdit par la loi. L'homme marmonne quelque chose dans une langue inconnue. Riley quitte des yeux le taxi de Goodman le temps de vérifier le nom figurant sur la licence du chauffeur : Viktor Gromechki. Voilà qui explique sans doute l'absence de chauffage !

De retour dans le studio, Goodman, Kelly et Carmen fêtent la bonne nouvelle — ou, du moins, l'absence de mauvaise nouvelle — en faisant griller des marshmallows sur le brûleur du fourneau. Debout sur une chaise et sous l'œil attentif de la jeune femme, Kelly fait tourner patiemment au-dessus de la flamme un marshmallow piqué à l'extrémité d'une fourchette à long manche. Jusqu'à ce qu'il soit bien doré, comme Carmen les aime.

Moins vigilant, Goodman approche le sien si près du brûleur qu'il finit par prendre feu. Quand il réussit à éteindre la flamme, il lui reste un petit morceau de charbon, dont s'échappe un liquide brûlant lorsqu'il veut le retirer de la fourchette.

Pendant qu'ils dégustent leur déjeuner improvisé assis autour de la table pliante, Goodman demande à Kelly si elle a assez chaud.

— Oui, répond-elle distraitement, tout en essayant de faire goûter à Pop-Tart l'intérieur d'un marshmallow.

Goodman trouve cependant une légère coloration violacée à ses lèvres minces. Tout l'après-midi et une bonne partie de la soirée, il la suivra des yeux pour s'assurer qu'elle ne frissonne pas — ou, plus exactement, qu'elle ne présente aucun symptôme d' « hypothermie chronique ».

30

Le jeudi, il fait encore plus froid; le thermomètre est descendu en dessous de zéro. Aux informations, il n'est question que de températures anormalement basses pour un mois d'octobre. Goodman s'habille chaudement avant de partir travailler, et fait promettre à Carmen et à Kelly qu'elles ne sortiront pas.

— Je ne promets rien du tout, réplique Carmen. Nous devons chercher un costume pour la fête à laquelle Kelly est invitée.

— Nous ne sommes pas des bébés. Et tu n'es pas notre patron, ajoute la fillette.

— D'une certaine façon, vous êtes un peu mes bébés.

— Quoi? s'indigne Carmen.

— Je parlais au figuré, précise Goodman, rouge de confusion.

— Le figuré? Qu'est-ce que c'est? interroge Kelly.

— Des expressions pas tout à fait exactes qu'on emploie parfois.

— Alors pourquoi on les emploie?

— Pour mieux se faire comprendre. Tu sais, comme quand on dit «J'ai l'estomac dans les talons».

— Ça doit faire une drôle d'impression.

Goodman est au travail depuis un peu plus d'une heure lorsque Manny entre dans le bureau, ferme la porte, et s'assied en face de lui.

— Vous n'auriez pas quelque chose à vous reprocher, Michael?

Aussitôt, Goodman pense aux comptes bancaires qu'il a ouverts et aux chèques qu'il a tirés. Aurait-il fait une erreur? La banque a-t-elle prévenu Manny?

— Quel genre de chose?

Il s'efforce de paraître surpris par la question de son employeur, tout en sachant que si un détecteur de mensonges était branché, l'aiguille ferait un bond sur la page.

— Je n'en sais rien, répond Manny. Mais deux minutes après votre arrivée, deux types dans une Ford bleue se sont garés sur le trottoir d'en face. Ils sont toujours dans leur voiture, à boire des litres de café.

— De qui s'agit-il, à votre avis?

— Il y a un Blanc et un Noir. Sûrement des flics. Alors je me demandais si c'était à vous qu'ils s'intéressaient.

— Je ne vois pas pour quelle raison.

— Moi non plus. A votre place, je ne m'inquiéterais pas.

Profitant de ce qu'il est là, Manny sort sa liasse de la poche arrière de son pantalon et en retire les cinq billets de vingt dollars habituels.

Ne pas s'inquiéter est plus facile à dire qu'à faire, et Goodman passe le reste de l'après-midi à s'interroger.

Quand vient l'heure de rentrer chez lui, il se couvre de nouveau jusqu'aux oreilles. Pris d'une inspiration soudaine, il laisse délibérément son attaché-case dans le bureau. En sortant sur Jerome Avenue, il voit la Ford bleue garée en face. Elle est facilement reconnaissable : son pare-brise est embué et de la fumée s'élève du pot d'échappement.

Il parcourt une centaine de mètres vers le nord avant de s'arrêter net. Il se tape sur la tempe, à la manière de Newton découvrant l'attraction universelle. Puis fait demi-tour et reprend la direction du garage. En chemin, il croise la Ford et en dévisage les occupants. Le conducteur, un Noir massif, lui est inconnu. Le passager, un Blanc, ressemble en revanche beaucoup au type qu'il a trouvé l'autre jour sur sa route en achetant son journal.

— Merde! s'exclame une nouvelle fois Harry Weems dès qu'ils ont dépassé Goodman. Trois fois merde!

Ce mot représente l'essentiel de son vocabulaire depuis qu'il est sur cette affaire.

— Tu as vu ce salaud? Il s'est débarrassé de nous comme un «pro». Je t'avais prévenu qu'il était très fort, déclare Sheridan, qui n'en revient pas.

Se sachant grillés, ils regagnent la planque. Inutile d'aggraver encore leur cas. Par ailleurs, ils connaissent par cœur l'itinéraire de la Taupe : il va rejoindre la 161ᵉ Rue, où il prendra le métro pour rentrer chez lui. Peut-être s'arrêtera-t-il acheter une pizza, si sa fortune le lui permet.

Lorsque Goodman ressort de Bronx Pneumatiques, sans oublier cette fois son attaché-case, la Ford bleue est invisible.

Comme toujours, il fait déjà nuit, et il regarde attentivement autour de lui pendant le trajet jusqu'à la station de métro, habitude prise depuis sa première rencontre avec Russell.

Que devient le jeune Noir? Goodman ne l'a pas revu depuis la tentative malheureuse pour vendre le premier kilo d'héroïne. Il y a combien de temps, déjà? Difficile de s'en souvenir. Malgré ses talents de comptable, il a du mal à se repérer dans le temps.

Il a de nouveau l'occasion de penser à Russell avant d'atteindre la 161ᵉ Rue. Un grand adolescent noir décharné est adossé à un immeuble et, l'espace d'un instant, il croit reconnaître Russell. En réalité, il ne s'agit pas du tout d'un adolescent, mais d'un homme entre trente et quarante ans. Au moment où Goodman passe à sa hauteur, il s'éloigne de l'immeuble, courbé, les yeux fermés — tel un somnambule. Par miracle, il ne s'effondre pas : il se contente de tourner en rond, titubant, inconscient de ce qui se passe autour de lui. L'expression «soûl comme une barrique» vient spontanément à l'esprit de Goodman.

Avec quelques notions de pharmacologie, cependant, il comprendrait que cet homme n'est pas ivre. Les pochards s'écroulent parce que l'alcool provoque des troubles de l'équilibre. Effet que n'ont pas les dérivés de l'opium : un héroïnomane peut se défoncer sans jamais perdre le contrôle de son gyroscope interne, des centres nerveux qui le font tenir debout.

Bien sûr, il est sans doute plus confortable pour Michael Goodman de voir en l'homme un ivrogne. On est jeudi, après tout. La veille du jour où Vinnie et lui doivent conclure leur affaire. Par une étrange coïncidence, il a fallu qu'ils choisissent Halloween, journée la plus inquiétante de l'année.

Cette pensée lui rappelle la promesse faite à Kelly d'acheter une citrouille sur le chemin du retour. Au carrefour de la 96ᵉ Rue et de Lexington, il s'arrête donc au Bodega Palace, boutique hybride hispano-coréenne, où il en choisit une de taille respectable. Il sort quelques dollars, s'interrogeant sur le prix de ce qui n'est jamais qu'une courge orange hypertrophiée. La caissière coréenne pose la citrouille sur sa balance et enregistre la somme.

— Neuf dollars, annonce-t-elle.

Bon sang, s'exclame Goodman intérieurement. Il paie néanmoins sans broncher.

— Comment ça, vous êtes grillés ?

Abbruzzo exige des précisions dès le retour de Weems et Sheridan à la planque. A sa demande, le lieutenant Spangler lui a attribué cinq hommes de plus pour mener l'opération à bien : ils sont donc revenus au système des trois-huit, où trois équipes de trois inspecteurs se relaient toutes les huit heures.

— Il a fait demi-tour pour nous semer. Il nous a bien eus, explique Sheridan.

— L'enfoiré ! Espérons qu'il ne va pas avoir la trouille, répond Abbruzzo.

— Comment pourrons-nous couvrir la transaction avec un type aussi coriace ? demande Sheridan. Il repérera n'importe laquelle de nos voitures.

Abbruzzo réfléchit.

— On va essayer d'avoir le soum, dit-il.

Le « soum », ou « sous-marin », désigne la camionnette banalisée de l'Organized Crime Control Bureau. De l'extérieur, elle ressemble aux milliers de camionnettes de livraison, de déménagement ou de dépannage que les New-Yorkais ont l'habitude de voir dans les rues. A l'intérieur, elle est équipée de glaces sans tain, de caméras et d'appareils photo cachés, ainsi que de micros capables de capter des conversations à voix basse dans un rayon d'une centaine de mètres. Pour les périodes de surveillance prolongée, s'y ajoutent un petit réfrigérateur, un four à microondes, et même un WC chimique.

— Bonne idée, approuve Weems.

— Ça va être le combat du siècle, déclare Sheridan. La Taupe contre le Sous-marin. Je me demande qui sera le vainqueur.

— A ta place, je parierais sur le sous-marin, lui conseille Abbruzzo.

Goodman, Carmen et Kelly sont en train de dîner lorsque le téléphone sonne. Goodman avale précipitamment sa bouchée de gratin au thon avant de décrocher.

— Allô ?

— Qui est à l'appareil ?

Il reconnaît la voix de Vinnie.

— Michael, répond-il.

— Tu es sûr ? Tu as une drôle de voix.

— Je suis en train de manger.

— Eh bien tu vas aller prendre l'air dans une cabine. Appelle-moi au...

— Une seconde !

Du regard, Goodman cherche de quoi écrire et finit par trouver un stylo.

— Je suis prêt, dit-il.

— 5-5-5-5-9-6-2.

Il écrit le numéro sur la paume de sa main.

— Je rappelle dans un quart d'heure environ.

— Et puis quoi encore ! Je suis dans une cabine. Tu as une idée de la température qu'il fait ?

— Comme si j'y étais. Dans cinq minutes, alors.

Il raccroche.

— Je dois sortir. Je n'en aurai pas pour longtemps, annonce-t-il à Carmen et à Kelly.

— Couvre-toi bien, recommande Kelly.

Goodman échange un regard avec Carmen. Elle a compris de quoi il retourne.

Ray Abbruzzo a compris, lui aussi, et sans perdre une minute il contacte Telephone Security.

— Je voudrais l'adresse correspondant au numéro 212-555-5962, le plus vite possible. C'est sans doute une cabine publique.

Il tend le combiné à Weems.

— Puisque vous êtes grillés, poursuit-il, c'est moi qui vais m'occuper de la Taupe. Essayez de trouver une équipe qui puisse se rendre à l'endroit d'où appelle Vinnie. Mais je ne veux pas de patrouille radio.

Abbruzzo enfile son blouson. A peine Goodman sort-il de son immeuble qu'il le prend en filature sur le trottoir opposé, à bonne distance.

— C'est une cabine située au numéro 130 de la 10e Avenue, dit une voix féminine à Weems.

— Il y a quoi à ce numéro ?

— La Luncheonette, un restaurant.

— Quelle est la rue perpendiculaire ?

— Comment voulez-vous que je le sache ? C'est vous l'inspecteur de police, pas moi.

Il raccroche, appelle le standard et demande qu'un commissariat envoie une équipe de deux inspecteurs au restaurant La Luncheonette. Il informe l'opératrice qu'il reste en ligne afin de pouvoir donner des instructions à l'équipe qui se déplacera.

— Pas de volontaires pour l'instant, répond l'opératrice. Il fait trop froid.

— Je veux pas le savoir ! Faites le 10-13 !

Ce numéro désigne l'urgence absolue : « Officier en danger ». Même si les Martiens atterrissaient à Central Park en soucoupe volante, il suffirait que le 10-13 retentisse au même moment pour que tous les flics sur place remontent dans leur voiture en quelques secondes.

— Vous savez bien que c'est impossible, proteste l'opératrice.

— Et merde!
— Attendez, j'ai une équipe prête à partir. Elle peut être sur les lieux dans une douzaine de minutes.
— Quoi? Mais c'est dix fois trop long!
— Désolée, inspecteur.

Goodman arrive grelottant au coin de la rue. Il y a une étiquette «En dérangement» dans la cabine qu'il a utilisée la dernière fois, mais celle d'à côté fonctionne. Il glisse sa pièce de vingt-cinq cents dans la fente et compose le numéro écrit sur la paume de sa main.

Tandis que Weems continue à attendre une réponse de l'opératrice, Sheridan monte au maximum le volume du récepteur de Fu Man Feldman, venu s'ajouter à la liste déjà longue du matériel électronique de la planque. Les voix résonnent dans la pièce.

VOIX : Allô?
GOODMAN : Salut Vinnie.
VINNIE : Salut Mikey Boy. Je t'entends mieux. Ne mange rien de ce que ma sœur te prépare, mec. Tu pourrais y laisser ta peau.
GOODMAN : Quoi de neuf?
VINNIE : On est prêts. Demain soir, huit heures.
GOODMAN : Huit heures?
VINNIE : Ouais. Il y a un problème?
GOODMAN : Juste le fait que ma fille doit aller à une fête demain soir.
VINNIE : Merde! Je crois qu'il est trop tard pour tout changer.
GOODMAN : Alors on garde huit heures. Je verrai ce que je peux faire. Mais tu sais comment sont les gosses. On se retrouve où?
VINNIE : Dans un endroit tranquille.

Goodman se rappelle la dernière fois qu'il a accepté une transaction dans un «endroit tranquille»: il y a laissé son kilo d'héroïne, ses chaussures et son pantalon. Pas question de recommencer.

GOODMAN : Il faut vraiment que ce soit à huit heures ?
VINNIE : Je les ai déjà prévenus, bon sang...
GOODMAN : D'accord, d'accord. Seulement dans ce cas, il faut qu'on se retrouve près de l'adresse où sera ma fille.
VINNIE : C'est-à-dire ?
GOODMAN : Quelque part vers Greenwich Village. Je ne me souviens plus.
VINNIE : Quelle poisse !
GOODMAN : Je peux rappeler demain avec l'adresse.
VINNIE : Surtout pas. C'est moi qui rappellerai. Tu seras chez toi vers midi ?
GOODMAN : Je m'arrangerai pour être là.
VINNIE : Parfait... Mikey Boy ?
GOODMAN : Oui ?
VINNIE : N'essaie pas de nous doubler, d'accord ?

La communication est coupée.
— Merde !

Harry Weems raccroche d'un geste rageur. Il avait espéré que la conversation durerait huit ou dix minutes. L'équipe en route aurait eu une chance d'arriver à temps pour voir qui était dans la cabine, ou au moins qui ressortait du restaurant en ayant l'air d'avoir téléphoné. Un jour, il a réussi à découvrir le dernier utilisateur d'une cabine en annonçant à la cantonade que l'appareil avait rendu une pièce de vingt-cinq cents, et en attendant que quelqu'un vienne la réclamer. Le type qui s'était présenté avait récolté cinq ans de prison au passage — soit parce qu'il était bel et bien l'auteur de l'appel, soit pour avoir voulu s'approprier indûment vingt-cinq cents. Au choix.

Mais Goodman est resté moins d'une minute au téléphone, empêchant quiconque d'atteindre le restaurant avant le départ de Vinnie.

Malgré tout, Weems et Sheridan ont appris que la transaction se déroulerait le lendemain soir à huit heures. Même s'ils n'ont pas d'indication précise sur le lieu — autre que « quelque part vers Greenwich Village » — ils devraient en savoir plus long demain à midi.

La porte s'ouvre sur Ray Abbruzzo.

— Comment ça s'est passé ? demande-t-il, encore tremblant de froid.

— Impossible d'identifier Vinnie, répond Weems.

— Mais on a des détails sur le déroulement de la transaction, déclare Riley.

— Bon travail, dit Abbruzzo, d'un ton satisfait. C'est pour quand ?

— Huit heures demain soir.

— Où ça ?

Riley vérifie les notes prises pendant la conversation téléphonique.

— Euh… quelque part vers Greenwich Village.

— Génial.

Cette fois, aucune trace de satisfaction dans la voix d'Abbruzzo.

Goodman rentre à temps pour finir sa part de gratin au thon.

— Où a lieu la fête à laquelle tu es invitée demain soir ? demande-t-il à Kelly.

— Je t'ai déjà tout expliqué.

— Je sais. Mais j'aimerais que tu me le répètes.

Bien qu'elle le foudroie du regard, l'air de dire « Vous, les adultes ! », elle se lève et va chercher l'invitation.

— 10ᵉ Rue Ouest, numéro 200, lit-elle, au coin de la 6ᵉ Avenue, appartement 6B, de dix-huit heures à vingt et une heures. Janie m'a dit qu'une parade passerait en bas de chez elle, et qu'on pourrait la voir du salon. C'est chouette, hein ?

— Absolument.

Une parade de Halloween ? Dernière nouvelle. Sans doute une douzaine d'originaux qui défileront dans des costumes ridicules, songe Goodman.

— Moi et Carmen, on a acheté du tissu pour faire un costume, annonce Kelly.

— Carmen et moi, corrige-t-il.

— Et toi, tu dois creuser la citrouille. Tu n'as pas oublié ?
— Pas du tout.
— Il faut qu'elle fasse peur.
Il acquiesce.
— Mais pas trop quand même, ajoute-t-elle.

Aucun nouveau développement n'étant prévu pour les dix-huit heures à venir, Abbruzzo donne congé à presque tout le monde. Une bonne nuit de sommeil sera la bienvenue en prévision de la transaction du lendemain soir. Il laisse sur place un des inspecteurs récemment nommés, avec ordre de le biper si quelque chose d'anormal se produit. Ensuite, il appelle le lieutenant Spangler à son domicile, et lui demande l'autorisation de réquisitionner le sous-marin pour la soirée du lendemain.

— D'accord. Mais n'oubliez pas de remplir les formulaires habituels.

Abbruzzo acquiesce. En paroles seulement. En son for intérieur, il maudit ce métier pourri, où il faut demander la permission dès qu'on veut se servir d'une malheureuse camionnette pour réussir une interpellation légale. Et si par malheur il ne remet pas ces foutus formulaires en trois ou quatre exemplaires, il devra rendre des comptes dès lundi matin chez les pisse-froid de l'Inspection, qui l'accuseront d'avoir utilisé un véhicule de service pour ses besoins personnels.

— Quelqu'un a envie de prendre un verre ? lance-t-il.
Un « Ouais ! » unanime lui répond.

Assis à la table pliante, Goodman s'efforce de sculpter une citrouille de Halloween qui ne fasse « pas trop peur quand même ». Il n'a jamais vu autant de pépins de sa vie. Il y en a partout : sur la table, sous la table, sur son pantalon, même à l'intérieur de sa chemise. Dans un premier temps, Pop-Tart s'amuse à les attraper, mais devant leur nombre, il se décourage vite.

— Il faut les mettre de côté, déclare Carmen depuis le

canapé, qu'elle et Kelly ont déplié afin d'y étaler le tissu du costume.

— Quoi? Les pépins?

— D'abord, ce ne sont pas des pépins, mais des graines, précise-t-elle, hilare. Ensuite, je veux les passer au four avec des épices. C'est délicieux.

Pop-Tart saute sur le canapé, et commence à se faire les griffes sur le tissu déployé par Carmen et Kelly.

— J'étais sûre que l'employé de Woolworth's s'était trompé, triomphe la jeune femme. Nous lui avons apporté ce rouleau de satin noir avec l'étiquette «$ 5.95» et il l'a enregistré tel quel. En fait, c'était cinq dollars quatre-vingt-quinze le mètre. Ça leur apprendra à confier des postes de responsabilité à des hommes.

— Il y en a des kilomètres! s'exclame Kelly, en déroulant le satin sur le sol.

Pop-Tart bondit dessus et y plante à nouveau les griffes.

— N'aurait-il pas été plus honnête de signaler son erreur à ce vendeur? demande Goodman.

— Zut pour l'honnêteté! réplique Carmen. Ce n'est pas son argent.

— Oui, zut pour l'honnêteté, répète Kelly, en pouffant de rire.

Il s'interroge alors : est-il vraiment le mieux placé pour parler d'honnêteté?

Il est plus de vingt-deux heures lorsque tout est terminé. Goodman a sculpté une citrouille de Halloween tout à fait respectable, éclairée par une bougie de Hanukah. Tout de noir vêtue, Kelly fait une sorcière très convaincante avec son grand chapeau pointu, sa cape qui lui descend jusqu'aux pieds, et du gros-grain noir enroulé autour des jambes en guise de bottes. Un balai termine ce déguisement. Enfin, presque.

— Dis papa, je peux emmener Pop-Tart? S'il te plaît!

— Il fera beaucoup trop froid dehors.

— On pourrait peut-être y aller en taxi? suggère Carmen.

— Dans quel camp es-tu, au juste? interroge Goodman.

— Le mien! Le mien! Le mien! s'écrie Kelly, entourant la jeune femme de ses bras.

— Quant à toi, j'aimerais bien savoir qui t'a mise dans cet état d'excitation. Pour Pop-Tart, nous verrons le moment venu.

— Ça veut dire oui, chuchote Kelly à l'oreille de Carmen.

— Non, ça veut dire nous verrons. Je croyais que c'était moi qui commandais, ici.

Il faut ensuite ranger le studio. Carmen et Kelly rassemblent les bouts de tissu, sur lesquels le chaton se précipite de temps à autre. Goodman, lui, parcourt le studio à quatre pattes, à la recherche des graines de citrouille. Elles sont recouvertes d'une substance jaune et filandreuse qui les rend gluantes et difficiles à ramasser. Il y en a tellement sous la table que ses mains en sont pleines.

— Est-ce que quelqu'un pourrait me passer le bol, là-bas ?

— Voilà.

Il sent quelque chose de froid contre son épaule gauche. Les deux mains prises, il doit se baisser encore avant de pivoter pour tendre un bras en direction du bol. Il se retrouve dans une étrange position : sous la table, la tête tournée vers le haut. Le seul moyen pour lui de voir le bol.

Mais aussi un petit objet fixé sous le plateau de la table.

Aux yeux de Goodman, cependant, à cause de la distance, de l'inconfort de sa posture et de l'éclairage insuffisant, il ne s'agit que d'un vieux chewing-gum. Alors qu'il s'apprête à en faire la remarque à Kelly, il songe qu'il a peut-être été collé là par Carmen.

— Tu le veux, ce bol, oui ou non ? s'impatiente la jeune femme.

Il le lui prend des mains, y vide les graines et sort de sous la table en rampant.

— C'est l'heure de mon histoire, annonce Kelly, déjà blottie sous les couvertures avec Larus et Pop-Tart.

Et Goodman oublie l'existence du chewing-gum.

La Princesse Ballerine
(suite)

Un beau jour, la Princesse Ballerine fut invitée à un bal...

— Un bal ?

... ou, plus exactement, à une fête où tous les enfants invités devaient porter des tenues extraordinaires que l'on appelle aussi déguisements.

Comme la Princesse Ballerine était très belle, elle trouva amusant, pour une fois, de s'habiller tout en noir : chapeau noir, cape noire, et même de grandes bottes noires. Puis elle se maquilla le visage en vert et en jaune. Au moment de partir, elle se trouvait si laide qu'elle n'osa pas se regarder dans son miroir, de peur qu'il ne se brise à sa vue.

— Est-ce que son chat l'accompagnait ?
— Chut, dit Goodman. J'ai dit qu'on verrait.
— Mais là, c'est juste une histoire, papa.

A l'ouverture du bal, personne ne savait qui était cette petite fille en noir, mais tout le monde tomba d'accord pour affirmer qu'il s'agissait de la créature la plus laide, la plus effrayante et la plus sinistre qu'on ait jamais vue. On décida d'attendre la fin du bal pour voir qui viendrait la chercher, et découvrir ainsi sa véritable identité.

Au neuvième coup de neuf heures, la sonnette retentit et tous les enfants coururent vers la porte. Quelle ne fut pas leur surprise de voir que l'homme et la femme debout dans l'entrée étaient déguisés eux aussi ! Ces derniers prirent la fillette par la main et disparurent avec elle dans la nuit, sans que personne sache qui ils pouvaient bien être tous les trois.

— On ne l'a jamais su ?
— Jamais.

Spike Schwartz est l'unique officier de police de service à la planque. Adalberto Schwartz de son vrai nom. Juif portoricain, il est surnommé Spike depuis l'école primaire. Lui et sa femme Norma sont les heureux parents de jumeaux de six semaines. Tout le monde répète à Spike qu'avec le temps, les bébés vont s'habituer l'un à l'autre et avoir faim aux mêmes heures, plus ou moins. Dans l'immédiat, c'est plutôt moins que plus. Ce soir, il a pris son service en ayant dormi à peine trois heures au cours des dernières trente-six heures.

En bon flic, il fait de son mieux pour rester vigilant et écouter régulièrement les différents récepteurs. Mais il n'y a aucun appel téléphonique, et les micros ne semblent capter que des bruits de vaisselle, ou la voix niaise d'un type en train de raconter une histoire de ballerine déguisée en sorcière.

A vingt et une heures, Spike commence à bâiller.

Ce soir-là, étendu sur son coin de moquette, Goodman regarde les ombres projetées par la bougie qui brûle à l'intérieur de la citrouille transformée en lanterne.

C'est demain le jour J, se dit-il, celui où il doit gagner ses galons de dealer en gros. Est-il encore temps de reculer, de prévenir Vinnie qu'il a changé d'avis, qu'il se dégonfle, ou n'importe quoi d'autre ? Il pense au type qu'il a vu tituber sur la 161ᵉ Rue cet après-midi, à Russell aussi. Et à l'article sur le « Retour en force de l'héroïne ».

Il est une fois de plus confronté au même dilemme. Il sait qu'il est condamnable de mettre une telle quantité d'héroïne en circulation. Mais il sait également que Kelly, même si son état continue à s'améliorer, aura besoin au cours des mois à venir d'une surveillance médicale coûteuse — qu'il a bien l'intention de lui offrir, par tous les moyens.

— Tu dors ? demande Carmen.

— Non.

— Je m'en doutais. Tu veux que je descende te tenir compagnie ?

— Volontiers.

Il sent soudain contre lui le corps de la jeune femme, bien au chaud dans l'une de ses vieilles chemises en flanelle.

— J'ai une question à te poser, dit-il.

— Je t'écoute.

— S'il m'arrive quelque chose, acceptes-tu... accepterais-tu de t'occuper de Kelly ? De la conduire chez sa grand-mère, par exemple ?

— Alors ça y est ? Tout est décidé ?
Une certaine sécheresse transparaît dans la voix de Carmen.
— Il y a un problème ?
— Mais enfin, Michael, tu te rends compte de ce que tu viens de dire ?
Dressée sur un coude, elle lui fait face.
— Cette gosse n'a que six ans, reprend-elle. Elle n'a plus sa mère. Elle est malade, peut-être gravement. A ton avis, que se passera-t-il si maintenant elle perd son père ? M'occuper de Kelly ? La conduire chez sa grand-mère ? Ce n'est pas une poupée de chiffon, Michael, mais une enfant, une petite fille. Si tu disparais, elle n'y survivra pas.
Il pose la main sur son bras.
— Mais je ne compte pas disparaître, déclare-t-il, d'un ton qu'il voudrait convaincant. C'est juste au cas où.
De nouveau allongée, Carmen ne répond pas. Il regarde les lueurs orangées jouer sur son visage, transformer ses traits. Son nez semble tantôt s'allonger, tantôt raccourcir. Pendant quelques minutes, les ombres dissimulent ses yeux remplis de larmes. Mais seulement quelques minutes.
Goodman reste silencieux. Il n'a jamais su consoler une femme : ni sa mère à la mort de son père après un long combat contre le cancer ; ni la mère de Kelly lorsque leurs disputes occasionnelles la faisaient pleurer ; ni la jeune femme présentement étendue à côté de lui.
— Tu ne peux pas aller jusqu'au bout, Michael, murmure-t-elle.
— Je n'ai pas le choix.
— Ça ne peut pas marcher.
Son indignation initiale a fait place à un certain détachement. Elle ne cherche plus à le persuader, mais à montrer qu'elle est mieux placée que lui pour mesurer les risques réels — comme si elle disposait d'éléments qu'il ignore.
— Pourquoi ? interroge-t-il alors.
— Tu n'as aucune chance.
— Mais pourquoi ?
— Vinnie est un agent de la DEA.
— Impossible.

Elle doit plaisanter. Pourtant, il retire instinctivement la main qu'il avait posée sur son bras.

— Qu'est-ce qui te donne cette impression ?

— Ce n'est pas une impression, mais une certitude, réplique-t-elle.

— Comment peux-tu en être certaine ?

Les larmes lui montent de nouveau aux yeux, mais cette fois-ci, elle ne réussit pas à les retenir. Elles ruissellent le long de ses joues. Un long moment s'écoule avant qu'elle ne finisse par lui répondre.

— Parce que j'en suis un moi aussi.

Goodman en reste muet pendant plusieurs minutes. Il se demande s'il n'a pas reçu un coup de massue.

— Tu es vraiment un agent de la DEA ?

— Oui. Ou plus exactement, je l'étais jusqu'à maintenant.

— Je ne te crois pas. Tu dis ça pour mieux me dissuader de mener cette transaction à bien.

Cependant, alors même qu'il prononce ces mots, le doute s'empare de lui.

Carmen ne réagit pas immédiatement et Goodman se prend à espérer : ce silence confirme sûrement qu'il a raison, qu'elle lui a menti, qu'il a vu clair dans son jeu.

Elle recommence enfin à parler, de la même voix éteinte que précédemment, lorsqu'elle lui a annoncé qu'il n'avait aucune chance. Il comprend qu'elle a renoncé à discuter.

— Je m'appelle Cruz, Carmen Cruz. J'appartiens depuis onze mois à la DEA. J'assure des missions d'infiltration. Il y a environ deux semaines, nous avons appris que tu détenais de l'héroïne pure, peut-être en grande quantité. Nous avons enquêté sur toi, et le gardien de l'immeuble t'a présenté comme le genre d'homme incapable de fermer sa porte à un chaton abandonné. Nous nous sommes dit que tu aurais la même attitude avec une personne à la rue.

— Alors les coups, le viol...

— Tout était faux. Une vraie mise en scène. Avec du maquillage et un peu d'hémoglobine.

Goodman s'efforce de suivre, sans succès.

— Et l'histoire de Paulie...

— Pure invention. Paulie n'a jamais existé. Et je ne me

suis jamais prostituée. Avant d'entrer à la DEA, je travaillais pour la police locale.

— Cruz ? Mais tu m'avais dit que tu étais italienne...

Il a l'air éberlué.

— Je t'ai menti, répond-elle, en se remettant à pleurer. Je suis moitié portoricaine, moitié cherokee. On m'a inventé des origines italiennes pour me permettre de mentionner que j'avais un frère en cheville avec la Mafia. D'où mon pseudo-nom de famille, tu te souviens ? Ormento Pacelli. Les mêmes initiales qu'officier de police. La cerise sur le gâteau, selon mes collègues — ils savaient que tu n'y verrais que du feu.

— Ils avaient raison.

Bien que Goodman ait toujours des doutes, la vérité se fait lentement jour dans son esprit.

— Mais Vinnie ? demande-t-il.

— Son vrai nom est Frank Farrelli. Neuf années de DEA.

— Et son copain... TM ?

— Lui, c'est Jimmy Zelb, dit No Neck. Six ans de DEA.

Carmen a un petit rire.

— On t'a mené en bateau, Michael. Et tu es tellement...

— Naïf...

— ... que même quand je t'explique, tu refuses d'y croire.

Pourtant, à son corps défendant, il commence à se laisser convaincre.

— Pourquoi me raconter tout ça subitement ?

— Pas si subitement que ça. Mes états d'âme remontent au jour où tu m'as offert l'hospitalité. Je m'attendais à ce que tu sois sympathique — on m'avait prévenu que ce serait le cas, que je ne devais pas tomber dans le piège — mais pas à ce point. Alors que pour toi j'étais une prostituée, tu m'as traitée en gentleman. Comme si j'étais ta compagne ! Et il y a eu ta fille : je n'étais pas préparée à ça. Au moment du rendez-vous avec TM à la librairie, je craignais déjà de ne pas pouvoir aller jusqu'au bout. Voilà pourquoi je me suis débrouillée pour lui remettre le sachet d'héroïne moi-même. Sinon, tu serais déjà tombé pour vente de stupéfiants.

Goodman prend le temps d'enregistrer toutes ces révélations.

— Bon sang, je me sens tellement stupide.

— Stupide ?

Carmen se redresse sur un coude ; à présent, c'est lui qui est étendu sur le dos.

— Mais tu es un homme merveilleux, Michael. Attentif, affectueux, sincère, tendre : toutes les qualités dont une femme peut rêver. Avec mes collègues, nous nous en sommes servis. Je t'ai amené à m'héberger et à t'occuper de moi pour mieux te trahir ensuite. C'est nous qui sommes des monstres, pas toi. Vas-tu finir par ouvrir les yeux ?

Il se rend enfin à l'évidence.

— En fait, tout ça n'était qu'un tissu de mensonges...

C'est plus une constatation qu'une question.

— Non, pas tout, dit Carmen d'une voix à peine audible. Je t'ai réellement trouvé merveilleux. J'ai réellement appris ce que c'était que de se sentir aimée. J'ai réellement eu le coup de foudre pour ta fille. Et pour toi aussi, par la même occasion.

Elle s'allonge de nouveau. La lumière de la bougie continue à jouer sur son visage.

Pour Michael Goodman, cette dernière remarque est porteuse d'une ironie terriblement cruelle. La guérison de Kelly mise à part, rien au monde ne pouvait le rendre plus heureux que cette déclaration d'amour de la jeune femme à côté de lui. Jamais il n'avait osé y croire, et encore moins aborder lui-même le sujet. Cependant, les circonstances dans lesquelles elle est faite gâchent le plaisir qu'il aurait pu en retirer. Il reste immobile, totalement épuisé — comme vidé de son énergie.

— Qu'allons-nous faire ?

— Aucune idée.

— Tu vas m'arrêter ?

— Je ne peux pas, Michael. Sinon je ne t'aurais rien révélé.

— Et toi ? Ta carrière ?

— Je trouverai bien une solution. Je leur dirai que tu as découvert le pot aux roses, ou que tu as reculé à la dernière minute. Ça ne leur plaira pas, mais sans preuve que j'ai vendu la mèche, il ne pourront pas grand-chose contre moi. J'aurai un blâme, à moins que je ne sois mutée dans une autre ville. A la DEA, quand on veut se débarrasser d'un agent, on ne le licencie pas — pour ça, il faut des interrogatoires, des preuves, une procédure longue et compliquée. Alors, on se contente de le muter. Et puis dès qu'il est installé ailleurs, qu'il achète une maison, crac, nouvelle mutation ! Il reçoit vite le message, et il finit par remettre sa lettre de démission. C'est peut-être ce qui va m'arriver, je n'en sais rien.

— Et si je m'obstine à vouloir mener la transaction à bien ?

Elle éclate de rire.

— Totalement impossible.

— Pourquoi ?

— Parce que c'est un piège.

— Un coup monté ?

Cette fois, elle a un rire amer.

— Oh, c'est bien plus qu'un simple coup monté. J'ai profité de ta générosité pour m'introduire chez toi, dans ta vie. J'ai dormi dans le même lit que ta fille. C'est moi qui t'ai parlé d'un frère qui n'existe même pas, uniquement pour t'inciter à vendre l'héroïne en ta possession. Jamais tu ne l'aurais fait autrement.

— Ça, c'est moins sûr.

Carmen ne répond pas.

— Alors il n'y aura pas les trois millions et demi de dollars ? demande-t-il.

— Evidemment que si. Ils les auront réunis, au cas où tu insisterais pour vérifier. Mais n'imagine pas une seconde qu'ils te laisseront partir avec une telle somme.

— Que se passera-t-il quand ils m'auront montré l'argent ?

— Ils voudront voir la drogue.

— Et puis ?

— Et puis dès qu'ils seront certains que tu l'as, ils donneront un signal quelconque. D'habitude, ils ouvrent le coffre de leur voiture. Tu sais, pour y mettre la drogue. Aussitôt, tu te retrouveras encerclé par une vingtaine d'hommes armés portant des gilets de la DEA, comme si tu étais le Sundance Kid. Et tu devras attendre d'avoir quatre-vingts ans pour revoir la lumière du jour. Pourquoi toutes ces questions ? Tu ne comprends donc pas, Michael ? Tout est fini.

Elle doit dire vrai, mais il garde le silence.

— As-tu la moindre idée de leur nombre ? lance-t-elle, sous-entendant que, contrairement à lui, elle connaît la réponse.

— J'en ai déjà vu quelques-uns. Ils me suivaient.

— Qui ?

— Un Blanc et un Noir, dans une Ford bleue.

— Il n'y a pas de Noir dans notre groupe. Et la DEA n'a aucune raison de te faire suivre. Nous saurons exactement où et quand aura lieu la transaction parce que la DEA, c'est Vinnie. Et moi. Mon travail consiste en partie à m'éclipser de temps à autre pour les appeler et les renseigner sur tes pensées les plus secrètes.

— Tu l'as fait ?

— Au début, oui. Mais mon dernier appel remonte à une éternité.

— Tu devrais peut-être les contacter.

Elle le regarde.

— Pourquoi me suggérer cela ?

— En tout cas, ce serait plus prudent.

Elle semble réfléchir, puis finit par acquiescer.

— Et qu'est-ce que je leur dis ?

Il réfléchit à son tour.

— Que tu tiens toujours le cap.

— C'est du jargon de marin ? demande-t-elle avec un sourire.

— Sans doute. J'étais...

— Dans l'US Navy, je sais. Engagé le 6 septembre 1976. Basé à Norwalk, Connecticut ; Norfolk, Virginia ; Vieques, Porto Rico. Six mois sur l'USS *Charleston*...

— Les quatre premiers à l'infirmerie à cause du mal de mer...

— ... avant d'être réformé le 15 août 1979... Nous étions également au courant du séjour à l'infirmerie. Raison de plus pour baptiser cette enquête « Opération Pigeon ».

— Et c'est moi le pigeon...

— Oui, mais mon petit pigeon à moi.

Tous les deux essaient d'en rire, d'un rire un peu forcé.

— La DEA m'a même autorisée à avoir... quelle est l'expression déjà ? des « relations intimes » avec toi si cela devenait nécessaire « au bon déroulement de l'enquête ». C'est uniquement à cause de cela que je m'en suis abstenue.

— De quoi ?

— De faire l'amour avec toi, gros malin.

Malgré tout ce qu'il vient d'apprendre, la libido de Goodman se réveille instantanément.

— Mais si j'ai bien compris, la DEA envisage de te retirer son autorisation à tout moment, dit-il.

Carmen éclate de rire — de son vrai rire, cette fois, franc et sincère. Il doit la faire taire, de peur qu'elle ne réveille Kelly.

— Je n'en reviens pas, Michael. Après ce que je t'ai raconté, tu devrais me haïr. Avoir des envies de meurtre.

Cependant, le désir semble désormais prendre le pas sur l'intellect de Michael Goodman, auquel il dicte son premier commandement :

— La haine peut attendre.

— Comment peux-tu me pardonner ? demande Carmen, tout en se rapprochant de lui.

Le contact de la flanelle contre la peau nue de Goodman est électrique. Son cœur et son pénis réagissent aussitôt.

— Si ce que tu dis est vrai, répond-il, je vis peut-être ma dernière nuit de liberté avant l'année 2036. Alors autant en profiter.

— Je partage tout à fait ce point de vue.

Sur ces mots, elle se penche pour lui retirer son pantalon, geste qui nécessite quelques précautions imprévues à cause de son érection.

Alors qu'il s'apprête à ouvrir le premier bouton de la chemise de la jeune femme, la citrouille de Halloween s'éteint dans un éclair final de lumière orangée, avant de les plonger dans l'obscurité.

Carmen vient se blottir contre lui, et il entend sa voix au creux de son oreille.

— Tu ne remettrais pas une bûche dans la cheminée ?

A quatre pattes, il se dirige laborieusement vers le coin-cuisine, guidé par l'odeur de cire chaude, de fumée et de citrouille. Ses yeux finissent par s'habituer à la pénombre, lui permettant de distinguer les contours des meubles. Il retrouve les allumettes et les bougies de Hanukah, réussit à en allumer une et à l'installer dans la citrouille.

Ce genre d'intermède aurait sans doute eu raison du désir d'un autre homme, mais il y a toutefois des mois que Michael Goodman n'a pas tenu une femme dans ses bras, et il faudrait plus que ces quelques minutes de distraction pour doucher ses ardeurs. Ce phénomène n'échappe pas à Carmen, non qu'elle couve Goodman des yeux — ce n'est pas le cas — mais parce que la flamme de la bougie neuve éclaire à contre-jour une partie précise de l'anatomie de ce dernier, dont l'ombre gigantesque est soudain projetée sur le mur en face d'elle.

— Eh bien! murmure-t-elle.

— Il y a un problème? s'inquiète-t-il lorsqu'il la rejoint.

— Non, pas du tout. Mais essaie d'aller doucement.

Il essaie. D'abord lorsqu'il tente à nouveau d'ouvrir le premier bouton de la chemise de Carmen et qu'il s'efforce de calmer le tremblement de ses doigts, exagéré par la lumière vacillante de la bougie. Lorsqu'il vient à bout de toute la rangée de boutons, découvrant des seins parfaits aux pointes sombres dressées. Ou qu'il enlève la chemise de la jeune femme et l'étend sous eux, sur leur lit improvisé à même le sol. Pourtant, quand elle presse son corps contre le sien et l'embrasse à pleine bouche, il oublie ses efforts pour «aller doucement». Et au moment où elle le prend à deux mains, le son qu'il produit, mi-grognement, mi-rugissement, semble plutôt provenir d'une bête de la jungle voyant sa première proie depuis un an que d'un être humain.

— On devrait peut-être ouvrir une fenêtre avant que tu exploses, suggère Carmen.

Mais au lieu de le lâcher, elle resserre encore son étreinte, tant et si bien qu'il finit par exploser. Trop brusquement, trop violemment. Et beaucoup trop vite.

Il lui faut un certain temps pour reprendre son souffle et retrouver l'usage de la parole.

— Il m'arrive tout de même de me retenir un peu plus longtemps, précise-t-il.

Elle éclate de rire une nouvelle fois, l'obligeant à poser ses lèvres sur les siennes pour la réduire au silence.

Alors, comme par miracle, son corps se libère et il peut lui faire l'amour doucement, sans bruit. Longuement, aussi. Pendant des heures, des jours, des semaines, lui semble-t-il. Le temps qu'il faut à deux bougies de Hanukah pour brûler, très exactement. Ne pouvant se résoudre à s'endormir, ils en allument une troisième.

— De toute façon, dès qu'on a brûlé une bougie, il faut en racheter une boîte entière. C'est fait exprès, explique-t-il.

— Qu'est-ce que c'est ? interroge Carmen.

— Des bougies de Hanukah. Ils en mettent...

— Non, je parle de ça.

Elle désigne le plateau de la table pliante, sous laquelle les ont conduits leurs ébats. Il jette un coup d'œil.

— Oh, ça... Un vieux chewing-gum.

— Ça m'étonnerait.

Faisant « Chut » du doigt, elle se redresse pour mieux voir. A cause de ce changement de position, ses fesses nues sont tournées vers lui. Il sent de nouveau le désir renaître. Et ne peut s'empêcher de la caresser, mais elle repousse sa main, l'air grave. A son tour, il se redresse pour examiner ce qui lui paraissait un chewing-gum, et qui a attiré le regard plus entraîné de la jeune femme. En y regardant de près, il s'aperçoit qu'elle a raison. La forme est trop géométrique. C'est un parfait parallélépipède, à peu près de la taille d'un sucre. On dirait un appareil électronique miniature équipé d'une minuscule antenne.

Un micro ! pense-t-il soudain.

Il se tourne vers Carmen. A son expression, il sait qu'elle a compris avant lui. Elle se lève et se dirige vers la salle de bains, lui faisant signe de la suivre.

Il referme la porte derrière eux.

— Qu'est-ce que... ? commence-t-il, mais elle le fait taire d'un geste. Elle se penche pour ouvrir les robinets de la baignoire. Afin de lutter contre la tentation, il croise les mains derrière son dos.

— Viens, dit-elle en montant dans la baignoire.

Il obéit et ils se retrouvent assis dans l'eau face à face.

— Aucun micro au monde ne peut capter quoi que ce soit dans ce bruit, explique-t-elle.

— Qui l'a posé ? Tes amis de la DEA ?

— Je ne pense pas. Il ne ressemble pas aux nôtres. Il doit plutôt venir d'une autre administration, du New York Police Department, par exemple. Ce sont sans doute eux, les gars qui t'ont suivi.

— Qu'est-ce que ça signifie ?

— D'abord qu'ils sont au courant de la transaction de demain soir. Ensuite, qu'ils m'ont entendue te révéler ma véritable identité, ainsi que celle de Vincent et de TM.

— Qu'est-ce que tu risques ?

— De devenir ta codétenue. Peut-être aura-t-on l'amabilité de nous attribuer des cellules voisines.

— Pour quel motif ?

— Entrave au bon fonctionnement de la justice et d'une administration d'Etat, au bon déroulement d'une enquête, tentative de vente d'une substance à usage réglementé... La liste est encore longue.

Goodman a du mal à y croire.

— Tu es sûre qu'ils ont tout entendu ?

— Tout. Absolument tout.

En réalité, personne n'a rien entendu.

Spike Schwartz s'est assoupi. Il est revenu en rêve à l'époque où il était encore célibataire, avant les jumeaux et les tétées de minuit, deux heures, deux heures et demie, trois heures quinze, quatre heures ; avant les biberons à réchauffer et les couches à changer.

Il est réveillé en sursaut par un bruit assourdissant, comme si une conduite d'eau avait éclaté à proximité. Il se précipite pour baisser le volume du magnétophone qui enregistre les conversations téléphoniques. Rien. Il répète l'opération avec les récepteurs des micros cachés. Numéro 1, rien. Numéro 2, rien. Numéro 3, le bruit disparaît. Il remonte le volume : le bruit revient.

— Foutus parasites, grogne-t-il.

Enfin, deux récepteurs sur trois fonctionnent normalement, c'est déjà ça. Il éteint le récepteur numéro 3. Il se rappelle alors qu'il doit noter chaque incident dans le carnet de bord. Après avoir mis la main dessus, il relit sa dernière entrée.

> 21 h 00 Le suspect raconte l'histoire d'une jolie fille déguisée en sorcière.

Il jette un coup d'œil à sa montre, surpris de découvrir qu'il est presque quatre heures du matin. Il a sûrement dû dormir quelques minutes. Il prend un stylo, et inscrit le dernier développement marquant.

> 03 h 55 Ecoute du micro n° 3 impossible à cause des parasites. Nécessité d'éteindre le récepteur. Le suspect est endormi.

— Qu'allons-nous faire ? demande Goodman.
— Je n'en sais rien, reconnaît Carmen. Le problème, c'est que nous avons déjà commis suffisamment de délits pour récolter vingt ans de prison.
— Comment ça ?
— Prends la tentative de vente. Il suffit de s'entendre pour enfreindre la loi, et que l'un de nous commette un acte délibéré dans ce sens.
— C'est-à-dire ?
— Tout et n'importe quoi. Ça n'a même pas besoin d'être un acte illégal en soi. Le fait que j'aie remis l'échantillon à TM, par exemple. Ou que tu aies rappelé Vincent. Ou encore la conversation que nous venons d'avoir. Je ne serais pas étonnée qu'elle soit déjà remontée jusqu'à Washington.
— Alors on est dans le même bateau ?
— On dirait bien. Tu as des suggestions ?
— Oui. Passe-moi le savon.

31

*E*N RÊVE, *Goodman survole la terre et contemple à travers les nuages les gratte-ciel de Manhattan. Il n'est pas seul — il a l'impression de conduire un vol d'oies sauvages en forme de V. Carmen, Kelly, Pop-Tart et Larus se sont déployés derrière lui. Il veut vérifier s'ils ont tous des ailes, mais curieusement, il ne parvient pas à tourner la tête pour regarder en arrière.*

Soudain, il y a plusieurs détonations et des balles passent près d'eux en sifflant. Il sait qu'ils vont tous se faire abattre, qu'ils vont mourir.

— Papa! Papa!

Bien qu'il reconnaisse la voix de sa fille, il ne réussit toujours pas à la voir; il lui est toujours impossible de bouger la tête.

— Papa! Papa! C'est pour toi!

Il sent son cœur prêt à exploser à l'idée de ce qu'elle est en train de faire pour lui.

— Le téléphone, papa! C'est pour toi.

Il se réveille sur la moquette du studio, la tête coincée contre le mur. Penchée sur lui, Kelly lui tend le combiné. Il le prend et le porte à son oreille.

— Alors, Mikey Boy, on fait la grasse matinée?

C'est Vinnie, bien sûr.

— Va voir devant ta porte, Mikey.

La communication est coupée. Quelques instants plus tard, il entend la tonalité.

— Quelle heure est-il?

— Huit heures et demie, répond Kelly.

Il se frotte les yeux et regarde autour de lui. N'aurait-il

pas rêvé les événements de la nuit écoulée? Il remarque alors que son pantalon de pyjama est à l'envers. Au moins s'est-il débrouillé pour le remettre. Il aperçoit Carmen sur le lit, profondément endormie. Il veut se lever, mais se rend compte qu'il doit procéder par étapes — il a la tête qui tourne et ne tient pas sur ses jambes.

— Tu es malade, papa?

— Non, juste un peu fatigué.

— Ce soir, tu devrais peut-être dormir sur le lit. C'est mon tour de m'installer sur la moquette.

— On en parlera plus tard.

Debout dans la pièce, il tente de se rappeler ce qu'il devait faire. Le coup de téléphone lui revient en mémoire. Qu'est-ce que Vinnie lui a demandé, déjà? D'aller voir à sa porte... oui, c'est bien ça.

Il se rend dans l'entrée et entrebâille la porte, s'attendant plus ou moins à se trouver nez à nez avec Vinnie. Personne en vue, pourtant. Il s'apprête à refermer lorsqu'il pose les yeux par terre. Quelque chose est placé sur son paillasson, bien en évidence. Il ouvre complètement la porte et découvre une valise, énorme — le genre de bagage encombrant et lourd que les touristes traînaient avec eux avant l'avènement des sacs de voyage souples et légers. Pardessus le marché, elle est particulièrement laide, avec son motif à fleurs jaunes et vertes. Sur une grande étiquette, on peut lire : LA VALISE DU FUTUR.

Raidissant ses muscles en prévision de son poids, il l'empoigne — il n'a pas envie de s'abîmer une nouvelle fois la colonne vertébrale. Il la soulève cependant avec une certaine facilité, signe qu'elle doit être vide. Il la transporte à l'intérieur de l'appartement et referme la porte.

Kelly a eu la bonne idée de s'occuper elle-même de son petit déjeuner; mieux encore, ce qu'elle a choisi n'a pas besoin d'être réchauffé. Elle se rassoit à la table pliante, devant un bol de céréales quelconques. Goodman repense au micro caché. Y a-t-il au quartier général de la CIA une dizaine de types occupés à écouter sa fille en train de manger?

— On part en voyage? demande-t-elle entre deux bouchées.

Le regard de Goodman va de la fillette à la valise qu'elle fixe avec insistance.

— Ah oui, ça...
— On en parlera plus tard, suggère-t-elle.

Carmen dort toujours. Elle s'est arrangée pour se glisser dans sa chemise en flanelle avant de sombrer dans le sommeil. Lequel d'entre eux a bien pu avoir la présence d'esprit de cacher leur nudité ? Soudain, une tout autre hypothèse l'effleure, qui lui fait jeter un coup d'œil à Kelly, mais celle-ci semble totalement absorbée par ses céréales.

Il se dirige vers la salle de bains.

Spike Schwartz résume la situation pour Abbruzzo et Riley, arrivés à neuf heures.

— Quelqu'un a appelé à huit heures trente. Il a dit à la Taupe d'aller voir devant sa porte.
— Et alors ?
— Alors rien, répond Schwartz avec un haussement d'épaules. En tout cas, ça n'a pas fait de bruit.
— C'était peut-être un message, suggère Abbruzzo.
— Putain, marmonne Riley, voilà maintenant que ces enfoirés communiquent par écrit pour échapper à la mise sur écoute et aux micros. On devrait peut-être faire installer une caméra vidéo, Ray.

Abbruzzo ne relève pas. Il est trop tard pour ce genre d'initiative. Pourtant, l'idée ne lui déplaît pas — des images d'un couple en train de s'envoyer en l'air, voilà qui changerait de la routine...

— Ont-ils eu des relations, la nuit dernière ? demande-t-il à Schwartz.
— Pardon ?
— Des relations.
— Quel genre de relations ?
— Se sont-ils connus au sens biblique du terme ?

Le matin n'est apparemment pas le meilleur moment de la journée pour Schwartz. Il fixe Abbruzzo d'un air ahuri, attendant des précisions supplémentaires.

— Ils ont baisé ?

Schwartz a brusquement la révélation.

— Qui ça, eux ? Sûrement pas. A vingt-deux heures, ils dormaient déjà.
— Ils ont voulu récupérer en prévision du jour J, déclare Riley.

Devant le miroir de la salle de bains, alors qu'il essuie les dernières traces de mousse à raser sur son visage, Michael Goodman n'a pas vraiment l'impression d'avoir récupéré. Au contraire, il sent monter l'angoisse, prélude à la panique totale. Il a affaire à trop forte partie, le combat est par trop inégal. Il éprouve un peu le même sentiment qu'un condamné à mort le matin de son exécution.
Malgré tout, il est follement, éperdument amoureux.
On frappe à la porte de la salle de bains. Il ouvre, laissant entrer Carmen dans sa chemise de flanelle. Son visage rayonnant le rassure : la nuit écoulée n'était pas un rêve.
— Bonjour, dit-elle, effleurant de la main la joue de Goodman.
Jamais celui-ci n'a été aussi heureux de s'être rasé.
— Bonjour, répond-il avant de quitter la pièce, le sourire aux lèvres.
— Tiens, tu as mis ton pantalon de pyjama à l'envers...

Jimmy Zelb se réveille vers neuf heures quinze. Il attendait ce jour depuis longtemps. Après tout, c'est aujourd'hui qu'ils vont enfin pouvoir interpeller Michael Goodman.
Zelb dirige l'« opération Pigeon » depuis le début, depuis que Big Red lui a parlé de ce type de la 92e Rue Est en possession d'héroïne pure. C'est Zelb qui a convaincu son chef de groupe de l'autoriser à mettre Carmen Cruz sur l'affaire. Zelb encore qui a concocté le scénario du viol, sachant que Goodman serait assez bonne poire pour offrir l'hospitalité à la jeune femme. Zelb enfin qui a inventé les personnages de Vinnie et de TM.
Et tout a marché comme sur des roulettes.
Goodman a mordu à l'hameçon comme s'il n'avait rien mangé depuis trois jours. Il a gobé toute l'histoire de la dispute de Carmen avec son petit ami proxénète, sa menace

de retourner sur le trottoir, et l'existence d'un frère en cheville avec la Mafia. En moins de temps qu'il n'en faut pour le dire, Zelb — alias TM — a eu un échantillon. (Bien sûr, il lui a été remis par Carmen. Mais au moment de rédiger son rapport, il a réglé le problème en la faisant tout bonnement disparaître du rendez-vous. Juste un détail.)

Et quel échantillon !

Zelb l'a porté lui-même au laboratoire de la police, sans faire appel au coursier dont il utilise d'habitude les services. Il a regardé le docteur Krishna ou quelque chose comme ça — « docteur » étant un titre sans doute purement honorifique, aucun chimiste titulaire d'une thèse de troisième cycle ne s'abaissant à travailler pour le salaire de misère offert par la municipalité — ouvrir le sachet et en examiner le contenu.

— Remarquez ces reflets grisâtres. Et cet aspect granuleux. J'ai entendu dire qu'on commençait à voir ce genre de marchandise dans le sud de la Floride, a expliqué Krishna.

— D'où vient-elle ?

— Vraisemblablement de Colombie. Encore qu'il y ait de plus en plus d'héroïne de bonne qualité en provenance du Pérou.

Pendant le quart d'heure suivant, Krishna a pesé la poudre, prélevant plusieurs pincées pour leur ajouter quelques gouttes de différentes solutions et comparer les couleurs obtenues à celles de son fichier. Puis il s'est tourné vers Zelb.

— Il faudra une neutrographie pour connaître les chiffres exacts, mais je suis prêt à parier ma réputation que c'est de l'héroïne pure à plus de quatre-vingt-dix-huit pour cent.

Il n'a pas de souci à se faire pour sa réputation.

L'analyse devait prouver qu'il s'agissait de chlorhydrate d'héroïne, pur à 99,8 pour cent. Même si Zelb l'ignore, l'héroïne sous sa forme soluble est anhydre — et donc extrêmement sensible à l'humidité ambiante —, ce qui signifie que dans une atmosphère normale, elle ne sera jamais pure à cent pour cent.

Il y a ensuite eu les négociations entre Goodman et Vinnie — Frank Farrelli, le collègue de Zelb. Contre toute attente, Goodman a beaucoup marchandé, exigeant trois millions cinq cent mille dollars pour les dix-neuf kilos restants. En réalité, Farrelli était prêt à lui offrir jusqu'à cinq millions si nécessaire. L'argent n'est pas un problème tant qu'on ne paie pas soi-même. Farrelli s'est néanmoins senti obligé d'afficher des réticences devant les prétentions de Goodman : comme le sait le premier dealer venu, si un client accepte de payer une somme trop élevée, soit il a l'intention de vous arnaquer, soit il est dans la police. Mais là encore, Goodman n'était pas le premier dealer venu. Un examen attentif des fichiers de la DEA, du FBI, et même d'Interpol, n'a rien révélé le concernant, hormis ses trois ans dans la marine durant les années soixante-dix. A ce jour, personne n'a pu expliquer son apparition soudaine dans les milieux de la drogue. On s'est même demandé s'il n'avait pas volé le stock de quelqu'un d'autre. Spéculations récemment alimentées par le tuyau d'un informateur : au cours des dernières quarante-huit heures, plusieurs gros bonnets latinos seraient arrivés par avion de Miami pour réclamer leur dû.

Il s'agit toutefois de vaines conjectures, que le ministère de la Justice qualifie de rumeurs « sans fondement ». Jimmy Zelb, lui, aime s'appuyer sur des faits. Et le fait est qu'aujourd'hui, Michael Goodman va leur apporter dix-neuf kilos de l'héroïne la plus pure que la police ait vue en trente ans. Et les leur remettre en mains propres.

— Tu pars en voyage ?

Carmen découvre la valise au moment où elle sort de la salle de bains en se séchant les cheveux à l'aide d'une serviette.

— On en parlera plus tard, déclare Kelly, passant entre eux pour utiliser à son tour la salle de bains.

— Apparemment, ton « frère » l'a déposée sur le pas de la porte, explique Goodman.

Carmen examine l'étiquette.

— Elle est toute neuve. Ils ont dû en acheter une autre

absolument identique. Ce qui signifie qu'ils veulent de nouveau procéder à un échange.

— Dis donc, ils pensent à tout !

— Oh, ils ont au moins trois longueurs d'avance sur toi, Michael. D'abord, ils t'obligent à sortir l'héroïne de sa cachette pour la transférer dans la valise. Ensuite, celle-ci ne passe pas inaperçue, ce qui leur permettra de te repérer sans problème. Enfin, sa taille et son encombrement t'empêcheront de disparaître dans la nature avec l'argent dissimulé dans la seconde valise.

— Ils n'ont vraiment rien oublié.

Elle lui prend le visage dans les mains en plongeant son regard dans le sien.

— Promets-moi de dire à Vinnie que tu renonces, Michael.

— Promets-moi que ma fille n'aura plus besoin d'aucun examen médical.

Elle écarte les mains de son visage, sans détourner le regard.

— C'est de toi que ta fille a besoin, répond-elle.

Au milieu de la matinée, la planque est remplie de flics. En raison de leur ancienneté, Abbruzzo et Weems y resteront pour diriger les opérations. Dont le lieutenant Spangler surveillera le bon déroulement sur le terrain, jouant depuis sa voiture le rôle d'un chef d'état-major. Riley et Sheridan couvriront la transaction, aidés par une douzaine de policiers en civil. DeSimone et Kwon resteront à proximité, pour assurer une éventuelle assistance technique. Une femme officier de police a même été nommée, au cas où la petite amie de Goodman serait interpellée. Il y aura également une assistante sociale prête à intervenir, puisqu'ils risquent de se retrouver avec une gosse sur les bras. En tout, vingt et une personnes sont impliquées, sans compter Maggie Kennedy, qui ne quittera pas les bureaux du procureur afin de fournir les conseils juridiques nécessaires.

En plus des téléphones mobiles, chaque équipe dispose d'une radio portable pour pouvoir communiquer avec les autres équipes. Enfin, le porte-parole du New York Police Department a été informé, et a contacté à son tour certains représentants privilégiés des médias. Si tout se déroule comme prévu, on devrait rendre compte de la saisie au dernier journal télévisé de la nuit et dans les quotidiens du matin.

A onze heures quarante-cinq, les services techniques appellent : le sous-marin est disponible. Abbruzzo demande à Sheridan et Riley d'aller le chercher.

— Et par pitié, n'essayez pas tous les gadgets, ajoute-t-il.
— Tu veux qu'on le ramène ici ?
— Bon Dieu, non, répond Abbruzzo, en cherchant ses comprimés contre les brûlures d'estomac. Pas question que la Taupe le voie dans les parages. Prévenez-moi dès que vous l'avez, et restez tranquilles jusqu'à ce que nous connaissions l'endroit exact de la transaction.

Il trouve les comprimés et en prend un.
— Et ensuite, on se rend sur les lieux ?
— Non, vous ne faites rien tant que je ne vous en ai pas donné l'ordre, c'est clair ?

Abbruzzo avale un second comprimé.

Ce même vendredi matin, Gustavo Fuentes se réveille dans la suite qu'il a réservée pour le week-end à l'hôtel Waldorf-Astoria. Très spacieuse, elle appartient à la catégorie des suites de luxe du Waldorf. Elle se compose d'un vaste salon, d'une chambre, d'un vestiaire, d'une salle de bains et d'une salle d'eau adjacente au salon, à l'usage des invités. Il y a aussi un coin-cuisine entièrement équipé, avec un réfrigérateur et une table, ainsi qu'un bar. Elle coûte mille huit cent cinquante dollars par nuit. Malgré tout, Mister Fuentes n'est pas satisfait.

— Tout ça a l'air vieux, tellement vieux, a-t-il déclaré en la découvrant.

Il a été tiré du sommeil par la même migraine que depuis des semaines. Une migraine tenace, dont les antalgiques les plus puissants ne viennent pas à bout.

Il a fini par apprendre qu'elle portait un nom : Michael Goodman. Et il trouve qu'elle a assez duré. Il est venu jusqu'à New York, jusque dans l'East Side de Manhattan, avec la ferme intention de s'en débarrasser. A peine réveillé, sa première pensée est qu'il va s'y employer dès aujourd'hui.

Pelotonnées sur le canapé, Carmen et Kelly regardent sur la chaîne éducative une émission expliquant pourquoi les gens éternuent. Goodman est assis à la table pliante, les yeux dans le vague. La sonnerie du téléphone le fait sursauter. Il jette un coup d'œil à sa montre, 12 : 18. Avant même de décrocher, il sait qui l'appelle.

A cause de cette même sonnerie de téléphone, la planque s'anime. Abbruzzo baisse le volume des récepteurs des trois micros — le problème de parasites s'est réglé tout seul — de manière à ce qu'ils puissent écouter la conversation.

GOODMAN : Allô ?
VINNIE : Salut, Mikey Boy. Comment ça va ?
GOODMAN : Ça va.
VINNIE : Alors c'est le grand jour.
GOODMAN : Oui.
VINNIE : Toujours d'accord ?
GOODMAN : Je me demande. J'ai réfléchi. Je ne suis pas sûr d'être vraiment décidé. Je veux dire...
VINNIE : Quoi ? Qu'est-ce que tu racontes ?

Abbruzzo est obligé de baisser le son tellement Vinnie crie fort.

GOODMAN : C'est simplement que je n'ai encore jamais fait ce genre de chose. D'abord, ça me gêne moralement...
VINNIE : Tu ne vas pas t'en tirer comme ça, mec ! Je sais où tu habites. Je sais que tu as une gosse. Il est trop tard pour reculer, pas maintenant que mes amis ont réuni la somme. On va aller jusqu'au bout, un point c'est tout. C'est clair ?

Il y a un silence.

GOODMAN : Très clair.
VINNIE : Parfait. J'ai choisi un endroit. Pas très loin de Greenwich Village, comme tu souhaitais.
GOODMAN : Ah oui ?
VINNIE : Au carrefour de la Dixième Avenue et de la 19e Rue. C'est très calme le soir. On ne sera pas dérangés.
GOODMAN : Impossible. Je t'ai dit que je devais conduire ma fille à une fête. Tout doit se passer à proximité de l'immeuble où elle sera.
VINNIE : Quelle adresse ?
GOODMAN : Au carrefour de la Sixième Avenue et de la 10e Rue.
VINNIE : Pas question. Je ne pourrai jamais me garer.
GOODMAN : Eh bien tu vas devoir trouver une place en double file, voilà tout.
VINNIE : Merde. Ne quitte pas, s'il te plaît.

Nouveau silence ; en bruit de fond on entend Vinnie parler à un tiers. Abbruzzo monte le volume au maximum, mais personne ne réussit à comprendre ce qui se dit. La voix de Vinnie résonne de nouveau dans la pièce.

VINNIE : Allô ?
GOODMAN : Je suis toujours là.
VINNIE : C'est OK, s'il n'y a pas d'autre solution.
GOODMAN : Il n'y en a pas.
VINNIE : A quel angle ?
GOODMAN : Disons sud-ouest.
VINNIE : D'accord. Tu as trouvé le cadeau qu'on t'a livré ?
GOODMAN : Oui.
VINNIE : Utilise-le.
GOODMAN : Entendu.
VINNIE : Bon. Alors au carrefour de la 6e Avenue et de la 10e Rue, angle sud-ouest, à huit heures précises… Mikey ?
GOODMAN : Oui ?
VINNIE : N'angoisse pas trop. C'est normal de s'inquiéter un peu, mais tout ira bien. Tu peux me faire confiance.

Des hourras s'élèvent dans la planque dès que la communication est coupée.
— Du calme ! s'écrie Abbruzzo.
Lui-même ne peut cependant s'empêcher de sourire.
— Bon, c'est vrai qu'on a l'endroit exact, concède-t-il.

La première pensée de Goodman après avoir raccroché est une interrogation : pourquoi Vinnie a-t-il subitement pris le risque d'appeler à son domicile ? Puis il se souvient : Vinnie n'a pris aucun risque, pour la bonne raison que c'est un agent fédéral. Toute cette insistance sur la nécessité de téléphoner d'une cabine à une autre faisait partie de la mise en scène destinée à convaincre Goodman qu'il avait affaire à un parfait dealer — dont la prudence confine à la paranoïa. De toute évidence, maintenant qu'il est tombé dans le panneau, ce petit jeu a perdu son utilité.

Sa seconde pensée est que, pour un agent fédéral, Vinnie a paru bien contrarié d'apprendre qu'il hésitait à aller jusqu'au bout. N'aurait-il pas dû au contraire se réjouir qu'un apprenti dealer ait des remords ? N'a-t-il pas dépassé les bornes en disant qu'il était trop tard pour reculer, et qu'il s'en prendrait à Kelly si cela se produisait ?

Goodman voudrait poser toutes ces questions à Carmen. Mais en la voyant sur le canapé avec Kelly, il comprend que le moment est mal choisi.

Il regarde sa montre, 12 : 25. Il lui reste moins de huit heures.

Big Red, lui, se réveille un peu après treize heures. Il sait qu'il a quelque chose à faire, mais quoi ? Il prend son paquet de cigarettes, en allume une et avale voluptueusement la fumée, la gardant le plus longtemps possible dans ses poumons.

Quelqu'un bouge dans le lit et Big Red se souvient qu'il n'est pas seul. Une femme pousse un soupir à côté de lui, redresse sa chevelure brune de quelques centimètres, ouvre un œil, soupire de nouveau. Puis elle se retourne et enfouit la tête sous son oreiller.

Big Red fait un gros effort pour remettre de l'ordre dans ses idées. D'abord, qui est cette fille dans son lit ? Il se rappelle avoir fait la fête dans un bar ouvert toute la nuit et descendu un nombre impressionnant de vodkas au jus d'airelles, avant de se retrouver dans sa Bentley avec une jeune beauté. Il se revoit vaguement chez lui, en train de mettre des CD, de boire quelques vodkas supplémentaires, de danser plusieurs slows langoureux. Après, le trou. Il s'interroge sur les talents de cette petite poule. Comment s'appelle-t-elle, déjà ? Un prénom commençant par un G... Georgia ? Gina ? Georgina ?

C'est alors que l'existence de Goodman lui revient en mémoire. Goodman, le petit mec blanc qu'ils ont délesté de son pantalon. Voilà ce qu'il devait faire aujourd'hui : aller voir chez lui s'il lui reste de l'héroïne pure. A coup sûr, ce branleur de No Neck Zelb n'a pas eu le courage de vérifier par lui-même.

Big Red se penche vers le téléphone et compose le numéro lui permettant de biper Hammer. Il se tourne ensuite vers le corps étendu près de lui et soulève les couvertures, découvrant le plus beau petit cul qu'il ait vu depuis longtemps. En vain, il tente de se remémorer avec plus de précision la nuit écoulée. Il s'allonge sur le côté et pose la main sur le postérieur de la jeune femme. A la fois chaud et ferme, il est d'une magnifique couleur chocolat au lait. Big Red effleure lentement du doigt le sillon entre les deux fesses, de haut en bas. Il est à mi-chemin quand le téléphone sonne.

Il donne une bonne claque sur une des fesses. La chevelure brune se redresse de nouveau et, cette fois, la jeune femme a les yeux grands ouverts : elle pose sur lui un regard à la fois indigné, gêné et plein d'espoir.

— Allez, ma belle, on se lève. Big Red a beaucoup à faire aujourd'hui.

— Papa, c'est l'heure de mettre mon déguisement ? demande Kelly.
— Il n'est que deux heures, et ta fête est à six heures.
— Nous commencerons tous à nous préparer vers trois

heures et demie. Ça nous laissera largement le temps, déclare Carmen.

— On ne peut pas y aller tous ensemble, proteste Kelly.

— Pourquoi ?

— Parce que si c'est papa qui me dépose, les autres enfants le reconnaîtront et sauront qui je suis.

— Tu n'as pas tort, concède Carmen. Michael, j'ai une bonne nouvelle pour toi, et une mauvaise. La bonne nouvelle, c'est que tu n'as pas à conduire Kelly à sa fête. La mauvaise, c'est que tu dois préparer le dîner en mon absence.

— Marché conclu, dit-il, sans l'avoir vraiment écoutée.

Il va jusqu'à la valise à fleurs jaunes et vertes, qu'il empoigne.

— Excusez-moi quelques instants, toutes les deux, lance-t-il.

Il ouvre la porte d'entrée et sort du studio. Après avoir refermé derrière lui, il se dirige vers l'escalier.

Abbruzzo n'en croit pas ses oreilles.

— L'enfoiré ! Il ne peut même pas aller aux chiottes sans s'excuser !

— Exactement le genre de Blanc à avoir quelques petits problèmes d'adaptation quand il se retrouvera taulard à Rikers Island, commente Weems.

— Oh, ils le mettront vite au pas, surtout les Blacks, dit Abbruzzo.

— Putain oui ! s'esclaffe Weems. Deux jours de leurs bons soins, et il ne pourra plus s'en passer. Ça me rappelle l'histoire du Blanc qu'on jette dans la même cellule qu'un grand Noir enfermé depuis dix ans, qu'il a passés à faire de la musculation. « Tu as le choix, annonce le Noir. Tu peux être le mari ou la femme. » Le Blanc réfléchit. « Le mari », qu'il répond. « Dans ce cas, s'écrie le Noir, viens vite faire une pipe à ta femme ! »

Gros rires dans la pièce.

Au sous-sol, Goodman pose la valise et s'assied dessus devant son armoire métallique, face à son sac de voyage noir. A l'intérieur duquel se trouve soit la fortune éternelle, soit la prison à vie. Il se souvient d'une bande des *Peanuts* dans laquelle Snoopy rédige une lettre d'amour : « A toi pour toujours », écrit-il. Avant de préciser : « *Pour toujours* étant bien entendu une notion très relative. »

La « fortune éternelle » et « la prison à vie » sont elles aussi des notions très relatives, se dit Goodman. Mais pas si loin de la vérité.

Il s'aperçoit qu'un des termes du dilemme auquel il était confronté a été éliminé. Jusque-là, il devait accepter l'idée qu'en vendant son héroïne, il contribuerait à approvisionner les junkies de la rue — des gosses pour certains. Or il sait à présent qu'il n'en sera rien. Puisque Vinnie se révèle être un agent de la DEA, aussitôt remise, la drogue sera entre les mains de la justice. Malheureusement, Goodman aussi.

Si seulement il pouvait imaginer un moyen de gagner sur les deux tableaux. Mais il sait qu'il demande l'impossible Il prend le cadenas et forme la combinaison.

A deux heures vingt, il est de retour dans le studio. Avec la valise.

Sheridan appelle la planque par radio peu après deux heures et demie.

— Ici, le soum. J'attends les instructions.

— Où êtes-vous ? interroge Abbruzzo.

— Au garage de Delancey Street. J'ai vérifié tout le matériel. Ce véhicule est génial !

— Je te préviens que si tu abîmes quelque chose, tu te retrouves en uniforme dès demain matin.

— Quoi ?

— Je te dis de ne rien abîmer ! hurle Abbruzzo.

— Comment ? Allô ? C'était juste une blague...

Encore un qui se croit drôle. C'est bien ma veine, se dit Abbruzzo, en cherchant du regard ses comprimés.

A trois heures, Kelly insiste pour mettre son déguisement.

— Toi aussi, Carmen, tu dois te déguiser. Sinon, les autres enfants risquent de te voir un jour avec papa et de deviner qui je suis, ajoute-t-elle.

La jeune femme a des doutes sur la vraisemblance de ce scénario, mais elle les garde pour elle. Pendant que Kelly se change, elle court jusqu'à une papeterie de la 89ᵉ Rue où on vend des masques bon marché. Elle hésite entre deux. Voyant qu'ils valent chacun trois dollars quatre-vingt-quinze, elle finit par les acheter tous les deux — ainsi Kelly pourra-t-elle choisir pour elle.

Sur le chemin du retour, elle se rappelle la suggestion faite par Goodman de contacter ses collègues de la DEA. Elle s'arrête dans une cabine et compose le numéro de son bureau.

— Groupe numéro 2, lui répond la secrétaire.
— Bonjour, Emilia. C'est Cruz. No Neck est là?
— Non, mais je peux essayer de le joindre par radio.
— Et le patron?
— Lenny? Il est là.
— Passez-le-moi.
— Ne quittez pas.

Quelques minutes plus tard, elle reconnaît la voix de Lenny Siegel.

— Cruz?
— Salut patron.
— Où êtes-vous?
— Dans une cabine, au carrefour de la 90ᵉ et de Lexington.
— Que se passe-t-il? Vous n'écrivez pas, vous n'appelez pas...
— Tout va bien. Les occasions de sortir sont rares, c'est tout.
— Il ne se doute de rien?
— Ce type ne se rend même pas compte qu'il respire. Il est vraiment bête à manger du foin.
— Il a la marchandise?
— Ça m'en a tout l'air.
— Il est armé?
— Vous plaisantez, ou quoi? Il est doux comme un agneau.

— Et vous n'avez pas pu vous empêcher de le caresser.
— Je vous demande pardon ?
— Vous savez bien... Avez-vous eu des « relations intimes » avec lui, comme vous en avez reçu l'autorisation ?

Carmen essaie de se dominer : ce n'est pas le moment de perdre son calme.

— Vous aurez la réponse en lisant mon rapport, déclare-t-elle.

— N'allez pas mentionner ce genre de détails dans votre rapport. On a pris assez de libertés comme ça.

A qui le dites-vous, a-t-elle envie de répliquer. Au lieu de quoi elle se contente d'abréger la conversation.

— Bon, il faut que j'y aille, ou je vais devoir rentrer en courant.

Un peu plus tard, Sheridan contacte de nouveau la planque par radio.

— Je t'ai fait peur, hein, Ray ?
— Tu m'as surtout foutu en rogne, rétorque Abbruzzo, oubliant l'existence de la radio.
— Désolé, patron.
— La transaction aura lieu au carrefour de la Sixième Avenue et de la 10e Rue. En principe à huit heures précises, mais je veux que vous soyez postés là-bas très en avance. Alors restez en contact radio, d'accord ?
— Dix-quatre.

Deux flics en civil regagnent la planque.
— Qu'est-ce qu'elle a fait ? demande Abbruzzo.
— Elle est allée dans une carterie, répond l'un des officiers. Elle est ressortie avec un petit paquet. Et elle a appelé d'une cabine en rentrant.
— Vous avez pu surprendre une partie de la conversation ?
— Je me suis approché, et j'ai cru l'entendre dire qu'elle avait la courante. Ensuite elle a raccroché, explique l'autre officier.
— Rien d'autre ? Vous l'avez approchée, et tout ce que vous m'apprenez c'est qu'elle a la courante ?

361

— Désolé. Elle avait l'air de se douter qu'elle était suivie. Je n'ai pas voulu lui filer les jetons.
— Surveille un peu ton langage, mon gars, intervient Harry Weems.

Au retour de Carmen, Kelly est entièrement déguisée. La jeune femme se taille une cape dans le reste du coupon de satin. Debout devant le miroir de la salle de bains, elle tente de draper le tissu de différentes manières. Elle se rappelle sa stupéfaction en découvrant l'absence de miroir en pied dans le studio. Voilà bien les hommes ! Jamais une femme ne pourrait vivre dans ces conditions.

— Viens voir, Kelly.

La fillette passe sa tête surmontée du chapeau de sorcière dans la pièce.

— Enlève ce chapeau, ma jolie, et approche un peu. L'heure du maquillage a sonné, annonce Carmen de sa voix la plus chevrotante.

Kelly obéit sans se faire prier. Presque aussitôt, des gloussements retentissent.

Dans le studio, Goodman est déjà en train de faire les cent pas. Il s'arrête périodiquement pour regarder sa montre. La dernière fois, il était trois heures cinquante-trois.

— Arrêtez un peu de glousser, là-dedans ! crie-t-il.

— Désolée. Encore dix minutes et tu auras la paix, répond Carmen.

— Peut-être, mais avant, j'ai à te parler.

Alors qu'il arrive devant la salle de bains, la porte s'ouvre. Kelly surgit, absolument terrifiante avec son maquillage noir et vert.

— Grands dieux ! s'exclame-t-il, en partie sincèrement impressionné.

En guise de réponse, la fillette se remet à glousser.

— Tu ne pourrais pas venir m'aider une minute, Michael ? appelle Carmen, restée dans la salle de bains.

Dès qu'il l'a rejointe, elle le prend par la main et l'attire vers la baignoire, dont elle ouvre les robinets à fond.

— Je t'écoute, dit-il

— Exactement les mêmes parasites que la nuit dernière, déclare Spike Schwartz.

— Ce ne sont pas des parasites, réplique Abbruzzo. C'est de l'eau. Le type prend sa douche.

— Il se fait une beauté pour aller en prison, ajoute Weems.

— Ça me rappelle la fois où j'ai bouclé une gonzesse dans son appartement, raconte Abbruzzo. Pour vol, alors qu'il lui restait encore cinq ans et des poussières de liberté conditionnelle. Elle était sûre de se retrouver en taule. Et elle n'avait qu'une chose en tête : se raser les jambes. Je refuse. Alors elle relève sa jupe, me fait toucher les poils qui ont repoussé et se met même à pleurer. Je finis par dire oui. Comme je ne veux pas passer pour un voyeur, j'attends à la porte de la salle de bains. Deux minutes plus tard, énorme fracas. Je me précipite, et je la vois par terre, les poignets taillardés.

— Bon sang. Elle était morte ?

— Non, elle s'était servie d'un de ces petits rasoirs jetables. C'est même étonnant qu'elle ait réussi à s'ouvrir les veines. Mais depuis ce jour-là, dès qu'un de mes prisonniers me demande quelque chose, la réponse est non. Envie pressante ? On va justement au commissariat : on va vous trouver des toilettes sur mesure, où vous pourrez pisser toute la nuit. Leurs histoires, moi je dis qu'on n'en a rien à branler.

Weems marmonne quelque chose qui ressemble à « Bien parlé ». A moins qu'il ne soit contenté de répéter les trois derniers mots d'Abbruzzo.

— Papa, à la télé, ils viennent de dire que dehors, il fait dix degrés. C'est assez chaud pour que j'emmène Pop-Tart, non ?

Goodman cesse d'arpenter le studio le temps de contempler sa fille. Il sait qu'elle vient de lui poser une question, mais laquelle ? Il se souvient du jour où Carmen lui a dit de prendre la vie du bon côté et de moins couver Kelly.

— Bien sûr, répond-il.

Elle s'éloigne en sautillant et en s'écriant « Youpiii ! », comme seule une enfant de six ans sait le faire. Pop-Tart, apparemment conscient que quelque chose se trame, fonce se cacher dans un coin de la pièce, derrière Larus.

Goodman se remet à marcher de long en large.

— Papa ? Est-ce que je peux aussi emmener Larus ? Pour tenir compagnie à Pop-Tart ?

— Ce ne serait pas l'heure de partir ? demande-t-il.

— Alors je peux ?

— Faire quoi ?

— Emmener Larus.

— Non, mon cœur, intervient Carmen. Nous serons assez chargées comme ça.

Soudain elles sont toutes les deux devant lui, à attendre un baiser d'adieu. Chacune à son tour, il les serre dans ses bras, plus longuement et plus fort que d'habitude, lui semble-t-il. Il sort de sa poche un des billets de vingt dollars de Manny.

— Tiens, dit-il à Carmen. Vous feriez mieux d'y aller en taxi.

Elle le remercie, et les voilà parties avec tout leur chargement. En les regardant se diriger vers l'escalier, il remarque soudain que Pop-Tart les accompagne. Il n'en croit pas ses yeux. Il ouvre la bouche pour protester, mais la porte se referme et il se retrouve seul.

Le studio paraît étrangement calme. Goodman jette un nouveau coup d'œil à sa montre, 4 : 20.

— La gosse et la petite amie s'en vont, annonce Weems, qui les observe à travers ses jumelles. Tu ne crois pas que quelqu'un devrait les suivre ?

— Non, on les laisse filer. On se concentre tous sur la Taupe, répond Ray Abbruzzo.

A dix-sept heures deux, Sheridan gare le sous-marin dans la 10ᵉ Rue, à l'ouest de la Sixième Avenue, le long d'une rangée de cônes orange. Il a trouvé l'emplacement idéal :

à l'entrée de la rue, l'arrière du véhicule donnant sur la Sixième Avenue. Grâce aux hublots d'observation — qui se confondent de l'extérieur avec les feux arrière et les bandes latérales réfléchissantes —, ils peuvent ainsi surveiller tout le carrefour.

Alors que Sheridan s'apprête à faire coulisser la cloison séparant la cabine de l'arrière de la camionnette, pour y rejoindre Riley et ses deux autres collègues, quelqu'un frappe à la vitre du conducteur.

— Le stationnement est interdit, mon vieux, déclare un policier en uniforme.

— Je suis de la maison, répond Sheridan, avant de chercher son insigne dans sa poche.

Il revoit la première fois où il a eu ce réflexe, quelques années auparavant. Il avait porté la main à sa poche sans prendre la peine de prononcer d'abord la phrase magique. Le flic — une nouvelle recrue, devait-il apprendre ensuite, un stagiaire frais émoulu de l'école de la police — avait sorti son arme et s'était mis en position de combat, prêt à lui faire sauter la cervelle.

— Vous en avez pour combien de temps ? demande le policier.

— Pas très longtemps.

Va te faire voir, pense Sheridan. Tu peux me mettre un PV si ça te chante. Le lieutenant s'occupera de toi.

Il passe à l'arrière du véhicule, refermant la cloison derrière lui : de la rue, on ne verra qu'une banale camionnette vide.

A l'arrière, Riley contacte la planque par radio.

— Sous-marin à Géranium, dit-il dans le micro.

Quelqu'un a décidé que le mot « planque » ne devait pas apparaître dans les messages radio. Qu'il fallait s'exprimer uniquement en langage codé.

— Je vous écoute, sous-marin.

Riley reconnaît la voix d'Abbruzzo.

— Nous sommes sur place, annonce-t-il.

— La vue est bonne ?

— Ray, si Barbie vient par ici, on verra même les poils de sa petite...

— C'est bon. Vous êtes bien en stationnement autorisé, à un endroit où vous ne serez pas dérangés ?
— On ne peut pas trouver mieux.
— Parfait. Ne bougez plus. On vous tient au courant.
— Dix-quatre.
S'il est une chose que les flics savent faire, c'est attendre.
— Hé, les gars, il y a quelque chose à manger ? demande Sheridan.
Pas de quoi festoyer, apparemment : une douzaine de beignets, quatre paquets de barres au chocolat, un sachet de chips, une boîte de bretzels, quelques saucisses, et un carton contenant des pommes de terre mayonnaise ou du fromage blanc — impossible à identifier. Ils sont trop absorbés par cet inventaire pour remarquer la jeune femme, la petite sorcière et le chat qui descendent d'un taxi juste à leur hauteur, et se dirigent vers l'entrée de l'immeuble au coin de la rue.

Il est dix-neuf heures quinze et il fait nuit quand Goodman quitte son studio. A cause du poids de la valise et de la difficulté à la manœuvrer dans l'escalier, il arrive en nage au rez-de-chaussée. Il regrette de ne pas avoir mis son coupe-vent au lieu de sa vieille parka de la marine. Sa couleur orange vif est un atout si on tombe à la mer, mais sa doublure matelassée est bien trop chaude pour le temps qu'il fait. Il ne s'est pas rendu compte à quel point le thermomètre avait remonté. On aurait tout de même pu le prévenir...
Il arrive au coin de la rue après avoir changé sa valise de main tous les cinq ou six mètres. Cherchant du regard un taxi libre, il cligne des yeux dans la lumière des phares le long de Lexington Avenue.

— Il est en route ! Il est en route ! s'exclame Weems, qui guette à travers ses jumelles les moindres faits et gestes de Goodman.
— Avec une énorme valise ! Qui a tout l'air de contenir la marchandise, ajoute-t-il.

— Waters ! Gleason ! s'écrie Abbruzzo. Suivez-le à pied. Mais sans prendre de risques — on sait déjà où il va.

Les deux policiers en civil quittent aussitôt la planque.

— On pourrait l'interpeller dès maintenant, Ray. Cette valise est pleine de came, aussi vrai que je m'appelle Harry, dit Weems.

— Pas question, réplique Abbruzzo. On l'accompagne jusqu'au lieu du rendez-vous, jusqu'à ce qu'il remette la valise au dénommé Vinnie. Comme ça, on les aura tous les deux.

— Alors, on n'a pas intérêt à le perdre.

— Ne t'en fais pas.

Abbruzzo appuie sur le bouton « Emission » de la radio.

— Géranium à toutes les équipes. La Taupe a quitté son repaire. Il se dirige vers Lexington Avenue avec toute la marchandise. Je répète : la Taupe a quitté son repaire.

— Ici voiture Charlie. On dirait qu'il essaie d'arrêter un taxi au carrefour de la 92e et de Lexington. On ne le lâche pas.

— Ici voiture Baker. On l'a repéré de notre position à l'angle ouest du carrefour. On vous suit, Charlie.

— Dix-quatre, Baker.

Les taxis se succèdent, mais tous sont pris. Goodman se demande pourquoi, jusqu'à ce que plusieurs enfants déguisés passent près de lui. C'est Halloween, se souvient-il. Tout le monde est invité à des soirées ou à des fêtes.

Il finit par capituler. Reprenant sa valise, il entreprend de parcourir les six cents mètres qui le séparent de la 86e Rue.

— Il se dirige vers le sud. A pied, annonce une voix à travers les grésillements de la radio.

— Qui êtes-vous, bon sang ? crie Abbruzzo.

— Voiture Charlie, inspecteur.

— Vous l'avez toujours ?

— Affirmatif. Mon collègue est descendu de voiture

pour le suivre. Je reste à proximité, au cas où il prendrait un taxi.

— Et vous, Baker ? demande Abbruzzo.

— Même chose. Je vois également Waters et Gleason sur le trottoir d'en face. Eux aussi sont sur ses talons.

— Parfait. Ne le perdez pas, mais ne vous faites pas repérer non plus.

Même en changeant souvent de main, Goodman doit s'arrêter trois fois pour reprendre son souffle. Il se réjouit de voir enfin apparaître les deux globes verts indiquant l'entrée de la station de métro.

— Ici voiture Baker. Il s'apprête à prendre le métro.

Abbruzzo perçoit une certaine surprise dans la voix de son interlocuteur. Les dealers conduisent des voitures ; ils louent des limousines ; ils prennent des taxis. Jamais ils n'utilisent le métro.

— C'est bon. On sait qu'il a plus d'un tour dans son sac. Il veut sans doute vous semer.

— Il aura du mal. Il y a quatre gars à nous qui descendent dans la station avec lui.

— Très bien. Vous et voiture Charlie, vous allez rejoindre le lieu du rendez-vous, au carrefour de la Sixième Avenue et de la 10ᵉ Rue. Je répète : carrefour de la Sixième Avenue et de la 10ᵉ Rue. Reçu ?

Deux « Dix-quatre » lui répondent.

— Tu sais quoi, Harry ?

— Quoi, Ray ?

— On va mettre la main sur ce connard.

— J'espère bien. J'ai des enfants, moi.

Goodman monte dans la première rame en direction du sud qui s'arrête devant lui : la rame numéro 5. Elle est bondée, et il doit rester debout. Il cale la valise entre ses jambes et regarde autour de lui, à l'affût d'un siège susceptible de se libérer. Il y a des gens déguisés dans le wagon, essentiellement des jeunes. Des clowns, des vampires et des diables. Certains ont un déguisement complet, d'autres seulement un masque. Il a la vague sensation de se trouver dans un film de Fellini.

Aucun siège libre à l'arrêt de la 59ᵉ Rue, mais à celui de la 42ᵉ, il en aperçoit un au milieu du wagon. Il empoigne sa valise et tente de l'atteindre, bien qu'un homme arrivant en face ait un bon mètre d'avance sur lui et aucun bagage encombrant. Goodman ralentit, déterminé à se montrer beau joueur. A la dernière minute, cependant, il a la surprise de voir le type s'immobiliser et lui indiquer le siège d'un geste aimable.

Goodman ne se fait pas prier, tout en remerciant chaleureusement.

C'est uniquement en voyant l'homme soulever son chapeau pour le saluer avant de faire demi-tour et de passer dans le wagon suivant, qu'il lui trouve quelque chose de très familier.

— Bon sang, j'ai eu chaud, déclare Lee Waters à son collègue George Gleason.

Tous les deux regardent par la porte vitrée vers l'endroit où Michael Goodman est assis dans l'autre wagon.

— Il t'a reconnu? demande Gleason.
— Pas de danger. Pas avec mon chapeau.
— Tu es sûr?
— Parfaitement sûr.

Goodman lui aussi est sûr d'une chose : ce type était parmi ceux qui l'ont suivi au cours des dernières quarante-huit heures. Appartient-il à la DEA? Au New York Police Department? Est-ce un bon ou un méchant? Il finit par conclure qu'il doit s'agir d'un flic local. Il a l'air trop soigné pour être un méchant, et les agents fédéraux se montrent certainement plus discrets quand ils filent quelqu'un. Mais ce n'est qu'une hypothèse.

Si seulement les décisions qui lui restent à prendre pouvaient reposer sur autre chose que des hypothèses...

Il descend à l'arrêt de la 14ᵉ Rue, traîne sa valise sur le quai, et cherche des panneaux. Avant de quitter son studio, il a étudié avec soin le plan de métro au début des Pages jaunes. Le chemin le plus direct semblait être la ligne L jusqu'à la Sixième Avenue, mais elle n'est signalée nulle part. Il remarque que l'homme au chapeau est descendu en même temps que lui, et qu'avec un de ses amis, ils semblent eux aussi avoir du mal à s'orienter.

La ligne L se révèle être au bout d'un couloir interminable, et Goodman se sent soudain très seul et vulnérable. Sans même se retourner, il a très vite eu l'impression d'être suivi, impression qui s'est confirmée. Si quelqu'un se mettait en tête de s'attaquer à lui sur-le-champ — de l'arrêter, de lui voler la drogue ou de lui trancher la gorge — il n'aurait aucun moyen de l'en empêcher. Alors il continue à marcher.

Il croise un groupe de gosses déguisés : un Spider Man, un fantôme, et un gardien de but de hockey au visage terrifiant. Au moment où ils le dépassent, il jette un coup d'œil furtif par-dessus son épaule, comme pour les regarder une dernière fois. A la limite de son champ de vision, il voit deux hommes le suivre de loin. Mon Dieu, se dit Michael Goodman. C'est une véritable armée que j'ai à mes trousses !

La rame de la ligne L est bondée elle aussi, avec une concentration encore plus importante de gens costumés, et il doit de nouveau rester debout. Il essaie de repérer discrètement ceux qui l'ont pris en filature, mais ils ne sont pas dans son wagon.

En revanche, lorsqu'il descend à l'arrêt de la Sixième Avenue et pose sa valise au pied de l'escalier, ils réapparaissent — quatre, peut-être même cinq. L'un d'eux porte une prothèse auditive, semble-t-il, mais dont le fil descend à l'intérieur de sa veste. Goodman commence à gravir l'escalier, se demandant s'il serait présomptueux de demander à l'un d'eux de porter quelque temps la valise.

Avant même de remonter à l'air libre, il est happé par une foule plus dense que celle des heures de pointe. Toute progression individuelle est impossible : cette masse compacte vous impose son rythme, telle une limace géante qui avancerait sans relâche, contractant les minuscules particules formant son corps. Goodman n'est que l'une de ces particules.

Heureusement, la monstrueuse créature semble vouloir se diriger vers le sud, et les panneaux en hauteur indiquant les rues informent Goodman qu'il traverse successivement la 14e, la 13e, puis la 12e.

— Vous avez une idée de ce qui se passe ? demande-t-il à un jeune homme et une jeune femme écrasés l'un contre l'autre à sa droite.

— C'est la parade, répondent-ils en chœur.

La mémoire lui revient soudain : l'attraction principale de la fête de Kelly est de pouvoir assister à la parade de Halloween, cette manifestation où tous ceux qui en ont envie se déguisent pour défiler dans Greenwich Village. Curieusement, il a toujours situé ce quartier plus à l'est ; il comprend à présent pourquoi on parle du « West Village ».

A l'approche de la 11e Rue, la limace commence à s'étirer, car des gens cherchent une place derrière les cinq ou six rangées de personnes massées contre les barrières en bois bleu installées le long du trottoir.

Avant de traverser la 11e Rue, Goodman trouve un endroit où s'arrêter pour poser sa valise quelques instants. Alors qu'il s'appuie au mur d'un immeuble en tentant de reprendre son souffle, il déplore sa piètre condition physique. Mais n'importe qui serait sans doute épuisé après avoir transporté près de vingt kilos — dans une valise déjà lourde au départ.

Il regarde sa montre, 7 : 44. Il lui reste une centaine de mètres à parcourir, et seize minutes pour le faire. Comme d'habitude, il est en avance. Il cale la valise contre le mur de l'immeuble et s'assied dessus, adossé à la pierre. S'il doit tuer le temps, autant s'installer confortablement.

— Il s'est assis sur sa foutue valise ! annonce une voix à la radio.

Abbruzzo empoigne le micro.

— Où ça ?

— Au coin de la 11e. Il vient de regarder sa montre.

— Il va attendre l'heure de son rendez-vous. Vous êtes combien à proximité ?

Quatre équipes lui répondent.
— Sous-marin ? appelle Abbruzzo.
— Ici, sous-marin. Je vous écoute.
— Vous nous recevez ?
— Affirmatif.
— L'avez-vous déjà dans le périscope ?

L'un des engins les plus sophistiqués à bord est un minuscule périscope installé sur le toit du véhicule. Son système à infrarouge permet de l'utiliser même la nuit. Sheridan l'a testé sur un pickpocket en train d'opérer dans la foule. A l'aide du zoom, il a pu voir le type se servir successivement dans deux sacs à main. De l'un d'eux, il a sorti un portefeuille ou un porte-monnaie. Aucun doute là-dessus.

— Vous devriez voir ça ! Ce truc est incroyable ! s'exclame Sheridan.

La voix de Riley retentit.

— Ecoute-moi, Ray. Il doit y avoir à peu près un million de personnes à ce carrefour. Je te contacterai quand on aura repéré notre homme. N'oublie pas qu'il est en avance.

Si Goodman est en avance, ce n'est pas le cas de Zelb et Farrelli. Les deux agents sont dans la voiture de tête d'une procession de quatre véhicules de la DEA — les trois autres étant une Jeep, un camion de télévision par câble, et un taxi jaune. Pris dans les embouteillages au carrefour de la 14ᵉ Rue et de la Septième Avenue, ils ont déclenché la sirène de leur voiture banalisée, sans réussir à rouler à plus de trois kilomètres à l'heure. Les véhicules qui les précèdent n'ont pas la place de se garer pour les laisser passer.

— Merde ! A cette vitesse, on n'y sera jamais, marmonne Zelb.

— On devrait peut-être abandonner cette putain de voiture et continuer à pied, suggère Farrelli.

Il est déjà dans le personnage de Vinnie.

— Quoi ? Et laisser trois millions et demi de dollars dans le coffre d'une tire garée en double file sur la 14ᵉ Rue ?

— On peut les prendre avec nous, mon vieux.

— Pas question. Par ailleurs, on a besoin de la voiture. Sinon, comment on se débrouillera pour donner le signal aux renforts d'intervenir? Il faudra que j'ouvre ma braguette, ou quoi?

Farrelli en reste sans voix pendant quelques minutes. Il jette un coup d'œil à sa montre.

— Merde, Jimmy. Il est huit heures moins cinq.

Zelb décroche le micro de la radio.

— 2-0-3 à 2-0-1, dit-il.

Il appelle la voiture de Siegel, son chef de groupe : une Cadillac couleur champagne saisie lors de l'interpellation d'un dealer un mois plus tôt. Les supérieurs ont toujours les plus belles bagnoles.

— Ici 2-0-1, lui répond la voix de Siegel.

— Hé, Lenny, on roule au pas...

— Vous avez mis votre sirène?

— Oui.

— Eteignez-la. Je ne vous entends pas.

Zelb s'exécute.

— Et comme ça? demande-t-il.

— C'est mieux. Où êtes-vous?

— Dans un bouchon à la hauteur de la 14e Rue. On n'y sera jamais.

— Vous pensez arriver vers quelle heure?

— A ce rythme-là, mardi prochain.

— Les autres véhicules sont avec vous?

— Oui.

— Dans ce cas, garez-vous. Prenez deux ou trois hommes dans les autres équipes, la valise, et au trot.

— Au quoi?

— Marchez! Courez! hurle Siegel. Débrouillez-vous comme vous voulez, mais ne ratez pas ce rendez-vous. On a besoin de cette affaire.

Il faut près de deux minutes à Zelb pour changer de voie et s'arrêter le long du trottoir. Il coupe brutalement le contact. Déverrouille le coffre, ouvre sa portière, et sort retrouver Farrelli derrière la voiture. Trois autres agents les rejoignent : l'un d'eux prend les clés tendues par Zelb et s'installe au volant.

— Je me dévoue pour commencer, dit Zelb.

Il tire la valise du coffre d'un geste rageur.

— Bon sang! Elle doit bien faire une tonne, grogne-t-il

Evidemment, il exagère. Vide, elle pèse un peu moins de trois kilos. Et avec ses trente-cinq mille billets de cent dollars, elle atteint environ vingt kilos. Mais comme disent les militaires, « après les premières centaines de mètres, on perd la notion des distances ».

Zelb et Farrelli se dirigent vers la Sixième Avenue. Les deux autres agents leur emboîtent le pas, avec une consigne on ne peut plus claire : protéger leurs collègues et l'argent par tous les moyens. Mais pas forcément dans cet ordre.

Toujours assis au même endroit, Goodman regarde sa montre, 7 : 59. Prenant une profonde inspiration, il se lève, empoigne la valise, et s'apprête à parcourir sa dernière centaine de mètres.

— Il est reparti ! Il est reparti !

Dès qu'ils entendent ce message radio, les occupants du sous-marin sont sur le pied de guerre. Ils sont tous armés ; chacun a vérifié son arme de service durant le quart d'heure écoulé. Sheridan s'occupe du périscope à infrarouge et Riley de la radio. L'un des officiers inspecte le carrefour par un hublot d'observation dissimulé dans un feu de recul, tandis que le second attend le signal d'ouvrir tout grand le hayon et de mener l'offensive contre la Taupe, Vinnie, et tous ceux qui auraient la mauvaise idée de se trouver sur leur route.

Dans ces conditions, bien sûr, il n'y a personne pour surveiller ce qui se passe devant la camionnette.

La sécurité pendant la parade de Halloween est assurée conjointement par le New York Police Department (NYPD) et le Department of Transportation (DOT) chargé de la circulation et du stationnement. C'est peu dire que ces deux administrations ne filent pas le parfait amour. Leur antagonisme remonte à la création du DOT, mesure bien intentionnée pour soulager les officiers de police des tâches les plus courantes : régler la circulation et dresser des procès-verbaux pour stationnement illicite. Les « Brownies » du DOT furent les premiers à déclencher les hostilités. (Leur surnom vient de la couleur initiale de leur uniforme, mais aussi de celle de la majorité des agents, et il a survécu au passage récent à une tenue gris-bleu.) Ils prirent l'initiative de mettre des contraventions aux voitures personnelles des officiers de police, rompant avec une pratique établie depuis longtemps qui permettait à ces derniers de stationner n'importe où. Ceux-ci ne tardèrent pas à riposter en interpellant un grand nombre de Brownies pour entrave au bon fonctionnement d'une administration municipale, dégradation de véhicules de service, atteinte à l'ordre public, vagabondage et autres chefs d'accusation. Bien qu'une trêve fragile ait fini par être négociée, quelques francs-tireurs sévissent toujours et les relations restent tendues.

Voilà pourquoi il y a une vingtaine de minutes, lorsqu'un sergent du NYPD a indiqué à un capitaine du DOT qu'une camionnette garée au carrefour de la Sixième Avenue et de la 10ᵉ Rue était en service commandé, celui-ci, peu impressionné, a acquiescé distraitement. Et quand arrive sur son talkie-walkie l'appel d'un camion de la fourrière l'informant qu'il y a un véhicule en stationnement interdit dans une rue adjacente, il a déjà tout oublié. De sa voix la plus professionnelle, il énonce l'équivalent, dans sa profession, d'une directive officielle :

— Embarquez-moi ce connard.

Donner ce genre d'ordre à un Brownie au volant d'un camion de la fourrière revient à commander à une gazelle de courir, ou à un requin blanc de dévorer un homme : le résultat ne se fait pas attendre.

— Je crois que je le vois, chuchote Sheridan, les yeux contre les lentilles du périscope.

Riley se penche sur sa radio, et il met sur le compte de ce changement de position le léger bond en avant de la camionnette. Il s'immobilise, conscient que toute activité soudaine à l'intérieur peut être perçue de la rue et trahir leur présence. Cependant, il a la très nette impression que son geste — même terminé — continue à faire tanguer le véhicule, à la manière d'une onde de choc. Sans fenêtre, il ne peut toutefois vérifier quoi que ce soit, et décide que son imagination a dû lui jouer des tours.

Sheridan vit une expérience un peu différente. Alors qu'il vient de repérer la Taupe — du moins le croit-il —, le périscope se met à faire des siennes : au lieu de répondre aux commandes manuelles, il semble soudain vouloir diriger les opérations, s'attardant d'abord sur les jambes de la Taupe, puis sur ses pieds, et enfin sur le trottoir devant lui. En quelques secondes, Sheridan l'a complètement perdu de vue, et se trouve condamné à contempler les autres passants et spectateurs de la parade.

Quant aux deux officiers à l'arrière du sous-marin, ils se sentent inexplicablement plaqués contre l'intérieur du hayon. Ils ont la sensation que le véhicule bouge, mais sans pouvoir se référer au monde extérieur, il leur est difficile, comme à Riley, d'identifier les causes de ce tangage. Ils se consultent du regard, à la recherche d'un indice.

— On bouge, dit l'un d'eux.

— Non, dit l'autre. On décolle !

En réalité, ils ont raison tous les deux : la camionnette se soulève (à l'avant, tout au moins) en même temps qu'elle avance, double mouvement rendu possible par la dernière acquisition du DOT, un camion équipé d'un vérin hydraulique ultra-rapide, affectueusement surnommé « Bump and run », d'après une technique de défense très en vogue sur les terrains de football américain.

Lorsque les quatre hommes finissent par comprendre ce qui leur arrive, le sous-marin s'éloigne du carrefour.

— Ouvrez la porte ! s'écrie Riley.

L'officier plaqué contre le hayon s'acharne sur la poignée. S'ils avaient été couronnés de succès, ses efforts lui auraient sans doute valu d'être gravement blessé : sous l'effet conjugué de la vitesse et de la force de gravité, il aurait atterri sur le bitume de la 10ᵉ Rue Ouest. Heureusement pour lui, un ingénieur astucieux de la General Motors a pensé à tout : un dispositif de verrouillage automatique — destiné à empêcher les enfants, les animaux domestiques ou la cargaison (de flics, en l'occurrence) de tomber du véhicule en marche — s'est déclenché dix secondes plus tôt, dès que la camionnette a atteint la vitesse de dix kilomètres à l'heure.

Les deux officiers, des jeunes gens pleins de ressource, finiront par neutraliser le dispositif et réussir à ouvrir la porte pour sauter du sous-marin alors qu'il gagne sa destination finale : le parking du DOT au bord de l'Hudson, à la hauteur de la 39ᵉ Rue, où sont entreposés plusieurs milliers d'autres véhicules enlevés pour stationnement illicite. Le produit d'une journée de travail ordinaire des Brownies.

Goodman arrive au carrefour de la Sixième Avenue et de la 10ᵉ Rue à huit heures précises. Il traverse d'abord l'avenue, puis la 10ᵉ Rue, tout en cherchant Vinnie du regard, ou TM, ou encore une valise identique à la sienne.

Dans l'immédiat, ces derniers restent invisibles.

Jimmy Zelb reprend la valise au moment où Frank Farrelli et lui approchent enfin par l'ouest du croisement de la Sixième Avenue et de la 10ᵉ Rue, suivis de près par les deux seuls autres agents en vue (les autres étant totalement bloqués dans les embouteillages à la hauteur de la 14ᵉ).

Malgré son passé de footballeur, Zelb est hors d'haleine et en nage. Il était homme de ligne, après tout : il courait seulement par à-coups, et les occasions de récupérer étaient nombreuses. Et puis il ne transportait pas une valise pleine à craquer.

S'ils sont en retard pour leur rendez-vous avec Michael Goodman, Zelb et Farrelli ne le sont pas pour le début de la parade. Totalement pris de court, Zelb s'imagine pendant une fraction de seconde que les acclamations de la foule saluent son arrivée. En réalité, tous les regards — qu'il croyait dans un premier temps rivés sur lui — convergent vers la Sixième Avenue. Lentement, il tourne lui aussi la tête dans cette direction pour comprendre la cause de tout ce tumulte.

De religion presbytérienne, Jimmy Zelb a grandi dans l'exploitation familiale près de Dusty Gulch, Nebraska. Après des études à Wooster, Ohio, il a passé un an et demi à Toledo comme flic, et cinq ans à Detroit comme agent de la DEA. A New York depuis huit mois, il croyait que la ville n'avait plus de secrets pour lui. Cependant, absolument rien dans son passé ne l'a préparé au spectacle qu'il découvre à présent. Une majorette blonde et élancée s'avance vers lui, parée d'un chapeau argenté étincelant, de la minijupe la plus courte de tous les temps, et de cuissardes en vinyle. Tous les quatre pas, elle projette un bâton doré dans les airs. Elle a les seins nus, des seins comme Zelb en rêve depuis qu'à douze ans un exemplaire écorné du *National Geographic* l'a conduit sur le fleuve Amazone, puis dans la cave de ses parents d'où il n'est ressorti que deux heures plus tard. Ils sont gigantesques. Absolument énormes. Ils tressautent à chacun de ses pas. Leurs pointes brunes dressées sont impressionnantes. Et par-dessus le marché, ils se dirigent droit sur lui.

Comment Jimmy Zelb — peu versé dans l'histoire new-yorkaise — saurait-il que la manifestation à laquelle il assiste était à l'origine, il y a quelques années de cela, une parade homosexuelle ? Qu'aujourd'hui encore, près de la moitié de ses participants ont revêtu leurs déguisements de drag-queens les plus voyants, créés spécialement pour l'occasion ? Et que la majorette de ses rêves s'appelle en réalité Rick Verchinsky, se rase deux fois par jour, a joué lui aussi au football américain comme line-backer des Citadel, et fait office de videur au Palladium cinq soirs par semaine ?

Bien sûr, Zelb ignore tout de ces détails. Seule certitude, alors qu'il pose sa valise sur le trottoir et en oublie l'existence (pour mieux s'absorber dans la contemplation béate de cette paire de seins mythiques) : il est en train de tomber amoureux.

Cette fascination subite n'a pas échappé à Frank Farrelli, qui devrait déjà avoir endossé le rôle de Vinnie, l'acheteur de drogue. Il se contorsionne pour regarder dans la même direction que son collègue et constater par lui-même ce qui peut bien le captiver à ce point.

A son tour, Farrelli découvre la fabuleuse paire de seins de la majorette. Et il a plus ou moins la même réaction que Zelb : il est médusé. (Rendons-lui cette justice, il affirmera ensuite avoir compris dès le début que la majorette était en fait un major, dont les seins ne pouvaient avoir qu'une existence virtuelle, et qu'il les a regardés par pure curiosité. En revanche, aucun des deux agents ne justifiera de manière convaincante ce moment de distraction pendant une opération en cours.)

Goodman entend lui aussi les acclamations, et dans la foule toutes les têtes se tournent soudain, lui annonçant l'apparition des premiers participants à la parade qui remonte la Sixième Avenue. Il se penche en avant pour tenter de les apercevoir, sans succès : à cause du nombre de spectateurs devant lui, il ne voit qu'une marée de dos.
Et une valise identique à la sienne.
Aucun doute là-dessus : même taille, même forme, même motif à fleurs jaunes et vertes.
Elle disparaît aussi vite qu'elle est apparue, cachée par deux hommes debout près de l'endroit où elle se trouvait. Bien qu'ils aient le dos tourné, il remarque que l'un d'eux est mince tandis que l'autre a une carrure d'armoire à glace et la tête dans les épaules.
Vinnie et TM.
Toute sa vie, Michael Goodman s'est montré méticuleux, réfléchi, prudent à l'extrême. C'est un comptable de la vieille école, qui se méfie des calculatrices — pour additionner une colonne de chiffres, il se fie davantage à ses capacités qu'à celles d'un gadget fabriqué au Japon ou au Mexique, et dont la pile peut lâcher sans prévenir. Il aime effectuer d'abord ses additions de haut en bas ; le résultat obtenu, il recommence l'opération de bas en haut. Pourtant, une voix lui souffle qu'à présent il n'a pas le temps de s'embarrasser de ce genre de précautions, qu'avoir repéré la seconde valise au moment où la parade remonte l'avenue est un bon présage, qu'il aurait tort d'hésiter. Avant de trop analyser la situation, il se force donc à repartir, droit vers les deux hommes, réduisant à chaque pas la distance qui sépare les deux valises.

En tant que chef du groupe numéro 2, Lenny Siegel est censé guider par radio, de sa Cadillac, les agents de la DEA à proximité de l'endroit où la transaction doit avoir lieu. Mais il se trouve à son tour coincé dans les embouteillages qui ont obligé Zelb, Farrelli et leurs collègues à abandonner leurs voitures dans la 14e Rue.

— Tout est bloqué, dit Siegel à son chauffeur. On est dans quelle rue ?

— La 23e, répond Luis Sandoval

A vingt-deux ans, Sandoval est le plus jeune agent du groupe et le dernier arrivé — il y a moins de deux mois. Frais émoulu de John Jay College, il n'a encore jamais participé à un coup d'achat ni à une saisie, ni même assisté à une interpellation. Il ne boit pas, ne fume pas, ne jure pas, et ne semble pas non plus comprendre la nécessité d'enjoliver à l'occasion une déposition au tribunal. D'où les doutes persistants de ses collègues sur son aptitude à s'intégrer dans les forces de police. Siegel en a fait son chauffeur dans l'immédiat, aucun des autres agents ne voulant s'encombrer d'un « bleu » comme partenaire.

— Tout est vraiment bloqué, répète Siegel, en contemplant les véhicules qui bouchonnent devant eux. Fais demi-tour, Luis, qu'on remonte vers le nord pour sortir de ce merdier.

— Oui, patron.

Goodman s'approche de Vinnie et de TM par-derrière : ils sont totalement absorbés par la parade. Il pose sa valise à un mètre environ de la leur. L'espace d'un instant, il se demande s'il ne pourrait pas discrètement tirer à lui cette dernière. Il a vu sa fille procéder de la sorte au Mikado — saisir délicatement un bâtonnet sans faire bouger ceux d'à côté. Mais TM a une jambe appuyée contre la valise, aussi Goodman décide-t-il de trouver une autre solution.

Le bruit est assourdissant. La tête de la parade passe devant eux, emmenée par un type habillé en majorette avec d'énormes faux seins. Derrière lui, deux autres participants, l'un arborant le masque de Newt Gingrich, l'autre celui de Bob Dole, saluent la foule. Deux autres encore, déguisés en oreilles géantes, encadrent un petit portrait de Ross Perot. Ils sont suivis d'un gigantesque dragon crachant de la fumée porté par une douzaine de personnes en noir. Un orchestre antillais remonte bruyamment l'avenue.

Il y a un tel vacarme où se mêlent musique, cris, acclamations, rires et applaudissements, que Goodman est finalement obligé de taper sur l'épaule de Vinnie et de TM pour attirer leur attention. Ils se retournent comme un seul homme. Une fraction de seconde, il croit lire sur leur visage une certaine déception, voire une forme de dégoût, comme s'il leur avait fait des avances. Il a dû rêver — ce n'est jamais qu'une parade, après tout.

— Bonjour les gars, dit-il.

— Bonjour, marmonnent-ils en chœur, l'air vaguement gêné.

Il ne doit pas être bien vu de dire « bonjour » chez les dealers, ni chez les machos de la DEA.

— La parade vous plaît ? leur demande-t-il.

— Beaucoup, déclare Vinnie, tout en promenant son regard de la valise de Goodman à la leur.

— Bon, on procède comment ? reprend-il.

Alors que Goodman s'apprête à parler, sa voix est couverte par un immense éclat de rire de la foule. Apparaît un char sur lequel un couple vêtu de façon extravagante feint de se livrer à la fornication dans un lit à baldaquin en velours violet. La femme a les seins aussi dénudés que la majorette du début, et tout aussi imposants. Au-dessus du décor, trône un agrandissement du logo Nike — le développement tentaculaire du mécénat d'entreprise gagnerait-il un autre secteur de la société américaine ? — accompagné du slogan JUST DO IT.

— Pourquoi pas maintenant ? lance Goodman.

Joignant le geste à la parole, il attrape leur valise de la main gauche et fait le salut militaire de la droite.

Machinalement, Vinnie et TM répondent à son salut. TM s'avance vers la valise de Goodman et l'empoigne. Il esquisse un sourire, apparemment rassuré de découvrir qu'elle est encore plus lourde que la leur.

— Au plaisir, leur dit Goodman.

En reculant, il trébuche sur quelque chose : un gros cône

de signalisation en plastique orange. Il le ramasse et cherche un endroit où s'en débarrasser, mais le trottoir est entièrement envahi par les badauds. Avec un haussement d'épaules, il s'enfonce dans la foule.

L'échange a pris encore moins de temps que dans les rêves les plus fous de Zelb et de Farrelli. Ils s'attendaient à ce que Goodman, en bon comptable, veuille ouvrir leur valise pour s'assurer de l'authenticité des billets. Ils auraient alors eu le temps de vérifier le contenu de sa propre valise avant de faire signe aux renforts d'intervenir. En revanche, la soudaineté de son départ les prend complètement au dépourvu.

De plus, dans l'impossibilité de se rendre en voiture sur les lieux, ils ont dû renoncer au signal choisi — la traditionnelle ouverture du coffre. Sans trop réfléchir, ils ont alors convenu de se taper mutuellement dans la main, ce qui devrait suffire à alerter leurs collègues.

Enfin, toujours à cause des embouteillages provoqués par la parade, les renforts — près de vingt hommes au départ, avec voitures et liaisons radio — se sont réduits à deux agents à pied. A cet instant précis, les deux agents en question s'efforcent de suivre Michael Goodman et la valise remplie de billets fournis par l'administration, sans perdre de vue Zelb et Farrelli au cas où ils donneraient le signal convenu.

Tandis que Farrelli fait de son mieux pour empêcher la foule de les piétiner, Zelb s'agenouille au milieu du trottoir. Il doit vérifier le contenu de la valise avant d'appeler les renforts à la rescousse. Sinon, ils risquent de découvrir qu'il s'agit d'un « coup à blanc » — où le vendeur livre autre chose que des drogues dures, afin de voir si la police débarque au moment de la transaction. (Zelb connaît même un cas où un dealer méfiant a remis cinq kilos de serviettes hygiéniques pour s'assurer que la voie était libre avant de passer à la vente proprement dite.)

Il ouvre une serrure, puis l'autre. Retenant son souffle, il soulève le couvercle et regarde à l'intérieur. Il découvre dix-neuf sacs plastique, chacun rempli d'une poudre blanche aux reflets grisâtres.

Il reprend sa respiration. Puis referme le couvercle d'un geste sec et se lève d'un bond.

— Bingo! s'écrie-t-il à l'intention de Farrelli, obligé de lire sur ses lèvres à cause des acclamations qui s'élèvent une nouvelle fois de la foule.

Les deux hommes se tapent ensuite à plusieurs reprises dans la main, geste relativement identifiable, du moins parmi les mâles de race blanche.

Seul problème : c'est aussi le moment que choisit un gigantesque Barney le Dinosaure pour lancer des friandises à la foule. Rien de bien extraordinaire — des chocolats, des M & M's et autres Kit-Kat — mais c'est suffisant pour faire réagir des gens debout dans le froid depuis une heure et demie, dont le premier mouvement est naturellement de lever les mains le plus haut possible dans l'espoir d'attraper un bonbon au vol.

Toute cette agitation dure juste assez longtemps (et ressemble juste assez au signal de Zelb et Farrelli) pour semer la confusion dans l'esprit des deux autres agents, qui hésitent une minute de trop avant de se rapprocher de Goodman. A peine ont-ils le temps de voir sa parka orange et sa valise s'encadrer dans l'entrée d'un immeuble d'habitation au coin de la rue, qu'il a déjà disparu.

— Ça y est! C'est le signal! s'écrie l'un d'eux au même instant.

Peu après, lorsque Zelb et Farrelli les rejoindront, ils les trouveront en grande discussion pour savoir si Goodman est entré dans l'immeuble ou s'il s'est évanoui dans la foule.

— Du calme, déclare Zelb. J'ai ce qu'il faut.

Il sort de sa poche un objet rappelant une télécommande de porte de garage et qui est en réalité le récepteur d'un puissant détecteur d'approche dernier cri. Il le met en marche. Aussitôt, une lumière rouge se met à clignoter toutes les deux secondes environ, accompagnée d'un bip-bip.

— Il n'a pas eu le temps de s'éloigner, annonce Zelb. Il doit être dans l'immeuble. Ce gadget nous préviendra de tous ses déplacements.

— Des déplacements de la valise avec l'argent, tu veux dire, précise Farrelli.

— Ça revient au même.

— Ils ont fait un échange !

La voix de Lee Waters retentit dans le récepteur radio de la planque où Ray Abbruzzo suit les opérations.

— Qui est avec vous ? demande-t-il.
— Il n'y a que Gleason et moi.
— Vous voyez le sous-marin ?
— Non, il est parti.
— Parti !

Abbruzzo n'en croit pas ses oreilles.

— Sous-marin ! Sous-marin ! Répondez ! répète-t-il plusieurs fois.

Enfin, il entend la voix de Riley.

— Ici sous-marin, répond celui-ci d'un ton hésitant.
— Vous êtes toujours sur place ?
— Pas exactement.
— Alors pouvez-vous me dire où vous êtes, bordel ? hurle Abbruzzo dans le micro.
— Euh... pas vraiment.
— On n'est pas en train de jouer aux devinettes. Je veux des explications.

A peine audible, la réponse semble venir de loin et ressemble presque à une interrogation.

— On part à la fourrière...

Abbruzzo empoigne le support du micro comme s'il allait lui tordre le cou. Deux fois il s'apprête à dire quelque chose ; deux fois il se retient. Il lâche le micro, saisit ses comprimés et avale la fin du rouleau, avec le papier.

— Et nous, on fait quoi, Ray ?

Abbruzzo se rappelle soudain que Waters et Gleason attendent toujours ses instructions.

— Combien sont-ils ?
— Difficile à dire. Trois ou quatre, on dirait, plus la valise.
— Vous pensez pouvoir vous en charger à deux ?
— Putain, oui.
— Alors, allez-y.

Zelb, Farrelli et l'un des deux autres agents de la DEA sont toujours en train de jouer avec le détecteur devant l'immeuble. Le quatrième agent est posté à l'entrée de service du bâtiment, deux portes plus bas.

— A voir l'intensité du signal, il doit être à l'intérieur, explique Zelb. Sinon la lumière faiblirait.

— Je me demande, dit Farrelli. J'ai l'impression qu'on a déjà perdu sa trace.

— Fais un peu confiance à la technologie, réplique Zelb, sans quitter des yeux la lumière rouge.

— Les mains en l'air, bande de salauds !

Levant les yeux, Zelb aperçoit deux cinglés en position de combat qui braquent sur eux des pistolets en plastique.

— Retournez défiler, les gars. Vous ne voyez pas qu'on est occupés ? réplique-t-il.

— J'ai dit : les mains en l'air !

Zelb regarde de plus près. Ces pistolets ne sont peut-être pas en plastique, après tout.

Lee Waters continue à braquer son arme sur le type au cou massif, le plus proche de la valise. A sa gauche, Gleason tient la sienne à deux mains, pointée à peu près dans la même direction.

A cet instant précis, Waters a l'impression d'être à un tournant de sa carrière. Alors que le reste de l'équipe est introuvable, son collègue et lui ont sauvé la situation. Ils ont mis la main sur trois malfrats en possession d'une valise pleine d'héroïne pure. Ça leur vaudra au minimum une citation, voire une promotion. Ils ont même une chance de passer au dernier journal télévisé de la nuit. Il se voit déjà sur l'écran, entre le maire et le commissaire divisionnaire, avec la came bien visible devant lui, en train de répondre aux questions de Gabe Pressman d'une voix ferme, sans la moindre hésitation.

Au lieu de quoi il entend une autre voix, celle du type au cou massif.

— On est en service, enfoirés ! D'où sortez-vous ?

Evidemment, s'il avait dit : « On est des flics », ou : « On est des officiers de police », ou même : « On est des agents fédéraux », Waters ne l'aurait sans doute pas cru, il aurait même armé son pistolet pour bien montrer qu'il ne plaisante pas. Mais « en service » est une formule magique et, en l'entendant, Lee Waters éprouve un certain accablement. Il pressent que l'interview de Gabe Pressman est à l'eau.

L'affrontement se prolonge quelques minutes, chacune des parties exigeant des preuves sans toutefois oser porter la main à sa poche. Il y a un échange de jurons et de noms d'oiseaux, et l'une des administrations est accusée d'avoir entravé l'enquête de l'autre. En fin de compte, personne n'est abattu, frappé, ni même arrêté. Ce dont il faut se réjouir, étant donné la facilité avec laquelle ces querelles d'attribution s'enveniment généralement.

Zelb continue à surveiller le détecteur, dont le bip-bip et la lumière clignotante indiquent sans relâche que leur cible n'a pas quitté les abords immédiats. Farrelli utilise sa radio portable pour contacter Lenny Siegel, leur chef de groupe.

— Ne bougez pas de l'immeuble, ordonne Siegel. On n'a pas pu se rapprocher à cause des embouteillages, alors on se dirige vers le nord. On va s'installer devant chez lui. S'il vous échappe, on sera là pour le cueillir.

— Ne vous en faites pas, patron, assure Farrelli. Il n'est pas question qu'il échappe à notre équipe.

— C'est bizarre, mais je n'en suis pas convaincu.

Et Siegel raccroche sans laisser à son subordonné le temps de répondre.

Cependant, l'équipe en question est désormais forte de six hommes, dont Waters et Gleason. La DEA et la brigade des stupéfiants du New York Police Department y sont toutes les deux représentées. A eux six, ils disposent d'un arsenal de huit armes de service, deux cents cartouches, cinq paires de menottes, et du récepteur du détecteur d'approche. Ils attendent qu'un petit homme sans arme, avec une grosse valise, sorte du bâtiment et se jette dans la gueule du loup.

Un rapport de forces qui leur convient parfaitement...

Peu avant vingt heures trente, Big Red s'engage dans la 92ᵉ Rue avec sa Bentley, trouve une place de stationnement plus ou moins autorisée et coupe le contact. Il tape sur son paquet de Marlboro pour en faire sortir une cigarette. Avant qu'il ait eu le temps de la porter à sa bouche, Hammer a gratté une allumette qu'il tient prête.

— Quel est ton plan, Red?

— On commence par attendre quelques minutes, et si la voie est libre, on va faire une petite visite à notre spécialiste de la blanche pure.

A moins de dix mètres de là, Harry Weems observe la Bentley dans ses jumelles.

— Il y a deux individus douteux assis dans une Rolls devant notre porte, Ray.

Dans la bouche de Weems, des « individus douteux » sont des Noirs. Etant lui-même afro-américain, il préfère toutefois la première formulation.

— Qu'est-ce qu'ils viennent faire? grogne Abbruzzo.

— Difficile à dire. Mais rien de très catholique, on peut en être sûr.

— Continue à les surveiller.

— Tu peux me faire confiance, déclare Harry Weems.

Lentement, une Mercedes 500S noire descend Lexington Avenue. Johnnie Delgado est au volant. Mister Fuentes est assis à côté de lui. Deux types respectivement surnommés Papo et Julio sont à l'arrière.

— On cherche quelle rue? interroge Mister Fuentes, en montant le chauffage.

Miami lui manque déjà.

— La 92ᵉ, répond Johnnie Delgado.

Il connaît bien le quartier, depuis que deux hommes à eux y ont pris un gringo en filature — celui-là même qui avait volé l'héroïne que Raul Cuervas devait réceptionner à l'aéroport de Fort Lauderdale. Une bavure qui a coûté la vie à Cuervas.

— Raul Cuervas était mon cousin, vous savez, lance soudain Mister Fuentes.

Il a toujours eu cette capacité troublante à lire dans les pensées d'autrui.

— Je l'ignorais, déclare Johnnie Delgado, en se demandant si le vieux dit la vérité.

— C'est vrai, assure Mister Fuentes. Voilà pourquoi je tiens tellement à venger sa mort.

Etrange, songe Johnnie Delgado, étant donné que c'est Mister Fuentes lui-même qui a commandité son meurtre.

— Un événement regrettable, mais les affaires sont les affaires, reprend Mister Fuentes.

— Et maintenant ?

— Maintenant, on retrouve ce petit gringo et on venge Raul.

Johnnie Delgado a le sentiment que derrière ces propos, se cache un enjeu plus important. Mister Fuentes n'a pas fait le voyage en avion depuis Miami rien que pour liquider ce Blanc. S'il ne s'agissait que de ça, un coup de téléphone aurait suffi.

— Tant qu'on y sera, on regardera s'il n'aurait pas laissé traîner un ou deux sacs de voyage noirs dans son appartement, ajoute Mister Fuentes avec un petit rire.

Comme d'habitude, il s'amuse de ses propres plaisanteries.

— Bonne idée, approuve Johnnie Delgado.

Les deux hommes assis à l'arrière ne réagissent pas. Delgado ne se rappelle même pas s'ils parlent anglais ou non. Quoi qu'il en soit, ils sont là pour une raison bien précise, et ce n'est pas pour donner leur avis.

Big Red écrase sa cigarette dans le cendrier.

— Sortons faire un tour, dit-il à Hammer.

Ils descendent de voiture, claquent les portières et traversent la rue.

— Tu es enfouraillé ? demande Big Red, voulant dire « armé ».

Big Red, lui, n'aime pas prendre ce genre de risque. Le port d'une arme à feu chargée est un délit grave, qui peut vous valoir sept ans derrière les barreaux de Rikers Island. Une bonne raison de faire appel à Hammer.

— Comme qui dirait, répond ce dernier, en portant la main à droite de sa boucle de ceinturon.

— C'est une arme propre?

— Nickel.

Ici, le jargon de Big Red laisse un peu à désirer. « Propre », pour une arme à feu, peut signifier qu'elle a été nettoyée depuis la dernière fois qu'elle a servi ; non seulement pour lui permettre de fonctionner correctement, mais aussi pour effacer toute trace visible de son utilisation, au cas où elle serait saisie et examinée par la police. C'est ce premier sens que Hammer a en tête lorsqu'il rassure Big Red.

Il y a cependant un autre sens, auquel pensait Big Red en posant sa question. « Propre » s'applique également à une arme sans passé criminel, une arme qui n'a aucun mort sur la conscience, pour ainsi dire. A partir du moment où on peut affirmer, après un examen comparatif au microscope, que tel pistolet a bien tiré telle ou telle balle, une arme saisie peut permettre d'inculper son détenteur d'un meurtre jusque-là non élucidé.

Mais Hammer n'étant pas une lumière, il a tendance à prendre les choses au pied de la lettre. Rien de surprenant, donc, à ce qu'il choisisse le sens le plus littéral de l'adjectif « propre » utilisé par Big Red. Il sait que son pistolet est propre parce qu'il l'a nettoyé lui-même — il n'y a pas très longtemps, d'ailleurs.

— Les deux individus douteux ont quitté la Rolls, annonce Weems à Abbruzzo.

— Pour quoi faire?

— Ils traversent la rue... regardent autour d'eux... Merde, Ray! Ils entrent dans l'immeuble de Goodman!

— Tu en es sûr?

— Qu'est-ce qu'il te faut de plus? Ils sont déjà à l'intérieur, si tu ne me crois pas.

— Et dans le studio? Il se passe quoi?

Weems dirige les jumelles vers la fenêtre du quatrième étage.
— Rien, ils n'ont pas encore allumé, répond-il.
— Continue à surveiller.

Hammer déclenche l'ouverture de la porte de l'immeuble de Michael Goodman à l'aide d'un fil de fer. Celui qu'il utilise en guise de clé pour emprunter une voiture qui ne lui appartient pas.

Dans le hall, Big Red vérifie les noms sur les boîtes aux lettres. Il découvre celui qu'il cherchait : M. GOODMAN, 4F.

Faute d'ascenseur, ils commencent à gravir les quatre étages. Ce sont de grands fumeurs et, bien qu'ils travaillent tous les deux (si on peut dire), ils ne sont pas souvent amenés à se dépenser physiquement. Ils atteignent le quatrième à bout de souffle.

Big Red frappe à la porte de l'appartement 4 F et attend. Pas de réponse. L'agencement de cet immeuble a un avantage, pense-t-il : il n'y a que deux appartements par étage. (Pourquoi, en revanche, leur avoir attribué les lettres F et R ? Les Blancs auraient-ils quelque chose contre le A et le B ?) Il sait que personne ne s'étonnera d'entendre un peu de bruit, surtout le soir de Halloween. Il s'écarte et fait signe à Hammer d'approcher.

Il est facile de défoncer une porte, à condition d'identifier le type de serrure dont elle est équipée. Hammer ne l'ignore pas : voilà pourquoi il passe plusieurs minutes à étudier celle de Michael Goodman. Il remarque très vite que ce n'est pas une serrure Fox police avec une tringle de métal s'enfonçant dans le sol. Il s'assure qu'il n'y a pas non plus de bandeau métallique transversal. Ces deux dispositifs pourraient se révéler catastrophiques pour celui qui aurait l'imprudence de donner un coup d'épaule dans la porte — il pourrait s'empaler sur le premier, s'ouvrir le ventre sur le second.

Ensuite, Hammer examine l'huisserie — apparemment solide — et la composition de la porte. Elle semble être en deux parties, un assemblage de planches épaisses encadrant un panneau central. Il tape doucement sur le bord, écoutant le bruit sourd du bois. Il répète l'opération sur le panneau central qui, lui, sonne creux. Un sourire éclaire alors son visage.

Tandis que Big Red reste à l'écart, il recule d'un pas, prend appui sur son pied gauche et projette son pied droit contre le panneau, réussissant à le faire passer au travers du contreplaqué, qui vole en éclats. Après avoir dégagé son pied, il glisse la main dans le trou ainsi pratiqué, déverrouille la porte de l'intérieur et l'ouvre pour Big Red.

A cause de l'obscurité, celui-ci commence par allumer.

— Ils sont à l'intérieur ! s'écrie Weems.

Exclamation bien inutile, car Abbruzzo vient d'entendre le panneau de contreplaqué céder avec un craquement et peut désormais suivre ce qui se passe dans le studio.

1re VOIX MASCULINE : Qu'est-ce que c'est que toute cette poudre blanche ?
2e VOIX MASCULINE : Aucune idée.

Abbruzzo a l'impression que son cœur va s'arrêter. Il se penche pour ne pas perdre un seul mot.

1re VOIX MASCULINE : Attention à ne pas t'en mettre sur toi.
2e VOIX MASCULINE : Putain, il y en a partout ! Il doit y en avoir des tonnes !

Ray Abbruzzo n'y tient plus. Empoignant son arme de service et ses menottes, il se lève d'un bond.

— Allez viens, Harry ! On peut encore sauver la situation !

Il quitte la pièce et traverse la rue au pas de course, tandis que Weems suit à grand-peine : ses jumelles, qu'il a gardées autour du cou, lui font mal en battant contre sa poitrine.

Ils déclenchent l'ouverture de la porte d'entrée à l'aide d'une carte de crédit, et pénètrent dans l'immeuble quelques secondes avant que la Mercedes noire venant de Lexington Avenue ne tourne dans la rue.

Au fur et à mesure qu'ils s'éloignent de Greenwich Village et remontent vers le nord, Lenny Siegel et Luis Sandoval trouvent une circulation beaucoup plus fluide. A vingt heures trente, la Cadillac conduite par Sandoval dépasse la 80ᵉ Rue et se dirige vers Park Avenue.
— Tu tourneras à droite dans la 92ᵉ Rue, dit Siegel.
— Oui patron.
— Et assez de « oui patron » !
— Désolé, patron.

Abbruzzo et Weems montent laborieusement l'escalier jusqu'au palier du quatrième étage. Ils ont tous les deux des kilos à perdre — une quarantaine dans le cas de Weems — et leur régime quotidien de pizzas, de beignets, de café, de boissons gazeuses et de cigarettes n'est pas la préparation idéale pour ce genre d'effort. Abbruzzo cherche ses comprimés dans ses poches, avant de se rappeler qu'il a fini le rouleau il y a déjà un certain temps.

Johnnie Delgado quitte le premier la Mercedes pour entrer dans l'immeuble, suivi de Mister Fuentes, Papo et Julio. Ils entreprennent à leur tour l'ascension des quatre étages. Ils progressent lentement. D'abord parce qu'ils ne sont pas spécialement pressés, ensuite parce qu'à partir du troisième, ils commencent tous à ressentir les effets de leur déjeuner composé de riz et de haricots, de piments *habaneros*, de tequila et de *pulpo y olio*. Ce dernier plat, délicieux mélange de petits poulpes et de gousses d'ail frites nageant dans l'huile d'olive, peut toutefois occasionner quelques renvois au cours d'une montée aussi éprouvante.
— Ecoutez ! dit Johnnie Delgado.
Après quelques minutes, les rots et les pets s'espacent suffisamment pour leur permettre d'entendre une respiration haletante qui n'est pas la leur. Elle vient de l'étage au-dessus. Ils se plaquent contre le mur afin de ne pas être vus,

et tendent l'oreille. Ils s'efforcent de comprendre la conversation au-dessus de leur tête.

— Ils ont bien arrangé la porte, chuchote un premier homme.

Il a une voix de gringo.

— A défaut d'autre chose, on a un cambriolage, dit le second.

Un Noir, celui-là, dirait-on.

— Si ces salauds refusent de se rendre, reprend-il, on leur tire dessus. Ils s'expliqueront après.

Ils entendent ensuite le double déclic d'un pistolet automatique dont on arme la culasse pour le mettre en position de tir. Un son que Johnnie Delgado, Mister Fuentes, Papo et Julio connaissent bien. Sans échanger une parole ni un regard, ils se mettent lentement à redescendre l'escalier, à la manière d'une chenille battant en retraite.

La soirée s'est révélée très fructueuse pour Fingers Nelson. Fingers — surnom qui a remplacé son prénom Francis, plus classique, à l'époque de sa troisième interpellation pour avoir vidé les poches de New-Yorkais trop confiants — vient de se promener dans la foule des spectateurs de la parade le long de la Sixième Avenue, entre Christopher Street et la 11e Rue. Après celle du Nouvel An, qu'il fête plutôt à Times Square, Halloween est la nuit de l'année qu'il préfère. La chance lui a tellement souri qu'il a dû retirer son blouson et s'en servir comme d'une sacoche pour y cacher les quatre portefeuilles, les trois porte-monnaie, les deux porte-cartes de crédit et autres trésors accumulés au cours des deux heures écoulées.

Malheureusement, toute médaille a son revers. Et Fingers paie le prix de sa pêche miraculeuse en grelottant sans son blouson. D'où l'obligation de s'abriter provisoirement dans l'entrée d'un grand immeuble d'habitation au coin de la Sixième Avenue et de la 10e Rue. Il sait qu'il ne pourra s'y attarder, sous peine d'être délogé par un locataire ou un portier, mais tant de gens se pressent sur le trottoir qu'il se sent en sécurité dans l'immédiat. Il s'en assure en jetant de temps à autre un coup d'œil par-dessus son épaule à l'intérieur du hall.

Luis Sandoval tourne à droite sur Park Avenue pour s'engager dans la 92ᵉ Rue, qu'il commence à descendre au volant de la Cadillac couleur champagne.
— Ralentis au prochain pâté de maisons, qu'on voie un peu comment ça se passe, lui dit Siegel.
Il se passe que la fenêtre du studio de Michael Goodman au quatrième étage est éclairée, et qu'on aperçoit deux types en train de se déplacer dans la pièce.
— Bizarre, déclare Lenny Siegel.

Avec le bel ensemble qui les fait ressembler à une chenille, Johnnie Delgado, Mister Fuentes, Papo et Julio continuent à battre en retraite d'étage en étage jusqu'au rez-de-chaussée. Delgado s'apprête à entraîner tout le monde vers la sortie lorsqu'une Cadillac couleur champagne s'arrête devant l'immeuble et se gare en double file. En la voyant — peut-être à cause des deux antennes, ou du couple étrange formé par le jeune chauffeur de type hispanique et son passager blanc plus âgé — il a un moment d'hésitation.
— La police, chuchote-t-il à l'oreille de Mister Fuentes.
Celui-ci acquiesce de la tête. Ils cherchent en vain des yeux une issue de secours donnant derrière l'immeuble, mais ils découvrent un second escalier, qui mène au sous-sol. Sans autre porte de sortie, ils commencent à descendre.

— Le voilà ! souffle Jimmy Zelb.
La lumière rouge du détecteur d'approche clignote de plus en plus vite, et les intervalles entre les bips ont presque disparu, produisant un son aigu lancinant. Le seul défaut de l'appareil est son incapacité à orienter l'utilisateur : il indique la proximité de l'émetteur (en l'occurrence, la valise remplie de billets), mais pas la direction à prendre pour l'atteindre. Les six hommes sont cependant certains que leur cible se dirige vers eux, qu'elle les a pratiquement

rejoints — la lumière rouge ne s'éteint plus, et le bip-bip s'est transformé en un hululement strident. Ils regardent fébrilement autour d'eux, s'attendant à repérer d'un instant à l'autre leur proie parmi la masse de gens assemblés au coin de la rue.

Une nouvelle fois, la foule hurle de rire et tous les yeux se tournent vers un groupe d'individus censés représenter O.J. Simpson et son équipe d'avocats au complet. Il y a Johnnie Cochran et ses effets de manches, Barry Scheck aux bras chargés de documents, F. Lee Bailey drapé dans un drapeau de la marine, et Robert Shapiro qui se tient ostensiblement à l'écart des autres. O.J. Simpson, quant à lui, arbore un large sourire et envoie des baisers à la foule, provoquant un immense tumulte où se mêlent les sifflets et les acclamations. Son apparition semble ne laisser personne indifférent.

C'est alors que Zelb aperçoit l'homme qu'il cherche.

A quelques mètres de là, un individu de petite taille dans une parka orange disparaît dans la foule avec une énorme valise à fleurs jaunes et vertes. Le temps que Zelb réagisse, il a tourné dans la 10ᵉ Rue.

Jimmy Zelb, homme de ligne offensif du temps où il jouait au football américain — très offensif, même, aux dires de certains adversaires —, n'a jamais eu une réputation de rapidité. Il avait néanmoins ce que les sélectionneurs appellent une « belle détente », c'est-à-dire une capacité à mobiliser son potentiel, à se catapulter d'une position donnée vers la défense adverse pour neutraliser un linebacker, un ailier, ou tout autre joueur qui aurait eu l'imprudence de lui barrer la route. Seule une grave blessure au genou pendant sa dernière année d'études secondaires l'a écarté de la sélection officielle, le privant d'une carrière prometteuse dans la National Football League.

C'est de cette même détente, de cette même puissance qu'il fait preuve lorsqu'il s'élance à la poursuite de la parka orange qui s'éloigne. Celui qui renversait autrefois ses adversaires comme autant de quilles ouvre à présent dans la foule une large brèche, où s'engouffrent ses collègues de la DEA et du NYPD tandis que tous les six — cinq cents kilos de viande humaine en plein effort — foncent droit sur leur cible.

La concentration de Zelb est si intense que pas une seconde il ne quitte des yeux la parka orange et la valise devant lui. Il ramène à quinze mètres, puis à dix, puis à cinq, la distance qui l'en sépare. Maintenant qu'il a quitté l'avenue, la foule est moins dense et finit par se disperser, lui laissant la voie libre pour rattraper sa proie. D'instinct, il adapte sa vitesse à la sienne, réduisant encore l'écart à trois mètres, puis deux...

Les hommes de ligne offensifs apprennent à bloquer, et non à plaquer au sol. On leur montre comment utiliser leurs épaules, leur corps, voire leur tête pour refouler les joueurs de l'équipe adverse et ouvrir la voie à ceux de leur équipe. Ils s'entraînent pendant des heures à éviter de lourdes pénalités pour avoir tenu un adversaire, utilisé leurs mains ou empoigné un casque. D'où, chez eux, ce mélange d'amertume et d'envie, cette frustration infinie, puisque le règlement qui leur impose ces contraintes encourage dans le même temps leurs collègues défenseurs à se servir de leurs mains pour agripper, tirer ou tenir tout leur content. Ainsi — de même que tous les receveurs ont eu envie de renverser les rôles et de faire des passes, que tous les plaqueurs se sont imaginés en train de saisir le ballon au vol ou de le ramasser après une passe ratée pour marquer un essai — chaque homme de ligne offensif a-t-il rêvé à un moment ou à un autre de réussir un plaquage parfait ; d'avoir le droit, une seule fois, de refermer les mains et les bras dont Dieu l'a pourvu sur le corps de l'ennemi pour lui faire perdre l'équilibre.

Bien sûr, aucune de ces considérations ne traverse consciemment l'esprit de Jimmy Zelb alors qu'il se rapproche de sa cible. Il n'empêche que de longues années de frustration pèsent sur lui de tout leur poids : à cause de son expérience de joueur de football aux mains liées ; à cause de la blessure au genou qui a interrompu sa carrière ; à cause de toute une vie passée dans la police, à faire appliquer des lois inadéquates contre des dealers millionnaires pour un salaire de misère ; à cause, enfin, des embouteillages et de la Taupe qui lui a déjà échappé une fois ce soir.

Mais la frustration de Jimmy Zelb touche à sa fin.

A un mètre de sa cible, il prend une profonde inspiration, se jette en avant tête baissée, les bras en croix, chaque parcelle de son corps prête pour l'impact final, tel un missile à tête chercheuse irrésistiblement attiré par son objectif. Un spectacle inoubliable.

Il faut quelques minutes à Johnnie Delgado, à Mister Fuentes et à leurs deux acolytes pour s'habituer à la pénombre du sous-sol. L'un d'eux sort une boîte d'allumettes, et après en avoir utilisé la moitié pour s'éclairer, ils réussissent à allumer un plafonnier.

En regardant autour d'eux, ils s'aperçoivent qu'ils ont trouvé refuge dans une pièce où les occupants de l'immeuble entreposent une partie de leurs biens. Il y a une rangée d'armoires métalliques, toutes remplies d'objets personnels, et toutes fermées par un cadenas.

Pendant que Johnnie Delgado guette les bruits venant de l'étage supérieur, Papo et Julio, encore essoufflés par l'ascension de l'escalier, repèrent un petit banc et s'y installent. Pour s'occuper, Mister Fuentes passe en revue le contenu des armoires métalliques : un téléviseur poussiéreux, une chaise verte cassée, deux paires de skis, un vélo d'enfant, un sac de voyage noir, un vieil aspirateur...

Il s'arrête net.

Il fait deux pas en arrière et contemple l'armoire devant lui. Sans même remarquer le minuscule « 4F » gravé dans la peinture grise au-dessus de la porte. Ce n'est pas nécessaire. Mister Fuentes a découvert l'armoire du gringo et, à l'intérieur, le sac de voyage noir.

Il examine le cadenas, seule chose au monde qui le sépare encore du sac. Il s'agit d'un petit cadenas à combinaison, comme on en trouve dans les grandes surfaces pour un ou deux dollars. Mister Fuentes se laisse aller à sourire.

— *Compadres*, déclare-t-il, je crois que nous avons vengé la mort tragique de Raul Cuervas.

Le plaquage de Jimmy Zelb se révèle une petite merveille du genre, en tous points parfait, digne de figurer dans les annales du sport. Il empoigne sa cible par la taille, au ras de la parka orange. Son épaule va se loger au creux des reins de l'homme, à la fois soulevé et maintenu à l'horizontale. Pendant quelques instants, le plaqueur et sa victime semblent suspendus dans les airs, comme si la silhouette massive de Zelb était allongée sur une luge qui aurait soudain décollé et pris son envol.

Ensuite, les lois de la gravité reprenant le dessus, ils amorcent leur descente pour ce qu'il faut bien appeler une série d'atterrissages. Les témoins de la scène (et il y en avait un certain nombre) ne parviendront pas à s'entendre pour décider si les deux hommes ont rebondi deux ou trois fois avant de s'immobiliser contre une poubelle. D'après les mesures effectuées à l'occasion d'une action en justice intentée ultérieurement, la poubelle se trouvait à une bonne douzaine de mètres du point d'impact — déterminé à partir de la position d'une paire de chaussures dont la victime semble avoir été éjectée au moment du big bang. Quant à la valise, elle a suivi une trajectoire un peu différente, plus au nord, parcourant au moins trois mètres avant de s'ouvrir sur la chaussée et d'y répandre son contenu.

C'est la nature de ce contenu qui alerte d'abord les agents de la DEA et les officiers de police sur le fait que leur stratégie n'a pas tenu toutes ses promesses. Au lieu des trois millions cinq cent mille dollars de l'administration éparpillés sur le sol, ils ne voient que quatre portefeuilles, trois porte-monnaie, deux porte-cartes de crédit, une montre de gousset, un blouson fripé, et (en cherchant bien) un émetteur miniature soi-disant capable de transmettre des signaux électroniques d'intensité variable à un récepteur.

Quant à l'homme qui reprend lentement connaissance, à plat ventre sur le trottoir, ce n'est bien sûr pas Michael Goodman, mais Francis Teller Nelson. Surnommé Fingers par ses codétenus de Rikers Island.

Il faut trente secondes à Papo et Julio pour venir à bout du cadenas à combinaison de l'armoire métallique. Sous le regard attentif de Mister Fuentes, Johnnie Delgado empoigne le sac de voyage noir et le pose sur le sol. Puis il s'accroupit et ouvre la fermeture éclair sur une dizaine de centimètres. Il y découvre des paquets enveloppés de plastique bleu.

— On s'en va, dit-il aux autres.

Mister Fuentes opine du chef et s'avance vers l'escalier, ouvrant la marche. Aveuglés par l'impatience et la cupidité, Johnnie Delgado et lui ont complètement oublié la présence de la Cadillac devant l'immeuble, et des deux hommes qui ressemblaient à des policiers. Même si Papo et Julio, eux, s'en souviennent, ils savent que personne ne leur a demandé leur avis.

Ray Abbruzzo et Harry Weems pénètrent dans le studio 4F avant que les deux cambrioleurs aient eu le temps de comprendre ce qui se passait. Ils se laissent passer les menottes sans offrir la moindre résistance. Tous les deux sont inculpés de cambriolage avec effraction, délit passible de vingt-cinq ans de prison. La fouille de l'un d'eux — un dénommé Hammer — révèle qu'il était porteur d'un pistolet semi-automatique 9 mm chargé.

— Il se passe quelque chose là-haut. Allons voir, déclare Lenny Siegel à Luis Sandoval.

Ils descendent de la Cadillac et se dirigent vers l'entrée de l'immeuble de Michael Goodman. Ils trouvent la porte fermée.

— Tu n'aurais pas une carte de crédit? demande Siegel à Sandoval.

Lui-même les a en horreur, et refuse d'en avoir sur lui.

— Une minute, patron.

Sandoval cherche dans son portefeuille, et en sort une qu'il tend à Siegel.

Celui-ci s'acharne sur la serrure. Autrefois, il se défendait bien sur le terrain, mais en tant que chef de groupe, il passe le plus clair de son temps à son bureau ou dans celui d'un autre, et il s'est un peu rouillé. Ses efforts n'ont toujours rien donné lorsque la porte s'ouvre brusquement, lui faisant perdre l'équilibre.

Un individu trapu de type hispanique, la quarantaine environ, se tient de l'autre côté, entouré de trois hommes plus jeunes, de même origine. L'un d'eux a un grand sac de voyage noir à la main. La stupéfaction se lit sur leur visage.

Mais pas sur celui de Luis Sandoval. Depuis que Siegel a décrété qu'il fallait « aller voir », il sent l'adrénaline courir dans ses veines. Au cours de ses sept semaines à la DEA, il n'a encore arrêté personne, ni même assisté à une interpellation. Lui qui a reçu son diplôme avec l'appréciation « Impatient de faire ses preuves » n'a jusqu'à présent prouvé qu'une chose : sa capacité à servir de chauffeur à ses supérieurs. Et la vue de son chef de groupe assis par terre, ajoutée à l'apparition de ce qui lui semble être un gang de truands cubains, incite ce jeune homme ambitieux à passer à l'action.

— Les mains en l'air ! hurle-t-il, braquant son revolver sur le front du Sud-Américain le plus proche de lui.

Celui-ci en reste bouche bée, comme ses trois compagnons. Le deuxième homme lâche son sac de voyage, qui tombe avec un bruit sourd. Tous les quatre lèvent les bras pour se rendre, avec le même ensemble qu'une armée de marionnettes à fils.

— Bon sang, Luis ! s'écrie Siegel, toujours assis au même endroit. Tu n'as pas le droit de faire ça. Ces quatre types sortaient simplement de l'immeuble. Ils n'ont pas fait exprès de me bousculer. Ce n'était qu'un accident, nom d'un chien !

Accident ou pas, Luis Sandoval est beaucoup trop déterminé pour faire machine arrière. A l'aide de ses menottes et de celles de Siegel, il attache ses quatre prisonniers à la rampe de l'escalier extérieur.

Lenny Siegel n'a pas bougé.

— Tu verras, ils vont nous faire un procès, marmonne-t-il. Ma mère avait raison. Je vais perdre mon emploi.

Farrelli, les deux agents de la DEA et les deux officiers du NYPD sont bien trop préoccupés par les blessures de Fingers Nelson et de Jimmy Zelb (qui a lui aussi perdu connaissance en atterrissant sur Nelson), et par le contenu de la valise, pour s'intéresser à autre chose. Ils en oublient le froid. Les acclamations de la foule ne sont plus qu'un bruit de fond. Pourtant, à une cinquantaine de mètres de là, la parade continue.

Il y a Bill et Hillary Clinton, la réincarnation de Richard Nixon, toutes sortes de vampires, goblins et autres fantômes. Ils y a des ours savants et des danseuses nues. Il y a des créatures venues d'autres galaxies. Et même une étrange famille de cinq personnes : un homme, une jeune femme et une fillette, tous les trois vêtus de satin noir avec un chapeau de sorcière sur la tête (encore que celui de l'homme ressemble curieusement à un cône orange de signalisation entouré de tissu noir). L'homme et la femme portent des masques bon marché, qu'on peut acheter dans une papeterie pour trois dollars quatre-vingt-quinze pièce, et qui vous font ressembler au Lone Ranger, à Zorro, ou à Cat Woman. La femme tient dans ses bras un chat noir un peu effrayé, tandis que l'homme traîne derrière lui une énorme peluche qui doit peser pas loin de vingt kilos.

Mais les agents de la DEA aussi bien que leurs collègues du NYPD sont trop affairés pour leur prêter attention.

Lenny Siegel finit par se remettre debout. Finalement, il n'est pas vraiment inquiet pour son emploi. Il se retrouve simplement les fesses par terre alors qu'il tentait de s'introduire subrepticement dans un immeuble, infraction relativement mineure — rien de plus, en tout cas, qu'une violation de domicile. Non, c'est l'initiative de Luis Sandoval qui le soucie. Encore stagiaire, celui-ci vient d'interpeller quatre hommes et de les enchaîner devant l'immeuble, simplement parce qu'ils ont ouvert la porte au mauvais moment.

Siegel s'avance vers le premier prisonnier, celui qui paraît être le chef.

— Toutes mes excuses, *señor*, déclare-t-il.

Il cherche dans ses poches, essayant de se souvenir où il a mis la clé des menottes afin de libérer l'homme.

Luis Sandoval retourne devant la porte. Elle est restée entrouverte, bloquée par le sac de voyage noir lâché par le deuxième homme. Sandoval le tire vers lui, surpris de son poids. Il regarde à l'intérieur, à l'endroit où la fermeture éclair s'est ouverte sur quelques centimètres. Et découvre à son tour les paquets enveloppés de plastique bleu. Ils paraissent contenir une substance d'un blanc grisâtre.

— Excusez-moi, patron, mais je crois que vous feriez mieux de jeter un coup d'œil, dit-il à Lenny Siegel.

— Non, nous n'avons aucun bagage à enregistrer. Nous emportons juste ces quelques objets en cabine, déclare l'homme.

Il désigne la grosse peluche sous son bras, ainsi qu'une sacoche pleine à craquer à l'épaule de la jeune femme, et le petit sac à confiseries de Halloween de la fillette.

— Ce doit être agréable de voyager léger, dit l'employée de la compagnie.

— C'est l'idéal, approuve l'homme avec un sourire.

— Les formalités d'embarquement pour votre vol commenceront dans dix minutes. La porte 22 se trouve au bout de ce couloir. Profitez bien de votre séjour dans les îles.

— Merci. Nous allons nous y employer, répond l'homme.

Et tous les quatre s'engagent dans le couloir — l'homme, la jeune femme, la fillette et la peluche. De temps à autre, quelque chose semble bouger à l'intérieur de la sacoche de la jeune femme. Mais personne ne semble s'en apercevoir.

Épilogue

Durant les jours qui suivent Halloween, on ne chôme pas dans le laboratoire de la police fédérale, situé au sud de Manhattan. Arrive d'abord la valise remise par Michael Goodman aux agents Jimmy Zelb et Frank Farrelli. On en sort dix-neuf paquets de poudre d'un blanc grisâtre, d'un kilo chacun environ. Encore que de l'un à l'autre, le poids varie considérablement, comme si on s'était servi d'un pèse-personne pour les peser, au lieu des balances de précision généralement utilisées par les trafiquants. Des analyses poussées révèlent qu'il s'agit d'un mélange composé à quatre-vingt-dix-sept pour cent d'argile absorbante non toxique, à deux pour cent de colorant et à un pour cent de déodorant. Ce mélange est vendu dans le commerce sous le nom de « litière pour chats ».

On apporte ensuite le grand sac de voyage noir saisi par l'agent de la DEA Luis Sandoval lors de l'interpellation de Johnnie Delgado, Mister Fuentes, Papo et Julio. Lui aussi contient dix-neuf paquets d'un kilo de poudre blanche aux reflets grisâtres. Ils sont enveloppés de plastique bleu, et semblent avoir été pesés avec beaucoup plus de soin. Cette fois, les analyses revèlent que c'est du chlorhydrate d'héroïne pur à 99,8 pour cent.

Il reste à s'occuper d'une grande quantité de « substance blanche » rassemblée par les inspecteurs Ray Abbruzzo et Harry Weems lorsqu'ils ont arrêté Dwayne (Big Red) Reddington et Leroy (Hammer) Pendergrass pour le cambriolage du studio de Michael Goodman. Un examen au microscope prouve qu'il s'agit d'une matière synthétique de la famille des polystyrènes ; commercialisée par la firme Du Pont sous la marque Duofill, elle sert couramment au rembourrage des oreillers et des peluches.

On ne chôme pas davantage au laboratoire de balistique du New York Police Department. Là, dans une cuve remplie d'eau, on effectue un tir de comparaison avec le pistolet semi-automatique 9 mm découvert par les inspecteurs Abbruzzo et Weems dans la ceinture de Hammer. La procédure confirme que l'arme était utilisable avec les munitions trouvées dans le chargeur. L'examen au microscope des balles témoins établit qu'elles portent les mêmes éraflures que celles prélevées plusieurs semaines auparavant sur le cadavre d'un certain Russell Bradford dans la 129e Rue, au bord de l'Hudson.

En un mot, l'arme est « sale ».

Inculpé du meurtre de Bradford, Hammer ne tarde pas à « retourner sa veste », et accepte de témoigner contre Big Red, qu'il accuse d'avoir commandité le meurtre de Bradford. Les deux hommes plaideront coupables et seront condamnés à des peines allant de vingt-deux ans de prison à la perpétuité.

Papo et Julio consentent à coopérer avec le ministère de la Justice pour incriminer leurs chefs, Gustavo (Mister) Fuentes et Joaquin (Johnnie) Delgado, alors inculpés de possession d'une quantité d'héroïne supérieure à dix kilos et condamnés respectivement à dix-sept et quinze ans de prison, conformément aux recommandations fédérales. En échange de leur témoignage, Papo et Julio se contentent de peines de dix-huit mois de prison chacun.

Au fil des jours, les enquêteurs parviennent à retrouver les propriétaires des différents objets tombés de la valise que Francis (Fingers) Nelson avait à la main au moment de son plaquage par Jimmy Zelb. Trois d'entre eux se déplacent même pour des séances d'identification.

Lesquelles prennent un tour assez inhabituel, dans la mesure où les autres participants doivent porter d'énormes pansements sur le nez, afin de ne pas trop se distinguer de Fingers qui a le nez cassé. Il a de surcroît des hématomes aux coudes et aux genoux, ainsi que plusieurs côtes fêlées.

Il est pourtant identifié non seulement comme le porteur de la valise, mais aussi comme celui qui l'avait dérobée (en même temps qu'une parka orange pliée dessus) quelques minutes auparavant, dans le hall d'un immeuble d'habitation au coin de la Sixième Avenue.

En dehors de ses blessures, il s'avère que Fingers a déjà été arrêté à de multiples reprises, pour vol à la tire essentiellement. Il plaidera coupable de recel et sera condamné à quatre ans de prison, dont deux avec sursis. Il recevra aussi soixante-quinze mille dollars de dommages et intérêts de l'administration fédérale, à titre de compensation pour les coups subis à la suite d'une « démonstration de force injustifiée » de la part de l'agent Zelb.

Toujours dans les jours qui suivent Halloween, plusieurs médecins et établissements médicaux reçoivent par courrier des chèques en règlement des sommes dues par Michael Goodman pour les soins donnés à sa fille. Des chèques arrivent également au domicile de Marvin Krulewich (lui permettant de se faire opérer d'une double cataracte et de stabiliser son diabète dans une clinique privée), de Lehigh Valley (afin qu'il puisse offrir un petit pavillon à ses parents adoptifs), et de Wilbur (la Baleine) Bishop (qui fait don de la moitié du montant aux Joueurs anonymes et part dépenser le reste à Atlantic City).

Tous ces chèques sont tirés sur un compte au nom de Larus International. Un versement récent couvre largement tous ces débits.

On s'empresse d'annoncer la tenue d'une conférence de presse en l'honneur du succès de l' « opération coup de balai », première d'une longue série au cours de laquelle la DEA et le NYPD ont promis d'associer leurs efforts. Avec la saisie réussie de vingt kilos d'héroïne pure (qui auraient rapporté plus de cinquante millions de dollars s'ils avaient été mis en circulation) et l'arrestation de plusieurs trafiquants dont les activités s'étendaient du Bronx au sud de la Floride, les autorités saluent le démantèlement d'un véritable réseau au terme d'une enquête de plusieurs mois. Le maire déclare que ce succès « va porter un sérieux coup d'arrêt au trafic de stupéfiants sur la Côte Est durant les années à venir ». Tous les agents de la DEA et les officiers de police impliqués dans l'opération reçoivent des promotions. Tous, sauf un.

En effet, l'agent Cruz disparaît du jour au lendemain, comme Michael Goodman et sa fille. Pendant quelque temps, on effectue en secret des recherches pour les retrouver, eux et les trois millions cinq cent mille dollars fournis par l'administration fédérale. L'agent Cruz fait toutefois savoir que plusieurs chaînes de télévision lui ont offert une somme presque aussi importante pour donner sa version des événements à l'origine du succès de l' « opération coup de balai ». Après un certain nombre de désaccords et de débats, les responsables de la DEA finissent par autoriser Cruz à prendre une retraite discrète, et ils passent les trois millions cinq cent mille dollars par profits et pertes, à la rubrique « frais de fonctionnement divers ».

Aujourd'hui, Michael Goodman, Carmen Goodman-Cruz et Kelly Goodman vivent dans un appartement de trois pièces à Manhattan avec leur chat, leurs souvenirs et une peluche assez volumineuse ne ressemblant à aucun animal connu. M. Goodman est employé plusieurs jours par semaine comme comptable dans le Bronx, et gère aussi les finances familiales. Mme Goodman-Cruz partage son temps entre son travail de conseil juridique et ses occupations de mère de famille.

La Princesse Ballerine
(fin)

Ainsi la Princesse Ballerine finit-elle par subir le dernier des examens, celui au cours duquel les médecins du royaume avaient décidé de lui faire peur et mal à la fois, d'abord en lui plantant une seringue dans le dos, puis en l'enfermant dans une énorme machine.

Mais c'était sans compter avec le courage et la résistance de la Princesse, qui sortit en pleine forme de ce dernier examen. La tache qu'elle voyait dans son œil diminua progressivement, jusqu'à disparaître complètement.

La Princesse prit alors l'avion pour disparaître quelque temps elle aussi, en compagnie de ses quatre fidèles compagnons, le Gardien des Nombres, la très belle Lady Carmen, le brave et loyal Prince Larus et l'incomparable Chat d'Iran. Ils jouèrent tous les quatre dans le sable au bord de l'océan, dégustèrent du lait de coco et du jus d'ananas frais, et restèrent allongés au soleil en souriant béatement.

Un peu plus tard, bien réchauffés, bien bronzés et bien reposés, ils regagnèrent Yew Nork — toujours leur ville préférée — afin que la Princesse Ballerine puisse retrouver sa grand-mère et ses camarades de classe, qui commençaient à lui manquer.

Inutile de dire que la Princesse ne souffrit jamais plus de maux de tête, et qu'elle vécut très heureuse.

Remerciements

A une époque si lointaine qu'elle semble appartenir à une autre vie, j'étais agent de ce qu'on appelait alors le Bureau of Narcotics of the United States Treasury Department, rebaptisé depuis Drug Enforcement Administration. Je tiens à remercier mes anciens collègues d'avoir involontairement inspiré certaines anecdotes, et même certains personnages de ce livre, qui leur doit en grande partie son intérêt. Je tiens également à remercier Bob Diforio, mon agent littéraire; Ruth Cavin, mon éditeur, et Carrie McGinnis, son assistante; les premiers lecteurs de mon manuscrit, dont mes enfants, Wendy, Ron et Tracy; et enfin ma sœur Tillie, qui m'assure qu'elle l'aura bientôt terminé...

« SPÉCIAL SUSPENSE »

MATT ALEXANDER
Requiem pour les artistes

STEPHEN AMIDON
Sortie de route

RICHARD BACHMAN
La Peau sur les os
Chantier
Rage

CLIVE BARKER
Le Jeu de la Damnation

GILES BLUNT
Le Témoin privilégié

GÉRALD A. BROWNE
19 Purchase Street
Stone 588
Adieu Sibérie

ROBERT BUCHARD
Parole d'homme
Meurtres à Missoula

JOHN CAMP
Trajectoire de fou

JOHN CASE
Genesis

JEAN-FRANÇOIS COATMEUR
La Nuit rouge
Yesterday
Narcose
La Danse des masques
Des feux sous la cendre
La Porte de l'enfer

CAROLINE B. COONEY
Une femme traquée

HUBERT CORBIN
Week-end sauvage
Nécropsie

PHILIPPE COUSIN
Le Pacte Prétorius

JAMES CRUMLEY
La Danse de l'ours

JACK CURTIS
Le Parlement des corbeaux

ROBERT DALEY
La nuit tombe sur Manhattan

GARY DEVON
Désirs inavouables
Nuit de noces

WILLIAM DICKINSON
Des diamants pour Mrs Clark
Mrs Clark et les enfants du diable
De l'autre côté de la nuit

MARJORIE DORNER
Plan fixe

FRÉDÉRIC H. FAJARDIE
Le Loup d'écume

FROMENTAL/LANDON
Le système de l'homme-mort

STEPHEN GALLAGHER
Mort sur catalogue

CHRISTIAN GERNIGON
La Queue du Scorpion
(Grand Prix de
littérature policière 1985)
Le Sommeil de l'ours

JOHN GILSTRAP
Nathan

JEAN-CHRISTOPHE GRANGÉ
Les Rivières pourpres
Le Vol des cigognes

JAMES W. HALL
En plein jour
Bleu Floride
Marée rouge

JEAN-CLAUDE HÉBERLÉ
La Deuxième Vie de Ray Sullivan

CARL HIAASEN
Cousu main

JACK HIGGINS
Confessionnal

MARY HIGGINS CLARK
La Nuit du renard
(Grand Prix de
littérature policière 1980)
La Clinique du Docteur H.
Un cri dans la nuit
La Maison du guet
Le Démon du passé
Ne pleure pas, ma belle
Dors ma jolie

Le Fantôme de Lady Margaret
Recherche jeune femme
aimant danser
Nous n'irons plus au bois
Un jour tu verras...
Souviens-toi
Ce que vivent les roses
La Maison du clair de lune
Ni vue ni connue
Tu m'appartiens

CHUCK HOGAN
Face à face

PHILIPPE HUET
La Nuit des docks

GWEN HUNTER
La Malédiction des bayous

MICHAEL KIMBALL
Un cercueil pour les Caïmans

TOM KAKONIS
Chicane au Michigan
Double mise

LAURIE KING
Un talent mortel

STEPHEN KING
Cujo
Charlie

DEAN R. KOONTZ
Chasse à mort
Les Étrangers

PATRICIA J. MACDONALD
Un étranger dans la maison
Petite sœur
Sans retour
La Double Mort de Linda
Une femme sous surveillance
Expiation
Personnes disparues

PHILLIP M. MARGOLIN
La Rose noire
Les Heures noires

DAVID MARTIN
Un si beau mensonge

RICHARD NORTH PATTERSON
Projection privée

LAURENCE ORIOL (NOËLLE LORIOT)
Le tueur est parmi nous
Le Domaine du Prince
L'Inculpé
Prière d'insérer

ALAIN PARIS
Impact
Opération Gomorrhe

THOMAS PERRY
Une fille de rêve

STEPHEN PETERS
Central Park

NICHOLAS PROFFITT
L'Exécuteur du Mékong

PETER ROBINSON
Qui sème la violence...

FRANCIS RYCK
Le Nuage et la Foudre
Le Piège

TOM SAVAGE
Le meurtre de la Saint-Valentin

JOYCE ANNE SCHNEIDER
Baignade interdite

BROOKS STANWOOD
Jogging

WHITLEY STRIEBER
Billy
Feu d'enfer

*La composition de cet ouvrage
a été réalisée par l'**Imprimerie Bussière**,
l'impression et le brochage ont été effectués
sur presse Cameron dans les ateliers
de **Bussière Camedan Imprimeries**
à Saint-Amand-Montrond (Cher),
pour le compte des Éditions Albin Michel.*

Achevé d'imprimer en août 1998.
N° d'édition : 17410. N° d'impression : 672-981417/4.
Dépôt légal : septembre 1998.